KUWEI
酷威文化
图书 影视

苏他
Su Ta
著

红酒绿

江苏凤凰文艺出版社
JIANGSU PHOENIX LITERATURE AND
ART PUBLISHING

「以后再去不确定的地方，给我打电话。」
「你总有空吗？」
「明知故问。」

『「红酒绿」这个名字和这间酒吧的气质不搭。』
『跟我的心意搭。』

红酒绿

目录

HJL BAR
Cashier
20
OPEN
ATM
ENTS

夏灯早已经具备独当一面的能力，
还有面对未知的勇气，
甚至比游风都勇敢，
但游风仍然会做她的后盾。
这与她是否强大无关，
他就要保护她在这片危险的海域，
自由灿烂。
毕竟，
游风因夏灯而存在。

第一章 银河里的潜水艇

夏灯又旷课了，房博士习以为常，只在名册上随意画了一笔，精准地画掉她的名字，开始上课。

三月十五日，雨打晌午。

涂州，这座地处东南沿海的核心城市，已经下了快一周的雨，于是大学城比过年返校那阵儿清静了许多。

夏灯浸在水池里，趴在台阶上，看着落地窗外的雨，待了很久。

舒禾来找她时，刚好雨停，太阳也出来了。

她洗完澡，把头发吹得半干，从储物柜里拿了包，拎起滑板。

舒禾把刚拿的快递递给她："给。"

夏灯接过来："谢谢。"

舒禾挽住她的胳膊，习惯性地揉捏她手腕，以及她腕上的那条过山车安全扣设计的手链，问她："吃什么啊？"

"程程呢？"

舒禾翻白眼："你说呢？满脑子男人，能跟咱俩吃饭吗？"

夏灯、舒禾还有程程是室友，是西澳大学这所民办的普通高等学校本科的大二生，文学院的，学汉语言文学。

涂州大学城全是双一流高校，除了西澳。但因为它是民办大学里比较有背景的，园区环境也数一数二，从不愁招生，倒也不显得落后。再就是这学校学费贵，一水儿的富家子弟，又多是帅哥美女，讨论度极高，人气上一向不逊于那些个重点高校。

两人出了游泳馆，往台阶下走时，舒禾说："下午去拿考勤，不出意料你又是咱们班倒数，这都出名了。"

"嗯。"

"嗯什么嗯？等会儿吃完饭回去睡个觉，下午去看个展，晚上去夜跑，怎么样？”舒禾安排。

“我下午有事。”

“什么事？那还去看展吗？”舒禾问。

夏灯没再说话。

舒禾也不说了。

舒禾和夏灯主要是室友，勉强算得上朋友。勉强的原因是夏灯太无趣，不喜欢集体活动，也不跟人交心。她只爱游泳，可以在游泳馆待上一天。

据说她选择西澳，就是因为西澳有涂州最大的游泳馆。要知道她家在海外有矿，财力完全足够支持她去大洋彼岸镀个金，她却还是来了涂州。

当然只是据说。

能确定的是她不光有钱，还特别漂亮，漂亮到都大二了，还经常有人专门来看她。

再漂亮又有什么用，自闭且寡淡，海龟牌的大花瓶子。

两人吃完饭就分开了，舒禾回了寝室，夏灯去机场接她小姨。小姨回国办事，专门绕到涂州来看她。

下午三点十分，航班抵达，太阳正大，阳光盖在身上暖烘烘的。夏灯戴了顶墨绿帽子，给注重仪式感的小姨买了束花。

头等舱先下机，夏灯估摸着时间到了，刚看了一眼表，通道走出来一个人——

一米八几的个儿，乍一看很精瘦，再一看有薄肌。纯白短袖，纯黑色类工装束脚卫裤，得益于腿长，裤型优势展现得很全面。脚上是头部牌子联名的鞋，显得干净利落，斜挎的潮包看起来没装什么东西。

他也看到了夏灯，拿着手机的那只手手背青纹鼓了鼓，那条筋，性感得几乎能与他那张脸媲美。

游风。

夏灯才想起来，这个人之前代表他们航天九院去国外交流了。

游风走到夏灯跟前，看着她手里的花。夏灯已经回神了，放下拿花的手："给别人买的。"

游风说："看出来了。"

"啊？"

"还戴了顶绿帽子，准备恶人先告状？"

夏灯解释："给我小姨的。"

"嗯。"游风也不是很想听她解释似的，"我叫了车。"

"好。"

游风说完走了，小姨也出来了。

夏灯还没伸手打招呼，游风突然退了回来，问她："我是谁？"

他没那么无聊，一定不是故意吓人，但倏然靠近，携来香风，再裹挟一缕凉意，夏灯还是恍惚了一下。游风也没等她回答，问了就又走了，一秒都没停。

夏灯站着，面无表情，人潮渐远，小姨越走越近，她把绿帽子摘下来，拿在手上。

小姨洋溢着笑，走向夏灯，接过花来，挽住她的手："手怎么那么凉啊？也不多穿点！"

"我不冷。"

小姨揉搓着她的手："臭毛病也改不了，问饿不饿，说不饿；问冷不冷，说不冷；问疼不疼，说不疼。"

"冷我不就多穿了。"

"犟。"小姨给她手吹气，"这回你妈千叮咛万嘱咐，让我带你去你喜欢的餐厅吃饭。我说你又不是三五岁，想吃什么不能自己去吗？"

"她知道我懒。"

小姨笑了："那确实。"

夏灯开车，进入机场高速。

小姨环顾车内："要不要小姨给你换车？"

"我这个代步够用了。"

"别给我省钱，一大家子挣钱就是给你一人花的。"

夏灯的外公外婆年轻时就在迈城了，一生投身矿业，人到中年生了俩女儿。大女儿回国读书认识了初创投资企业的创始人，谈了个要死要活的恋爱，生下了夏灯。小女儿秉承不婚主义，老早就说以后的财产都给夏灯。夏灯也没什么费钱的爱好，他们天天给，她根本就花不完。

“想换的时候告诉你。”夏灯说。

小姨很满意：“这还差不多。”

夏灯带小姨吃了饭，送她回了家。

“家”是夏灯到涂州上学时外婆送的礼物，一套八十平方米的靠海岸的小复式，地段好、小区好，户型也好。

本想着今天就不回学校了，程程喝多了把自己锁在了寝室，舒禾没拿钥匙进不去，她就又回去送了钥匙。

夏灯见到舒禾时，她穿着睡衣坐在走廊长椅上，嘴都冻紫了。舒禾看见救星，跑向她一把搂住：“快！冻死了！”

夏灯边把外套脱给她，边走向寝室：“你怎么不去夜读室？”

她们寝室楼配套齐全，比华侨公寓设施都完备，是涂州大学城最好的学生宿舍。

舒禾穿上她的外套，打着哆嗦说：“夜读室里有恶心的人。”

夏灯把寝室门打开，程程四仰八叉地趴在地毯上，舒禾顾不上她，赶紧又披了羽绒服。

夏灯给程程盖上被子，回头问道：“怎么喝多了？”

舒禾说：“我俩不是去看展了嘛，之后去了潘海城吃小面，碰上她对象跟一女的在那试香呢。”

“然后就去喝酒了？”

“没有，她让我先回了，她说她有事。我回来睡了一觉，醒来她就在寝室了。我就是去公共洗衣房拿了个床单，回来她就把门锁了。我只好把床单晒在天台，给你打电话，让你给我开门。”

夏灯知道了，从抽屉拿了醒酒糖：“她醒了之后给她。”

舒禾点头：“你还要走啊？”

“嗯。”

舒禾欲言又止。

夏灯问：“怎么了？”

“我刚去了夜读室，那女的和她那几个朋友就在那儿，我一着急阴阳怪气了两句，但又怕打起来我势单力薄，就赶紧回来了，耳机丢那儿了……”

夏灯点头：“还有别的吗？”

“没了。”舒禾站起来，“我跟你一起。”

两人前后脚出了寝室，舒禾边走边说：“隔壁航大的游风回来了，她们几个好像是晚上跟游风他们吃了饭，也不知道真假。”

夏灯突然想起下午在机场碰到游风，他问她的话——

“我是谁？”

舒禾还在说：“你说游风会跟她们中的谁在一起吗？”

夏灯没答。

这问题不成立，因为游风已经是夏灯的男朋友了。虽然两人一直相敬如宾、相安无事，但也确实是男女朋友，而且已经在一起两年了。

夏灯和舒禾临近夜读室时，一些欢笑声穿透自动门，引起舒禾一个白眼，还有一句损话：“能不能有点素质啊？夜读室里蹦迪吗？”

自动门感应到人，打开了。机器运作，“嗡”的一声。坐在长桌前算塔罗牌的几个人扭头看向门口，像是习惯，无一例外地打量了她们俩一番。

舒禾看到自己的耳机在她们桌上，转头看了夏灯一眼。

夏灯淡淡地：“去拿。”

舒禾走过去，还没拿起来，被留着公主切、挂耳烫的女生摁住了，没让碰：“干吗？”

“拿我东西。”舒禾说，“你说干什么？”

“你有什么证据证明这是你的？”

舒禾笑了，哼哈的动作连带着肩膀也跟着耸了两下：“别玩幼儿园那套行吗？我耳机盒刻着字呢。”

女生翻开耳机盒，后边还真刻了“shu he”，也就挪开了手。

舒禾把耳机拿起来，翻个白眼扭头就走。

女生在身后吆喝：“真好，才一晚上，咱们姐几个当中就有俩脱单了，这游风也不是那么难追啊。”

舒禾大一时，吆喝过对游风下手，但没两天就夙了。游风是整个大学城最厉害的学霸，她光在视频平台看别人偷拍他的演讲，都听不懂他说什么，这要从哪儿下手啊？

这女生这时候说这话，就是在没事找事。

舒禾脾气暴，扭头说："是，你们姐儿个多牛，跟有对象的男的去买香水，蹭游风的接风局吃个饭，也能说成跟游风好上了。我天天在网上看莱昂纳多，那我是不是还是他对象呢？"

女生把牌往桌上一摔，站起来，同时，夏灯很自然地把舒禾拉到了身后。

夏灯人很寡淡，但有一米七几，又是尽人皆知的有钱，没点大事就没人想要挑衅她。

几个人僵了一阵儿，女生又拿起了牌，坐下了。

夏灯和舒禾回到寝室，舒禾气得慌，也不冷了，把羽绒服往床上一扔："打死我也不信她们谁能跟游风好上！"

夏灯收到微信，是小姨问她还回不回，几点回。夏灯回了个"很快"，她跟舒禾说："走了。"

舒禾伸手："哎！等一下！"

夏灯看着她。

舒禾说："刚才谢谢。"

"不用。"

夏灯跟宿管阿姨说了一声，出了寝室楼。星星很多，明天应该是个晴天。

她上了车，还没启动，又来了微信，打开一看，竟然是游风，他发了一个地址过来，问："忙吗？"

应该是要她去接他的意思。

夏灯说："我得回去。"

意思是你自己打车吧。

游风发了一张等待司机接单的截图，半小时了，还没人接单。夏灯这才点开他发的地址，郊区农家院……一个来回要两个多小时，小姨肯定睡了，她想想还是拒绝了："我不方便，你想办法吧。"

“嗯。”

“朋友的女朋友来了，我让她顺便把我捎回去。”

游风连回了两条。

夏灯沉默了。

夏灯没再回信息，回了家。

小姨买了生的烤鸡，正在研究烹调方法，见夏灯回来了，把说明递给她：“你看看这个，好像没写烤多长时间。”

夏灯接过来，放桌上：“十点了，明天再做吧。”

小姨有时差，也不困，拉住夏灯的手：“那我们聊会儿。”

小姨把夏灯拉到沙发旁，坐下：“有没有男朋友？”

夏灯从不骗人：“嗯。”

小姨很惊讶：“什么时候找的啊？”

“毕业以后。”

“以前同学？”

夏灯点头。

夏灯跟游风初中同班，高中同校。初中时，她全校倒数第二，游风倒数第一。高中时，游风可能是触底反弹了，一跃成了正数第一。夏灯没人兜底了，稳坐了三年倒数第一的宝座。毕业后，游风被航大三请五请，夏灯要被她妈带去国外。

本来也不是很熟的两人，按正常发展，应该是各有各的未来，但人太漂亮就是会有太多烂事。夏灯家别墅区外，经常有人蹲守，还会追她妈妈的车，她妈妈吓到报警，并提前了让夏灯去国外的计划。

夏灯不太想出国，她虽然对什么都不感兴趣，但也不喜欢被写好的人生，不喜欢一直在父母羽翼之下。彼时游风抽风了，问她要不要跟他在一起，去涂州上学。

游风的长相也是吸引烂事的配置，夏灯才不想跟他一起被围观，像猴一样，就要拒绝。但可能是抽风会传染，当游风在夏灯家门口，又问了一遍，要不要跟他在一起时，她竟然点了下头。

现在让夏灯回忆，她为什么会答应他，她已经不记得了。也许是游风长得太帅了？声音太好听了？身材太诱人了？可她向来不在意表面的这些。

因为她都有。

反正就是稀里糊涂地答应了，夏灯取消了出国计划，也来了涂州。之后就是各过各的，游风接着当他迷人的学霸，延续从前众星捧月的日子，夏灯在隔壁当一个一心想潜水的大花瓶子。他们确实不像情侣，但他们就是情侣。

夏灯就是游风正牌的女朋友。

小姨感兴趣，又问夏灯："对方怎么样？"

夏灯说："高中他是我们学校第一名。"

小姨更感兴趣了："你那个成绩，能让全校第一相中了？他不是图你长得漂亮吧？那可不怎么靠谱。"

夏灯说："他长得也还行，校花都觉得他很帅。"

"你们学校的校花不是你吗？"

"隔壁几个学校的校花。"

小姨好奇："有照片吗？给我观摩下。"

"没有。"夏灯的相册里都是游泳池。

对于夏灯的平淡，小姨并不奇怪。夏灯从小到大看过的好东西太多了，她什么都没缺过，也就从不宝贝什么。没有就算了，小姨的好奇也不会持续太久。

她们都富有，无论什么。

要睡觉了，夏灯收到了来自高中群的信息，是一个也在涂州的男生。他问夏灯方不方便打个车去六道巷接趟游风。他不知道游风和夏灯在一起了，大概是游风的求助电话打给了他，他自己不方便所以来问她了。她皱着眉从床上下来，下楼走到窗台，给游风打电话。

半天，游风才接通，声音懒洋洋的，能听出喝了不少："喂。"

夏灯问："你还没回来？"

"嗯。"

"你朋友的女朋友不是去接你们了吗？"

"她接自己男朋友。"

夏灯说："你不是说可以把你捎回来……"

“还有事吗？我继续打车了。”

“……”

夏灯睡裙都没脱，直接穿上一件大衣，套上长靴子，拿上车钥匙，轻手轻脚出了门。

她开了四十多分钟才到六道巷，游风穿着衬衫，打着黑领带，双手抄在裤兜，站在路边，风把他领带和头发吹起，也吹眯了他的眼。

大晚上的，也太俊了，往那儿一站活像个男模……

夏灯把车停在游风面前，打开车窗。游风上了车，靠在座位上，左边那只眼红得吓人。

夏灯没注意，只是问：“是回学校，还是你家？”

“家。”

夏灯搜索路线，准备走了，游风却说：“等下。”

“怎么了？”

“眼里进了猫毛。”

“哦。”

游风照着车前镜，撑着眼睑，但可能酒精让他动作变得迟缓了，半天没弄出来。

夏灯这么等也不是事，就问：“要不要我帮你？”

“嗯。”游风都没客气一下，直接解放了双手，靠好了等着。

他是不客气，夏灯可真在客气，根本没想帮他弄，但他都做好了准备，也只能硬着头皮上了。就是游风太不配合了，头不转，脸也不扭，她根本就够不着。

“能不能靠过来？”

游风说：“头晕。”

夏灯只得把腿迈过去，膝盖抵在副驾驶的座位，正好是游风两腿之间的空隙。手指轻轻稳住他的头，指腹压住他太阳穴，仔细寻找。

那根猫毛很嚣张，就在他眼角，她眼神好，动作也快，捏住一拉就弄出来了。游风下意识闭眼，转了转眼球，然后猛地睁开。

他眼睁得有点大，夏灯虽说没被吓到，却也没离谁的眼睛这么近过，一下失了平衡，膝盖不由得往里滑了几寸，游风下意识扶住她的腿。

她穿着睡裙，但因为动作不太规整，裙摆被吊起来了，成了齐腿根的短裙。游风的手就这样没有阻碍地覆在她的大腿上，可能是酒精和冷风让他身体有些发热，夏灯也觉得被他摸的位置有点烫。

游风神情如常，她这边一找到平衡，他就收回了手。

夏灯回驾驶位慢了一步，游风就有话说了：“就一根。”

意思是你可以回去了，膝盖可以离开我两腿之间了。

夏灯淡然地坐回驾驶位，她也不是听不懂他的话，说：“我让你靠过来，你自己说头晕。”

意思是我根本就没想挨你那么近。

游风不说话了，打开音响，当即一句“入夜我们谈恋爱”充斥在狭窄的空间里。他也很淡然地切了歌，又闭上眼。

游风在九湾区租了套公寓，若不是研究所特别需要他的时候，他都不会住校。

当时他租完房子，夏灯还帮他搬了家。游风的朋友都是跟他水平一般的学霸，忙都是一般忙，肯定不如夏灯这个常年成绩垫底的闲。他给她发了微信，让她给他挑家具，搞搞装修，他说他不懂。夏灯也不懂，但喜欢创意家居，就跟他去逛了建材城、家居馆什么的，挑的都是她自己中意的。

夏灯把车停在游风家小区门口：“到了。”

“几点了？”

“一点半。”

“你再回去就三点了。”游风睁开眼。

夏灯点头：“所以我不回了，正好我在旁边的酒店也有长包房。”

还是之前帮游风搬家时包的。

游风朝酒店的方向看了眼，没说别的，解了安全带：“嗯。”

待游风进了小区大门，夏灯才掉转车头，去了旁边的酒店。进入园区时，道闸没反应，把她拦在了门外。她打开车窗，看向保安亭，也不见人。正疑惑着，隔壁小区的保安走过来，告诉她：“酒店在那次漏电事故之后就停业了，还没整修完。”

有这种事？

夏灯问：“什么时候停业的？”

“三个多月了吧。”

“……”

游风在这时给夏灯打来电话，什么也没问：“我把电梯卡放在楼下前台了，房门密码没变过。”

这话就是坦白，他知道她去不了酒店。

夏灯直问：“你明知道在整修，刚才怎么不说？”

“让你亲眼看见，省得你觉得我骗你来我家。”

夏灯挂了电话。

服了，这人还跟以前一样坏。

夏灯拿上电梯卡，进入电梯，显示屏上的数字一直在变换，她鬼使神差地想起了从前。

那时候上初中，她和游风被罚站，要求站满两节课。中间不让上卫生间，不让喝水，又是大夏天，很难熬。最后一节课末，游风拿着巧克力，问夏灯：“饿吗？晕吗？”夏灯摇头。

“给我拆开，我饿了。”

夏灯当时就觉得这个人很坏。

事实证明确实是这样。

初中的游风也不活泼，皮里阳秋，擅长不动声色地让别人给他说话、办事。不顺着他的同学要挨欺负，不依着他的老师会受窘。偏偏这也能招人喜欢，老有一票人就爱围着他转，左一个游风右一个游风，鞍前马后的。其中有一个女生，也是年级倒数，不同于夏灯这种清冷风，个性张扬，也是喜欢围着他转。他们十七中和南大附中挨得近，那个女生就是南大附中的，总是来校门口等他。

夏灯妈妈当时为了方便夏灯走读，在学校附近买了套独栋，夏灯经常跟他们遇到。

那女生只有在游风面前时，才会低声说话。

他们中还有一个男生想认识夏灯，小字条塞满了她桌膛，夏灯总是不理。有一次那人奓毛了，骂了大街，觉得夏灯太让他跌面儿。

游风接了一句："别狗急跳墙，谁让你放着那么多人，非要结识我们班倒数第二，你一句话，人至少得想五分钟才懂什么意思。"

引得一帮人哈哈大笑。

那是夏灯第一次听游风说那么多话，真是字字都难听。她也没理，反正她在车上，他们步行，轻轻松松就把他们甩在车后头了。

电梯响了，夏灯思绪回归。

想着从前，她才意识到游风打脸了，那时在她家门口，堵着她想跟她搞对象时，怎么不说她倒数第二了？再说他初中是倒数第一，又凭什么看不起她倒数第二？

只是，即便这样她也不能旧事重提，因为她也打脸了。

不是觉得他坏吗？点什么头？

夏灯走到游风家门口，刷新了一下感应屏才想起，她压根没记他家密码，正要给他发微信，一道识别声后，门开了。

游风的衬衫脱了一半，给她开了门就转过身继续脱了。夏灯走进门，站在楼梯边，楼梯鞋柜敞着门，边上是一双藕粉色的女士棉布拖鞋。她还记得，这是当时搬家，她跟游风去超市买的，买了一对，游风那双是灰色的。

她下意识看他，他光着脚，没穿鞋。

游风把衬衫脱了，里边是一件紧身的工字黑背心，胳膊和胸腹练得不大不小刚刚好，一层肌肉就这样显现出来，然后把头发往后拢，拿个黑色的棒球帽，倒着戴。

这套动作利落完成，他从冰箱里拿了瓶椰奶，拧开放在圆吧台。

夏灯坐上了吧台椅，握着瓶子等他忙完。

游风的忙也不过是给夏灯铺床。他这房子是套复式，只有一张床，大小姐肯定不能睡沙发，他就把他被子搬到了沙发，拿了床新被，装上被套，给夏灯睡。

都弄完，他下楼，冲夏灯伸手："手机。"

夏灯把手机给他，游风滑开屏幕，把他家密码打在备忘录里，还给她。

夏灯点开看了一眼，09191119。

他俩生日。

夏灯有点困了：“那我先睡了。”

“嗯。”

夏灯起身上楼，到楼梯口才想起，她大衣还没脱，就脱了大衣。脱完才想起，游风这儿没有衣架，然后扭头看他。

游风伸手：“给我。”

夏灯把大衣递给他。游风拿了一个衣架支好，挂进了衣柜里。回过身，夏灯还没上楼，玫瑰金的细吊带睡裙在暖色调的夜灯里有点闪，叫他不由得皱眉。

夏灯身材实在是好。

他又打开衣柜，拿了自己一件棉布衬衫，扔过去：“扣子系上。”

夏灯才不管他难不难受，只考虑自己睡不睡得好：“我后半夜该热了。”

“我又不热。”

夏灯不说话了，也不动弹，就这么僵着。

游风这才说：“被子不厚。”

“嗯。”

夏灯向来讲理，他给台阶，她就会下，没说别的，上了楼。

游风的床很硬，夏灯再一次感受了一遍。

以前，游风约夏灯跟着国际野营队伍去原始森林，半个月，回来正好是半夜。彼时夏灯的长包房借给别人了，就在游风这儿睡了。也是游风睡沙发，她睡床。只是他床太硬，她睡不惯，翻来覆去一个小时，才勉强睡着。

这一次可能是开了太久的车，累了，很快就睡着了。

一觉醒来天大亮，床边的小圆几上有一盏点着的香薰蜡烛，橘子香味都渗进了被子里，太阳光一晒，暖烘烘又甜蜜蜜。她坐起来，闭着眼睛醒了会儿神，等闹铃响起，才又睁眼，拿来手机，关了闹铃，下床，再下楼。

游风不在，沙发上的被子就这么乱糟糟地摊着。

夏灯没找他，进了卫生间。

洗手台上有一套未开封的洗护用品、新的牙刷、新的牙杯，毛巾和内衣也是新的。她好奇地拎起内衣看了眼，买小了。但也没在意，也许本来就不是给她买的。

这一点在她洗完澡之后得到了验证，装内衣的盒子那么大，但只装了这一套内衣——游风没给她备外穿的衣服。那就是说，现有的这些不是他早上起来去买的，是早买了。

却不是她的尺寸。

她没多想，是谁都无所谓，本就是稀里糊涂凑到一起去的，没什么感情基础，要是他找到了真爱，随时分手，她同意。

她重新穿上睡裙，刚穿好，游风回来了。

游风看到头发湿漉漉的夏灯，也没过度反应，把早餐放到桌上，又把沙发上的被子叠起来，去洗澡了。

夏灯看了眼早餐，什么都是一份，也不知道是不是给她的，他在洗澡她也没法问，就干等到他洗完。

游风穿着卫裤、光着上身拉开门出来，看到夏灯坐在桌前，早餐一点没动："等我喂你？"

"只有一份，我以为你没给我买。"

游风单手拉开纸袋，把蒸汽奶拿了出来，还给她插了管，五指箍着杯口，搁在她面前："我等一下要去学校。"

"我回家换衣服。"夏灯说。

"嗯。"

夏灯喝了一口，发现不是奶，好像是果汁饮料。她低头看杯身，但隔热套上明明写了香草蒸汽奶。

挂羊头卖狗肉？

她又喝了一口，还有一点苦。她不常喝这东西，暂时不确定是什么，就没再动了。倒了杯水，也没问游风，好不好喝的毕竟是人家大早上起来买的，她问这个很像是在挑眼。

面包没吃两口，她突然想起件事："你车是不是停在农家院了？"

游风擦着头发："嗯。"

夏灯又撕了一块面包，这回没客气地提出送他。游风这种听不出来客气话的人，她跟他客气，他就会当真。再让她硬着头皮把他送到学校，等于是一晚上加一上午不见人，她更不好跟小姨解释了。

游风很平淡："我去赶公交。"

过了会儿，夏灯说："我车库还有一辆车，要不你先开去？"

"不用，公交车站也不远，走半小时就到了。"游风把毛巾放回原位，"你慢慢吃，我先走了。"

游风穿了一身黑，作战鞋帮束住工装裤脚，上身是类棒球服的款但又略宽松、更像机车夹克的外套。他正戴了棒球帽，弯檐的，胸前斜挎饺子包，头也不回地走了。

夏灯也没多待，把早餐袋子和空杯收拾好拎上，出了游风的家门。

丢完垃圾，她上了车，启动前先看了一眼微信，小姨发了差不多二十条消息了。她起床时回了一个"我能解释"，现在小姨追着要她解释。她提了口气，准备走了，却冷不丁有点头晕，恍然想到早上那杯她觉得不对劲的蒸汽奶。

随后轻哈了下，不知道是不是主观意识，她明显闻到了酒味儿。她想起游风小区门口那家店就主打一款青柠水，含酒精的，叫青柠莫吉托，她一下找到罪魁祸首了。

总不能是那家店的店员给青柠莫吉托装了一个香草蒸汽奶的杯套吧？

那她还怎么开车？她缓了几分钟，仍然晕，最后还是下了车，一身怪异地走向大门。从小区出来，她一眼就看到了路边的游风。他靠着重机车，在看手机，眉目很凶，路过的人即便觉得他和车都很帅，也不敢多看两眼。

夏灯心中那一份怀疑，慢慢加深成为结论。

游风抬起头，看到夏灯，就收了手机。夏灯走过去，情绪不怎么平静："你给我喝的什么？"

"莫吉托。"

"我还要开车的。"

"我忘了。"

“忘了你怎么不走？还能在这儿等我？”

“刚想起来。”

“……”

游风把头盔递给她，夏灯不情愿地接住，又问：“你不是赶公交吗？”

“我想起来我还有辆机车在地库。”

夏灯点头：“嗯，还很巧，正好包里有机车的钥匙。”

“不信还我。”

夏灯真还给了他，游风要当坏种，也不能老拿她当使坏对象。就算他俩是男女朋友，她也不能这么惯着，何况没感情。她又不是不能打车，顺手就在网上预约了一辆，接下来就在路边等。随便游风要走要留要说什么，她都暂时不想搭理了。

游风酷得要死，什么也没说，骑车走了。

他这辆车很贵，本身连人带车就很帅、很醒目了，一上路还制造出巨大音浪，早上八点，整条街正热闹的时候，他一喧嚣，寻常的车辆顿时显得安静如尘。

夏灯的体态一直是除脸以外，别人最羡慕的。她向来身姿笔挺，站在一块地砖上，那一块地砖就是她的宇宙。

她可能生气、烦忧，但不会塌肩、耷头。

等得倦了，她看司机还要十分钟才能到，就去了旁边咖啡馆，计划点杯咖啡继续等。到了店里，她点咖啡的欲望却不强烈了，排到她时她突然发问：“你们店今天有卖过青柠莫吉托吗？”

“没有。”店员摇头，但很快想起什么似的，又说，“您今天喝了青柠莫吉托吗？”

“嗯。”

店员很抱歉：“对不起啊，我们早上太忙了，闹了个小乌龙。一位帅哥点了蒸汽奶，我们不小心把我们自己喝的莫吉托当成蒸汽奶，装了杯套，给他了。”

夏灯突然来了一种不好的预感。

“他走后我们才发现，正好不久前看到他出小区，就去跟他道了个歉。但他看起来不是很想原谅我们的样子，说我们应该去跟他女朋友道歉。”

夏灯愣住。

没想到她唯一发作的一次，他竟然没跟她使坏。

她从咖啡店出来，还没想好要不要给游风发个微信，跟他道歉，就被一道响亮的喇叭声吸引了。

抬起头，正好是游风。游风就在路边，双手握把，长腿支车。

夏灯走过去，停顿了约莫半分钟，才开口：“你怎么又回来了？”

“把你扔这儿不合适。”游风又把头盔递给她。

夏灯接住，也说：“我没弄清楚状况就跟你发作也挺不合适的。”

“说点有用的。”

“对不起。”

游风说：“这不是。”

那夏灯就不知道什么是有用的了。

“我是谁？”

“游风。”

“除了是游风。”

夏灯懂他的意思了：“我男朋友。”

游风单手揽腰把她抱上了车：“跟你男朋友发作有什么不合适的？”

夏灯当下那一会儿没有说话。

毕业之后，初中同学组织了一场聚会，那时夏灯就已经跟游风在一起了，但没公开。饭桌上，一群人起哄，问夏灯有没有男朋友。她不说谎，就点了头。

他们又非要知道是谁，她趁人不注意，瞥了游风一眼，他跟佛爷似的往那儿一坐，玩着手机，比谁都酷，都闲，看起来完全不想公开，她就硬是抿嘴没说。

他们磨不出来也不放过她，不说可以，但要留火鸡头，她迟迟没应。后来有人觉得太为难她，只说染个火鸡色就好，就这样，她染了一个星期的火鸡发色。

那时也没见他挺身而出，尽一下男朋友的职责，现在想起来自己是谁了，不晚吗？

她坐在他身后，不自觉跟他保持了两拳距离。

“我男朋友忘性很大。”她突然未经大脑地说了这么一句。

游风停顿了一下，了然似的：“你是说你之前染火鸡头那件事？”

“没有。”

“你天天戴个绿帽子是不是在报复我当时没替你解围？”

“你想多了。”

游风也没解释，拉下面罩：“扶好了。”

夏灯双手向后，撑住座位，她这样坐着很好，不用扶。游风拧动手柄，突然加油，车往前奔了一下，强大的后坐力甩动了夏灯的纤薄身板，叫她被迫搂住了他的腰。

“让你扶着，没让你抱我。”

“……”

要说莫吉托的事是夏灯误会了游风，那现在他是真的在耍坏吧？夏灯为什么要受这气？这回她铁了心打的，死活要从车上下去。

游风在这时突然加满油门，重机车顿时刺穿了整条马路。他没给夏灯下车的机会，夏灯又被迫抱着他的腰，抱了半小时。

硬邦邦的，没什么可抱的。

夏灯很煎熬。

快到大学城时，三月天又惯例下起雨，不大，但也很凉。

游风在二十四小时便利店门口停住了，摘了头盔，戴上棒球帽，下车走进了店里。

夏灯也到门口屋檐下去躲雨，等了会儿，游风出来了，递过来一把透明伞，她迟疑了一下，眼神也不自觉地向上挑动了一下。

她自己都没意识到，游风却发现了：“不想要伞？”

“没有。”

游风没说话，走向他的车。

夏灯随后，还没迈步，前头的游风忽然摘了帽子，脚步没停、头也没回地往后伸了下手，把他的帽子精准地戴在了夏灯头上。帽檐遮住了夏灯的眼，她往上抬了一下，露出了双眼，游风已经骑上车，走了。

前边就是西澳北门，但夏灯是打算回家跟小姨解释的。

上车后他没问她要去哪儿，她也忘说了。算了，那先回宿舍吧，把睡裙搭着外套大衣再搭长靴的装扮换了。

寝室里只有舒禾，夏灯把游风的帽子放在桌上后，脱了大衣。

舒禾在床上吊腿，一手拿着苹果，一手拿着手机："我们中午吃什么啊？"

舒禾大部分时间都在问夏灯吃什么。

夏灯吃了颗醒酒软糖："我吃过了。"

"午饭吗？"

"早饭。"

舒禾还想说什么，夏灯去了阳台，给小姨打电话。

小姨的声音听起来不是很急，没有很气，还挺平淡的："你的要紧事忙完了？"

"没要紧事。"

"没有你半夜跑出去，还给我夜不归宿？早上说解释，这一上午又要过去了，才打给我。"

"我去接人了，太晚了就睡在他那儿了。"

"你那小男朋友？"小姨语调高了几度。

"嗯。"

"又跟他吃早饭？"

"嗯。"

"我来这几天能见一下这男生的真颜吗？"

"你以前不好奇别人。"

"都跟你处那么久了，还是别人吗？搞不好是我外甥女婿呢。"

"……"

"我下午去平城，可能周末回来，到时候给我见见，我给小帅哥准备一份见面礼。"

"……"

"行了，挂了吧。我等会儿要上飞机了。"

电话挂断，夏灯把手机扣放在阳台围挡，面朝半空提了口气。

雨还在下，下午可以去游泳馆了。

夏灯双手交换着，摩挲了两下胳膊，摸到手腕，发现了一件事——她的手链丢在游风家了。她拿起手机，打开微信，游风纯黑的头像在舒禾、程程这些花里胡哨的头像中很醒目。

她刚点进聊天框，游风发过来一张照片，正好是她那条手链。

她打过去：“我丢在浴室了，怎么在你身上？”

“我没注意看，拿错了。刚发现小了一圈，戴不上。”

他们俩的手链是情侣款的，游风自己画的图纸，找了他认识的设计师设计的。设计师说，表面上是一个安全扣，其实有很多细节。夏灯没问过，设计师也不告诉她，要她自己摸索，说是这才能感受到游风的才华。她起初真的摸索了，可能是她领悟力不行，参不透。

“那先放着吧”，夏灯刚打了半句，本来还有一句“以后你再给我”，游风又回了过来：“中午吃饭给你。”

夏灯看着他这话半分钟，觉得她知道他的意思：“什么吃饭？”

“我中午去找你。”

夏灯拒绝：“不了。你别来。”

“行。”

游风来西澳肯定会被当成猴看的，她跟他走在一起就是俩猴。

可别了吧。

游风看着夏灯说的这两句话，把手机放在了一边，靠在椅子上，仰着头浅憩了下。

沈佑进来，把包放在桌上，拿出电脑，接着很顺手地拿起游风的手机：“小潜水艇……这谁啊？”

游风把手机抢回去，没理他，又闭上了眼。

沈佑喝了口冰美式，开工了，其间还能抽出一些注意力，跟游风说话：“不就吃了个接风洗尘饭，也能累成这样？”

游风休息好了，睁开眼：“胡什么时候来？”

“胡”是中科院胡院士，游风和沈佑的导师。他们俩是航大理科工程九院的学生，同在总体试验班，学航天工程的。

九院不是说排老九，航大十二个学院，九院是第一，重中之重。

他俩一入学就参加各种考试，通过层层筛选才上了航天九院，上了总体试验班，有辛苦就会有回报，所以他们一开始就由胡院士带。

他们这个专业，笼统地说就是大气层外的飞行器设计、制造之类。但他们要做的远比说出来的更繁重复杂。

游风这两年没进行过超出半天的课外活动，经常觉都不够睡，专业课程搞好的同时也要到研究所，参与技术革新。

作为最前沿的一项事业，给予的机会很多，面向人群却很窄。要不是顶尖的人才，门槛都迈不进，而身为顶尖的人才，就要有自觉性，付出更多的辛苦。

他是没时间谈恋爱，但也不能把那大花瓶子就这么放着。她太招人了，还爱戴绿帽子，说不好也给他戴一顶。

“快了吧。”沈佑扭头看了眼游风，“你不是想放假吧？”

“不是。”

“不要在不该找女人的时候找女人，想想以后，别人都在花钱买星星命名送女朋友的时候，你直接造星星，不更牛吗？”

“我要是能造游泳池，她可能才觉得我牛一点。”

“啊？谁？”

游风没答，转了转脖子，打开电脑：“晚上去打个网球。”

沈佑浅忆了一下上次去网球馆被围观的盛况：“你给老凉打电话让他清馆我就去。”

“嗯。”

“顺便点那个女教练吴可可陪练吧。”

“你别去了。”

“……”

程程回来了，紧身短背心塑出大胸细腰的身材，短裤裤腰就挂在胯骨上，看着要掉不掉的。

舒禾看了她一眼，坐起来：“没事儿吧？健身也要垫那么厚？你不热啊？”

程程伸手把胸罩里的隐形胸贴撕下来，扔一边，喝了两口水。

舒禾看着她瞬间缩水的胸部：“要靠这个找了对象，以后发现是假的，你也不怕人家报警。”

程程擦着汗，说：“我又没病，干吗在咱们学校找对象？西澳海王之家都出名了，我有那么想不开吗？我只是要维持我精致女大学生的形象，就算在健身房也得是光鲜靓丽的。”

舒禾白眼一翻：“精致女大学生被邋遢男伤得喝蒙了趴地上睡了半宿这段，你是只字不提啊。”

程程把纸丢进垃圾桶：“别骂了，我已经用饿一上午肚子来惩罚我自己了。”

“就这么算了？”舒禾还是觉得太便宜那男的。

程程坐下来，把皮筋揪下来，手指捯着大鬈发：“还没想好怎么弄死这个他。”

舒禾说：“早跟你说过，巨蟹男就不行，你不听劝。”

“你要这么说，那十二星座哪个能行？”

“处女男。”

“你可拉倒吧，别笑死我。处女男，狗都不谈。”

“也是要分人的OK？游风那种处女男谁不馋啊？”舒禾一提到游风就迷糊，虽然早不感兴趣了，但馋帅哥是主动技能，不用感兴趣。

程程有异议：“我觉得游风不是处女座，看着很不像，不是谁弄错了吧？他演讲视频的评论区，她们总结出来的那性格，天蝎本蝎啊。”

“也许他上升是天蝎，要不就是家里谁是天蝎，被影响到了。”

“嗯，也有可能他喜欢的人是天蝎。”

“滚，不可能！这种人类范本就应该一辈子单身。”

“你可真恶毒啊，这话要让他听见，他准得谢谢你。”

她们俩聊得欢，第无数次忽视了夏灯。其实无法不忽视，夏灯从来不参与她们的话题，她自成世界，看上去藐视一切。

夏灯戴着耳机看电影，三倍速，很快就看完了。电影里提出了一个她觉得很新颖的观点——实现经济和恋爱自由就是真正的自由吗？

到结束电影也没解答。

夏灯觉得这个问题本身就很有问题，实现经济和恋爱自由难道不是欲望吗？最多是欲望达成才对。把一个理想目标当成自由化身，一定会发现，一个目标完成，还有另一个，再一个。

没完的。

“我就想吃这块肉，等我吃到就再也不吃了。”

这都是没吃之前的想法，吃到了不可能不想下一块。自己不想，也会被环境逼着想。这不是自由，这是被自由绑架的人们。自由，其实应该是无欲吧？

无欲无求，才能自由。

夏灯就是这样，更习惯听、看，然后思考。

也许别人觉得她无趣，但别人感兴趣的那些，她要么以前见过，要么干脆拥有过，这要怎么感兴趣？只是跟别人解释她不是特立独行太麻烦了，而且有些事会越描越黑，干脆让他们随便定义好了。

他们活的只有偏见，夏灯活的是自己。

舒禾和程程已经聊到学校的 AR 馆开了，健身房的动感单车区域也装修好了，游泳馆也允许其他学校学生进了，可以申请他们学校的临时门禁卡，但要想游泳，得花钱买时长才可以。

游泳馆是夏灯会感兴趣的，舒禾就问了她：“灯，游泳馆半年多少钱啊？”

夏灯抬头：“不知道。”

“还没定吗？”

程程替夏灯回答：“她又不是外校的，不用花钱。”

“我忘了！”舒禾猛地坐起来，一惊一乍，显得做作，“我怎么能忘了这么一个大美女是西澳的！”

程程白她一眼：“别玩儿尬的了，赶紧起来，饿死了。”

舒禾笑着从床上下来，边换衣裳边问夏灯：“灯，想吃什么？”

“火锅。”夏灯很少说随便，她一般都能知道她想吃什么。

程程眉一挑，眼睛很亮：“我也想吃！”

“那就老地方，新民区那家洋和牛。”舒禾快速打底，抿着嘴补人中、鼻缝，还能跟程程说，“别跟我抢，该我坐豪车副驾了。”

程程换了衣服："你坐你坐，服了你。"

夏灯说："我今天没开车。"

舒禾和程程都停下了，舒禾问："那你怎么来的？"

"别人带我。"

舒禾和程程默契地没有问是谁，夏灯的"别人"一般是她家亲戚什么的，没一处惊爆点。

"那我开吧。"程程看向舒禾，"委屈你坐我那辆破车了。"

舒禾接着化妆："反正不管你们俩谁开，我都要坐副驾驶！"

"不跟你抢。"程程略微无奈。

舒禾得意地哼哼，突然想起一件事，迅速变脸："咱们上回去洋和牛的时候，就遇到了齐征，没这么背这次也遇到他吧？"

齐征是大学城东南角的涂州传媒大学的，学播音的，声音好，又很会撩，专找西澳的谈恋爱，因为她们漂亮又有钱。总结就是贪财好色，比之西澳臭名昭彰的海王不遑多让。

他最近盯上了夏灯，上次她们去洋和牛，他也在，不请自来地跟她们拼了桌。后面还买了单，想加夏灯微信。

夏灯没搭他茬，他就配那种黏腻的表白，还发在社交平台上。

西澳人都知道夏灯寡淡，看什么都厌倦，不觉得齐征有戏，但挺好的闺密局，舒禾可不想看见这么倒胃口的人："怪我，我就不该在网上说我们爱吃洋和牛。"

程程不觉得能碰到："你管他呢，碰见也不搭理，随他。"

舒禾看向夏灯："灯没关系吗？"

"我没关系。"

"那行！"舒禾化好了妆，"可以出发了！洋和牛！"

"给老凉打电话没？"沈佑问。

游风一边收拾电脑，一边现拨了网球馆老板老凉的电话，开免提放在桌上，接通后沈佑凑过去："晚上有人吗？"

老凉说："有，涂传的齐征上星期就订了一号馆。"

"我们二号，给清个馆。"

“好嘞。”

电话挂断。

沈佑说：“涂传齐征好像听过。”

游风也听过，这个人给夏灯朗诵的酸诗，他听过。

大学城内有个设计很现代的网球馆，一直以来是广大学生消磨时间、约会的顶好去处。

游风绑了深蓝的发带，换了白色短袖，裤子也换了冰感的运动裤，跟发带同色。白袜子、白鞋，拎着球拍，边看手机边走向网球馆。

沈佑在他身侧走着，也是双眼像是焊在了手机上。

老凉坐在台阶上一手拿着啤酒罐：“来了。”说着仰首，跟游风二人打了个招呼。

沈佑把手机收起来：“有闲着的吗？来两个陪练。”

老凉说：“今天就 Coco 在，她在一号馆，和涂传那几个在打球。要不我陪你们俩玩会儿？”

沈佑笑了：“别在场上耍起酒疯来。”

老凉举了下易拉罐：“这才哪儿到哪儿，你凉哥一打的量。”

“拼个馆吧。”游风在这时说。

沈佑和老凉一齐看向他。

老凉还没说话，沈佑说：“你又不嫌人多麻烦了？”

游风看向老凉：“能吗？”

老凉说：“你们要认识涂传那几个，拼一个也成，我肯定没意见，就是他们人够了。”

沈佑看出游风的想法了，跟老凉说：“就说我们早跟 Coco 约好了，但既然他们也叫了 Coco，那一起玩儿呗。”

老凉锁眉琢磨着可行性。

沈佑又说：“要不问问 Coco 呗？”

老凉眯着眼睛，冲他俩晃着手指头，笑着说：“你俩这是早就想好了，问 Coco？她肯定想跟你们打啊，还用问。”

Coco 吴可可跟沈佑更熟，也一直比较欣赏游风的球技，所以跟涂传的几个花架子比，当然更想给他们当陪练。

最后，游风和沈佑进了一号馆。

齐征看见游风，神色一变，看得出有些不爽。

游风在大学城，那是一流学校、一流学院、一流人才，又是一流长相，除了体校那群自信心溢出的，就没谁不酸的。

吴可可看见他们直接过去了，招呼都没跟齐征打。

沈佑交际花，跟吴可可说了两句话，就走向齐征，冲他点了下头，很客气地道："哥们儿，我们俩人玩儿不动，一起呗？完事咱们一块儿去潘海城吃串儿。"

齐征瞥了一眼游风，佯装自然地把自己头上的发带扯下来："晚点有事，吃饭就算了，倒可以打两把。"

沈佑点了下头，转身看向游风，抬了抬下巴："风，你先跟这哥们儿来一把单打热个身呗。"

游风把护腕戴上，拎着球拍上了场。齐征被架到那儿了，不上不行，可是游风看上去来势汹汹，他还真有点虚，手心也冒汗了。

游风打球不多，战绩不错只因为他眼快、动作快，也擅长动脑子。齐征站在端线预备发球时，游风就已经想好怎么让他犯规出界了。

齐征第一次没接住游风的球时，沈佑就皱了下眉："这人。"

吴可可以为他说游风，递给他一瓶运动饮料，说："游风可能会有失误，但他无疑最自信。"

沈佑说："我说这个涂传的小少爷，这都接不住，打什么？"

吴可可笑了笑："人家不走这路线，长得小帅，还会念诗，以后进入文艺圈，不愁没饭吃。"

"我们也不走运动路线，怎么没像他那样打得这么烂？"

"你们啊，"吴可可喝了口水，"你们就别跟普通人比了。"

场上游风已经玩儿起来了，跟遛狗似的，没一会儿齐征就满头大汗、气喘吁吁了。

一号馆没清馆，有一些从旁边艺术节出来的女生，两排观众席坐了一半。她们开始还聊天吃冰激凌，场上球鞋滑蹭地面的声音越来越频繁，球拍和球撞击的"砰砰"的声音又很性感，渐渐被吸引了注意力。

游风打热了，挽起一边裤腿，露出膝盖，每次用力、跃起，胳膊和腿上的筋就凸显，看得人心里头痒痒慌慌的。开始有女生叫他的名字了，偶尔一句“游风——”出现在场馆里。

“热身”结束，齐征坐到台阶上，靠着渔网栏杆，脸煞白。

吴可可拿了瓶饮料，跟沈佑说：“我过去看看他。”

“嗯。”

吴可可走向了齐征，游风也回来了，接过沈佑手里的水和毛巾。

沈佑问：“怎么得罪你了？”

游风没说话。

沈佑可不放过他：“你突然要打球我就有点奇怪，一拼馆，我就知道你肯定是冲着他来的。你可真行，还打探到人家订馆的消息。”

游风把喝剩下的水放在他手上：“你自己回去吧。”

“干什么？”

游风擦了擦汗，坐了下来。

沈佑也坐下来：“你别打架啊，我跟你说。”

夏灯她们吃完饭去逛了街，最后只买了几支口红，回去了。

舒禾倒着走，跟夏灯和程程说：“西澳继图书馆对外开放以后，开放的馆越来越多了。”

程程说：“谁让西澳人不争气，毕竟花不少钱建的，总不能空着。”

“那我学费还贵呢，我交那么多钱是为了跟人下饺子的吗？”

“别不害臊了，你这学期去过图书馆几回？你这就是典型的占着茅坑不拉屎。”程程戗舒禾很有一套。

“那我等会儿就去拉！”

“我不去啊，别想拉着我。”程程拒绝。

舒禾一手挽一个，挽住夏灯和程程：“去吧姐姐，求求了。”

程程仰头，烦躁地喊了声：“你可真是个小可爱！”

“小可爱”三个字稍微咬牙切齿。

西澳图书馆很大，三层，每层一千多平方米，基本是外校人，本校的都是去钓鱼的。

舒禾刷了卡，屏幕显示的“6”让程程笑了：“你是挺厉害的，入学到现在总共来了六次？”

“我要那么爱学习，不就能上航大了吗？”

程程很敷衍：“对对对，你说什么都对。”

三人去了靠窗的位置，一坐下来，程程就看见了熟人。舒禾见程程脸色突变，扭头发现抢程程对象那女的就在不远处。

“洋和牛没碰到齐征那个恶心的，我就应该知道不是啥好事。果不其然就碰见更恶心的了。”

程程把手袋往桌上一摔，站起来走过去。

“坏了！”舒禾说着跟上去了。

夏灯也过去了，在图书馆里闹，无论是不是她们占理，也显得没理了。程程不是没分寸的，只是她也有一米七，又爱穿跟高的鞋，往那几个女生桌前一站，如大军压境。

舒禾刚走过去，程程小声跟她说：“把摄像头挡住。”

舒禾大概知道她要干什么了，却也没阻止，只是假装不经意地举起了包，把摄像头挡住了。夏灯刚走过来，程程已经甩了那女生一巴掌，什么都没说。

那女生愣了下，随后尖叫：“你有病吧——”

跟她一道的女生也站了起来，一副要动手的架势。图书馆里大部分人都被这声尖叫吸引了注意，眼瞄着这头。

程程扶住了桌沿，语气平和：“图书馆，你嚷什么？”

舒禾也说：“怎么那么没素质呢，这位姐？”

管理员走过来，拦下了要动手的人，把她们带去了办公室。

办公室里，管理员把手机放在桌上，坐在桌沿，看向她们：“图书馆禁止喧哗不知道？”

程程很委屈地说：“我就过去跟她打个招呼，她直接骂人，还要动手，我不知道我怎么得罪她了。”

“你放屁！”那女生伸着脖子，眼珠子要瞪出来了，“能别说瞎话吗，程二？你甩我这巴掌还有印儿呢，你要不给我道歉，那报警！”

程二？

程程火了，但她的脆弱易碎都只展现给身边人，从不在外人面前放低姿态是原则，于是利落反击："你要有证据当然还是报警好，我也更喜欢公平公正的解决方式。"

那女生的同伴这时小声告诉她："刚才舒禾把监控挡住了。"

那女生脸色变得很快，憋了半晌，最后只是点着头，指着她，晃着手指头，咬着牙，瞪着眼，朝着程程骂了一声。

管理员经常处理这种破事，不是很乐意管，只是几人都很漂亮，他才多说了两句。看样子她们已经解决了，他也就不搅和了："行了，散了吧。"

几人往外走，管理员抬眼看到身材最好的夏灯，不知道哪根筋搭错了，叫住她："夏灯等下。"

程程和舒禾也停下了，跟夏灯一起转过身来。

管理员顿了顿，才说："图书馆刷时长也是要算进考勤的，你从开学到现在一次都没来过。"

舒禾嘴很快："房博士的课她都不去，体育课就没上过，考勤早稀巴烂了，她都不在意，您就别操心了。"

管理员有些尴尬地摸了下鼻尖："我也就是善意提醒一下。"

"我也才来了六次，管理员您咋不提醒我一下？"舒禾非要说得管理员哑口，这才挽着夏灯和程程出去了。

三个人走下图书馆四十八级台阶。

程程评价刚才这件事："他要坦诚说就是看夏灯漂亮，想跟她说两句话，我也觉得他是个爷们儿，这借口找得真不行。"

舒禾点头，这事同时也引起她的担忧："灯，你的考勤就没想过补救？"

"没有。"夏灯说。

程程说："她贫血你忘了？选课的时候把那些运动量大的活动全规避了。你看体测那个一千米，她跑过吗？"

舒禾光想着考勤不满的后果了，忘了夏灯有些缺勤并非故意："可能是我脑子被和牛堵了，每回夜跑她都在旁边走我又不是不知道。"

"不也是因为贫血，从国家队退出来了？"对于这点，程程实有些无奈。

夏灯不爱上房博士的课，不是因为房博士讲得不好，只是她必须要选课，就随便点了几个。她不喜欢按部就班的事，其中就包括上学。她喜欢游泳，想融化在水里，变成小鱼。她爸妈也百分之百支持她的想法，但最后他们都没有能力揭过被指指点点的生活——

“你家小孩不上学怎么行呢？”

“等她长大会怨你们的。”

“她还小，她不懂，你们大人也不懂吗？别人都上小学了，你们还带她满世界玩，这不行。”

“别为了自己的一时高兴，就毁了孩子一生。”

众口铄金，积毁销骨。他们家也不能是例外的。

正好那时国家游泳队找过来，夏灯就进了国家队，如此那些声音才渐淡了。但夏灯是个小倒霉蛋，在国家队第二年时，体检发现她先天性骨髓造血功能不全，也就是障碍性贫血。基本生活没问题，适当运动也可以，骨髓移植的必要性不大，只是以后不能当运动员了。就这样，她退出国家队去上学了。

初中，高中，成绩差得离谱，并不是她愚笨，只是她不喜欢在不喜欢的事情上投入一点精力。本来高中毕业，她终于成年，再不会有人道德绑架她父母，她终于可以一个人去过她喜欢的生活了，结果谈了恋爱……被绑架来了涂州，又继续上学了。

她倒不怪绑架她的那个人，反正那时正好没想到哪儿比出国好。

那个人……

想到那个人，他最近怪怪的。

舒禾和程程要回寝室，夏灯想趁着晚上没人去游泳馆游一会儿。刚各自走向不同地方，那女的不知道从哪冒了出来，她们四五个，拦住了程程和舒禾两人。

程程冷哼，不怎么怵。舒禾脾气暴，但她是典型的嘴厉害，一打架就心慌气短打哆嗦。

那女生也不废话，把一部破手机扔给程程：“你男人给你的备注是程二，他说你很好骗，还有点钱，可以拿过来给我花，不然你以为他为什么不分手？”

另外几个女生就是夜读室的那几个，一直不时翻白眼，有点装过头。

程程笑了：“你知道我俩上次吵架为什么？差不多也是我发现他逗路边的小野猫，开始他还嘴硬，没两天掀了原先供词，说是那小野猫贴上来的，他一直拒绝。”

那女生几人还真在听，舒禾也在听，她没听程程说过这段儿。

“当时没证据，不好翻脸。后来我才知道，他改话说和那小野猫就是玩玩。”

那女生脸色突然难看。

程程一看她这样就知道是怎么回事了：“是不是买完香水就去酒店了？然后他就人间蒸发了？”

那女生抿紧嘴，不吭声了，脸绷得紧。

程程拿出手机，外放了她这个前男友两分钟前发的语音：“程程我错了，试香那事是意外，我帮我兄弟应付女人来的，我有了你，别的女的我怎么看得上啊？”

程程放完，那女生有些张皇失措，眼睛不知道看哪里，话不知道说什么，最后选择不信，警告程程：“捏造语音犯法知道吗！”接下来骂得很难听，也有些气急败坏。

舒禾看她也太可怜了，拉拉程程，不想浪费时间了。

那女生没了男人，没了面子，怎么可能让她们走呢？上来就要薅头发。舒禾被推进了灌木丛，程程被甩了一巴掌，因为反应快，最后只是甩在脖子上，但也顿时红起一道巴掌印。

几个人特别难看地扭打在一起。

夏灯刚把手机放进柜里，有人专门来告诉她舒禾和程程被几个女生打了，她立刻关上柜子，原路返回。

到现场时，几个女生一身的伤，眼睛肿了，胳膊划破了，头发也被揪掉了好几撮。路过的人把她们拉开了，但显然她们没打算善罢甘休，一直骂街。

夏灯蹲在程程和舒禾跟前，想扶她们先去校医处。那几个女生吵吵闹闹一直吸引程程和舒禾的注意力，打架最重要，她俩根本顾不得听夏灯说什么。

夏灯扶了几次没扶起来，扭头对那几个女生低喝："闭嘴！"

那几个女生对上夏灯的脸，倒是安静了几秒，但很快又开始骂。

夏灯同人一起把程程和舒禾扶到她打的车里，转身跟几个坐在地上要死要活的女生说："路灯有监控，现在报警，你不光要被警察教育，还要被学校处分，要是运气不好，她们俩被断定为轻伤，你想想你要花多少钱、找多少人才能消除负面影响。"

陪着那女生的几人害怕了，拉着那女生，想跟她说先算了，以后有的是机会找回场子。那女生不依不饶，明显脑子超负荷，疯了。另外几个女生只好替她跟夏灯说好话。

"我已经报警了。"

她们全忘了，夏灯不管事，不是不会管。看起来淡漠、温顺，可能只是看起来。

程程和舒禾只是皮外伤，到校医处还被校医说了。

"都是女大学生了还跟小孩似的闹别扭，又揪头发又掐胳膊的，全破了相了。"

两人好言好语地把校医哄走，塌了肩膀："都是什么破事啊……"

夏灯靠在诊断桌上："派出所和学校都会处理。"

程程不在乎那几个女生会受什么处分，都不是公主，家里没条件给她们出头。这次之后，估计会识相，躲着她们走。

只是为什么女生被男人骗，却觉得帮她戳破谎言的是坏人？

舒禾捂着头："我发现我真不能打架，打得激烈的时候我心怦怦地跳。"

程程扭头冲她笑："不会有下一次了，下礼拜我请你俩去吃顿澳龙吧，感谢姐妹们坚定不移地站我这头。"

"真的假的啊？"舒禾说，"别下礼拜了，就这周周末吧，我的酷姐。"

程程下巴点点夏灯："酷姐在那儿呢，下凡的感觉怎么样？"

舒禾没等夏灯说话："天上的都是从凡间上去的，灯办事利落是她本来就利落，只是一般事懒得搭理。"

其实她们平时捧夏灯的这些话，只有七分真，还是夏灯太漂亮又太有钱了，慕强的人总是会盲目一些。在她们眼里，夏灯就是上帝和女娲联名创造出来引人妒忌的。

她们在这边闲扯着，夏灯收到条微信，点开来看，黑色头像的主人问她："忙吗？"

她记得他去农家院回不来的时候，也是问他，忙吗。

她回复："我的车在你家的小区。"

意思是，不忙，但也接不了你。

游风把网球馆的地址发了过来："帽子在你那儿。"

夏灯看着他这消息，半天才回："是你戴在我头上的，我当时没打算要。"

"又下雨了，风比上午大一点。"

"……"

舒禾看夏灯锁着眉："怎么了？"

夏灯没听见，回复游风："网球馆周围的网约车还挺多的。"

游风也干脆："好。"

回完，夏灯把手机扣放在桌上。舒禾和程程对视，也没碰撞出来答案，却没再问。

校医处突然安静，夏灯靠着桌，左手攥着右臂，看着窗外，沉默了很久。

舒禾也看窗外："马上四月了，雨应该会少点吧？"

"涂州，沿海城市，风啊雨啊怎么少得了？"程程接话。

舒禾看了眼天气预报："刚才气象局群发短信，临时提醒晚上有暴雨呢，黄色预警。"

"下吧，别停，越大越好。"

"缺不缺德啊，肯定有不少人还没回去。"

"那怪谁？我早上看天气预报就显示晚上有强降水，但凡看个天气预报就不会那么点背。”

“……”

暴雨也会有车接单，夏灯收回眼来。

程程看了会儿本地动态，笑了：“淮知路堵车了，那不是完了吗？贵族小学、中学都得走那条路，估计得困住一条龙的车。”

“就是因为他们所以才会堵啊。”

“确实，一家子恨不能开八辆车去接一个小崽子。”

“那边有个收费站，这个点也在检查健康码，全赶一起了，怎么也得半夜才能疏通了。还想去那边吃个驴肉火烧呢，算了。”

“还吃驴肉呢，你都快跟驴一般蠢了。”

“你放屁！我很精！”

她们瞎聊着，夏灯在想别的事。

游风去的网球馆就在淮知路上。夏灯打开地图看了一眼，淮知路那一骨节的红色着实扎眼。这个天气，这么堵，怎么会有车接单？

她突然说了句：“我要不要去？”

舒禾和程程一齐看向她，一齐问：“什么？哪儿？”

夏灯后腰离了桌沿，还是走了。

如果不打算去，问什么？问的时候不就是想好了？

“别是去淮知路吧，灯，那可就困住了！”舒禾冲着夏灯喊。

夏灯没停。

那就困住吧。

有情侣的身份在，又认识那么多年，就算没感情，夏灯也不会把游风扔在那里。游风那么坏，早上也没有把她丢下。

沈佑回到寝室，给游风打了个电话：“回来了吗？”

游风刚下到网球馆地库，信号不太好，没说话。

沈佑也没挂：“淮知路现在特别堵，等会儿还有暴雨，你说你图什么？跟我一起不早回来了？”

游风听不清，电流声也让他意识到，他说话沈佑也听不太清，干脆没张嘴，省事了。

沈佑还在说：“别打架，我刚看了下，那齐少爷粉丝多着呢，你把他打了，小心被网暴。”

游风听着沈佑说话像被刮花的光盘，敷衍了句：“没事。”

“没事？你没事儿吧？到时候被人家小粉丝围攻可别连累我。”

“还有事吗？”

“你听见没有啊？”

“挂了。”

“……”

网球馆跟商场共用地库，车一直很多，也很有观赏性——很多车主喜欢把不常开的名车停在这里，也是因为停车费很人性化。

游风走了一圈走不动了，停在了一个显眼的位置。这个位置往右看有一辆红色轿车，覆膜是一些日漫的图案。

也就等了十几分钟，夏灯给他打来电话。他没接，给她发微信：“在地库，信号不好。”

“地库几区？多少号？”夏灯问。

游风拍了下头顶的牌子，给她发了过去。很快，夏灯找来了，脸有些白，额头有一层汗。缓了很久，脸色恢复了些，这才顾上看游风。

这么冷的天，他穿着短袖，即便站得挺拔，手抄在裤兜看起来一点不冷，她也不觉得他真那么火力壮。

游风见夏灯一直盯着他手臂，自然地背到了身后。

夏灯抬起头，解释：“我没在看。”

“嗯。”

他这么淡然，就显得夏灯有些慌张了，她也很能给自己找补：“胳膊的筋突出，可能是上肢深静脉血栓。”

“你很关心？”

“我没有。”夏灯服了，“你是回学校，还是家？”

“回家，正好你把车开回去。”

“好。”

夏灯说完就要转身，转过身却不见游风跟上，扭头又问了句：“还有事吗？”

游风看着她的头顶：“帽子。”

“哦，好。”夏灯把他的帽子摘下来，递向他。

游风的手还在兜里，不拿出来。夏灯手举了约莫半分钟，游风老不拿，她就问：“你又不要了？”

“手冷，缓一会儿。”

“嗯。”夏灯又把帽子拿了回去，两手捏着帽檐，等他缓一缓。

过了一会儿，游风问她：“你怎么来的？”

“骑电车。”夏灯有一台三万块钱的电动车，一直在学校自行车库落灰，她骑之前还到学校旁的洗车铺洗了洗。

“下雨了吗？”

夏灯看了下实时天气，在下了，说黄色预警，也给他看了下。

“嗯，那我们俩还要在这里待多久？”

夏灯说：“你不是手冷吗？”

游风不说话了，腰弯了下来。夏灯懂他的意思，但没给他把帽子戴上。他虽然弯腰了，可她在台阶下，还是够不到……

半天之后，夏灯说：“你再低一点。”

游风迈下了台阶，夏灯不自觉地往后撤了两步，游风又弯下腰来。

他身姿挺拔，体态不输夏灯，一米八几的个子，在夏灯面前弯了腰，夏灯看着总归有点别扭，不想持续这个画面太久，就迅速给他戴上了。

沉默。

持续沉默。

地库里很冷，灯也忽明忽暗，氛围不黏腻，但也没那么明澈。

还有没节奏的声音，什么敲水管的、滴水的、车子启动的，顺着毛孔爬进血管，裹掖纠缠，一口一口吃掉人的反应能力。

夏灯不想提，但不喜欢这样的氛围，游风也不说要走，就还是挑破了：“你知道暴雨天里淮知路肯定堵车，就给我打了电话。”

游风没说话。

停顿。

夏灯直说了：“你就想让我来接你？”

这问题问出来很尴尬，还容易被说自作多情，但夏灯不傻，她就觉得他回来这两天怪怪的，而且前脚不顾别人意愿强给戴了帽子，下午就要，谁不说一句吃饱了撑的？

“嗯。”

游风承认了。

这在夏灯意料之外，暂时忘了接话。

“我上午也送了你，你礼尚往来一下不愿意？”

夏灯不问了，随便他想什么：“你现在暖和点了吗？”

“还没有。”

夏灯换到边上：“我给你挡着风口。”

意思是，不要再找理由了，走也得走，不走也得走。

游风没说话，但夏灯刚迈开腿，他就从后捏住了她的颈椎骨，把她从他的左边揪到他的右边。

夏灯看他。

他没看她，走自己的：“你这么瘦能给我挡住什么？”

“用不到我，那为什么还让我接你？”

“我让我女朋友接我这个要求很过分吗？”

夏灯不倔，但不接受自己一直不占上风：“接你的结果就是都走不了，我电车没棚，淋这么大雨肯定生病。”

游风停下来，停顿很久，才说：“你不想跟我被困在这地方？”

又是很久，地库各种分贝的喇叭声响都传来不知道多少，夏灯才平淡地说：“不想。”

“不想也没用，忍忍吧。”

“……”

他们沿着地库步行线朝外走时，一直靠在红色轿车驾驶车门前的齐征心头的无名火越烧越旺。他这个角度看他们两个，游风捏夏灯颈椎骨时，她不解的眼神都一清二楚。

还有夏灯给游风戴帽子那一幕……

他这股火不知道要拔几回火罐才能消掉一二了。

这就是夏灯拒绝他的原因？她喜欢游风吗？还是在跟游风暧昧？想到这里，他反应过来，难怪游风突然拼馆，沈佑突然提议他跟游风单打热身。

原来游风也看上夏灯了？

他这种人缺女人吗？智商那么高，也肤浅地喜欢花瓶吗？

游风和夏灯出了地库，街面上的喇叭声更密集、尖锐，一辆辆打着雨刷的高级轿车通过喇叭声宣泄着烦躁。

游风一手拎着球拍，一手给夏灯打着伞，手臂的筋更明显了。夏灯扭过头不看了，又瞥见他那套用旧的球拍。

恍然想起以前。

初中他俩“卧龙凤雏”，老师都说他们占着校花校草的名，一点都不争气，其他学校的也暗地里说他们是笨蛋男女。

但这是在平常。

一到运动会，游风就能把丢的脸都找回来，一项一项拿奖，别提多来劲。还热爱拿着奖杯在夏灯跟前面无表情地走过，很难说不是在显摆。而夏灯因为贫血，只能举着代表班级的牌子，在每一天开场前，绕操场走一圈。

初二那年的运动会，游风长跑拿了金奖，得了个奖杯，还没热乎两天，丢了，全校都帮着找，他自己吊儿郎当的一点都不在意。后来从夏灯的柜子里找到了，夏灯被骂了一天的小偷。

夏灯根本不知道那个奖杯是怎么到她柜子里的，她是很羡慕有人能拿长跑的冠军，而她根本跑不了，但又不是没见过，为什么偷？她倒不委屈，反正那里的人都是听风就是雨的，过两天又会骂别人是骗子、傻蛋。

结果第二天去学校，骂她的都去跟她道歉了，说学校查清楚了，跟她无关。她没弄明白，却也不用明白，很快这件事就被讨论期末考试的热潮覆盖了。

夏灯又在回想，这两天好像总是想起以前的事。大概是因为这两天跟游风接触太多了，有关游风的记忆便乘虚而入，野蛮地侵占了她吧？

游风看雨没有要停的意思，两人穿得都不多，就打算找个地方，先躲一阵雨。

夏灯像是有相同的主意，又或是单纯跟他默契，突然在这时说：“你打网球也很厉害吗？”

片刻，游风说：“要不你试试？”

“什么？”

“网球。”

“哦。”

“你以为什么？”

“我也以为你在说网球。”

“别的我不愿意。”

夏灯说：“我比你更加不愿意。”

“我说我不愿意去咖啡馆消磨时间，你不是不反感咖啡？不愿意什么？”游风说着平视前方，巨大的酒店名牌入眼，“你想去那儿？”

“没有！”

“没有就没有，吼什么？”

夏灯打定主意，接下来不会再跟游风说一句话。游风也没再跟她说话，只是走向网球馆。外边太冷了，即便夏灯要赌气，也不委屈自己，还是跟上去，但又跟他保持一米距离。

他们走在大厦一楼底商的门前，屋檐都有些短，夏灯没打伞，左肩膀都湿了。游风回头看她被淋到了，叫她：“过来伞底下。”

“不用。”

游风没说第二遍，伸左手够到她的胳膊，一把把她扯到伞下，更把她移到里边，于是被淋肩膀的人换成了游风。

他动作很生猛，但夏灯没觉得胳膊有被拉拽的感觉。

夏灯抬起头，有个人正好低头看她。

穿骨夜风和倾盆大雨不温柔，斑驳灯影和无章鸣笛也不温柔，但有个人好像限定温柔。

网球馆就在不远处，游风没有跟夏灯上演韩剧，深情对视，一眼万年，他俩之间也少一点情愫催化出火花。

但有一刻，心跳是同步的。是心脏擅作主张，在为主人之外的人强烈跳动。

夏灯能理解自己。

游风要当了男模，那全亚洲的男模都将黯然失色。淡漠的人也有基本的审美，她不爱，但游风真的很帅。

游风把夏灯带去网球馆，老凉看到他返回来，挑眉："咋了？"

"雨太大走不了，再打一会儿。"游风左手搭在柜台，"我还有对护腕存在这儿。"

老凉懂了："我去给你拿。"

夏灯一直站在距离游风一米外，老凉一挪脚才看见她，以为她也是来打球的，问了一句："订馆？"

"一起的。"游风说。

老凉很惊讶："女朋友吗？"

"嗯。"

老凉又歪着头细细看了眼夏灯，回头给游风比了个大拇指，光有口型地说了一句："真漂亮！"

游风没说话，转身打开球拍包，递给夏灯一只："试试手，不得劲就给你买副新的。"

"我不常打，买了浪费。"

"拍不合适会伤手，到时候一个礼拜游不了泳。"

夏灯说："那买副吧。"

游风看向场内西侧的内置用品店，从外就能看到陈列的球拍："自己去挑。"

夏灯去看球拍了，老凉拿上护腕回来："你不是说这副护腕戴着有点紧吗？给女朋友的？"

游风没搭茬，老凉靠在柜台，遥望着夏灯背影："西澳的吗？"

"我的。"

老凉扭过头来，看着游风，半晌，恍然大悟："夏灯？齐征常挂在嘴边上的那个？"

游风没答这句。

"我就说你也太针对他了。"

停顿。

“夏灯在大学城太出名了，连我都知道她名字。也难怪了，这么漂亮的女孩子。”老凉感慨，“别嫌哥多嘴，盯上她的可不止齐征那一双眼。我天天跟学生打交道，乌七八糟的话听得太多了。现在的男孩都胆大，你看紧点。”

游风依然不搭话，拿上护腕过去找夏灯了。

进门就听到小孩子的哭声，往里走两步，看到一对母子，妈妈在哄哭闹的孩子。再往里看，才看到夏灯，她站在货架内，左手扣着右手的手腕，站得笔直，难得地无措。

她以前也这样，碰到小孩子哭就没辙。

那时临来涂州，他带她去爬山，她很懒，走五米就歇一下，三个多小时才到半山腰，为了不再往上爬，她说她想玩儿抠格子。

一种抽奖，小孩子玩的。

他看那摊位没多少存货，就包圆儿了，看着她抠。她磨磨蹭蹭，抠了一个小时，抠出一大把荧光的塑料手环，还有一些奇趣蛋、乐高小狗、花生豆和橡皮糖，看起来最贵的是一条镀金的塑料项链。

他是不会给她拿的，但扔掉浪费，尤其边上还有一堆小孩子围着，全程看着她抠，最后她把那些小玩意都分给了小孩子。

有一个小孩子很想要那个奇趣蛋，但开始没说，后来只有塑料手环了，隐忍不发半分钟后，号啕大哭。

夏灯顿时六神无主，慢慢站起来，慢慢挪到游风身后。

当时游风蹲了下来，指着那小孩：“不许哭，憋回去。”

那小孩子立刻止住，但忍不住，就捂着嘴，肩膀一抽一抽的。

游风回神，发现都两年了，夏灯一点没变。

他正要过去，那小孩子的妈妈突然求助夏灯：“不好意思，您可以用手机放一下《我是一只鱼》那首歌吗？我手机没电了，孩子想听。”

夏灯没这首歌，需要网络才可以加载，这里信号不好，一直加载不出来，最后抬头，不管那妈妈求救的眼神、那小孩子没命的哭声，准备拒绝，结果不知道哪根筋占领了思想高地，说：“唱的可以吗？”

那妈妈愣了一下，小孩子倒是不哭了。

游风本来觉得无聊，也不觉得夏灯能被困扰到，她一直是个会对自己不愿意的事说不的人，他经常听到她的不。但她要唱，突然不无聊了。他还记得夏灯的歌喉，很惊艳。初中时，每年元旦庆典，班主任都亲自到总编室把她的节目砍了。

“……

像我和你，需要下一场雨

需要你，我是一只鱼

水里的空气

是你小心眼和坏脾气

没有你，像离开水的鱼

快要活不下去

……”

夏灯很认真地在唱，但唱第一句时那妈妈就有些不解；小孩子也不哭了，只是小眼睛还有些茫然，嘟着嘴，好像听到了什么奇怪的歌，好奇心很突出。

砍得好，可以五音不全到这种程度，确实没展现的必要。游风不禁低头，也不由得弯了唇角。

小孩子不哭了，那妈妈跟夏灯道了谢，随后两人离开了。

夏灯站起来，继续看球拍，挑中一副比较喜欢的，手感也好，扭头看店员，发现靠在货架角的是游风。

她一直以为那个人影是店员，店员刚才也站在那个位置……

“挑完了吗？”

“嗯。”

游风转身，往外走。夏灯拿上球拍，跟了上去。

游风突然停住，转身：“你很喜欢跟着我？”

“是你走得太快了。”

我只能在后边。

“走前边。”

夏灯走到前边。

后面游风走慢了，一直没有超过夏灯。

十点多了，网球馆除了包夜的，没闲人了，游风带夏灯去了二号场馆，把护腕递给她。夏灯接过来，一下就套在了腕子上，晃晃荡荡的像镯子。

她手腕太细了，他戴着稍紧的她也用不了，游风就把额头上的发带扯了下来，把她的右手拉过去，一圈一圈给她缠上了。

游风的手比夏灯的硬，手指也更细长，掌心温热，指尖微凉，托着她手背，给她绑手腕，场馆内外，仿佛消音了。

夏灯等他绑完，转了转腕子。

他的发带竟然没湿，可明明淋雨了，是体温烘干的？那他的体魄还挺好的。

游风给夏灯讲了一遍规则，让她自己站在发球点，发球试试。

夏灯知道规则，只是水平低。她发了一个球，游风说："你休息吧。"

夏灯解释："我本来也不会。"

"想会吗？"

"可以学一下。"

游风就过去手把手教了。

手把手这么暧昧的举动，他俩硬是做出教练、学员的既视感。只是这"教练"也不死乞白赖教，就让她自己摸索。他的理念是，感兴趣总会参悟到更多，不感兴趣就了解个大概，也不是必须要会的东西。

有他会就够了。

玻璃墙外下着大雨，偶尔电闪雷鸣，车队渐渐松动，时针也悄无声息地走到了十二点。

夏灯动作标准，手臂力量足够，但不能玩太久，所以每次都是刚有点喘，游风就把球拍拿走了。反复一个多小时，打球时间也就十几分钟。

雨一停，他们也就走了。

别的情侣半夜去网球馆包场就做点情侣之间要做的事情，他们俩除了打球那点时间，剩下的时候都是各自玩手机。

看得出来，确实是为了躲雨才到那里去的。

夏灯戴着智能表，从手机上看她的心率指数，一直很平静，除了之前游风把她拉到伞下时有些不正常，就是不久前示范网球技巧时，也有些不正常。

这反而说明她正常。

游风示范时的动作，正常人看了不可能没有反应的。现在算是亲自试过了，她不久前对游风网球技术的质疑也就云散烟消了。

他还是有点厉害的，无论什么。

两人出了网球馆，淮知路已经不堵车了，游风叫了辆车，夏灯打算骑电动车回学校："那你回家吧，我回学校。"

"嗯。"

夏灯把车钥匙递给游风："你明天把我的车开过来。"

"嗯。"

"那没别的事我先走了。"

游风右手自然地握住了左小臂："嗯。"

夏灯看见了，但她也只有一件外套，就想装没看见。而且他的额头连淋雨的发带都能烘干，就证明身体素质很好，应该也没有多冷。

然后游风又打了个喷嚏。

"……"

夏灯停顿片刻，说："我陪你等车吧。"

"嗯。"

夏灯就站到了风口，虽然她很瘦，但也有一米七几，多多少少能挡住一点风吧？

许久，游风说："还是冷。"

夏灯也没办法，她总不能在最繁华的路段的街边生堆火吧？

她扭头看他，"忍忍吧"三个字都到嘴边了，游风猛地攥住她的胳膊，把她扯进怀里，抱住了。

"……"

大花瓶子呆住。

第二章 作业中的飞行器

夏灯在游风怀里只待了十几秒，就推开了他。他的身形微晃，懒懒散散，像风一样，就这样被推开了。

夏灯只看着他，没说话。

他们过去从没有这样过，真正意义上的牵手都没有，突如其来的拥抱自然会让她有些错愕不解。

情侣之间这是正常的，但他们一直不是“正常”情侣。他们是奇怪的，各有各的怪。

“动物都是抱在一起取暖。”

游风的话像在跟她解释。

“但我们是人。”

夏灯心眼好到，被占了便宜也把游风划到人的范围里。

“人的本质是高级动物。”

“……”

霓虹下，游风的眼睛像是喝了酒，睫毛湿润不知道是酒洒了，还是被风吹得流了泪。

微张的两片唇吞没了他生人勿近的气质，忽而妩媚。

是妩媚。

夏灯才觉得不对，踮起脚摸到他的额头，果然发烧了，难怪发带都被烘干了。

她看向不远处自行车棚里她的电动车，还是放弃了，决定把游风送回家。

她把外套脱下来，递给他：“你自己穿。”

“不用。”

夏灯也没死乞白赖，他不用，她就又穿上了。

车来了，夏灯也上了车，一直到游风家，他们都没有再说话。

小区南门口，夏灯问他："你家有药吗？"

"没有。"

"那你先回，我去给你买。"马路对面就有药店，夏灯想的是就不让病号跟着她去了。

"好。"

夏灯突然盯着他看了几秒。游风平时也是这几个字，但夏灯就觉得他此刻的"好""嗯"是有生病时才可能出现的委屈。也确实太新鲜了，她认识游风八年，他好像没生过病。

她跑去给他买了退烧药、止痛药、消炎药、去火药，所有家里常备的药她都买了一份，药店送了她一个小药箱。

返回南门，游风竟然还在。

"你又不冷了？"她问他。

"大男人没那么虚。"

"那前边说冷，强行取暖的不是大男人？"

"大男人抱女朋友不犯法。"

"……"

夏灯不想跟他说，他现在是病号，脑子不太正常。

两人一前一后进了家门，夏灯打开灯，看着浅黄色灯光下简约的家装，倏而怅然。

游风回国两天，她就在他家睡了两天。事不过三，明天一定要在自己家里睡，无论再发生什么意外。游风最近很怪，在弄清他反常的原因前，还是保持距离比较好。

她烧了水，拿给他退烧药，游风接过去，喝了。

她被一阵凉风吹竖了寒毛，才发现他家窗户没关。她走过去，蹲下来，把向外撑开的窗户拉上，扳动把手锁死，扭头问："你昨天晚上没关窗户睡觉吗？"

他还是在沙发上睡的，他不发烧谁发烧啊？

"你说你热。"

"那是你非要我穿衬衫睡，还要系扣子，肯定热。"

“你在我家穿小吊带合适？”

“……”

夏灯觉得他真是推卸责任的高手：“今天你一直提醒我，我们是男女朋友，我接也接了你，你抱也抱了我，事情发生的时候没觉得你有一点边界感，现在觉得我穿吊带不合适，你不觉得矛盾？”

游风坐在沙发上，靠着，仰着头，闭着眼，听他女朋友说着话。

夏灯看他沉默了，当他没理失言了，念在他生病的分上，不想跟他计较，就走过去，要把他手里的水杯拿到吧台。刚拿过来，被他攥住手腕。她重心歪了，不小心坐到他大腿上。

游风声音有点哑：“昨天喝了酒，让你穿衬衫是对你好。”

夏灯不自觉地敛眉。

“提醒你咱们是男女朋友，是因为你老忘。”

“我没有……”

“齐征骚扰你，你说了吗？”

夏灯眼睛微睁大了些，木讷地看着他。他关注了她的事吗？可是从时间线上来看，他当时还在国外啊。

“涂大工程系的何公瑾到西澳堵你，也没跟我说。”

“……”

游风闭着眼，就这么一项一项地控诉。

停顿许久，夏灯才说：“你当时在国外，而且我能处理。”

“你什么都能自己干，那为什么答应跟我在一起？”

“……”

夏灯不知道，反正就是答应了。

沉默。

许久，夏灯轻轻地说：“我们在一起以后，一直是这样的。”

意思是，这样相敬如宾的相处不是两人默认的吗？你为什么突然反常？突然要求那么多？

“你仔细想想为什么。”

“……”

游风给了她三分钟，她都没想出来，想到谈恋爱的智慧对她来说确实难度太大了，游风告诉了她："我们在一起那天，我问你吃什么，你说阿姨做好了；我问你明天去哪里，你说你要去游泳；我跟你说初中同学聚会那天来接你，你说你开车；出去吃饭你要买单；出去玩儿我说去哪儿就去哪儿，你哪里都可以；过年过节给我送礼，手表、鞋子、领带等加一张机打卡片，祝福语网上随处可见。你见过真人像机器人一样按照程序谈恋爱吗？来涂州之前，我问你喜欢这种相处吗，你说很理想。这样的情况下，夏灯你告诉我，我们怎么才能不是相敬如宾的？"

"……"

夏灯哪知道游风其实不愿意，她从没见他拒绝过。她第一次听游风说那么多话，不知道是发烧的原因还是那些退烧药的劲儿有点大。她本该沉默的，却被本能牵引了一下，小声狡辩："但你没说过你不愿意。"

"我不愿意。"

"……"

"我不愿意了。"游风说，"现在告诉你了，我听了你两年，是不是该轮到你听我了？"

"……"

浅黄色的灯光越来越趋近于暖色，夏灯还坐在游风的大腿上，她想不到除相敬如宾以外的相处画面，诚实地告诉他："可是那些黏在一起的恋爱没意义，也浪费时间。"

"你可以不答应我的。"

游风顿了顿，才又说："当时我是心平气和地问你，不是把你拽到角落逼你。你可以不同意。"

夏灯说："也许当时我觉得，我们很像，都有更想实现的目标，在一起可以互不干涉。或许还可以就这样结婚，到时候少了很多指指点点，更可以心无旁骛地做自己喜欢的事。"

没一句是爱听的。

"谁要跟你结婚？"

"……"

游风拉着她手腕，把她扯起来，甩到一边，重新闭上了眼。

夏灯看他生气了，就不准备再待下去了，给他把灯光又调暗些，拿上自己的车钥匙，离开了。

门“咔嗒”一声合死，游风睁开了眼。

今天话有点多了。

他随手把夏灯给他买的药拿过来，这药确实劲儿大一点。把药盒扔在桌上，他伸手轻盖住双眼。

这时电话响了，他接通：“喂。”

“帮你打听过了，那个何公瑾确实 PS（图像加工处理技术）过夏灯和他的照片，但也只给他们宿舍的人看过，不知道怎么传出来的。”

“搞到那张照片难吗？”

“没传出来，就是有人在说何公瑾和夏灯怎么怎么着，说是何公瑾自己给别人看过他跟夏灯在一起的照片。”

游风没说话，按住了太阳穴。

打来的是游风的高中同学，游风和夏灯在一起的事，他知道，却不是游风告诉他的，是巧遇他们一起吃饭后找游风确认才知道的。

他叹了口气，劝游风：“我能理解你生气，也理解你放弃交流，临时回国，但这事你避免不了。你能教训明着骚扰夏灯的人，但你管得了私底下拿着夏灯照片作祟的人吗？”

“别让我知道。”

“夏灯自己处理得挺好的，大部分人总也得不到回应，也就换目标了。你没听说吗？他们都说她无趣、寡淡，这就是夏灯聪明的地方。”

游风没说，那是夏灯本来就那样，对他也那样，哪是她想到的聪明的方式。

“你老婆太漂亮了，你应该接受，接受她什么都不干也会招来这些麻烦。”

“接受个鬼。”

“……”

游风以前太尊重夏灯，她不喜欢被管、被关注太多，他就很少专门去打听她的事，她自己也确实有解决问题的能力。但是现在别人意淫她的事都漂洋过海传到他耳朵里了，还让他接受？

“那你不接受又能怎么办？”

“反正能办。”

同学咂了下嘴，有些不懂：“你放养了她两年，现在要圈起来，她就不会逆反吗？又不是任人揉搓的人。”说完，他补充，“可能我这个比喻不太恰当，但就这么个意思。还记得夏灯高中毕业前的演讲吗？她对未来有那么多规划，没一项是跟爱情有关的。”

无言。

“而且我真不明白，你们已经这样互不干涉地相处两年了，你怎么突然不想这样了？”

游风挂了电话，又闭上眼。

过了会儿，他睁开眼，拿上外套，出门了。走到小区门口，果然看到夏灯被拦在门内。他走过去，拉住夏灯的手腕，打断她跟门卫解释的意图，把她领到副驾车门前：“上车。”

夏灯上了车，他进入驾驶位，把车开到他那栋楼前，把火熄了。

沉默。

五分钟后，夏灯说：“门卫说他们上午接到通知，你们小区要实施管控，每人每天只能进出一次。”

“嗯。”

“你知道？”

“嗯。”

“你又不告诉我。”夏灯看自己的手，“为什么不告诉我？”

“我有病，就想出来接你。”

“……”

游风扭过头，看着她：“吹了冷风，有些事想通没？”

“没有。”

意料之中的答案。

“那你想了点什么？”

停顿。

夏灯伸出左手，掌心覆盖上游风额头：“外边冷点，手也冷了，应该可以降温吧。”

夜很静，车内也静，只有空调发出微小声音，两个人的呼吸缠作一团，甜橙和雪松的味道也混到一处。

游风看着夏灯那双剔透的眼，难再找到的漂亮面容，睫毛微动。

夏灯长着一张让人无限妥协的面孔，谁问什么都白问，也无法生她的气。

游风可能还生她的气，但确实白问了。

他下了车，走进大厅。走到一半，又回到夏灯车前，给她打开车门。夏灯下了车，两人一前一后回了家。

游风把车钥匙放在鞋柜上，脱了鞋，走到沙发处坐下来。

夏灯在进门处站了会儿，也不说话。但她看了感冒药的说明书，知道里边有犯困这一项，就赶在游风睡着之前，先开了口："我不喜欢吵架隔夜。"

游风睁开眼。

她在外边时，确实没想什么，但在门口站着的那会儿，安静的环境让她想了很多。

她慢慢说："你要不愿意相安无事的相处方式，应该早说，而不是委屈自己两年，再跟我说你不愿意，以此威胁我，接下来让我顺从你，按照你理想的模式相处。我不可能突然进入你的节奏，我也不会进入。"

游风听着夏灯怕他听不懂而放慢的语速，那点火气突然消散。他轻轻敛拳，抵住脑袋，高烧给他添了一丝懒意，整个人看起来没有生病的厚重，反而有些轻盈："为什么同意在一起？"

"……"

又绕回来了。

"你答应跟我在一起，要是只是觉得我们有点像，或者说有个挂名男朋友，就不会有人对你的性格指指点点，应该早说，不应该让我承受你两年的彬彬有礼，再告诉我。"

"……"

生病了这个脑子也要转这么快吗？他不累啊？

她不是介意别人对她指指点点，是在意她的父母。早年因为她不想上学，父母就被诋毁过。只要是有关女儿的事，他们总是要犹豫，忍不住琢磨别人的话是不是对的。

过自己想要的生活，不应该是建立在伤害家人朋友的基础上，不然就是自我。自由是无欲无求，自我是不管不顾。

她对做一个自我的人不感兴趣。

夏灯困了，她突然觉得，吵架隔夜也挺好的。

游风可不困："我只是合理提议回到正常情侣的节奏，还没让你补偿这两年冷落我的损失，你先声明不愿意，还郑重其事，而我现在正生着病。"

夏灯搞不过，不搞了："好，你说得对，我要睡了。"

游风说："我不喜欢吵架隔夜。"

夏灯站在楼梯边就像一个笑话："那你说，要怎么办？"

游风手放下来，显得严肃："我不会让你突然进入我的节奏，但齐征之类的去堵你，你要说。继续相敬如宾，可以，但一周至少要跟我吃一顿饭、见一次面。吃什么干什么你安排，不能找参考，不能问人。"

"……"

游风说："我给你利用，你也不能太委屈我。"

夏灯有些困，但脑子够用，游风算盘打得响，明晃晃地算计。只是他以退为进，先涨价再打折，突然到普通人反应不过来。

她知道这才是他的目的，前边那些让她听他的都是虚晃一招。但，他动不动提他正生病的事，她又不是铁石心肠，结果能有什么悬念？

"好。"

"睡觉。"游风说。

夏灯看向全景落地窗，窗户只有下边一排，要从下往上撑开，她已经把这一排都关上了，窗帘还是飘来荡去的，看来有地方在漏风。

她就跟游风说："你睡床吧，我睡沙发。"

"好。"

夏灯走到他旁边，随便叠了两下他的被子，搬到床上，把她的被子挪到沙发上："好了。"

楼上也有一个小卫生间，只有马桶和一个简易洗手池，但它是玻璃墙，就是说，在那边上厕所，外边人能看到。

夏灯本来想提醒游风，要上卫生间，记得到下边这个。但游风两次上卫生间都下了楼，自觉到夏灯没有提醒的必要。

夏灯躺在沙发上，看着天花板的花朵灯罩也跟窗帘一样飘荡，但可能因为它是粉色的，竟然有些浪漫。

慢慢地，她睡着了。

然后做了噩梦，有块石头掉到了身上，好沉，她踢了下脚，一下子醒来了。缓了几秒，翻过身，就看到游风趴在她枕边，还坐在地毯上。

她一动，他也醒了。

她直接问："你一直在这睡的？"

游风没说话，起身去了卫生间。

夏灯穿好衣服，游风出来，才答她的话："沙发不是我在睡？"

"昨天跟你换了啊，让你睡床。"

"你什么时候说了？"

"……"

"想睡沙发可以直说，别半夜占我位置。"

夏灯拿起自己的被子："你看清楚了，我跟你说了，被子都换过了。"

游风看着她的被子："你还把被子换了？"

夏灯不想跟他说了："对，没错，我就半夜闲得慌，有床不睡跟你抢沙发，把你挤到地毯上睡了一晚。"

"你心怎么这么坏？"

"……"

夏灯看在他生病的分上，也不继续辩了，拿上衣服去洗澡了。洗完澡打理好，也不理他，拿钥匙走了。

游风站在窗边打了一个电话，时间不短，等他挂断，夏灯已经离开了。他看向她叠好的被子，再看向原本摊着药盒、乱糟糟的桌子，都规规整整的，收拾好了。烧水壶旁有一杯正晾着的热水，热水旁边是一粒感冒药。

他静静待了一阵儿，门口突然传来动静。他倒不觉得是夏灯又回来了，夏灯没有丢三落四的毛病。打开门，外边的门把手上挂着一个长条的牛皮纸袋，袋里是早餐，早餐里还有一瓶牛奶。

他迟疑片刻，拎进了门，把袋子放在桌上，双手撑在桌沿。没在女朋友面前生过病，还真不知道原来生病能有这个待遇。

游风合眼浅笑。

夏灯回到学校，程程和舒禾刚上完现代文学课回来，等会儿要去上公共体育课。

舒禾看见夏灯，就想起她暴雨天还要出去的事："被困住了吧？有没有淋雨啊？"

"没有。"

"下午只有思修课，我跟程程想下课后去逛街，你去吗？"

"我去游泳。"

"行。"舒禾想起一件事，跟她说，"齐征把他在网上跟你表白的配音都删了，应该是昨晚删的，反正早上有人看已经没了。"

"嗯。"

"我看朋友圈里有人说，齐征昨天去打网球了。"

网球。

夏灯停住手中的动作。

舒禾咂着嘴："让他照照镜子看看自己什么德行他看不出来，打个球就清醒地认识到自己了吗？这网球馆别是照妖镜吧？"

她走后，夏灯坐下来，指甲抠着坐垫上的球，脑子想着游风。

是这个人找齐征了？难怪他昨晚抽风，说了一堆莫名其妙的话。

所以不想相敬如宾是因为自己女朋友被人觊觎了，不高兴了？她记得他出国交流要很久，提前回来，也是因为这个吗？

夏灯身子浸在水里，双手搭着池边，盯着窗外发呆。

她以前在国家游泳集训队的时候，参加过全国游泳锦标赛，100 米自由泳第二，200 米自由泳第六，4×100 混合泳接力，她游最后一棒得了第五。

后来她退出了，以前这些不怎么样的成绩她也再没达到过。但也不是很在乎，她是喜欢游泳，又不是喜欢比赛。

在水里的时候，她什么都不会想，那些一个人静静思考的习惯仿佛没有了。她会觉得自己处于一个虚无空间，她享受虚无世界里的那种纯粹的孤独感。孤独是她觉得自由以外，最迷人的东西了。

偏偏那么巧，游泳可以把这最迷人的两件东西带给她。

很多人都喜欢问她为什么喜欢游泳，她一直回答，因为自由，也因为孤独，但他们听不懂。他们只觉得夏灯无趣、沉闷，就像花纹漂亮的海龟。

他们也真的这么喊过，那是在初中。

夏灯刚从国家队退出来的时候，很喜欢把自己浸入水里。别人不理解，也觉得吓人，就偷偷喊她“海龟”。

那一次全校组织作文比赛，每个人要写自己最想了解的人，很多人都写了夏灯，毫不避讳地称呼她“海龟”，以此来博得关注。

只有游风在作文里，叫她“小潜水艇”。

虽然他那篇作文被老师批评写得狗屁不通，纯属浪费纸笔，但“小潜水艇”四个字被大家记住了，夏灯也由此摘掉了“海龟”的帽子。

……又是一小桩陈年旧事。

夏灯托住了下巴，脑袋里全是游风。仔细想想，他好像，一直对她很好？但这点能成为他突然反常的原因吗？

如果因为他初中就关注她，所以高中毕业问她要不要在一起，那为什么默许她相敬如宾的相处方式？既然默许了，又为什么会突然变卦？因为齐征？因为何公瑾？可她又不是这一年才被他们打扰，她一直被各种各样的人打扰啊。

他这个人到底在想什么呢？

不懂。

接下来的几天，游风变忙了，再没有让夏灯去哪里接他了。

夏灯的日子在旁人看来还是枯燥无味的，其间又去机场接了小姨，载她去了庄园。外婆送她那套靠海岸的小复式时，顺便给她买了同一个地产公司开发的院子。沿着山道，一路向上驶去，就会抵达一处庄园——涂山苑。

涂山苑是一个山庄，由三十几个独立的院子组成，都有主人了。每个院子算上地下，一共有三层，带一个露天泳池、两个凉亭。夏天最热的时候，这是避暑的好地方。

小姨坐在二楼的拱形红木栏杆内，看着树荫，跟夏灯说："这院子升值了吧？"

"嗯。"夏灯听山庄管家在群里说过，市值翻了两倍多。

小姨扭过头来："我是你带过来的第一人吗？"

夏灯摇头。

"那是谁？"

当时这院子办手续，外婆拜托了熟人来帮她，但那人临时有事，夏灯就想自己办。好巧不巧游风在那天叫她看熊猫，她说她要办这个院子的手续，他就来帮她弄了。

弄完天都黑了，也就没走，那时还只装了地板，他们就在地板上睡了一晚。

那是夏灯第一次跟游风过夜，她稀里糊涂的。早上起来，发现她竟然枕着他的胳膊，额头出的汗还弄湿了他的衣服。

她说"对不起"，他同时开口，说的却是"做梦了？"好像是做了噩梦，但梦到了什么她也没印象。

后来他们经常去玩，大多数时候是开两间房，要是情况不允许，也会开一间。但就像她前几天在他家睡那样，都是相安无事的。

想到这里，最近纠缠夏灯的事又卷土重来了，搅乱了她的思绪。

游风不想再相安无事了，他还抱她了，那下一次同一间房，还能跟以前一样吗？

小姨看夏灯也想太久了。伸手在她眼前晃晃："想谁呢？"

夏灯回神，摇头："没有。"

小姨也没追问，只是说："你的小男朋友这么忙，我就不见了，但见面礼我已经备了，那就等他不忙了，你给他吧。"

游风之前给夏灯发消息说他去平城了，她没问去干什么。周三时程程和舒禾聊天，好像是说游风和沈佑去航天城了。

小姨后天就走，肯定见不到面了。

“好。”夏灯说。

小姨也没什么要嘱咐夏灯的，成年以后，凡事要自己做决定，也要自己承担后果，这是他们家家训。

周一了，夏灯送小姨去机场，小姨在进休息室时，拍了下夏灯的胳膊：“回吧，落地我微信你。”

“好。”

小姨停顿了几秒，又说：“夏夏。”

“嗯。”

小姨牵起夏灯的手，考虑了很久：“不用担心特立独行会给家里人带来不好的影响，只有你过得不开心，才会给我们带来影响。”

机场人声鼎沸，夏灯耳中的声音却单一纯粹，只有小姨的温柔。

小姨摩挲着夏灯的掌心：“也别为了看起来跟其他人一样就去找一个男朋友，如果不是因为喜欢，那不如单身。”

夏灯没吭声。

从机场出来，夏灯坐在车里，想着小姨刚说的话。

其实在游风坦白他不愿意相敬如宾时，她是可以分手的，一定会有其他人愿意跟她当一对挂名男女朋友。就算没有，单身也无不可。那些对她父母的指指点点，都发生在她小时候，她那时候很小，会害怕，会担心父母，但她已经长大了。

所以为什么不跟游风分手？反正也不喜欢，反正也没有感情，直接分不好吗？

她问自己半天，半天没找到答案。

游风周六回涂州，提前给夏灯发了消息，是那句熟悉的“忙吗”。

夏灯收到消息时刚洗完澡，放下毛巾，回过去：“不忙。”

“十一点落地。”

“好。”

放下手机，她接着擦头发，扭头看向窗外。天特别蓝，是因为已经四月了吗？好像是。

夏天好像来了。

十点二十六分，临近正午，太阳光强烈，搂紧了机场大厅，光照到的地方镀了蜜色，光照不到的地方，灰得孤独，它们共同构成很有故事性的分镜。

夏灯，本应该被淹没在人潮中，却因为太漂亮而像是一个主角。

于是这个桥段就很像，主角站在出站口，听着广播一遍一遍念起即将抵达的航班号，等着一个什么人。没多久，人潮涌来，一个人从通道走出。

他穿了一身黑，布料有点反光，像是漆面，但又不是。夏灯知道这个牌子，她给游风买过这家一双鞋。她低头，他正好穿了那双鞋，眼神再往上，突然觉得他好高，腿也有点太长了。他的外套把性感的臂筋遮住了，吸引不来一些目光了，但他头上戴了顶墨绿的帽子……效果是一样的。

他走到夏灯跟前："来接谁的？"

"……"

难道不是他发消息让她来接的？是不是有毛病？

游风还在等。

夏灯妥协了："接你。"

"我是谁？"

有什么值得问的，老问她这个！

"我男朋友。"夏灯这话说得咕咕哝哝，像是含了颗枣，还垂着脑袋，看都不看他。

游风没再说别的，就在夏灯以为考验到这里已经结束了，他们可以走时，游风又抱住她。她已经不会像上次那样发呆了，但还是不愿意："你不礼貌。"

"以后也不提前问你，你提前习惯一下。"

"……"

游风闻到她头发的香，一周的疲惫瓦解冰消。如果每次突然被叫走干活，回来可以抱到她，倒也……能接受。

之前同学问他，已经这样互不干涉地相处两年了，为什么突然不想这样了。抱着夏灯，他可以回答了——

我在等她慢慢爱上我，但她好像可以慢慢做很多事。

除了爱我。

所以我不等了。

夏灯提醒游风："人很多。"

游风说："又不是偷情，怕什么。"

"……"

但游风还是放开了夏灯，因为沈佑磨磨蹭蹭地出来了。他自然地把夏灯拽到身后，又顺手给她戴上帽子，拉下帽檐，盖住她的巴掌脸。

沈佑眼尖，一下就看到了他身后的漂亮姑娘，就是没看清脸，抻着脖子张望："谁啊？"

游风没答，把行李给他："我给你打车了，你自己回。"

可以，但是——

"你得告诉我，你干什么去。"

"约会。"

游风跟夏灯的人影消失在人潮中，沈佑才骂了一句："可以啊，瞒得够死的。"

但他之前不是没在国内吗？网恋啊？沈佑歪头淡笑，这人没花蝴蝶的性子倒干了不少花蝴蝶的事。

来到车前，游风冲夏灯伸出手："车钥匙。"

夏灯把车钥匙递给他，自己坐进副驾驶，系好安全带。

游风上了车，双手搭着方向盘，眼看前方，问她："去哪儿？"

"我预订了。"

游风冲中控屏抬了抬下巴："导航。"

夏灯就在手机上设置了目的地，游风看终点在港口，也没问什么，上了路。

路上，游风跟夏灯一如既往地没交流，夏灯摆弄她新买的相机，想四月的天里，平静的海面有没有浪漫惊喜。

游风不让她从美食榜上找饭店，她就想到高一时，游风拍过一组海浪的照片，还被放进青年摄影展的"惊喜作品"一栏。也是从那以后，游风就像换了个人，成绩突飞猛进，课外活动的表现力也一马当先，倒数席位里就只剩下了夏灯。

如果说初中时，他们还有缘分，那初中毕业后，缘分也中道而止了。高中的他们仿佛处于同一时空的不同世界，就像天上的星和深水的鱼，怎么能有交集？

夏灯找了好几天，找到一个坐在窗边就可以看到大海的中餐店。她不知道游风喜不喜欢，但她没敷衍。她还买了新相机，也许他想拍照呢。

车驶入临海山道，夏灯打开车窗，对着海面瞎拍，再把那些糊了的都删掉，假装一张都没拍糊。游风看见了，但只是手肘抵着车窗，手抵着颌骨，假装没看见。

夏灯预订了窗边的位子，点的偏淡的菜，她吃，辣的是给游风的。服务员一走，她就把相机推给他："等下可以坐船，然后可以拍一点照片。艺术街有一个展厅，长期征稿，你可以去投稿。"

"我很久不拍了。"

"……"

夏灯不知道。

游风拿起相机，给夏灯拍了张照片："但可以拍。"

"……"

他到底能不能一次性把话说完……

"那你会投稿吗？"

"不会。"

"为什么？"夏灯问。

游风说："之前被青年摄影展展出的那一组，也不是我允许的，是策展人偷的。"

停顿数秒，夏灯说："你没去跟他们理论吗？"

游风没答她这个问题："你看过那组照片吗？"

夏灯摇头，她那时候跟游风也不熟，她只听说拍的是大海，一组四张，在整个厅最好的展位。

游风没再说这些，正好菜上了："吃饭。"

吃完饭，夏灯出了饭店，踩上路边的防护台阶，迎着海浪的声音慢慢朝南走，对着海鸟乱拍一通。游风在下边，在她旁边，双手抄在兜里，看起来淡泊世事。

拐弯的时候，夏灯脚下踩空了，笔挺倒向了游风，游风双手掐住她的腰，动作快得仿佛能够未卜先知。夏灯没有迟疑，全部重心都交到他手上。他把夏灯抱下来，少女的衣摆不经意扑进他的怀里，又不经意抽离。

夏灯站稳了："谢谢。"

游风又把手伸进裤兜："运动员不练平衡感？"

夏灯觉得她听到了他的话外音："我又不知道拐弯这里在施工，踩空很正常。你别乱揣测，我不想摔在你身上。"

"我问你运动员练不练平衡感，你在说什么？"

"……"

"原来不练，难怪了。"

夏灯多余地解释："施工的地方有路标和施工牌，来的时候我在拍照，没看到，你一路开车也没发现吗？高中体检你 1.5 的视力真的没作弊吗？"

"你偷看我体检表了？"

夏灯停了三秒："谁偷看你？"

她丢下他快步走了。

当时游风他们班体检，他请了假，后来只能跟夏灯他们班一起体检了。夏灯被指派收发体检表，游风是最后一个，收上来就在最上边，哪用她偷看，随意就能瞥见。

他最近很喜欢在言语上压她，以前都不会。她觉得他可能被什么事情刺激到了，改了性格，要不就是露了本性。

游风被他导师急召，就没跟夏灯出海。夏灯自己没什么兴致，本来就是为游风制定的行程，他不去她不如回去游泳。

游风把夏灯送到西澳北门，正要下车，夏灯叫住他。他扭过头，等她说话。

好半天，夏灯才说："吃饭的地方是我自己想的。"

意思就是，不是网上找的。

“嗯。”

“嗯？”

“我知道了。”

“好。”

游风说：“你这失落的样子，是还想让我表扬你？”

“没有。”

“你什么时候不把它当成任务，我再表扬你。”

“我没想要表扬。”

“那你想要什么？”

夏灯看都不想看他了：“我想让你下车。”

“我不下你会轰我吗？”

“……”

夏灯又看他，他稳稳坐在驾驶座，看着一点都不急了。相对无言的半分钟里，周围都在动，只有车里像是静止了。

突然，夏灯手机响了，是群语音。她挂了一次，但语音通话很快又打来，怕有急事，还是接通了。

舒禾嗓门很大：“有航大的人说游风和沈佑今天要回来，晚上要去龙门街那边吃饭呢！要不我打听打听是哪家，咱们过去偶遇一下子？”

程程说：“你都能打听到，那别的女的也能，还会比你快。”

“所以我打了群电话。”舒禾说，“灯，你能跟我们一起不？你什么都不用干，你负责吸引他，我们去跟他搭话。”

夏灯已经把声音摁到最低了，但车内太安静了，她觉得游风还是听见了，没去看他什么反应。

他好像也没什么反应。

她说：“我晚上去看电影。”

这是实话。

“啊，那能不能吃完饭再去看啊？”

夏灯还没说话，舒禾又抢了一句：“这样，我搞到地址就给你发过去，你过来跟我们会合，吃完我们送你去电影院。”

舒禾对游风那点兴致就是跟风，本来已经只把他当成一个调侃的对象了，自从他回国，大学城又躁动起来，大家又聊起游风，舒禾的兴致也死灰复燃了。

她说，主要别人都在贴游风，她什么都不干就感觉很焦虑。程程前两天还说她“卷”的不是地方，要是学业也能这么“卷”，何愁考试及不了格。

夏灯没答应：“我不想去。”

舒禾得到夏灯明确的拒绝，也不逼她了，电话就这么挂了。

沉默。

半分钟左右，游风说：“我们不去龙门，去胡杨门。”

夏灯说：“你怎么能听别人讲电话？”

“你也没下车去接。”

“……”

“胡杨门金水源爆肚，二楼，大厅位置。”

夏灯说：“我又不去，她们也不会去的。”

“又不用你去干什么，你就负责吸引我。”

“……”

夏灯不再说了，过了会儿，不知道怎么想的，揭了他的短：“谁能吸引你？阑籽盈都能被你扔在雨里两个小时。”

可能是想言语上占一点上风，只是刚说出口就想收回。但晚了，游风开始目不转睛地盯着她看。

她两次瞥他，他都没挪开眼，她被看得不自在：“瞎说的。”

游风眉梢微动，也不知道在想什么，但终于下车了。车门关上，夏灯也准备换到驾驶位，游风突然折返，敲了敲副驾驶车窗。她把窗户打开，他说：“你要这么算，我被某个人扔在路边何止俩小时。”

“……”

游风走了。

夏灯知道他说的某个人是她，可是她没把他扔路边，是他半夜去郊区农家院吃饭，还喝酒，然后打不到车。而且最后是她开了两个小时去把他接回来的，这才没让他被人当成男模捡走占便宜。

他就喜欢倒打一耙。

还有，就算是她把他丢路边，跟阑籽盈那次也不是一码事。

阑籽盈是他们高中年级主任的女儿，很漂亮，从小学书法，也会琵琶，气质古典。虽然成绩中等，但艺术项加分，就也能跟游风作为男女代表在各大会上演讲。

十八岁那年生日，她约游风看渔灯，闹得尽人皆知，但游风没去。那天也下了雨，她就在巷口站了俩小时。

她那一站，站伤了很多男生的心，他们针对游风，说他就是想看漂亮姑娘为他心碎，纯属耍帅，自以为是。很多女生也开始传：原来没人可以吸引游风。

夏灯一个两耳不闻窗外事的人，都知道这事，可想而知当年闹得多大。而且阑籽盈真的很漂亮，夏灯少笑，阑籽盈却是常笑，像春日风和冬里阳。

夏灯从没想过，游风跟她在一起是因为喜欢，原因就是他当年可选的太多了，都是漂亮又有其他技能的女生。

而她只有漂亮。

跟她们比她倒不自卑，让她去学那些技能她也不愿意。但她得认识到别人会，她不会。

高一时按学号分班，游风在她隔壁，第一次月考之后，他就跟年级主任提议，按成绩分班。任何人都是择优而取，游风更极致。所以她一直坚定地认为，游风选她是因为她对待两性关系的态度和他一样，推崇相敬如宾。

现在游风否认了这一点，但也没说真实想法。也没关系，那就维持现状好了。就算游风跟她想法不一样，不再是理想之选，也总比别人强，至少磨合了很多年。

至于他不时抽风，突然“取暖”……随便他。

游风在做清爽利落的男生这方面，也很极致，她要说她厌恶、反感他，有点假了。

夏灯回到寝室，舒禾和程程都在。

舒禾不死心，挽住她的胳膊：“就当是去那边吃饭的，可以吗？跟我们去吧。”

“不去。”夏灯觉得无聊。

舒禾还要说话，被程程制止了：“行了，都说了很多人要去了，你就算是订到他旁边的位子，也不一定能跟他说上话的。”

“我算知道之前那几个女的为什么说跟游风去吃饭了，就是订到了他们吃饭的农家院，装巧合，回来就开始满学校宣扬了。”舒禾嘴噘得比挂钩高。

程程说：“我劝你，跟风不可取。不是之前都在聊那个学土木的周什么的吗？怎么又开始围着游风转了？你们不腻吗？”

“那个周什么不禁撩拨，谁约吃饭都去，想白嫖的心昭然若揭了。聊他也就新鲜一阵儿，游风在我们女大学生的理想型阵列中属于常青树。”

“我看你是有毛病。”

舒禾倒在床上：“那我能怎么办？她们每天一个偶遇游风的消息传到我耳朵里。”

程程放下镜子，托着下巴，跟她说：“知道什么叫乌合之众吗？”

“滚，你别想骂我！”

“我不骂你，就是跟你说，你不要别人干什么你就干什么，别人已经有人做了，你做自己。你又不喜欢游风，你跟她们凑什么热闹啊？”

舒禾坐起来，静静想了几秒：“好像有点道理。”

“是有点吗？”

“游风还不如上国外待着呢，回来干吗啊真是。”舒禾打枕头。

程程说：“少赖人家，就是你们把他捧得太高，他自己又是那种生人勿近的性格，可不迷死你们了？”

“求求他塌个房吧，跟我那不争气的‘偶像’一样！”舒禾对着灯罩作揖，拜了拜。

“傻吧你。”程程看乐了。

舒禾扭头看程程：“澳龙可以安排上了吗，程姐？”

程程很干脆：“成，看在你及时醒悟的分上，咱晚上就去吃！”

舒禾跳到夏灯跟前，知道她不听她们说话，拉起她的胳膊：“灯，我不去偶遇游风了，程程请客你总该去了吧？”

夏灯把耳机摘下来：“几点？”

程程说：“五点呗。”

舒禾坐下来，眼睛亮晶晶的：“开车了没？”

夏灯说：“开了。”

舒禾开心了：“游风对不起了，我还是更爱豪车一点！”

程程请客吃大龙虾，预订了胡杨门的海上人间，跟游风吃饭的金水源就隔了一条街。没办法，胡杨门和龙门是涂州两大美食聚集地，聚餐首选，随处可见学生和上班族，认识的人在这偶遇太普遍了。

但隔了条街，大概率是碰不到的。除非游风知道夏灯在这吃饭，专门找过来。

海上人间还挺贵的，还没进门舒禾就感动地抱住程程的胳膊：“我来涂州两年了，第一次吃海上人间。”

程程是涂州本地人，家在市中心，她爸有家图文公司，她妈是处级领导，涂州美食就没她没吃过的：“好说，以后一个月搞一次。”

“爱死你了！”

舒禾说着挽住夏灯和程程的胳膊：“有富婆姐妹确实比有一个糟心男人要享福哈。”

三个人刚坐定，还没拿到菜单，来了俩人，站在她们桌前，惊喜地看着夏灯，有一人更是说：“你们进来那会儿我就觉得眼熟，真是你啊，夏灯！”

夏灯抬起头，两个高中同学，同校不同班。

他们俩示意她看向东南角的大桌，桌前围了七八个人，又说：“老杜把聚会的消息发群里了啊，说是在涂州的都来，是不是没看见？”

程程和舒禾这才懂了，原来是夏灯的同学，也在这里吃饭。

女生拉起夏灯的胳膊：“走走走，过去聊会儿！”

男生随后，还不忘扭头跟舒禾和程程说：“不好意思啊，我们把灯儿借走一会儿，等会儿送你们道菜哈。”

舒禾和程程大眼瞪小眼，舒禾嘴快：“什么事儿啊，这是……”

女生挽着夏灯，跟她说：“阑籽盈也在呢，国外那学校又是枪击案又是游行、抗议的，实在待不了了。好不容易回来的，以后在涂州混了。”

夏灯昨天看了群消息，知道这件事，不然也不会无缘无故地跟游风提起阑籽盈。但她确实不知道，他们后边又聊了聚会的事，还选在这里。

夏灯一进入围挡，所有人都看她，阑籽盈也是。有男生站起来：“就说这么个大美女怎么可能不是我们夏灯！她们说你也在涂州我还不信，我说怎么在涂州也不来？是不是没看群消息？”

有女生说：“我还以为夏灯出国继承家产，竟然在涂州。”

“这有什么新鲜的？风哥也在涂州。”

不知道谁说了一句，有些人开始看阑籽盈：“风哥不在涂州，咱们籽盈能放着平城老家不回，直奔这里？”

一阵笑声。

阑籽盈说：“涂州发展得很快啊，特区怎么会比不上平城？”

“特区能不能跟平城比放在一边，就说你来这里，是不是为了某个不解风情的人？”

阑籽盈撩了下头发，低头一笑，不说话了。

“哟哟哟，害羞了。这回必须得把他拿下！”有女生鼓励。

“照我看游风那种性冷淡就应该让他打光棍去，哪个男的得这么漂亮的人喜欢，会不知冷知热的啊？就他贼能装。”有男生发酸。

又有男生搭腔：“还是我们夏灯的觉悟高，看不上，完全不给那没人性的伤害的机会。”

有女生顺着问：“夏灯谈恋爱没？”

喧闹声停下来，那么多双眼睛齐齐看向夏灯，等她说什么。

“谈了。”

更热闹了，还有人激动地拍桌子。他们闹得欢时，游风来了，围挡内立马安静了下来。

游风换了身更休闲的衣服，整体主色是白色，清新又舒爽。好巧不巧阑籽盈也穿了一身白。

这让沉寂了半分钟的氛围又躁动起来。

有人更是大胆猜测："是不是国外的时候就好上了？难怪籽盈要上涂州来呢。"

"那你就是误会了，我给风哥打电话，他正好在这边吃饭，我就叫他务必过来了。"一姓李的说。

"平时聚也叫他啊，怎么不见他过来？"

"肯定是老李跟他说了，咱们九中两个校花都在呢。"

"可得了吧，他但凡怜香惜玉一点，当年都不能对咱们籽盈干出这么缺德的事来。晾在雨里两个小时呢，都把我心疼坏了。"

夏灯和游风前后脚来时就只赶上半场，他们早已酒过三巡，这会儿开始不顾别人面子，揭开短了。阑籽盈倒还笑着，看起来不是很在意。游风也没反应，只是坐到夏灯旁，端起她面前的酒。

有男生说："那是人家夏灯的，怎么抢人家的酒呢？"

"刚不说了吗，这家伙不会怜香惜玉。"

一群人笑起来，有人说："就这德行，亏得你们还把他跟籽盈凑一起，这不就一孤家寡人的命吗？他要能有女朋友，我就去跳江。"

哈哈大笑。

确实没人觉得游风的举动有什么问题，他一直没什么素质，在还是同学的那些光阴里，他几乎与全世界为敌。

只有阑籽盈，再笑起来忽而有些尴尬。把她晾在雨里俩小时和拿走夏灯面前的酒好像不是一回事。

游风等他们乐够了才说："你跳去吧。"

这话惊了一片人，片刻后，那要跳江的人问："有女朋友？"

游风握住夏灯的手，扭头看向她的脸："一直都有。"

全场皆愣。

夏灯尤其。

阑籽盈极力想要恢复自然的表情，但她已经无法做到了，闪躲的眼神和发白的面色把她的慌张暴露得彻底。

原来真的不是一回事啊。

看着她淋雨和不许夏灯喝酒，他在乎谁，显而易见。

"你原来把我们最好看的拐走了！"有人激动。

有女生恍然大悟："难怪夏灯那时候染个红头发，你也染了个红毛儿，我就说打什么赌了吗，赌这么大，原来是在追媳妇儿啊！"

一直兵来将挡的夏灯主动掀起了睫毛，又看向游风。她染了那一个星期的火鸡发色，他也染了吗？那怎么不说？前段时间明明也提到了，为什么不说？

"谁把他叫来的啊？可伤死我了。"有男生捂着心口，假模假式地哭闹。

"那你是早看上我们灯了吧？"说话的女生话里带刺儿。

比起阑籽盈这种左右逢源，男女堆都吃得开的人，她更喜欢夏灯这种孤芳自赏型的。再清高、看不起人也碍不到谁，而看起来跟全世界都关系不错，好像谁都应该卖面子的阑籽盈，她很烦。

桌前的人都不傻，都明白她暗示什么，谁也不愿当那挑破的人，就都没吭声。

"嗯。"游风说。

夏灯什么也没干，但在这些人的认知中她赢得很彻底。

接下来还是闲聊，反正这种不是很熟的人凑到一起的聚会就是春风得意的人才应约，然后把脑细胞费尽了吹些不易被人察觉的牛。

夏灯不能把舒禾和程程丢在一边太久，早早就道别回去了。游风也没多待，要不是听说夏灯也在，他才不来。阑籽盈没待一会儿接了个电话，也说要提前走了。这么尴尬的场面也没人留她了，只是客气了两句，由一个男生送了出去。

风云人物都走了，剩下一群人面面相觑，都有些惊魂甫定。原来游风不是不懂怜香惜玉，而是他们弄错了他怜惜的人。

"够那个的，这场面弄的，我要是阑籽盈就连夜逃离涂州。"

"是她做出她跟游风暗中有联系的样子，前边说有人一定要她来涂州，谁能不想到游风？把她跟游风凑一起她也不解释，谎言拆穿了知道难堪了？早知如此，何必当初呢？"

"确实也是。"

"我觉得她是以为游风不会像以前那样当众让人下不来台，就想用这种先斩后奏的方式逼人家就范，没想到游风还是那么没素质。"

“游风没变，她也没变啊，老是在人没同意时就昭告天下，说白了把自己置于这么狼狈处境的，根本是她自己。”

“对，一次旁人心疼，两次三次不就是自找的吗？”

“而且我觉得把游风说得跟她私下怎样，对夏灯很不公平，明明人家才是正牌女友。”

“嗐，不说了，以后再聚分开叫，别弄到一个局了。”

“再有聚会她应该不会来了吧？这脸真是丢到太平洋去了。”

夏灯从聚会的饭局里出来时，游风也出来了，看了一眼舒禾和程程的方向，没说话，走了。夏灯张了一下嘴，却没叫住他。她想知道他为什么要染红头发，但也不知道为什么想知道。

回到程程和舒禾的跟前，两人默契地朝外看了眼：“你同学的局散了吗？”

“没有。”

舒禾问：“我俩听那边一直一惊一乍的，没发生什么事吧？”

“没有。”

两个没有，舒禾和程程相视一眼，不问了。

夏灯常规疏离的神情，本来就让她很难融入某一个环境，从同学聚会的场合出来，她的气压更低了。

她在想事情，但因为来到瓶颈处，原本有条理的信息打了结，包围住一个问题——

那次聚会，为什么游风不说他们的关系，却也染了红头发？

其实她能想通的，只是那些打结的信息太扰乱她了，也太保护这个问题不被解答了，她就看不太透了。

舒禾和程程好像也有烦恼，聊着聊着龙虾，又聊到了男人。

程程手托着下巴：“为什么遇到合得来又喜欢的人那么难？”

“要是那么容易，这个世界上就不会有遗憾了啊。”舒禾叫了两瓶白葡萄酒，问夏灯和程程，“等会儿叫代驾吧？”

程程点头：“我看行。”

夏灯没说话，舒禾替她做决定了，叫服务员醒酒，给她们一人倒上一点："灯，你今天别去看电影了，排片半个月呢，明天看也来得及。"

夏灯没听见，她在看酒液，它们在杯里打转，有一点诱人。轻抿了一口，有一丝淡淡的苦味，香气充盈口腔，散开来，一小缕随着呼吸，缓慢流淌。

她小小激灵了一下，恍然发现酒精是脑袋里那个结的克星。至少饮酒时她会暂时忘记那些问题，就喝个不停了。

"刚在一起的时候秒回，在一起久了就意念回了。"舒禾帮程程细数她一前男友的罪证。

程程点头："刚在一起时我跟别人闹矛盾，他问都不问就站我。在一起久了，一跟人产生矛盾就是我的问题。"

舒禾继续帮她回想："还有，以前小区到楼门的距离他都送你，后来想见面了还要你开车去找他，真是贱啊这男人！"

程程笑了："最可笑的是我还真的去了，我可真是太'值钱'了。"

舒禾已经晕乎乎了，但还是坐到程程旁边，搂住她："不怕，咱们以后一定会被疼爱的。"

程程勾着她脖子："要什么一定被疼爱，自己疼自己最实在！"

舒禾靠在程程肩膀上："我也不喜欢游风了，虽然本来也不喜欢，但好像把我用在他身上的心思放到自己身上更好。"

程程一把拎起她的衣领，拿手机录音："你发誓！"她不想再听舒禾念叨"游风"这名字了。

舒禾好烦啊，头好疼，五官都皱到一起了："你别晃我啊，我看你都要重影儿了……"

"我发誓！"夏灯突然说了声，程程和舒禾后知后觉地看向她，"我要是喜欢游风，我就负重五公里。"夏灯说，但显然已经不知道自己在说什么了，低着头，面对着桌面。

程程才发现夏灯一个人不声不响地喝掉半瓶多了……

舒禾闭着眼，靠着椅背，咯咯地笑："你会死的……你贫血……你跑不了……你跑了你就完了……"

夏灯是她们仨当中最有分寸的，不会让自己陷入任何困境，竟然也不管不顾地喝蒙了。程程见状不喝了，停在微醺时就好了。主要是，就算叫代驾，她们当中也必须得有清醒的人盯着。

两人已经差不多了，程程怕再等一会儿她一人带不了两个，就伸手叫了服务员："买单！"

服务员走过来说："您好，您这桌的费用已经结了。"

程程挑眉："谁给结的？"

服务员也不清楚，用微笑回应。程程也没太纠结，应该是认识的，估计是夏灯同学中的谁。接下来请女老板帮忙，把夏灯和舒禾扶到了车上。完事还没喘口气，舒禾就打开车门跑出去了，她立刻要追，又怕夏灯也跑出去，扭头问："灯，你能在车里吧？"

"嗯。"

程程看她要睡着了就不管她了，也管不了那么多了。

怕夏灯闷，程程给她打开了窗，但就是这个举动，让夏灯的漂亮面孔暴露在过往的行人视野。

夏灯趴在车窗上，风吹散她一绺发，与她纤长的睫毛交叉。

本身豪车就很扎眼，车里再有这么一个美人，有些人开始来来回回走这一段路，不知道是想占点便宜，还是犯点罪。夏灯警惕性还是很高的，几次用力睁眼，感觉到周围的目光不太自然，就打了报警电话，她有存号。

警察叔叔声音低低的好好听，轻轻问："在哪里？"

"在车里……"

电话挂断了。

警察叔叔来得特别快，正好有人探着身子，歪着头，要借着车窗靠近夏灯的脸。他拎着那人的领子，一扯就是一个跟头，将人甩到树坑里，然后靠着车门，点了根烟。

他挡住了风，一根烟的时间，夏灯睡了一个好觉。

程程回来看见夏灯乖乖在车里，呼了口气，总算有一个省心的。她把舒禾塞进车里，代驾也来了，这回真放松了。原本是打算回学校的，但她不知道那会儿怎么想的，问了夏灯一句去哪儿，夏灯说回家。

这回好了，死活不去学校了，她没办法，还是让代驾改了道。她把夏灯送到家，安顿好，喂了醒酒糖，车钥匙给她放下，再打车带舒禾回学校。

路上，程程虚脱一样靠在靠背上，扭头看到不省人事的舒禾，捏捏她的脸，说：“我可算知道我喝多时，你们俩是怎么伺候我的了。”

她打开一点车窗，风吹进来，就像夏天抚她的脸。要穿裙子，要喝甜腻的葡萄汁了。她拿起手机，屏幕亮起，还停在录音界面，她点了一下播放，没听到舒禾的发誓，倒有夏灯清冷的声音。

“我发誓——我要是喜欢游风，我就负重五公里。”

她笑了一下，让舒禾发誓呢，这大美女跟着起什么哄啊，还郑重其事呢。酒精的力量吗？她可没见过夏灯这个样。

夏灯睡了一会儿，热，爬了起来，下楼开了窗户，风一下子涌进来吹眯了她的眼，她伸手挡住，但一点也挡不住。

她想起刚才警察叔叔给她挡住风的样子，就又打了过去。她记得他的声音好好听，她每次打都好听。

电话接通，她难得地笑，声音好轻，好乖：“警察叔叔——”

“到家了吗？”

“嗯——”

“把窗户关上。”

夏灯看着风呼呼吹得窗帘跳起舞：“你怎么知道——”

“我听见了。”

“可是我好热啊——外面好凉快——好想去外面——”

“那你等我，我过去，带你出去。”

“好——”

游风到夏灯家时，她穿着小吊带儿，把自己关在了门外，还坐在地上，扒着门把手。

得亏一梯一户，没卡或密码上不来，不然还不得让人捡走了？

他蹲下来，拨弄她乱掉了的头发，她抬起头，看到游风，还不高兴：“你！”

游风没说话，要抱起她，她不给抱，又报了警，但游风手机响了。

她眼看着他摁掉了她的电话，很奇怪："怎么打到你那儿去了——"

游风将她的头发撩到耳后："因为我女朋友只相信警察，不相信她男朋友，从不想，警察能有她男朋友来得快吗？"

夏灯大眼睛没有神，看着他，好像在听，但一句没听懂。

游风拉不起来她，就把外套脱了，扔在地上，把她抱到上边，然后摩挲着她的胳膊，让她暖一点："警察是所有人的警察，只有她男朋友是她一个人的男朋友。"

沉默。

突然，夏灯大喊："我的！最大！"

"嗯。你的。"

夏灯拉起游风的胳膊，咬了一口："我的！我最喜欢了！"

游风看着手腕上的牙印，还有一圈口水，闭眼，弯起唇。能看见这样的夏灯，也是破天荒了，以前喝酒都是睡大觉，难道醉酒效果还要看喝的什么酒？

怎么变傻了？

外边有点凉，让她待一会儿可以，长时间不行，他最后还是拉住她的手，要拉她起来。谁知道夏灯贴着门，死活不起，还抱着他胳膊不撒手了。游风的胳膊正好能感到她最柔软的部位。

他刚想抽回手来，夏灯像是终于觉得冷了，往他怀里钻了钻，她微张的嘴唇就贴在游风的喉结处。温热的触感让游风不自觉干吞了一口空气，喉结擅作主张地吻了夏灯的嘴唇。

他低头，唇瓣碰到夏灯的长睫毛，停顿的十几秒，他跟男人的本能狠狠地做了一番抗争，狠狠地败了。

他的唇贴着她的鼻梁，说："夏灯。"

"嗯——"

"我要乘人之危了。"

"嗯——"

"我要，乘人，之危了。"

"嗯——"

游风捕捉她的唇，吻住。

游风只想浅吻，但夏灯好像尝到甜头了，咂着他嘴唇，第一次这样大胆，游风也露出惊色。

她的唇温凉，但很软，柠檬的香味留在他齿间。他很被动，虽然他很不想，但乘人之危也得适可而止。等明天这大花瓶子酒醒了，想起来了，肯定觉得丢脸，不想再见到他了，那亏的就是他了。

夏灯累了，攥着游风衣襟，又靠在他怀里。

游风对名正言顺的执着，让他又问："我是谁？"

夏灯好累，不想说话，只是哼哼一声。

"夏灯，我，是谁？"

夏灯又哼哼："头——疼——"

"说完让你睡。"

夏灯就搂住了游风的脖子，凑到他耳边，贴着他的耳轮："是……我男朋友——嘘——别说——我男朋友很坏——小心打死你——"

游风的眼睛很温柔，难得的温柔，那么温柔，限定温柔。

她知道他是谁，她还是亲了他，虽然是他使坏，他为非作歹，但她还是，亲了他。他没自顾自得意，矜贵易碎的花瓶需要回到温暖的室内。

他将她打横抱起，摁密码，脚关门，抱到沙发上，放下，拿了床毯子给她盖上，再去关窗。

坐在地毯上，他双臂搭在双腿上，手耷拉着，看着她安静的睡颜。她房间放着音乐，音量不高，适合睡眠，当前正唱到——

"……

想要问你，信不信我的爱

不是谁都能保护你，因为爱

如果你问，信不信有真爱

我只能说，试试看，我的爱

……"

夏灯一直睡到中午，醒来时头发乱七八糟的，照镜子的时候蒙了很久，也不知道为什么这么狼狈。她忍着头疼，洗了澡，又倒在沙发上，闭眼缓解疲劳。

为什么喝酒来着？

她想了很久，想起阑籽盈、舒禾和程程，也想起游风。

昨天是游风把她送回来的？

她拿起手机，翻了翻通话记录，看到有几通报警号，皱起眉。

这都是初中时存上的，她还记得，是在市文化演出的庆功会上，不知道被谁倒了一点酒，阴错阳差地喝了。她顿时觉得有些晕，怕有危险，就给爸妈打了电话，但没打通。

她很知道保护自己，爸妈也教给她，找不到家人就去找警察。报警号是同学给她拨通的，具体是哪个同学，她也不记得了，那天人太多，她向来不喜欢关注别人。等她醒来就在家里了。

那以后，报警就成了她醉酒后的保留节目。

其实只需在拨号盘打出 110 就能报警，但她一喝多，脑子里只剩下第一次报警时警察的声音，温柔有安全感，好像智力被酒精挟持了一般，傻乎乎地从通信录里查“110”。

她就觉得，这个“110”和别的“110”不同。

然后不管她在哪里，醒来一定在家中。只是，平城的警察会那么快出现在涂州、她的身边吗？

她心中有答案，点开“110”主页，果然，“110”只是备注。

她早应该注意到的，给她备注的人并不精明，漏洞百出，但她还是迟钝地在这个把戏里困了很多年。没来由地，脑袋里那团结缠得更紧了。

群里电话又打来了，程程的笑声先传来：“清醒了吗？”

夏灯手搭在额头上，闭上眼：“醒了。”

“舒禾还在睡。”程程说，“昨天吃饭，咱们的单让人买了，应该是你高中同学中的谁。你问问，我把钱转给你，你转过去吧。说好我请客的，让你同学买单不合适。”

夏灯跟那些同学不熟，照过往经验来看，他们昨天那顿应该也是 AA 的。她们这单是游风买的吧？只有他会管她。

她回：“不用转了，以后你再请也一样。”

“那也行，今天来学校吗？”

“不去。”她要去找游风，问一些事情。

“游泳馆正式开放让外校的进了，跟下饺子似的。不过听说有帅哥呢，我准备晚点跟舒禾去看看。要不要姐们儿给你挑个弟弟什么的？”

“不了。”

“行吧，你再休息会儿吧。昨天喝蒙了，还抢誓发呢。”

“什么？”

“等会儿我给你发过去，给你录下来了。游风这玩意儿真是害人不浅，平常就被他的名字磨耳朵，喝酒这么快乐的时光也躲不过去。”

电话挂断，程程发来一段录音。

夏灯刚点开，听到“我发誓”三个字就又关上了，不想听了。因为她想起了这一段，记得她较劲说过的话。

要是喜欢游风，负重五公里。

她喝多有这么无聊？

沈佑倒坐着椅子，双手搭在椅背，看着游风脱实验服，边看边皱眉思索，还夹杂一些不解之色。

“有话就说。”

“从那个微信备注‘小潜水艇’开始，到网球馆打击齐征，再到这一趟平城之行，你一个不动声色的人，反常的点是不是有点多了？”

游风没答。

沈佑可不会放过他：“齐征，涂传的小少爷，是喜欢咱们大学城那个特漂亮的吧？”

游风摘了护目镜：“你要是闲得发慌，可以跑一趟力学所微重力实验室的研讨会。”

“不是让你去吗？”沈佑坐直了身子。

“我有事。”

“要是别的事也就算了，要是你告诉我，你把夏灯追到手了，咱俩兄弟就别处了。”

游风拿上东西，正好弓腰靠近他，说：“那就别处了。”

游风都走远了，沈佑才回神，骂了一句：“还要不要脸了，游风？

浑身上下长心眼，你不坠得慌啊？”

没人回他。

他酸死了：“国家空间技术研究院啊，过年能不能发对象啊？”

游风下午见朋友，刚上车，夏灯打来电话，他手扶住方向盘，接通了：“喂。”

“你在学校吗？”

“马上就不在了。”

沉默。

游风静等。

夏灯说：“我有事想问你。”

“我在南门等你。”

夏灯打电话时就快到航大了，游风说南门，她就掉转车头，停在了路边。没多久，游风出了南门，车停在了对面。

她下了车，走过去，上了他的车。游风也没扭头看她，就等她开口，问问题。

许久，夏灯开口：“是你把你另一个号码备注成‘110’，存在我手机里的吗？”

游风没答。

“所以每次我喝醉回家都是你送的我？”

沉默。

夏灯也不用他回答，沉默就是最好的答案：“同学聚会，为什么不帮我解围？”

游风答了这题：“生气，不想帮。”

他去接夏灯，她已经自己开车去了，那时刚在一起，他刚被夏灯相敬如宾地处理，他还不能像后来这样淡然接受。

夏灯扭头看他：“那你又为什么染了头发？”

“生你气不代表可以看你被欺负。”

夏灯的心震了一下，一时哑口，半天才又说：“但我还是染了。”

“没人告诉你，他们也都染了吗？”

夏灯扭头看他。他干的？他逼他们也染了？好像确实是他会做的事……可是……

“那你……”

“我什么？闲得？你才知道？明知道你要当机器人，还问你要不要在一起，还不能说明我都闲死了？”

沉默。

夏灯忍不住赌气：“你可以后悔。”

持续沉默。

夏灯又扭头，盯着他的眼睛，他的眼睛很漂亮，哪都漂亮，都说她是好看的，其实男孩子也可以用“好看”这样的词来形容。

“你是不是……”夏灯说到一半，觉得没有是不是，遂改为陈述，“你喜欢我。”

中午这个点，人来人往，正是喧闹的时候。

春天的尾巴摇晃柳树的发梢，奶茶和炸鸡店门口排了长队，每个人额头的汗都是夏天跃跃欲试，想撞谁一个满怀。

“你早该问我的。”

我就可以早点告诉你，你说得对。

游风只说了半句话，夏灯也没追问剩下的半句。空气凝结，时间在阒静中残喘。游风有电话进来了，夏灯也收到微信消息，他们相继顾起自己的事，就像以前一样。

以前他们可不会说“喜欢”这样的词。

游风将电话挂断，跟夏灯说：“去哪儿？”

她听得懂，他是要送她：“我回学校。”

他也听得懂，她是说不用：“好。”

夏灯下了车，游风离开了。

一点了，学生、上班族差不多吃完饭了，要回教室、岗位了。夏灯站在人行道边，看着人潮、车潮一波一波涌过，她胃里也攒了些浪来翻涌。

身体的宿醉还没结束，思想先一步被游风吐出来的刀子扎醒了。不是难听的话才算是刀子，实话也是。

在一起两年，夏灯第一次知道，游风是因为喜欢她，才去她家，问她要不要在一起。可她并不愚钝，这两年来如果他对她有感情，她是会感觉到的。

没有被感觉到的喜欢，存在吗？

要说真正有强烈的感受，还是在不久前，她恍然发现，游风就是她的“警察叔叔”。那一瞬她确实惊讶，无法想象一个人可以为另一个人坚持做一件事那么久，也有一点从未真正认识他的感觉。

但很快就清醒过来。

她印象中游风很坏，而她几乎不关注别人，自然不会是偏见，是一件又一件事累积，给她造成了这样的印象。

只是，既然不信，又为什么问？

他是不是喜欢，根本没有验证的意义。别说不太像真的，就算是真的，她也不会回馈给他同等感情，那挑破干什么呢？除了像现在这样尴尬，不知道接下来怎么相处，有别的用吗？

她正乱想着，有人前来搭讪，想请她吃冰激凌，她婉拒，回到了车上，继续想。只是她大脑的左右两侧半球好像被杂草堵住了，宕机了。

以往有这个等级的事想不通，独处一下就好了，现在独处也解决不了问题，那就扎进泳池。

水里有答案。

没有就拉倒。

游风跟高中同学贺仲生见了面。

贺仲生是游风所有同学中，唯一早早就知道他和夏灯在一起的人，之前游风在国外，也是他帮游风打听的那些对夏灯图谋不轨的人。

他从服务员手里把水壶接过来，亲自给游风倒了水，推过去。游风看了一眼那摇晃的白水，没说话。

贺仲生问：“昨天同学聚会了？”

他下飞机后，看了群消息。

“嗯。”

“还公开了？”

这个问题游风没答，昨天到现在群里不都聊过好几轮了。

贺仲生说："机票挺贵的，给我报销。"

他没在涂州上学，但这两年往返涂州的里程已经超过老家了。就为了游风美貌惊人的女朋友。

"夏灯也不是我对象，被骚扰跟我有什么关系？我天天帮你盯着让你报销个机票你还不愿意？"

游风说："我给你改论文你也没给钱。"

贺仲生白眼翻给他："你也就只能给我改论文了，你倒想给你女朋友改，人家根本不写论文。"

"你有吗？"他说的是女朋友。

"……"

贺仲生不跟他较量了，他脑子上发条的，转得不是一般的快，改了话题："话说回来，你就那么信任我？放心我帮你盯着？夏灯那么漂亮的姑娘，我可没说不喜欢。"

"她连我都看不上，能看上你？"

"……谁能看上你啊，嘴这么贱。"

游风靠在椅背上，闭上眼："谁都能。"

"除了夏灯。"贺仲生替他说了他没说完的话。

游风靠坐的姿势让他的锁骨凸显，贺仲生看着他胸廓前这两块锋利的骨头，想起梵兴路到问安巷那条悠长的路，他被打得皮肉裂开，膝盖露出森白一块，也是这样锋利。像花一样的夏灯可以平安长大，她父母的功劳真不大。

贺仲生不知道游风喜欢夏灯时，还觉得他奇怪，脸上也总挂彩。但因为他回家必经问安巷，而问安巷有两个牌局，门口总蹲着一些早早辍学的社会青年。他又不愿意低眉顺眼地给他们递烟，有矛盾是必然的。贺仲生就没怀疑过他受伤的原因。

直到撞见他和夏灯在一起，贺仲生终于知道了，有人在做骑士。

他呼出口气："不忙了吗？有时间风花雪月了？"

游风睁开眼："回国会轻松一点，后天再去趟重力所，短时间内只在涂州了。"

"嗯。"贺仲生点头，"确实也该找回一点正常情侣的节奏了。"

游风没告诉贺仲生，他挑破了，她逃避了，所以计划推给沈佑的活儿，他还是打算亲自去跑一趟。

“一块鲜花饼，给需要的人，就是浪漫和体贴；给不需要的人，就是多余和困扰。你知道这一点吧？”贺仲生说，“我的意思是，把握好分寸，我不认识你老婆也知道，她不会在她不喜欢的事上浪费时间。”

游风没说话。

可是这一生那么冗长，不浪费一些时间，得有多难过呢。

夏灯确实不喜欢鲜花饼，但他也从没给她送过。他从未给过她不需要的东西，一直以来她想干什么就干什么，现在看来，好像就因为这一点，她感觉不到他的喜欢。

所以多余的东西真没用吗？如果没有这些行为，要用什么证明喜欢是存在的呢？

夏灯在游泳馆坐了半天，因为下水的人太多了，照以往的经验，她下去会被围观，就只是看着了。

看着也不得劲。

有一些年纪比较小的男孩子组团来到休息区，明目张胆地看她，给她点东西喝。嘴上叫着大学的姐姐，行为和眼神却一点也不尊重。忍不住耍帅的样子，其实不帅，但他们好像不知道这点。

她本不想在意，但他们靠得太近了，坐在她那张长凳上，手也伸向她的腕子，她只好站起身离开了。

她没回寝室，开车去了港口废弃的码头，慢慢走到浮桥尽头。站到天渐黑了，海风把她的长发吹向天空，岸边的灯漂洋过海，让她在深蓝中发了光。

闪闪亮亮的发梢，跟悬在天上的几颗稀松的星星一样耀眼。

旧码头是 20 世纪 70 年代建立的，2000 年时废弃了，离新码头不算远，站在浮桥上能看到那头的灯火通明。

她把思想放空了一阵子，想着那些烦恼如果不能被水冲走，就被风带走吧。

好像管点用，她被吹得偏头痛，确实没情绪想别的事了。她准备回到车上，一扭头，脑中一闪，迫使她停住脚步，心跳忽地脱离了轨道。

剧烈跳动的几十秒内，一些关键词跃然于眼前。

傍晚、灯、大海、光下金黄的发梢……

她恍然想起，游风拍的那组海浪照片，她其实是见过的！

夏灯回了家，打开电脑，搜索那一届的青年摄影展，四十多页两百件展品都翻遍了，也没有游风的作品。

她放下鼠标，靠在沙发上，闭上眼睛想。很快她睁开眼，拿手机，翻到高中同学赵苒的微信，发过去："有时间吗？我想问你一件事。"

赵苒秒回："咋了？这会儿不跟大帅哥腻腻乎乎，想起我了？"

夏灯和赵苒是高中同班同学，关系就像她跟舒禾、程程一样，偶尔同去食堂、餐厅，同滑滑板、游泳。

她还没回，赵苒又说："你很可以，游风喜欢你都不告诉我。"

夏灯有要紧事，就没顺着赵苒的话题聊："游风那组被青年摄影展展出的照片，你给我看过？"

"好像是吧，记不太清了，怎么了？"

"你说他拍了海浪，最后一张是关一心。"

赵苒记得了："咋了？你跟游风因为关一心吵架了？那你可得好好跟他掰扯一下，为什么给关一心拍照。"

夏灯当时没细看，现在努力回忆，脑海只有一个模糊的背影，穿着蓝色衣服："最后一张是一个站在浮桥的背影，身着蓝衣，几乎融入大海，你怎么能确定是关一心？"

赵苒打了几个字，发现要说的太多，又删掉，给她弹了一个语音电话。电话接通，她说："你这记性真是不行。那次新生庆典你跟关一心代表咱们班登台表演，还记得吗？"

"嗯。"

"说好穿白礼服，你专门买了一身，她没买，去影楼借的，但没借到白色的，只借到身蓝的。"赵苒又说，"游风那组照片里的背影，就是穿的那深蓝裙子啊，花边都一样。"

原来不是深蓝的衣服，而是礼服。

赵苒听不到夏灯说话了，以为网络不好："还在吗，灯？"

夏灯回神："庆典的最后一次彩排结束，统筹老师把双人合唱改成了单人独唱，没让我登台。"

"啊？"赵苒当时跟一个男生组队，庆典的时候两人去生物实验室做实验去了，没看表演，"你怎么也没说？可是你还专门买了礼服啊，那么贵，有毛病吧，这个统筹！"

"礼服没浪费，给关一心穿了。"

"服了！我说怎么每次班会表演节目她都起哄叫你上，我还以为她是给你展现的机会，这么一看她就是想让你出丑啊。"赵苒越说越来气，"什么统筹啊，那你就算唱得不如关一心，但你长得比她好看吧？你一上台那谁还在乎你唱得好不好听啊？那么漂亮的礼服给她穿不是糟蹋了吗！"说到这儿，她卡壳了，停顿片刻后，缓慢地说，"她穿了你的那条裙子，所以，那身深蓝色……"

夏灯！

赵苒捂住嘴，差点惊呼出来。

夏灯在赵苒提到新生庆典的表演时就意识到了。游风那一组海浪的照片，最后一张入镜的是她的背影。她现在才大概了解，为什么后来的关一心有些针对她。

庆典那天钢琴摆放的位置不好，观众看不到脸，凭裙子辨人，就以为钢琴弹得好、歌唱得好的是夏灯。

若澄清，别人会知道唱歌、弹琴的是关一心，却也会知道游风拍的是夏灯。可能对于关一心来说，让别人以为游风在拍她更要紧。

跟赵苒的电话挂断，夏灯走到露台，宽敞的空间让心也亮堂起来。尽管是在深夜。她看着盏盏船灯，照亮一方海面，然后塞满她的眼睛。

她的记忆出现偏差了。

她认识他八年，却真的不算认识他。

她攥着手机，想问他要那组照片，她想看看自己，但打开与他的聊天界面，还是放弃了。最后只是发了一个朋友圈，一个表情符号加上一个海浪的符号。

游风又去平城了，这次没告诉夏灯。自从他们戳破那张窗户纸，就再没找过彼此。

夏灯看起来一点也不在意，戴着耳机，面无表情地看电影，用笔记下经典台词，顺手翻译成两种语言。

程程买了水果回来，见夏灯把桌子搬到靠窗位置，挑眉问："怎么了？是不是舒禾又开大声追剧了？"

夏灯戴着耳机没听见。

舒禾坐直了身子，眼肿成了肉包子："我可没看剧啊，我看了两本悲剧收场的小说，现在整个人都不好了，这作者真有病！"

程程把打开盖子的水果盒子，端给夏灯一份，回到自己座位，把纸抽扔给舒禾，接着吃了一口蜜瓜："至于吗？"

"你不理解那种给你希望，又让你破灭的感觉，那种无力感是这一整包纸巾都接不住的。"

"那你别看了不就行了吗？"

"我刚去作者微博评论区把她骂了一顿，舒服多了。"

程程下巴点点她面前的水果："吃点甜的，等会儿出去逛一圈。"

舒禾咬了一口西梅："我等下抢特签，限量的。"

"那我自己去了。"程程说完看向夏灯，知道她大概率是拒绝，还是问，"灯，等下遛弯去吗？南门那边开了个路边酒吧。"

夏灯在誊写东西，眼神在电脑屏幕上和笔记本中往返，时不时地瞥一眼手机，时不时点亮一下屏幕。

程程问舒禾："灯怎么怪怪的？"

舒禾没注意："她哪天都是怪怪的啊，今天又没上课，迟到满勤第一人，也就西澳这种拿钱堆的垃圾学校，搁别的早劝退了。"

程程抬头看灯："这么亮的灯，她还要到窗户那边吗？多冷啊。"

舒禾喝着玉米须茶："她搬桌子时问我，寝室信号是不是不好了。"

"等电话呢？"

舒禾笑了："可能吗？只有别人等她电话的情况发生。"

突然，夏灯手机响了一下，她立刻拿起，有些鲁莽了，手机磕到了瓷杯，清脆的动静，尾音很长。

舒禾很好奇："灯，你在干吗啊？"

夏灯付了款，答："帮我外公买件东西，限量的要抢。"

舒禾恍然大悟："我就说你没这么盯着手机过。"

程程说："你这个手速可以抢下周艺术展的票了，只卖两百张我是真的不理解。"

"可以。"夏灯答应了，"但不保证一定抢到。"

"我俩已经看过一次了，是想陪你去看。"程程说，"我看你买了相机，猜你应该会对这个主打摄影作品的展感兴趣。"

舒禾也说："你只用抢你自己的就行了，第一波放票时我们已经抢到了，没你身份证号，买不了你的。"

"好。"夏灯没有拒绝。

晚上抢完票，三人去了新开的路边酒吧。

穿着凉快的男男女女一人端着一杯调好的酒，蹲在台阶上，镭射灯照在地上的是酒吧的 logo（商标），音乐是百大 DJ 随机放，紫外线照得白衣服像会发光，年轻的味道一飘七里香。

女生雾霾灰的头发看不太出，但细瘦的胳膊文了个蝎子一清二楚，奢侈品牌凉拖露出一截白花花的脚背，红色的指甲油泛着亮光。

男生银发、红发，万年不过时的黑衣服、白衣服，脖子、手指头上是小众潮牌单品，脚上的名牌鞋，价格都不菲。

大部分是西澳的，也有旁边外国语学院的，还有凤凰港湾的不知名的演员、音乐人，还有这个那个博主、up 主。

舒禾知道这条街一到晚上就人多，但不知道这么多，有点傻眼。程程也没想到，他们都开始过夏天了，果然是太久不串夜场了，已经跟不上趟了。

舒禾说："程程你买酒去，我跟灯在旁边的章鱼丸子店等你。"

旁边是一家二十四小时的台湾小吃，外边有铁制镂空的围挡圈出一块区域，放置着长板木桌和原木椅。

夏灯一坐下来，何公瑾托着一盘子酒走过来。

舒禾挡住嘴，小声说了句："晦气。"

夏灯看到他，反而想起游风。游风说，以后有人打扰她，要说。可是他去平城都没告诉她。他已经消失快一个星期了，舒禾说航大九院有人透露，游风有幸去平城参与一个研讨会，差不多要一个月。

他说他喜欢她，海浪的照片、“110”的备注，好像也算证明，但他要去平城一个月，却没告诉她。

还不如以前相敬如宾的时候，那时他出远门都会说一声。

现在这种情况，无外乎两种可能，他生气了，故意没说。再就是，那些默默做的事，都是他少年时的游戏，游戏性十足，含爱量极低。

没意思。

她本不想研究这些男欢女爱的麻烦事的，他非要较量，较量不过又嫌她不开窍，这男人，真没意思。

躲着吧。

别回来。

程程也端了酒过来，看见何公瑾，立刻眼神询问舒禾，舒禾给她使眼色：这人自己来的。

程程了然，坐到何公瑾旁边：“这儿有人了。”

何公瑾的眼睛一直在夏灯脸上，夏灯的脸，看不腻的，能一直看就是一种享受：“等那人来了我就走。”

程程笑了：“有劲吗，这位哥？铁板还没吃够？”

何公瑾没皮没脸的：“那我铁了心追夏灯都不行啊？尽情给我闭门羹，我就爱吃这一口。”

舒禾刚喝的一口酒喷了出来：“真够没脸的，何公瑾。”

何公瑾冷不丁严肃：“放眼涂州学区，谁遇到自己特别喜欢的人是能矜持的？矜持的都是不够喜欢。”

舒禾和程程相视一眼，再看他迷离的眼，果然醉了。

“灯灯，我记得你之前戴着一条手链，我知道那个设计只有一个设计师做过，我打听到他从桑国回来了，还有没有想要的？我花多少钱都给你买，好不好？”

手链。

游风还没有还给她。

随便吧。

何公瑾一定觉得自己很深情，双眼含水，光里都是夏灯，但旁人听着真的有点腻歪。程程刚过喉咙的那口酒，突然卡住了，吞不进去，也吐不出来。

舒禾翻白眼："人家不比你有钱？喜欢不会自己去买？"

程程听舒禾小可爱讲话才咽下去了，接着说："而且那设计师不接私人定制了，你最多买到限量的，限量的又不是独一无二的，有什么新鲜？我们灯手上那链子是独一无二的，懂吗？独一无二。"

何公瑾被挤对，脸色有点差，但喝多了就无所畏惧："独一无二不也是花钱买的？钱能买到的东西，有多值钱？有些人看着高贵还不是因为价钱不满意？"

他这话讽刺意味十足，不知道他指的什么，但难听是肯定的。

程程看向夏灯，霓虹灯下她的神情比平常更淡漠，像在生气。这还挺少见的，她赶紧用下巴点点舒禾，以眼神示意。

舒禾这才发现夏灯嘴抿得有点紧，虽然幅度不大，旁人兴许看不出来，但一个屋檐下待久了，她们太知道这有多反常了。

她先站起来："买了酒就回去吧，我还得看剧呢！"

何公瑾上手了，拉住舒禾的胳膊："走什么啊，我哥们儿等下过来，咱玩会儿色子呗。"

舒禾甩开他的手："说话就说话，不要动手动脚！"

何公瑾笑了："情急，情急，你可别以为我对你有什么想法，说句不好听的，你这个样子很难让人对你产生什么想法。"

舒禾听到这里已经很不爽了，程程也把酒杯重重撂在桌子上。

何公瑾酒精上头、没完没了："下回出来还是收拾下吧，长得丑点不是错，但出来玩就……"

他还没说完，夏灯已经拔出酒杯的玻璃吸管，插在他的手背上，没插穿，但破了，流了血。

舒禾吓得吸气，捂住嘴。程程反应很快，在何公瑾叫唤着站起来之前就挪到了夏灯和舒禾前面，伸手挡住她们。

动静不小，周围人都看了过来。

夏灯没说话，微信转给舒禾八千，再从舒禾的兜里把她的手机拿出来，接收，搜到何公瑾的微信，转过去，备注医药费，拉黑了。

这套动作完成，她才看向捂着手叫唤的何公瑾："离我远点儿。"

说完，夏灯就走了。

程程和舒禾紧跟上，周围看热闹的都讨论起来，还有西澳的人在打口哨——

"真牛这夏灯，有钱就是底气足。"

"程程打架那个事儿也是夏灯报的警啊，够狠的，一点机会不给。"

"长成这样又有钱，我真想知道她有没有烦恼。"

"没听说她有对象。"

"别闹了，她这个条件哪个男的配得上啊？"

回到寝室，夏灯呆坐在椅子上，一句话也不说。舒禾和程程眼神交流着，也不敢说出来。

过了会儿，舒禾走到夏灯桌前："对不起啊灯，让你……"

"是你被欺负了，有什么对不起的。"

舒禾感动得都要哭出来了，搂住她腰，嗷嗷叫唤："我就说闺密比男人强多了！"

程程给她们倒了水："以后喝酒还是去家里，我们家东光区那边一套三居装好了。"

舒禾猛点头："显摆成瘾、自以为是，大学城男的真让人反胃，喝酒这么快乐的事还是避着点这群人吧。"

"还是成熟男人好，我再找就找那三十多岁事业有成的，西装、领带、衬衫夹，办公桌、车后座、电梯间……想想都要香死了。"

舒禾眼都皱到一起了："好变态。"

程程坐下来："你以为男人聚到一起不聊女人？"

舒禾咂了两下嘴，觉得这话也挺有理："确实。"

"有死结，解不开时，多想想别人的问题，不要总反省自己。"

舒禾悟了："懂了！"

程程捏捏她的脸蛋："不要焦虑，你很好看，打不打扮都好看，是何公瑾脑子有泡，别搭理这种得不到就毁掉的小人。"

舒禾假模假式地抽噎："别小看我了，我才不放在心上呢！"

“那你可真棒啊！小可爱！”

聊了聊天，她们心情都好转了。

夏灯这种看不出来心情好坏的，没有算在里边。

程程说：“灯，你买完东西也抢完票了，我们帮你把桌子搬到吊灯下边吧？这边看片太费眼。”

舒禾也说：“而且也冷啊，天还没暖透呢。”

“不用了。”

两人不说了，就是有些好奇，既然对信号不再有要求了，为什么还不搬回去？

游风去平城的第二周，夏灯一切照常，除了接到赵苒的电话。赵苒告诉她，大狗回国了。

大狗是以前在夏灯高中对面开文身店的老板，央美毕业，为爱文身，跟他们高中一些人关系不错。

后来被人挖了，加上分手，也就改行做首饰设计去了。他实力很强，运气也好，去了几年桑国，出口转内销，在国内的小众圈子里混出了一点名头。

游风给夏灯的手链就是经他指点做出来的。他主要是把游风的图纸完善了一下，给了一些选料的建议，大部分想法是游风自己的。

夏灯本不感兴趣，但赵苒告诉她，大狗唯一的亲人没了，准备定居国外，以后没大事就不回来了。

她对熟悉的人的人生规划都没想法，何况不熟的人。但她想知道游风给她的那条手链里她一直没参透的设计，就买了一张飞往平城的机票。

大狗见到夏灯还是挺惊讶的，他以为她跟游风在一起那么久，一定是早知道他的心思了，不然不可能处那么久。

他想多了，夏灯的性格就像她特美这件事，也特不一样。

灯光扑朔的水吧，大狗听完夏灯的问题后，问她：“把那链子带来了吗？”

“丢在他那儿了。”

大狗双手叠在一起，呼口气：“他还真沉得住气。”

夏灯问："所以里边确实是有肉眼看不出来的设计？"

大狗点头："他用了一点化学能的技术，具体怎么操作的我不太知道，也不是我专业，跟他们航天材料有关系吧。"

夏灯听得很认真。

"扣上的地方有一个识别码，很微小，貌似只有受到深海阻力的时候才能显现出来。"

夏灯渐渐皱起眉。

"我之前听他说，你每年都会去澳国潜水？"

"嗯。"夏灯一般在生日前后去一趟澳国，出海玩几天。

"那你有拍照吗？"

"有。"夏灯带摄影灯就是拍照用的，虽然她拍得不好，但想把海里边的一切记录下来。

"给我看看。"

夏灯从储存盘里翻出潜水合集，把手机递给大狗。大狗一张一张看，找到一张还算清楚的，放大后还给她。夏灯接过来，一眼看到她那条链子边缘的识别码。

"剩下的你自己操作吧，也就再拿个手机扫一下。"大狗说，"还得说咱公子哥这种高级领域的人才，浪漫的方式都那么高级。"

夏灯快要接近答案了，抬起头："谢谢。"

"谢我什么，也不是我做的，我可没那么大脸认下这种程度的才华。"

夏灯没说话。

沉默片刻，大狗没忍住，又说了句："游风这人还挺张扬的，只是在意的人太低调，他就把自己变成了现在这样。"

夏灯愣了愣，不是大狗这话扎心，是她又想起以前，初中和高中后的游风，确实不像是一个人了。

跟大狗分开，夏灯回了家。她爸目前要做的项目在深市，她妈就深市和国外两头跑。平城不常住的房子都放着，常住的这套花园别墅由阿姨打理。

阿姨看到夏灯还挺惊讶，立刻要给她做好吃的去。

夏灯跟阿姨说了两句话，回了她自己的套间。包包放到柜上，慢慢走到沙发区，再走过沙发区，走上观景台。面对两面落地全景窗，站了片刻，坐上秋千椅。待了数秒，扫了那个识别码。

竟然是一条语音。

她的手指在上边悬了一会儿，挣扎犹豫半天，还是选择了点开。

“别说别的了游风，我就问，如果可以重新选择人生，你这个乱七八糟的家庭，周围这一切，都可以换，你选什么样的？”

“我选夏灯。”

“我问的是人生。”

“我说夏灯——”

夏灯感到心口忽地一跳。

随即猛烈。

剧烈，强烈。

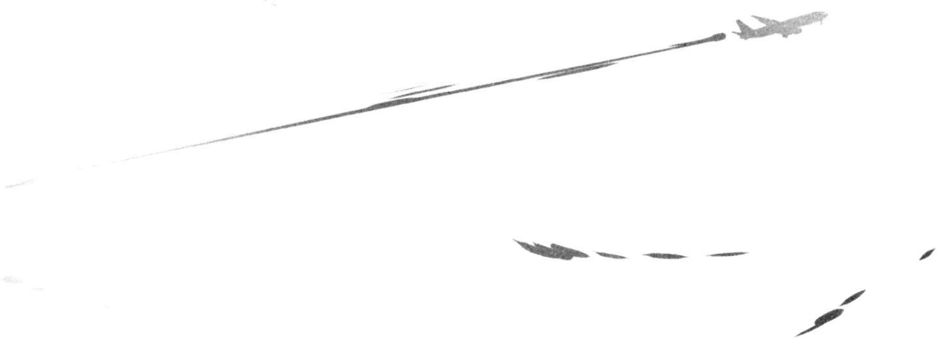

第二章

海听见风的声音

问游风的声音，夏灯不认识，她只认识游风的，并且知道这是他在变声期的声音。

印象中游风没有奶里奶气的阶段，但他长个时，声音确实是有变化的。她还记得有人专门录他说话，以至于高中分开不在一个班，她也时常听到他说话。

一般是“滚”“烦”“没有”“不给”“不要挡路”。

她内心震荡了很久，渐渐平静后，又因为一个想法，突然间火急火燎，疯跑出门，一直到地下二层，穿过酒窖、禅房、保姆屋，来到一间堆积着杂物的房门口。她摁动开关，门发出弹开的声音，推开门，入目一张长条木桌，上边摆放着纸箱，俩箱子中间有几个没拆包装的类似相框的东西。

这些都是她以前收到的礼物，知道是谁送的都退回去了，留下的是没署名，送礼的人也没告诉过她的，她就把它们放在了仓库。

这几个相框好像是毕业后收到的，这时间很微妙。

她走过去，把几个相框抽了出来，放平在桌子的空白处，撕开外边那层黄皮报纸，波浪有声，卷入心中。

她停顿数秒，双手缓慢拄在桌面。

真的就是游风。

她一张一张铺好在桌面上，看到最后那张照片中模糊的穿着蓝裙子的背影，双眉短促收紧，转身走到另一张桌前。

没法看了，不能继续知道更多了。

尽管给了自己这样的暗示，她也还是没忍住，返了回去，一张一张又看了一遍，理所当然地看到游风写在照片背面的话——

如果天上的风就想要水里的灯，你要不要跟我在一起？

夏灯睫毛开始不受控地颤抖，是她眼睛有些不受控地眨动，因为紧张、慌张、有口难张，强烈的情绪波动只能寄托双眼来展露。

她记得这件事。

班主任带他们去巨案山公园露营，晚上，大家看着天上的星星聊理想，只有夏灯没说。因为比起别人说的老师、警察、医生、金融家、会计师，她的理想太不具象化了。她想去很多地方，走不动了就在海边开酒吧。

班主任见她什么也没说，以为她是想起不能当运动员了，难过，耐心地说："星星掉入水里美不美？风和水撞出浪花美不美？"

夏灯只是呆呆地看着她。

班主任又说："不能做运动员了，但还可以游泳，可以潜水，可以开船，水里的美不只变成数字出现在计时屏幕上这一种形式。"

夏灯才明白她在说什么。

班主任哄孩子似的："水里的灯最美。"

有人捣乱："水里的灯又不是职业，那叫灯塔。难道以后找工作要跟老板说我是个灯塔吗？那还不如是水里的王八呢，至少能做道菜。"

大家哄笑起来。

班主任把他骂了一顿，说起他的理想，指出他这个不能跟同学共情的性格可当不了心理咨询师。他扯着脖子，分辩起来。所有人的注意力被转移，就没人听到夏灯没来由的一句——

"谁要水里的灯，那多无聊。"

思绪回归，夏灯靠在了桌沿。游风是在回答她的话吗？他听见了？她记得这样的活动他都坐得很远，这样也听到了？还是说他一直在关注她？

夏灯扭头，又看向几张照片。

原来游风跟她表白过了，是她没回应，所以他才来她家找她，问她要不要在一起。不愧是游风，她没回应，正常人不应该以为是拒绝吗？就他自信，还来她家堵她。

是知道她一定会答应吗？

想到这里，夏灯更不解，不解自己为什么答应。

之前也想过这个问题，怕人议论她反常，也担心父母。但这些理由乍一听有理，却都经不起推敲。只是不扯这些理由，可能就要面对一个问题——

她对游风不只不反感。

她脑袋又开始乱了，揉揉太阳穴，拿上包，出门，上车。看着车库门自动打开，她拿起手机，在三人小群里发了消息："游风参与的是哪个研究所的研讨会？"

舒禾秒回："力学所的微重力实验室的研讨会，公开的。"

夏灯知道了，输入地址导航。

上了车，舒禾才又说："灯，你怎么问起游风了？"

夏灯开着车，没法回复，就没回。

舒禾想不通，抓耳挠腮，问程程："你说是不是怪怪的？"

程程觉得挺正常的："这有什么？"

舒禾不说话了，但很快大叫了一声："哎，我以前怎么没觉得，他俩很配啊！"

面对舒禾的一惊一乍，程程搔了下耳朵："他们俩说好听点是各自领域的大佬，说不好听点就是一对目中无人的人，你能想象到俩性冷淡在一起谈恋爱吗？"

好像是这样，舒禾被说服了："嗐，白嗑了。"

"少嗑点吧，过去那些，你不嗑，人还分不了。"

"滚！"

夏灯开车来到国家科学院重力研究所不远处，遥看白红相间的建筑，突然没有出门时的勇气了。

不说他正忙，就说见到了，她要对他说什么？又像上次一样，把窗户纸再戳烂一点？之后呢？之后要是不回应人家，那问来干吗呢？

夏灯收回眼来，关上了车窗。

算了。

他不说，总不能让她来说吧？

他想当哑巴，由他好了。

夏灯回了涂州。

不知不觉，游风的研讨会已经开了三个星期。

夏灯的桌子还是在窗前，但她再没有打开过跟游风的聊天界面，朋友圈最后一条更新也停在了那个海浪的符号上。

她跟舒禾、程程去看了展，可能是因为看了更好的作品，这些所谓的天才之作，她觉得也还好。

晚上她们去了程程在东光区的房子，大三室，一百七十平方米，三十九层，涂州的夜景尽收眼底。就是没有酒杯，买的啤酒、红酒只能对瓶吹。

夏灯坐在全景窗前，一手拿着酒瓶子，一手攥着手机，看着窗外万家灯火，处处光明。

舒禾看着夏灯，拿纸巾吸了吸辣油，拣了一只大个儿的青口来剥："灯最近真的很像在等谁的电话。"

程程喝了口酒："要真是，那可以让这人滚开了，是什么角色啊，让这么个大美女等那么久？"

舒禾被辣到了，嗞哈着，但不想停，越辣越想吃："那要是那种保密的地方，不能看手机，有什么办法？"

"保密的地方？也就是说，事业有成？那岁数应该不小了吧？"程程看向夏灯，"灯找了老男人？"

舒禾笑了，打了程程胳膊一下："你喝多了？灯怎么可能找老男人？"

程程瞥她，哼哼："你说得对，不太可能。"

"我要长得帅的！哪怕蠢一点我都接受，只要长得帅。"舒禾喝得猛了，开始点菜了。

程程受不了了："你得了吧，今年过半了，嘴都没亲呢就开始想有的没的了。"

"我的小说男女主亲了！那就是我亲了！"

"傻帽儿，你的男女主笑话你是单身呢。"程程就要逗她。

舒不急了，要挠人，扑向程程，跟她滚到了一堆，笑声顺着风被带到各地，青春的花期，无限的活力。

夏灯喝着酒，嘴唇不时碰到瓶口，寻常的动作突然生出不寻常的感觉，很熟悉，随着眼前跳出一些片段，她早蒙掉的脑袋竟然渐渐清晰。

她，跟游风亲了？

她一下子坐直了，甚至站起来，在窗前踱步。

闭眼使劲想，想出的片段是游风低头吻她。他的嘴，很软，也有一点香，像白茶，淡淡的，但很醉人。好像比白茶香单独放置更好闻，是因为混合了他的气息？

然后……

然后她……

她睁眼。

不可能，她不会这样的！

可是为什么她记得他舌尖有些凉呢？她还记得她因为他微凉的唇舌而产生了嫌弃的情绪……

是做的梦吧？

他们时常单独相处，他要想干点什么，她哪有能力抵抗？可是他什么也没干过。

应该是做梦。

但又确实很真实……

夏灯想不通，屋漏偏逢连夜雨，酒精后劲儿太大，重新主导她，使她打开微信，给游风发去一条试探性的消息：“情侣是要亲……的吧？”

要是亲了，游风那么嘴贱的人，一定会回复“又想亲？”要是没有，游风一定会回“你想亲了？”

但还没等游风回，她就撤回了。

这个问题好丢脸。

随便吧，就当是做的梦。

春梦而已，谁没做过，游风不知道出现在多少人的春梦里了，出现在她梦里一次也正常。

夏灯又坐下来，昏昏沉沉，有点想睡。

做梦而已，不用在意的……

不用在意……

她哄着自己，渐渐闭上了双眼。

周五晚上没课，舒禾和程程去逛街了，夏灯去了游泳馆。

自从西澳开放游泳馆的使用权，夏灯就没在周末时去过。她在涂山苑的院子也有游泳池，就是小一点，但也比外边的好一些。外边那些场馆泳池更小一点，而且卫生总是会做不到位。

西澳的游泳馆，是夏灯认为最接近比赛场馆的游泳馆了，所以人多与否，其实不太限制她前去，只不过还是会避开人多的时候。

她来的时候没人，阿姨一边收拾池边，一边冲她笑："我就说没人你肯定会过来，我偷偷问过了，今晚也没预约，就你一人，可以痛痛快快地游了。"

夏灯微笑："谢谢阿姨。"

"就喜欢看你游，那些小伙子跟个大蛤蟆似的，什么呀。你游起来多好看啊，像美人鱼。"

她们正说着话，何公瑾跟两个男生进来了，边走边鼓掌，场馆空旷，回声漫长。夏灯只顾着游泳，理都不理。

阿姨瞪了他们仨一眼："公共场合叫什么啊？"

何公瑾没理阿姨，蹲在泳池边，看着夏灯："这么大泳池一个人游多无聊啊，灯灯，要不要我跟你鸳鸯戏水啊？"

夏灯没搭理他，他看起来像是手好了就忘了疼的时候。

阿姨看着这个人，蹲在泳池边，真挺像一只癞蛤蟆的，明明也不丑，可能就是行为使得形象也大打折扣了吧。不过见夏灯连看都没看他，她心里也踏实了。这么漂亮又乖的白天鹅可不要跟这种大癞蛤蟆谈恋爱啊。

何公瑾没完没了，弯着腰撩水，腰露出一截，十分猥琐，还龇着牙笑眯了眼："我下水咯？"

他刚说完，后边有人一脚把他踹进了泳池里。"扑通——"巨大的落水的声响在馆内回荡。

他嚷了一嗓子就开始扑腾了，骂骂咧咧的：“谁啊！”

夏灯已经先他一步看清了来人。

心脏在接下来的几秒内跳脱了正常的频率。

何公瑾终于看清了踹他的人，已经到嘴边的脏话就这样停在了嘴边，眼神开始闪躲，逐渐不自然了。

游风啊，那他还是得罪不起的。

游风没跟何公瑾废话，只走向扶梯。夏灯自觉地游了过去，在他伸出手时，把自己的手交给他，由他拉上岸。他太用力了，她就撞进了他的怀里，也弄湿了他的衣服。她没看他的眼，光是他周身的气压她就已经知道他现在多大火了。

但是一声不吭走了快一个月的人是谁？他还气？

何公瑾在水里，他的朋友在边上，都傻眼了。

夏灯跟游风在一起了吗？

他们？谈恋爱？

游风拉着夏灯的手，把她领到更衣间。夏灯知道讨价还价没用，就没有，乖乖进去了。游风在她进入更衣间后又回到泳池边，神情和表情都有股倦怠感。

下飞机直接赶过来，确实有些累人，再看到有人又骚扰夏灯……他缓慢地合眼、睁眼，睁眼瞬间对何公瑾说：“滚上来。”声音像块冰。

何公瑾慢吞吞地上来，已经没有当下看到游风时那么怕了，但本来没交集的人，还是不想招惹，毕竟这人很有名。

游风一把薅住他衣领，单手甩到方柱上，扬手一巴掌打在他脑袋上。何公瑾被打蒙了，缩了下脖子，瞪圆的眼珠子红得像从血浆里捞出来的。

游风也不说话，就是一巴掌接一巴掌，打到第三巴掌的时候，何公瑾的朋友往前走了两步，但他一扭头，他们又往后退了两步。

何公瑾清醒了，开始求饶：“对不起！我不知道夏灯有对象了！对不起！我以后不会再找她了！对不起……”

游风听不见似的，又照着他的脸抽了两巴掌，这才放人。

何公瑾跑得很快。

阿姨在边上看完这一出，早见过这种世面的她倒没有被吓到，不过对这个后来的男生挺好奇。

长得好帅哟，跟夏灯好般配呢。

夏灯换完衣服出来没见到何公瑾，也没问，只默默走到游风跟前，游风牵住她的手。夏灯知道这次是一定躲不开了，就都随他了。

晚上七点，饭点，游风拉着夏灯的手穿过大半个西澳，上了车，这事很快就传遍了整个学区。

也正常，互联网时代，消息传播就是迅速。

上了车，一片安静。

夏灯以为游风会说她没告诉他被骚扰的事，已经想好了对策，到时候就说他先消失的，要怪怪他自己。但游风只是把他手机给她看："撤回了什么？"

沉默数秒，车顶灯都灭了，夏灯说："发错了。"

"情侣之间是要亲……"他还没说完，夏灯已经扑过去捂住了他的嘴。

看见了还问什么！

游风拉下她的手，一手托住她后脑勺，带向自己，深深吻住了。

夏灯蒙了。

游风亲够了，放开她。

夏灯呆了很久："你怎么这样……"

"有点想你。"

鸦默雀静，万籁俱寂。

游风说他有点想夏灯。

他刚才很用力，夏灯唇舌被碾得发疼，好像可以相信。但男人在亲吻这种事上是欲望主导身体，又不是思想。

欲望强烈能代表爱得深沉吗？那又为什么有些人不相爱却可以做出相爱的事情？

她没洗澡，头发只擦了擦，还没干，现在开始滴水了。游风熟练地从夏灯车里找到纸巾，递给她。她接过来，没有道谢，暂时不想跟这么坏的人说话。

游风倒是有话说："何公瑾……"

"对，你是说过，再有人找我就告诉你，但你消失了。"

夏灯反应快，不给游风指控的机会。

"那你知不知道我在哪里，在干什么？"

"知道。"夏灯低头。

"不得了？"

"我知道跟你告诉我，是一回事吗？"夏灯又抬起头。

"一直有人把饭端到你面前，有一天没人给你端了，你不会自己拿吗？要饿死吗？"

好难听的比喻，夏灯说："你要不想让我等你端给我，那从一开始就不要一直端到我面前，让我认为端给我才是正常的。"

游风本来看到何公瑾挺生气，听到夏灯说话，好多了，夏灯的声音是温柔眼波的源头。

他开始逗她："不是想要互不干涉？又为什么在意我没告诉你？"

夏灯卡壳。

游风扭头看她："我消失了你很着急？"

她没有，也扭头，跟他对视："你能看到我撤回的消息，就是能拿到手机，却没告诉我你去哪了。"

没理的事就不提了，用有理的事代替，有助于吵架占据上风。

"我不是立刻回来了？"

"……"

"看到消息了，所以回来了。如果你开始就问我去干什么，我可能都不会去。"

"……"

"因为你没问，我应该可以理解为你不在意吧？既然你不在意，我为什么多此一举告诉你？"

"……"

夏灯发现自己有点吵不过他，吵不过就再换话题，总有一个话题她有理吧？

“那你刚才礼貌吗？”

她说的是他突然亲她这件事。

“不也早告诉过你，以后也不提前说，让你提前习惯。”

“……”

夏灯不说话了，她吵不赢这个人，不挣扎了。

游风也不是要跟她吵架，她不说话了，他也不驳她了：“因为有点生你的气，所以就没告诉你。”

沉默。

过了会儿，夏灯问：“为什么生我气？”

其实她知道，就想问。

“因为你逃避。”

“我没有。”

游风看着她，死死盯着，她躲开：“我当时……是不知道说什么。”

“现在知道了？”

现在也不知道，但她有一肚子的疑问：“为什么是我？”

为什么喜欢我？我无趣、寡淡，而你其他的选择耀眼、柔和。

“因为你好看。”

“别人也好看。”

“你比她们还强点。”

夏灯说：“原来你这么肤浅。”

“你为什么答应我？”游风突然问道。

“……”

“说说看，我问你要不要在一起，你是为什么答应我的？”

夏灯说不出来。

“你可不肤浅，你是因为我的内涵才答应我的，一点都不看脸。”

“……”

夏灯下了车。为什么想不通要问他？跟他吵架赢过吗？呼出几口气，她才发现，那是她的车，发了一通无形的脾气，还是打开车门坐了回去。

游风俯身靠近，夏灯坐直身子，提起气。游风只是给她系安全带，夏灯心放下来。

车子启动，音乐也开启，突然很大声——

“……

证明你一切都是在骗我

看今天你怎么说

你说过两天来看我

一等就是一年多

……”

夏灯赶紧关了，然后扭头，开窗户，扇风：“天暖了。”

游风看了一眼歌名，《你怎么说》，邓丽君的。他还是第一次听邓丽君的歌，还是这种情况下。

夏灯突然扭过头来：“我没听，这是每日推荐。”

“我也没说你听了。”

“你的表情就是在说，我在听。”

“我什么表情？”

夏灯形容不出来：“能不能开车？”

“也就走了一个月，有这么难熬？”

游风看着夏灯的眼睛，无情的面容上仿佛含情的眼睛。

只是仿佛。

她哪有感情呢？

夏灯反驳：“我没有。”

“接下来哪都不去了，就在涂州。”

“我说我没有！”

游风开了车：“我在说自己，你没有什么？”

“……”

夏灯呆了数秒，扭头看窗外。

游风很坏她早知道，跟他说话就是给自己挖坑，明明也知道。

吹了一会儿风，夏灯关上窗户，说："你开到你家吧，我自己再开回我家。"

游风没说话。

夏灯没再说话，游风开向她家，又开过她家。她知道了，他是要去涂山苑。

游风把车开到夏灯那处院子，车库门自动打开。停好车，游风没着急离开，车内和车库的灯都熄了，两个人安静得像是两株漂亮的植物。

不知道多久，游风说："大狗说你找他了。"

他说话很轻，灯没亮。

夏灯找大狗时就知道，他一定会告诉游风，他是游风的朋友又不是她的，就没否认。

"有话说吗？"

夏灯本来有很多话问，他这么一说，反而不知道说什么了。游风也没再说，下了车，打开副驾驶车门。夏灯下了车，刚迈出一步，游风牵住她的手，领着她走到房门，又在她伸手时，替她摁了密码，熟练得像是他家。

游风带夏灯去了泳池，夏灯想说她今天不想游泳了，但看到整整大了一倍的泳池，水都放好了，不自觉睁大了眼。

她扭头看向一直很平淡的游风："你弄的？怎么弄的？"

"委托管家找人扩建的，拆了原先那个挡光的亭子。"

"他怎么会听你的？"

"这院子的手续是我给你过的，你签了委托书，时效五年，就是说我有这院子的管理权，当然可以委托管家合理改建。"

夏灯其实是喜大于惊的，这样她就不用每天打听游泳馆人多还是少了，想游泳，回家就可以了。可是她怎么能表现出喜欢？这样就是承认游风非常了解她。

她又想起以前。

以前她身边的男生，夏天时拿着小风扇当众给她吹风；冬天时灌小热水袋、买暖手宝；跑步时先她一步告诉老师，她跑不了；走在操场上，她要被球砸到时，突然拉她到身后……

还有一些。

他们在她迟到时调表，跟老师犟嘴，说她没迟到；有人联合众人转发对她的辱骂，他们组团去打架，被学校警告，再悄悄告诉她不用担心；课间操期间，当众走过来，把草莓糖偷偷塞到她手心……

很多人都羡慕、嫉妒她，觉得全世界只有她在被爱。

可她是一个奇怪并寡淡的人，跟别人脑回路不同。这些别人感到心动的行为，她只觉得幼稚、无聊、自我感动。

热了自己扇风，冷了也会多穿，迟到就罚站，更不爱草莓。然而他们也不白做，如果她不回应，他们又在背地里诋毁她。

如果游风真是从那时候就喜欢她，那她好像能理解自己了，理解自己为什么会答应跟他在一起。

因为他不一样。

所有人都喜欢她的时候，只有他没有带给她困扰，那些自我感动式的示爱和帮助，他都没有过。

看着眼前这个泳池，夏灯清醒过来，她不是不喜欢被人疼，只是于她而言，那些行为尴尬，她不觉得自己是在被疼爱。游风做得少，但做得每件事都刚好，刚刚好她不反感、能接受。

他实在太了解她了，吃死了她不排斥他，所以他那么自信，若问她要不要在一起，她不会拒绝……

想到这里，她也突然想通了前些天想不通的事。

她没感觉到游风的喜欢，不是游风没有做到位，是他知道她要什么，不要什么，没做的都是她不喜欢的。

他一直在用她喜欢的方式来喜欢她。

夏灯的心突然跳得有些快，想通这件事的过程，就像是心里翻起一场海啸。只见万丈浪，不见了她坚守的自己。

游风说："你要不喜欢，就改回来，很简单，还是不用你花钱。"

"没有！"夏灯立刻说，对上游风气定神闲的姿态，眼又别开，"没不喜欢……"

游风把手抄进兜里，困意让他有些懒散，说话带了一点长尾音：

“还想游吗，今天？”

“嗯。”夏灯说完就去换了身泳衣，但裹着毛巾，不给游风看，“你要是困了就去睡吧，我刚给你把被……”

游风打断了：“我不困。”

“……”

夏灯不管他了，拿开毛巾，下了水。

池子是碧蓝的，水是恒温的，她是白色的，像一条会发光的鱼。

她在外边穿得保守，不是在意旁人眼光，是减少一些被人目不转睛盯着的情况发生很有必要。不然那些人不光会打扰到她，还会打扰到她身边的人。

涂山苑是她自己的院子，游泳也不会被别人看到，所以她的泳衣都是性感暴露的，主要是少穿点会更自在。

但现在这里有个坏人，她怎么自在？

她正别扭，游风离开了，回了室内。她一下子欢快起来，改建后的池子，她实在太满意了！

游风上了楼，洗完澡，来到露台，扶着玻璃围挡，看夏灯游泳。她跟水像是共生，但又能那么自如地驾驭它……确实厉害。

游泳比赛他也会看，但追求速度就会只剩下强健的肌肉和标准的动作，随意仿佛是每一个选择竞速类项目的运动员必须要牺牲的东西。

夏灯不一样，也许就是因为不一样，命运不许她再做一名运动员了。但不再是运动员的夏灯，没有速度和规则的约束，仿佛找到了她的舒适区，也终于可以跟随自己的心意了。

突然，在类似跳闸的“啪”的一声后，整个院落的灯灭了。

游风皱起眉，立刻下楼。

“游风！”夏灯叫了他。

“原地等我。”游风下了水，摸着走到夏灯身前，揽住她的腰。

夏灯抓住他的胳膊：“好像没电了。”

“我等下去看，先上去。”

“好。”

游风把夏灯领到屋内坐好，去看了电表，不是跳闸了，是没电了。

倒也正常，管家他们连夜赶工，估计用完备用电后忘记说了。

他返回时，夏灯点了香薰蜡烛，湿漉漉的也没顾上擦。他顺手拿上毛巾，递给她。夏灯接过来，擦起头发。

她还穿着泳衣，就是简约的那一款，布料少到游风根本坚持不到看她擦半分钟，直接拉到腿上。夏灯坐在游风大腿上，睁大眼睛看他。

游风手扶住她的腰，略微抬头，也看她："你发现了。"

夏灯知道他说的是什么，无非是她发现他藏得很深的喜欢，对她的喜欢。

"我现在给你一个重新回答的机会。"

夏灯看着他，烛光下他的五官更立体了，俊得不能直视。这分明就是耍赖，哪有把人拉到自己腿上，用这么一张脸盯着再问的？

她别开脸，不要看他了。

游风的嘴唇正好贴着她的耳朵："要不要跟我在一起？"

"不要。"夏灯很干脆。

"重新答。"

"……"

夏灯扭回头，看着他："你这是问我吗？听到不满意的答案就要我重新答，你这么独断，那还问我干什么？"

"要不要跟我在一起？"游风又问。

"不……"

游风吻住她，轻咬着她的一片唇。他呼吸温热，她酥麻阵阵。

游风放过她，贴着她的唇，缠着她的呼吸，声音再放低一些："要不要跟我在一起？"

"没有你这样的……"夏灯埋怨。

"还要我再问吗？"

沉默。

片刻后，夏灯诚实地告诉他："也许我会一直这样没劲下去，你想要的那些我都不能给，那你还要再问吗？"

游风没犹豫："要不要跟我在一起？"

夏灯心头在颤，巨浪滔天卷土重来，她要怎么拒绝他呢？他封死退路，一点也不怕撞南墙的样子，可真是太帅了。

“嗯。但是，如果不能得到和付出同等的回报，你迟早会委……”

游风一把抱起她，往楼上走，话都没让她说完：“不用你管。”

我愿意!

夏灯很轻，但也不是可以随便从腋窝下穿过就能抱起的分量，而游风抱得太轻松了，像抱起一个轻盈物件。

夏灯搂紧他的脖子，在黑暗中寻找他的眼睛：“你要干什么？”

“睡觉。”

“我不困！”

“我困了。”游风好累，声音都能听出懒散，“你陪我睡。”

“我还没洗澡……”夏灯声音轻轻的，晃晃悠悠飘到游风耳朵里。

游风把夏灯抱到浴室，打开窗前屏风，让月亮光照进来，脱了上身衣服。他胳膊上流畅紧致的线条和明显的腹肌纹路太拿人了，夏灯审美正常，不会试图挑衅自己心里那只潘多拉盒子，别开了眼。

游风走了，回来时换了一件短袖，还给夏灯拿了睡裙和内衣。内衣是被他裹在睡裙里的，但拿的时候肯定是直接用手拿的。夏灯看着，也不接过来。

“不要？”

“你放在这儿。”

游风放下，又出去了。

夏灯换好衣服，正走向门口，游风返回，又抱起她。她毫无防备，这次搂他脖子搂得更紧了，是下意识。游风把夏灯轻放在床上，身子盖着她的，没有压下来，但也很暧昧，尤其彼此的衣服时不时贴到一处。

夏灯心中打鼓，声音还是镇定的，又提醒他：“我还没洗澡……”

游风温热的唇正好在她耳边：“想什么？”

“没有。”夏灯痒，躲开了。

“没有是什么意思？”

“就是，没有。”

游风攥住她的手腕：“你刚才答应跟我在一起了。”

“但这不是其他事的通行证。”夏灯能感觉到游风的体温高于她，呼吸也是，白茶香掩盖了烟草味，他来见她还专门处理了烟草味吗？

心机。

就像他故意留在郊区的农家院，也像那次要她去网球馆接他，他就想让她去接他，他的理由烂又俗，装可怜、扮委屈，浑身上下都是心机。

可她还是去了。

她真的不讨厌游风。

他很坏，但她从没讨厌过他。

像这样，靠近，也不讨厌。

“通行证，是什么？”

“就是，通行证。”夏灯不能听他低低地说话了，酥酥麻麻，奇怪死了，“别装。”

“装什么？”游风像是真的，“不知道你说什么。”

“……”

夏灯不是经常沉默，是游风的话她经常性接不住。

他不知道？他个大男人不知道她在说什么？不知道又为什么把她抱上来？谁会信他心里是单纯睡觉？

她推他：“你从我身上起来。”

游风下巴搭在夏灯肩膀上，脸埋进她颈间：“困了。”

他快接近二十四小时没睡了，其实还可以撑下去，但没必要，抱着夏灯睡，他不想再撑了。

夏灯偏头就能闻到他的洗发水香味，应该说是她的洗发水，这院子里的洗护用品全是她常用的。他们现在是一样的味道，除了他嘴里的白茶香气。

过了会儿她抱怨：“你起来，你太沉了。”

他真的翻了下身，夏灯得到喘息机会，刚起身，又被他一把攥住了胳膊，拽回到他胸膛上，被紧紧搂住了。

“……”

他回来干吗？剥削她吗？

“不要骂人。”游风淡淡地说。

夏灯否认："我没有。"

"我听见了。"

"你听见了还不放开我？"

游风选择性回答问题，间接性转移话题："你朋友圈的海浪的符号是指我拍的那组海浪。"

夏灯从他怀里抬起头，月亮光下闭着眼的游风好像不太坏了。

"但你去平城找大狗，应该也想到我早把这组照片送给你了。"

确实。

"我写在照片背面的话你应该也看见了。"

夏灯没说话。

"'天上的风，就要水里的灯'，听得懂吗？"

听不懂。

"说话。"游风要她说。

"我睡着了。"

"睡着能说话？"

"……"

"说完让你睡。"

又是这一句，夏灯从他胸膛爬起来："你在我家门口乘人之危，我都想起来了。"

"嗯。"

"嗯？"

"是我干的。"

"……"

"所以'天上的风，就要水里的灯'听得懂吗？"

夏灯躲不开了："可是灯灭了。"说着扫一眼黑黢黢的房间。

"灭了也要。"

夏灯的心又跳。

"有人觉得水里的灯是最有趣的。"

夏灯不知道为什么会明知故问："是谁？"

"我。"

“……”

要不就，在他怀里睡一下吧？就睡一下。她一个自给自足安全感的人，竟在一个男人身边，感到了她从前自给自足的安全感。

她要留下来，好好分辨。

月光潋滟，晚风醉人，大学城却没涂山苑温柔静谧。

他们都失眠了。

夏灯怎么可以跟游风在一起呢？游风又怎么能跟夏灯在一起？看着配也不能真的凑成一对啊？

寝室里，舒禾和程程已经相对沉默超过半个小时了。

夏灯不与人交心她们知道，她瞒着她们，她们也不怪她，她冷漠、寡淡、无趣、没劲，内心封闭常有距离，她们是知道的。

可是——

她竟然跟游风在一起了！

程程比起舒禾的不解，更多的是惊讶，原来俩性冷淡是可以搞到一起去的，果然只要人活得够久，什么都能见到。

舒禾终于改变了持续半小时的动作，吸了一口奶茶：“你觉得他们俩谁追的谁？”

“当然是游风。”

“不可能！游风怎么可能主动！”

“那夏灯有可能吗？咱俩跟她认识两年，你见她对什么主动过？”

也是，舒禾是真想不通：“天哪，我居然一直在夏灯面前觊觎她男朋友，你说她会不会讨厌我啊！”

程程笑了：“让你一天天孟浪。”

“哎哟，我就是嘴上说说，她应该可以理解的吧？”

“她要是介意，在你第一次提起‘游风’这两个字时，就翻脸了。”程程喝了口酵素，拿起壬二酸，边拧盖边说，“虽然他们在一起的消息爆炸性很强，但想想，他们的相处可没这么有爆炸性。”

舒禾咬了一口地瓜条：“有点，灯看起来一点都不喜欢游风。”

程程说：“灯是那种典型的无爱型人格。”

“这不是回避型依恋吗？”

“回避型依恋是缺乏安全感、悲观、逃避亲密关系。夏灯是自己可以给自己安全感，也不悲观，只是沉默，更不是说逃避亲密关系，她是拒绝，因为不需要。”程程停顿了下，继续说，“她难过不需要你安慰，快乐也不需要跟谁分享，人家自个儿就是一个世界。”

舒禾回想，好像是这样。

程程继续分析：“她那种情况，怎么说……”程程揉搓着手，双眼向上看，边想边说，“就是，我可以跟你在一起，拥抱、接吻，但我不爱你，我不输出情绪，你最好也别想输入，更不要爱我。忍不住你可以爱，但你的爱别打扰到我。钢铁的心，冰制的外壳，不要黏腻，不要激烈，不要山盟海誓。”

“那不是很无聊很没劲？”

“可这就是夏灯啊。”

舒禾沉默。

确实，夏灯就是这样的。

舒禾摇头：“他们这情况我还真捏把汗，两人之间没有爱一定很难支撑下去。”

程程已经到了提拉面部这一步：“有一方愿意忍还是能处的。”

“两个领域的爹的意思是，都是爹，那要谁来忍呢？”

“这你就别管了，总有一个人更爱一点。”程程说，“不然怎么会在一起呢？”

舒禾嚼着地瓜条：“不知道多少人失眠。”

“光是失眠就好了，最好不要有何公瑾那种精神不正常的喜欢他们俩其中一个，不然肯定得搞事，那就麻烦了。”

“对哦，学区西边那几个学校，可乱了，上次步行街拦灯的那几个男的我还记得。”

程程轻轻拍着脸：“不过游风要当大美女的男朋友，就要有保护好大美女的能力，不然趁早让出位置。”

“游风可刚把何公瑾的脸扇成了猪头肉。”

说到这事，程程还挺意外：“没想到游风还会动手。”

“也许我们没想到的还多着呢。”

“是的，我们总归是远远站着的旁观者。”

沈佑放下手机。

吴可可喝了口烧酒：“看见了？”

“看见了。”沈佑剥了颗花生，“不知道是不是错觉，我都觉得涂州有震感。我为数不多的几个群，聊的都是这个事儿，那个叫齐征的小少爷把网上的号都注销了。”

吴可可笑了笑：“游风对夏灯有意你也没透露过，我还以为橱窗里的人物得一辈子单身呢。”

“橱窗里的人也是人，喜怒哀乐、七情六欲也都有，再说都是橱窗里的人了，那挑一个最好看的喜欢也不过分吧？”

“你们现在不忙了啊？有时间谈恋爱了？”

保密的东西沈佑不能说太多，就挑着表面的说了几句：“他废寝忘食，没日没夜地干了很久，如愿成了一个不能被取代的角色。现在有些事要跟随他的节奏了，忙还是忙，但个人时间多一些了。”

“真牛，你们这种人。”吴可可笑，“我能跟你们这种人成为朋友，也挺牛的吧？”

沈佑说：“这算什么，我觉得能找夏灯当女朋友才是真的牛。”

说回这个问题，吴可可停顿了一下，犹豫再三还是说：“你们以前没说过，我不知道游风跟夏灯的关系，也不爱扯别人的闲篇。但你是知道的，我跟老凉每天就是接触这一片儿的学生。”

她还没说完，沈佑就知道她要说什么了：“很过分吗？”

吴可可没绕弯：“很过分。聊得都……不堪入耳，把人家漂亮姑娘糟践的。所以说，投生一副好皮囊也不是一劳永逸的。”

“游风能收拾。”沈佑倒不觉得有什么。

吴可可点头：“也确实是，要不能收拾，怎么配这个最好看的。”

“哎，这就对了，你得跟我站在一头，下回一块儿挤对他。这人，悄无声息地就把夏灯给骗到手了。”

“你也找啊。”

沈佑就是挤对游风时有劲，要他真找他也不愿意。他要事业丰收，再有学术成就，然后万花丛中过，身无片叶留。

吴可可说完又推翻了：“也是，你这么风流找什么？”

“啧，好的不学，学游风嘴贱。”

夏灯一晚没怎么睡，有安全感是好眠的，但安全感是别人给的，她还不太能习惯。

游风呼吸平稳，好像睡得还不错。

六点多天亮了，夏灯掀开被子，从他怀里出来，拿衣服去洗澡。

被男人搂着睡觉，这体验今生是第一次。以至于淋浴头的水落下来，她还有些梦和现实颠倒的错觉。

洗完出来，游风也醒了，在对面的洗手池前刷着牙，嘴边的泡沫夏灯只看了一眼。

看着他的嘴唇，她会想起白茶香。

想起柔软。

想起那些浅尝、绵长的吻。

游风抬头，夏灯已经走开了，他只在镜中看到她离开时的身影。他的视角里，她看都没看他一眼。

不过习惯了也不会有什么不愉快。

这大花瓶子总是无形地撩完，再露出她无情的双眼，就像把人掏空了，离开时还不打招呼的人渣。

收拾好出来，他看见夏灯。

她穿了一条石灰色的工装裤，宽松，低腰，上身深卡其的短袖，脚下是同色的中帮麂皮面登山鞋，包是全黑的长方形盒子。她很随意，就这么坐在沙发上，托着下巴，看着很无聊地剪烛芯。

随意仿佛更能放大她的无与伦比，但她好像不知道这一点，托着脸的手指还有一搭没一搭地轻敲着脸颊。

他走过去，夏灯同时扭头，看到游风跟她这一身色系差不多，什么也没说。

她这边有他的衣服，都是以前“刷情侣任务”时买的，就是像一般情侣那样偶尔给对方买些东西。其实正常，只是夏灯觉得是任务。她不知道他穿什么号，就让柜姐凭感觉拿当季新款，买完就丢在这边没动过了。

她刚才给他拿了好几身，他居然挑了跟她这身一个色系的，他是偷看她了吗，还是纯默契？

两人先后出了门，上了车，夏灯才想起："这个电……"

"买过了。"

"哦。"

游风把车开入临海山道，夏灯打开车窗。

早上海风是咸腥的，但吹到脸上很舒服，港口那边已经工作了大半天，忙忙碌碌的身影与蔚蓝融为一体。

她从车后座把相机拿过来，拍了几张照，按老规矩把拍糊的删掉。她拍完挑挑选选，想换手机屏保，但新相机跟她以前的不太一样，导入手机复杂，蓝牙和热点也连不上。

算了，弄不上，就不弄了。

游风把车开到了西澳正门，哪儿人多他停在哪儿。夏灯还没表达不满，他从她腿上把相机拿了过去，连接自己手机蓝牙，把照片全导入自己相册，递给她，让她挑。

车外已经汇聚了不少目光，他们都认识夏灯的车，游风在夏灯的车里，那就是说他们昨晚在一起。游风从平城回来，第一时间找夏灯，然后把她带走过夜，第二天再把她送到学校，这些消息够他们盘好几天了。

已经这样了，不满又有什么用，夏灯也就没说什么。她接过他的手机，界面就是他其中一个相册，这个相册名为"我的"。她没在意，一张一张翻看，突然翻到一张，她的杂念一扫而光。

那是她自己，还是染了红发的自己！

她记得的，那时她被迫染火鸡发色，被迫用拍立得拍照发群里，以证明她真的染了。她前些日子才知道游风也陪她染了，但不知道他也拍了，还把两张照片拼在了一起。

映入眼帘的这张拼接照片，她在左边，红头发，有双冷漠的眼。他在右边，微抬着下巴，显得很傲慢，左手抄在裤兜，右手指着左边，指尖打着两个字：

我的。

原来“我的”，不是说相册是他的，是说，她是他的……

她停住了，不想翻下去了。

“挑完了？”游风这时问。

夏灯把手机还给他：“嗯。”

游风说：“手链在我家，我明天给你带过来，或者晚上你去拿。”

“你带来吧。”

“行。”

夏灯要走了：“那我……就去学校了。”

游风没让她走：“情侣之间是要亲……”

夏灯不想听他说这个，情急之下又捂他嘴：“你故意的？”

“这不是你说的吗？”游风又拿下她的手。

“我喝多了。”

“喝多了杀人也有罪。”

“……”

游风指指脸，明示了。夏灯佯装看不懂：“我该走了，要迟到了。”

游风拆穿得很无情：“你上过课吗？”

“……”

“快点。”

“不要。”

“那待着吧。”

“你应该要上课的吧？”

“知道我要上课，你还浪费我时间。”

“……”

“你要是有困难，我……”

夏灯立刻亲了他一口，亲在他的脸颊。她知道他就等着她拒绝呢，到时候他主动，她嘴被碾红再下车，她不知道要当多久的猴。

就算她不介意被围观，也没必要刻意制造被围观的机会，能低调为什么高调？

“行了吧？”她很凶。

游风沉默了片刻：“要是很勉强以后不用了。”

夏灯扭头看向他：“我都做了你又说这话，那你刚才怎么不说？”

“刚知道你这么抗拒。”

“……”

夏灯开门下车了。

整个涂州，再也找不到比游风更坏的人了。

游风透过车窗，看着夏灯疾步而去，细长手指抵住唇。肉眼不可见的笑意跃至眉间眼帘。

坏人能拥有她，坏怎么了？

夏灯跟舒禾、程程前后脚回的寝室，夏灯是刚来，她们是刚上完上午的课。两人默契地缄口，没提起夏灯跟游风在一起的事。

反正整个大学城都知道了，也不需要她们向夏灯再求证什么了。要提也是问他们怎么在一起的，这个话题就涉及隐私了，她们不会问。

舒禾冲夏灯笑了笑：“灯，我要跟你说个好消息。”

夏灯刚坐下，抬头看过去。

“房博士要你写郑克鲁著述心得八千字，再把论述题刷完，一块儿交给他。”

夏灯皱眉。

“没事，不光你一人，我们陪着你。”程程抱着双臂靠在桌沿，“老房说了，他不管咱们到西澳是不是来混吃等死的，不交那就是真的在等死。”

舒禾说：“还是第一次看老房发这么大的火，我打听了，他们都打算看在他岁数大的分上给他这个面子。”

程程说：“八千字的心得，我已经想好找枪手了。”

“能不能给我也找一个？便宜点的。”舒禾冲程程撒娇扮可爱。

“你找个男朋友来给你写，钱都不用花。”

“不要说废话，这比八千字的心得难度还大好吗？”舒禾翻了个白眼，“还得是懂外国文学史的，那就得是咱们专业的。”

“他要是喜欢你，可以为了你去懂，然后给你写。”程程玩笑。

舒禾真笑了：“现在的男人，你让他替你去图书馆抢位他还愿意，让他付出金钱、精力这些纯利益成本，那跟杀了他有什么区别？”

“可以，保持这个思想，千万别恋爱脑。”

夏灯有一句没一句地听她们说话，这过程中收到了游风的消息。

他说：“中午去找你吃饭。”

“我想自己吃。”

“你不想。”

夏灯想了想：“那我去你学校找你。”

“好。”

游风放下手机，双手扶住了走廊的栏杆，身子向后倾了一下。夏灯还从没来找过他。他抬起头，阳光强烈，强烈到灼眼，但他很喜欢。

手机是在这时响起的，是没有备注但认识的号码，他忽而有些不耐烦。但他向来眼神沉郁，也就不能分辨他是不是生气。最多能确定他不喜欢这个来电，或者说打来的人。

电话接通，那头声音很冷：“你妈下个月出狱，你去接一趟。”

“她没腿吗？你也没有？”

“我是你爸！不要每次我给你打电话，都让我不痛快！”

游风那么平淡：“嗯，然后呢，还有遗言交代吗？”

电话那头“哗啦”一声，像是玻璃碎了，应该是那盏水晶屏风。好一阵子响动之后，叫骂声传来：“你记住，游风！家里没一个钢镚儿是你的！”

“别不要脸了，游弋江，我爷爷给我的东西现在在你手里是我顾不上拿回来，你等我有空的时候。”

“你……”

游风直接把电话挂了。

沈佑从走廊那头走来，停在了游风左侧，也搭住栏杆：“下午跟我聊聊你这趟去平城的收获？”

“我没空。”

沈佑扭头看他：“不是去找夏灯吧？”

游风没答。

“你什么时候把她带过来给我看看？给我一个近距离欣赏咱们大学城最漂亮的姑娘的机会。”

游风走了。

沈佑骂他：“你就捂着吧！”

舒禾和程程聊完，问夏灯：“灯啊，吃什么啊？”

“我跟别人约好了。”

要是以前，她们都不会好奇是跟谁，现在会不自觉想到游风。舒禾更是没忍住问：“游风吗？”

程程看向舒禾，舒禾刚说出口也后悔了：“不是，我的意思……”

“嗯。”夏灯回答了。

舒禾和程程对视，程程接过了话题：“那就剩我们俩了啊，那我们就去吃肠粉吧。”

“步行街那家！正想吃！”舒禾立刻说道。

夏灯在这时抬起头：“你们要想吃，晚上我跟你们一起去，中午还是去吃食堂吧。”

舒禾刚想问为什么，程程拉下她的胳膊，说：“那就晚上。”

夏灯找了个袋子，装上几本书，出了寝室。

关上门，舒禾不理解：“为什么要晚上吃？”

“之前夏灯拒绝孙洲际后，我们从步行街回来被他们拦住、找碴、挑衅、说不好听的，你忘了？”程程说，“她跟游风的事肯定会让那部分极端的人恼羞成怒，她怕我们两人去那边有危险。”

舒禾想起来了，呼出口气：“又忘了这是个不太正常的世界。”

程程搂住她的肩膀：“这是正常的。”

舒禾点头：“也是，只有好人的世界才不正常。”

“吃食堂也一样，好久没吃食堂了。”

“嗯。”

夏灯到航大北门大街，给游风发了条微信：“我在航大北门。”

游风回：“嗯。”

“去哪里吃？”

“食堂。”

夏灯立刻拒绝：“人好多。”

“附近餐厅人少吗？”

夏灯就知道他永远有的说：“那去小食堂。”

她知道航大有很多食堂，什么口味和饮食习惯都包容，一些少数民族的食堂人就不多。

“好。”

夏灯收起手机，等着了，然后接受周围明里暗里观察的目光。游风来得不快，她等了十多分钟才见到人。本来夏灯一个人就够吸睛了，游风一到她跟前，进进出出熟悉的面孔都开始瞄向他们。

夏灯都准备好跟他去航大了，他却不走了，她疑惑地抬起头。

游风看着她手里的袋子：“鸿门宴？”

“是你找我的。”

游风点头：“嗯，我找你吃饭，所以你有条件。”

真聪明这男人，夏灯也没兜圈子，把纸袋子递给他。

游风不接。

“男朋友？”夏灯突然说了句。

游风眉梢挑了一下，这大花瓶子，学坏倒快。他垂眸瞥了一眼那纸袋，是书。

夏灯给他解惑：“我们外国文学史的作业，要八千字的心得。”

游风双手抄进兜里，难怪找她吃饭她这么痛快。

“自己写。”他说。

夏灯微微弯起的唇角落下去：“哦。”

“什么时候交？”

夏灯的嘴角又微微扬起：“下周二。”

游风伸手，夏灯把袋子的拎头挂在他手上：“谢谢男朋友。”

“就得了？”

“我会陪你吃饭的。”

“吃饭就得了？”

这还不行？

夏灯说：“你别太过分。”

“我又不是你们专业的，要先学一遍再给你写，你自己都不学我给你学，一顿饭就把我打发了。”

“那你还想怎么样？”

游风偏了下脸。

夏灯拒绝：“不要！”

游风看着她那一脸抗拒，又把纸袋子递还给她。

夏灯很不想接，讨价还价：“能不能等人少时……”

“可以，但要加码。”

“……”

夏灯好不理解自己，又不是什么必须写的东西，得罪房博士也不是一天两天了，就为了在游风面前占一点上风，让他也吃一点苦头……

何至于此啊她！

而且，八千字的心得对游风来说真的是苦头吗？他看起来一点也不苦恼。

游风在她乱想时，牵住她的手，走向校门：“给你写，没条件，把你那一脸视死如归的表情收一收。”

“没条件？”

“嗯。”

“为什么？”他有这么好心吗？

“我该你、欠你的，活着就是为了给你写作业。”

“……”

饭点，正是人多的时候，夏灯点名的小食堂要穿过航大整个生活区，游风没告诉她这点。

从游风领着夏灯进门，路过的人多看的那几秒，不断累积，夏灯终于意识到这个问题："小食堂要走那么远吗？"

"嗯。"

"那你怎么不告诉我？"

"是你没问。"

"……"

夏灯想挣开游风的手，只是有点勉强。他也没有很用劲，但她就是能感到他握住她的力量，叫她身心两个方面都拒绝不了。

航大主校区是旧校区，但四年前翻修过，扩建了两栋学知楼，整体显得对称了很多。陈旧古老就是会比西澳那种超现代有底蕴，路过的人脸上也是知识沉淀下来的痕迹。也许他们的青春安静，所以就很平和，会看向游风和夏灯，却不会一直看，也会好奇，或者惊讶，但不会持续太久。

这一点让夏灯很舒服。

大概只有在西澳，她和游风牵手走在一起，才会被当成猴看。

游风把夏灯带到一个小食堂，给她一卡通："吃什么自己拿。"

夏灯接过来："你呢？"

"你看着拿。"

"好。"夏灯走向取餐区，拿着托盘走了一大圈，拿了一点紫米饭和螃蟹腿，还有猪肉脆和两杯百分之百果汁含量的橘子水。

夏灯介于浓颜和淡颜之间，这样的脸往往不锋利也不柔和，很容易融于人海，也就是会普通，但她的五官出类拔萃，单拎出来或者拼一起，都是刚刚好很亮眼，不腻也有辨识度。她每到一个餐区都会有人看她，或偷偷摸摸，或明目张胆。要不就是跃跃欲试想搭讪。

这对夏灯来说早习以为常。

就像她随时随地都在被人要微信，她从来都能从容拒绝一样，再令人不舒服的目光，经历多了也不会有所困扰了。

游风不是，他越看越困扰。

虽然知道夏灯出门就会被各路眼光远观近看，心里已经习惯，但还是不能平静接受，只是不能也没用。他能将她私有，但不能将她深藏。

夏灯端着餐盘回到餐桌，放在正中间，给游风挑。游风只挖了一点米饭，两条蟹腿。

夏灯看着他给自己留的好大一份："碳水和脂肪，有点多了。"

游风把盘子推到她面前："给我。"

夏灯就挖了好大一勺米饭放在他的盘子里，还有全部的猪肉脆。

她不是故意拿那么多猪肉却不吃，是看到很多人排队，进门处的显示屏也说它是招牌。但一份确实有点多了，吃这么多油，胃肯定不舒服，到时候再跟她说不好受，要她晚上伺候他……

他做这种事可不要太得心应手了，想着就又从游风盘里夹回了两块。

旁边座位的两个女生看见这幕稍有些神情动荡，这自然的动作没处一年以上可做不来。

游风顾不上注意旁人的目光，他一直在看着夏灯这些自然、乖觉的小动作，唇角不自觉柔和。

他知道，夏灯控制摄入不是有容貌或身材焦虑，是体质不好，要防止摄入太多脂肪，影响造血功能工作。

她也很辛苦，可是别人不太理解。

还记得高二他们班值周聚餐，她因为没吃烤鸭，被孤立好久。

游风看着她，说："我吃不了一份就不吃，不用担心我吃完了难受让你伺候我。"

夏灯拿叉子戳着米饭："我又夹回来，是计算后发现吃两块也没问题。"

"数学没及过格的人，算得准吗？"

夏灯不跟他吵："算不出来就不吃，计划之外的事就不计划。"

游风知道她性子，但还是没来由地问："我在你的计划之中还是之外？"

夏灯扒拉着米饭，一边想着他以前可不会这么问她，一边漫不经心地回了句："你是意外。"

不在我寡淡的每日里，也不在我偶然的计划中，出现得不合逻辑也没有道理。更没道理的是，所有我不会做的事，为你都做完了。但我不觉得你不可替，你离开的一个月，我有很多疑问，但其实不告诉我，我好像也没有那么在意。

在夏灯的认知里，游风于她来说，就是这样，比不反感强点，但也没有很重要，只是因为磨合了太久，而养成了有他的习惯。

也许有一天他不在了，她会不习惯，但应该不难过。

游风没对她那四个字发表什么看法，平静地吃着饭，吃完第二块猪肉脆，他放下筷子。

夏灯抬头看到他皱眉，下意识问道："是胃疼了吗？"

游风还没答，她已经走向了水吧，拿了纸杯回来，放在他面前，顺便端走那盘猪肉："别吃了，太油了这个。"

"我是想起下午有事。"游风说。

夏灯端着盘子，突然呆住不动了。

"不是胃疼。"

"……"

游风双臂叠放，可被他逮住了似的，颇有心情地问："很怕我胃疼？"

夏灯吃饱了，把盘子放下，站起来："我也还有事。"她看起来还是很平淡，拿起包和装作业的纸袋，"就先走了。"走出几步，又退回来把袋子放下，"你记得给我写。"

"谁给你写？"

"……"

他好烦人，夏灯一个字一个字地叫："我——男——朋——友。"说完转身朝外走，脚步如常，看起来情绪也稳定。

夏灯刚走到门口，突然被人拦住，他们三五个，笑得很腼腆，其中一个挠着头，不好意思地说："小姐姐能加个微信吗？"

她正要拒绝，有人从身后握住她的手，一扭头就看到游风。游风不带表情地看向这几个害臊的人，他们一对上他就变了脸色，忽而慌张起来："呃，风哥……"

游风没理，牵着夏灯出了食堂门。

夏灯被他牵着，能感到他的不爽，还有他的占有欲。但这跟她也没关系吧？他好用力……

游风把夏灯送出校门，正要说话，沈佑打来了。夏灯看他有事，就打算悄无声息地走，还没迈出去，被游风拉住了手腕。她扭头看他，他正好接通了电话。

“那什么，我上午忘了跟你说了，我把你行李箱放宿管室了，你回宿舍时记得拿。”沈佑说。

游风回涂州后，把行李给了沈佑，之后才去游泳馆找夏灯的。

他没搭话，直接挂了，看向夏灯：“下午忙吗？”

“忙。”

“忙什么？”

夏灯卡住了，她也不知道她能忙什么。

游风说：“送我一趟？”

“去哪儿？”

“回家。”

“好。”夏灯说不出忙什么，怎么拒绝他？他都这么直接了。

夏灯把游风送到他家，出于礼貌，又问了句：“还回学校吗？”

“嗯，我就换个衣服。”

他都不拐弯的，说得那么直接，夏灯只能想到他是不喜欢她买的这身：“就穿一天都坚持不了吗？有那么不喜欢吗？”

游风没说话。

“还当着我的面。”

游风说：“没不喜欢。”

“那你……”

“动动你的脑子，想想我要换什么衣服。你给我拿那么小号，让我怎么穿？”

“……”

夏灯意识到他说的是什么衣服了……

“非要刨根问底。”

“你凶什么？”夏灯还没抱怨，“那你之前给我拿的也小了很多，我怎么就能穿？忍着也穿了。”

沉默。

突然，夏灯也沉默，脸转向窗外。

半晌，游风说："两年前买的，不知道你还会……"

夏灯打开车门下了车，没听完他的话，但她知道，游风一定是说，发育，她这是在跟他聊什么……

游风下了车，走过去，把手机递给她："写上。"

她抬头看他："什么？"

"尺码，给你买新的。"

"……"

游风等了半分钟，夏灯没反应，他就一把把她扯进了怀里，抱了得有半分钟，然后在他手机上写了几个数字。

"……"

"手机给我。"

夏灯持续发呆。

游风从她包里把手机拿出来，在备忘录上打上几个数字："我穿这个号，背一百遍，不要再买小了。"

"……"

"我记不住。"夏灯忍不住说，"你总能平淡地做这种事吗？"

游风把手机递给她："上楼了。"

夏灯没说话，原地站着。

"你在那儿站着不晒吗？"

夏灯这才跟上了他，他撑着大厅的玻璃门，等她进门才关上，换成他跟在她身后，走向电梯门。

上电梯，下电梯，都没再说话。

进了房门，门的感应声还没停，游风就把夏灯压在了门板上，夏灯瞳孔翕动。游风也不说话，只是静静地抱着她，呼吸喷在她的眼睑上，吹动她的睫毛。

他体温很高，骨头也硬，夏灯被他这么堵着很不舒服，更不要说他还故意似的用了大劲儿。

她声音很小："你，想干什么？"

"问你，你想不想？"游风声音也小，也低，但两个人的空间里刚刚好听得清晰。

“我不想，你就可以不想……吗？”

“可以。”游风说。

“……”

“不过要纠正你，我想，只是可以停留在想，这一步。”

夏灯听到自己的心跳声，突然有些乱：“不是难接受，是我还没有……”她说了实话，“我只跟你在一起过，你是我第一个男朋友，我没试……”

“夏灯。”

“啊？”

“故意的？”

“什么……”

“先告诉我，我是你第一个男人，再说不想。好人坏人都你做，剩下我被你撩完了，只能忍着。”

“……”

夏灯在说实话啊，他又不想听实话了？真难伺候。

他骨头太硬了，她被压得实在是疼：“要不你先放开我。”

“放不开。”

“你松手就行了啊。”夏灯教他。

“不想松。”

“那你就是故意的。”夏灯头低下去，声音也埋进他的胸膛，“到底谁是坏人？”

“我是意外，意外没有点特权吗？”

“……”

夏灯就说她当时说这话他没反应，原来这儿等着她呢……她为什么跟他上楼呢？真的因为很少拒绝他吗？从他用力牵她手那时候起，她就应该知道他在生气了。他生气了，那不就是会欺负她吗？

“有没有？”游风又问。

“你已经有很多特权了……”比如是我男朋友，比如这一刻，我们这样近距离……我从未想过进入爱情，但我跟你是明确的情侣，还不够特权？

昨天才说给不了他太多，今天就在得寸进尺了。

夏灯才知道为什么都说，信什么都不要信男人那张嘴。虽然昨天他也没答应她，什么都不要……

游风突然抱起夏灯，把她抱到半岛台上坐着，手撑在边缘，把她锢在两臂间："别人只能看着你，你男朋友也只能看着你，这叫什么特权？"

"哦，那昨晚……抱着睡的又是谁？你光挑跟别人一样的地方说，怎么不说跟别人不一样的待遇？"

"昨晚什么？"

"就是……"夏灯别开脸。

游风那点不愉快又被他女朋友清理了，他没在她面前露笑意，但柔和的眼神太能泄密。

他当然可以忍，八年都忍了，但她太能勾起人的兴致和探索欲了，他总想逗她："你好意思说，都是我主动，你有为我们的关系付出一点努力吗？"

"……"

他这么会强词夺理学什么航天啊！

夏灯说："你自己愿意的！"

"我愿意，也委屈。"

夏灯心又突突地跳。

沉默。

冰箱发出细微的作业的声音，夏灯说："你知道我很无聊的。"我是灭了的灯和一片死海。

"嗯。"

夏灯看向他的眼睛，听到彼此的心跳。

游风说："没关系。"我总会在大气层外找到我的飞行器，也总会发现死海的心脏，不管它多寂静隐秘。

游风轻轻亲夏灯的额头："不回去了。"

"嗯？"

"下午不回学校了，在家给你写作业。"

"哦。"

夏灯学不会他那么过分，他退了一步，她也会退一步："那我在这里陪你。"

"嗯。"游风把桌上的琴拿到墙边靠住，把她的书放在桌上，打开电脑。

看到那架电钢琴，夏灯又想起以前了。

有年演出由她开场，她排练了一场音乐剧，就围绕周杰伦的那首《听妈妈的话》。游风压轴，搞了一首《以父之名》的独唱。

那时候还不觉得这两首歌有什么联系，现在会忍不住想，真的没联系吗？是不是他想通过这个小动作传递给她什么讯息呢？

想到这，她立即止住，打断了思绪的蔓延。

这太自作多情了。

谁知道游风在这时说："是这样。"

她扭过头，眼又睁大了，他有读心术？

"一个单细胞生物盯着我的琴看，我怎么可能不知道她想什么？"

夏灯真不想理他："你老这么戗人，谁会以为你那些行为还有其他意思？我又没有自恋综合征。"

"我戗谁了？"

"……"

夏灯不说了，好像一直以来，他就只戗她一个女生。

果然全天下的男人的小时候是一样的，喜欢谁就欺负谁。可是凭什么被他喜欢就要被他欺负啊？这样的男生能追到喜欢的女孩就离谱！

"别跟我说话了，分我心，看不了书，你还想不想交作业了？"

游风戴上了眼镜，细银镜框架在优越的鼻梁上，长睫毛掀落，宇宙在眼眸中转动。夏灯没回戗，他专注的样子，很好看，她忽然不想打扰。游风很认真地看郑克鲁，夏灯好无聊，就趴在边上睡了过去。

醒来已经五点了，她想问他吃点什么，见他看书看得认真，她就没打扰，拿上车钥匙悄悄出门了。

她到餐厅打包了几个清淡的菜，所有跟猪肉有关的看都没看。不能让游风吃猪肉了，他胃会不舒服。

买完回公寓，游风家门口站着一个妆容过于鲜艳，打扮也过于成熟的女孩。她看到夏灯，愣了一下，然后指了下游风家的门："找我哥。"

夏灯没说话，用手掌压了下密码键盘。女孩偏头，想看她输密码的意图明显。夏灯停住了，扭头跟她说："他在家，没开门就是不想见你，被你知道了他家密码，他一定改，还有必要吗？"

女孩很不喜欢她："我是他妹妹，这层关系撇不开，就算你现在跟他在一起，也不保准有以后。"

夏灯知道游风家的组成情况："但你是他父亲再婚的那个女人带进门的，没血缘关系。"

"没有血缘关系我也是他妹妹！我也在他们家户口本上！"女孩急道。

"你不用跟我说，我只听他的。"夏灯没有表情，"他觉得你是，那我也觉得；他觉得你不是，我就不能告诉你他家密码。"

女孩脸部肌肉抽搐，搭配老气横秋的妆面，有些难堪和狼狈感。

夏灯初中时就听同学念叨过，游风有一个妹妹，但没血缘关系。那妹妹到处跟人说以后会嫁给她哥哥。

本来夏灯都不记得这些了，女孩一出现，那些听过的话慢慢在耳朵旁重播。

女孩的狼狈没有维持太久，不知道想到什么，双眼忽而锋利带刺，冲向夏灯："夏灯，你装什么！你别以为我不知道……"

这时，门开了，打断了女孩的话。

游风迈出门，长手一伸，把夏灯拽到自己身后，再平静无波地看着女孩："滚。"

"哥……"女孩眼里的泪光来得快又猛。

游风甚至没再跟她说第二句，牵着夏灯回了房间，关上了门。

夏灯打开柜子，拿出两个深底盘，把菜都夹上去，倒了果汁，坐在一边，等着游风把书的最后两页看完。

游风看完，合上书，扭头就看到夏灯静静地坐着。他走过去，坐下来，什么也没说，默默吃着东西。

夏灯看着他，他还是那样，但不知道为什么，她就觉得他现在心情很差，也许在她没回来的时候，他就跟别人吵了一架。她没忍住，双手伸向他的脸，轻轻捧住了，手指部分轻轻贴住了他的脸。

游风停顿了下，抬起头，夏灯看着他的眼睛，好漂亮，像星空，也像海洋。

游风放下筷子，伸手覆在她手背，一把把她拉到了腿上坐着。夏灯浅惊了一下，但很快恢复了。

游风抬头，看着他漂亮的女朋友："干什么？"

"安慰你。"

"就这样？"

夏灯想了想，主动亲了亲他的眼睛，很轻盈："这样可以吗？好一点了吗？"

游风心里着火了，火势迅猛，蔓延至心头一片荒野。

他是能忍，但有前提，就是这大花瓶子不撩拨他。

无心的也算在内。

游风的眼神从夏灯的眼睛挪到嘴唇，停下的片刻，他吻住她。

夏灯不知道吻也是会疼的，身体的异样感受搅乱她的意识，眼神变得迷离，呼吸也乱七八糟："我在安慰你……你怎么恩将仇报……"

游风细长坚硬的手指摸着她腰腹："那你就安慰得彻底点。"

"我不要……"

"不要就别撩。"

游风到这时候也不会温柔，但夏灯还是不动了——

她感受到他蓬勃时的气势了……

游风牵住夏灯的手，唇在她耳边："还需要我再等等你吗？"

夏灯微僵，她情动了，他的亲吻、抚摸、附耳说的话，都叫她心痒痒，身体也出现异样感受，但她还是躲开了。

游风停下，坐起来待了会儿，下楼点了根烟，抽了十分钟，进了浴室，不久传出水声。

夏灯躺在床上，头发有些乱，盯着天花板的眼神空洞淡泊。她没等游风洗完澡，悄悄离开了。

如果他出来时，她还是不想，那留下干吗？

他说，还需要我再等等你吗？

她听过这句话，但在哪里听过呢？忘记了。

因为太想知道，为什么听到这句话她会有那么强烈的反应，所以她躲开了，她得先去弄清楚。

游风洗澡时就听到了关门声，她动作轻，但他耳力一向好。他没阻止，也没留她，就这么任她走了。

洗完澡出来，他擦着头走到沙发边，坐下来，不经意看到吧台的水杯下压着张字条。他又起身，走过去，拿起来，是夏灯写的一句：

再等等我。

他把字条放下。

废话。

他当然会等她。

这他擅长，也习惯了。

舒禾和程程叫了辣炒海鲜，外卖员已经取餐了，两人才想起原先跟夏灯约好去吃肠粉。夏灯回来时，她们两个摆好架势跟她道歉。

舒禾声音最大：“对不起！我俩忘了！”

程程也说：“周五吧，周五活动日，我们再去！”

夏灯心不在焉：“嗯。”

“好！周五！”舒禾说完，看向程程，跟她眼神交流。

程程小幅摇头，让她别问。

舒禾刚知道游风跟夏灯在一起时，也觉得这种事太隐私了，不想让夏灯不舒服。但这一天校园里到处都在聊他俩的事，甚至夏灯去航大食堂吃饭都被讨论了好几轮，实在憋不住了。

而且上午跟夏灯聊起游风，夏灯反应一般，她就抱有侥幸心理，想：夏灯应该不排斥别人跟她聊游风？

这样想着，舒禾不管不顾地凑到夏灯跟前：“灯，你们在一起多久了？”

“两年。”夏灯脑袋和嘴分开了，麻木地回答着她的问题。

“天哪！”舒禾十分激动。

程程也惊讶了：“竟然有两年？我记得上次喝多了，你还说不会喜欢他……所以那次在吵架？”她说完反应过来一个问题，“那回咱们吃龙虾碰到你同学聚会，游风不会也去了吧？那咱们那单……”

“他买的。”夏灯依旧平淡。

舒禾搬着椅子坐过去，想要听故事：“我记得游风也是平城的，你们不会上大学之前就认识了吧？”

“嗯。”

“嗯？”舒禾更激动，“那你来涂州不会……”

“嗯。”

舒禾叫起来：“天哪！灯，你竟然是为一个男人才来涂州上学的！”

“游风这一生也太顺利了，拥有极其优秀的外表和学历，再有这么漂亮又有钱的女朋友……”程程也没想到，她有一天会嫉妒起游风来。

舒禾顺着程程的思路，想到一件事：“你们在一起的时候他知道你有钱吗？”

程程闻言也很感兴趣，挑眉，搭茬：“他别是想当赘婿吧？”

“他家家庭条件很好。”

程程和舒禾对视，程程问：“你这个很好是跟谁家相比呢？”

“他一直住在我家附近。”

程程和舒禾两人默契地闭上了嘴。

跟夏灯家是邻居，也有矿？可怎么没听人说过这事？外头传游风这个那个，怎么没人说他家这么有钱？

夏灯知道她们不言语是好奇为什么没听说过游风家里的事。

其实初中的时候他们还不是邻居，她妈妈那时为了她上学，在天坑买了独栋。游风那时应该是住南苑的富人区，因为他也常走天坑那边。她当时在司机师傅的车里，经常看到他傲慢的身影。高中时她搬到学区别墅群，发现游风那时候也住在那附近。后来听她妈妈说，林荫尽头那栋别墅是老翻译家游振东在住。她才知道游风是那个知名的翻译家的孙子。

高中时司机家母亲常常生病住院，偶尔需要夏灯自己回家。这为数不多的几次她都是走大路，一次两次偷懒，就走梵兴路到问安巷那条小道。她每次走那边都撞见游风，他就在她身后四五米远的地方，默默走着，从不说话。她有一次递给他一瓶水，他接都没接，还让她滚开……

想到这里，夏灯乱麻一样的神经线好像缠得更紧了。

对啊，他就是很奇怪啊，她现在知道了他以前做的一些事，觉得他好像是喜欢她，但让她滚开的事又怎么解释呢？

夏灯抠了抠手指，眉头紧紧锁住。

到底是哪里不对？

游风通宵达旦，忙活了两天，总算给那大花瓶子把作业写完了。拿起手机，发现他们上一次互发消息，已经是三天半前了。

他看着她蔚蓝色的头像，似乎已经想象到，她把自己关在泳池，盯着一个地方发呆，想那些想不通的事的画面了。

他给她发去消息："给你写完了。"

放下手机，他摁摁额头，刚想去洗澡，爷爷打来了电话，他停顿数秒才接。

爷爷的声音传来："你知道我给你打电话要说什么。"

游风知道，但不会去的："她是坐牢，又不是截肢，腿脚健在，为什么一定要去接？"

"你爸肯定不去，你再不去，不是要她命？"

游风坐下来："爷爷是原谅她了？"

"她又有什么错？"

"我又有什么错？"游风说完这句，把电话挂断了。

把手机丢在一边，游风仰头靠着沙发靠背，闭着眼面朝天花板。

他奶奶年轻时就查出有精神疾病，但因为没犯过病，她跟爷爷就没当回事。后来他们生下了游弋江，一家三口的日子十分美满。

游弋江长大后，奶奶给他说了亲，介绍的人叫黎薇，是个混血儿，异常漂亮。两个人就这么相爱了，没两年生下了游风。但没有能隐藏一辈子的秘密，随着奶奶犯病，一件惊天大事摊开到众人视线里。

黎薇，这个美艳绝伦的混血儿，其实是奶奶年轻时跟一个兰国男人生下后养在国外的。也就是说，游风的父母是同母异父的姐弟。

黎薇当即跟奶奶翻了脸，争论的过程中动了手，奶奶被甩到沙发上，脑袋磕向沙发腿。

之后黎薇负气离开，留下奶奶独自一人，最终奶奶失血过多，不治而亡。黎薇也因过失杀人被判了几年，后来因在服刑期间多次违反管理规定，接连弄伤狱友至二级以上轻伤，按照法律法规，延长了刑期。

黎薇跟奶奶翻脸的主要原因还是太爱游弋江了，她不能接受跟他是亲姐弟这点。

游弋江对她也是，就连打定主意跟她分开，找了一个带着女儿的女人，都跟她有八分相似，活像她的替身。

现在黎薇出狱，游弋江敢情是上蹿下跳的高兴，但早已经决意分开了，又用什么身份去接她呢？于是他想起了一件事，他跟黎薇还有一个儿子。

游风不认为父母相爱有什么错，至于亲缘关系的结合他们更是受害者，只是自从他们知道了这件事，就再没管过他了。好像他的存在是他们身上一块抠不掉的痂，他们只能用无视来化解心里的不适。

他就这样，像一只讨人厌的小狗被他们丢掉了。

而这只小狗，因为这个病态、凌乱、乌七八糟，也不怎么和美的家庭，隔三岔五就要接受全身检查，查遗传病，查这查那。

是爷爷一直以来的照顾，让他还算完整地长大。

现在想让他去监狱接人？他像是个善人吗？

寂静中铃声响起。

接通后，爷爷的声音平缓，是在试图安慰他最疼爱的孙子："悲剧是上代人的，后果也该上代人承担，你没有错，不应该背负这些，听爷爷的话，我们不怨了，好吗？"

"不想让我背负的唯一方式就是不把我生出来。"

"风……"

"爷爷，我不爱回头看，也无所谓走到今天崴了几次脚，意思是你不用觉得抱歉，我根本不怨，淡漠只是因为没关系。”

游风看着屏幕上他给夏灯写完的作业，心里头渐渐平静下来。

因为这样的我而拥有的东西，早值得我原谅一路以来的崎岖。

爷爷没有再说话。

不久，电话挂了。

游风把手机扣放在桌上，手撑在桌面还没持续多久，有条微信来了，是他的“小潜水艇”。

她问他：“高二那年，七月十二日晚上六点十分，你在哪儿？”

他皱眉，不知道怎么回。

夏灯又问：“你是不是在问安巷？”

游风放下了手机。

夏灯继续发来：“血泊里那个人是不是你？为了我，对不对……”

游风只是看着屏幕上不断弹出来的夏灯的消息，没回复一句。很快夏灯打来电话，他迟疑许久，慢动作接通。

“你现在在哪儿？”

“家。”

“你等我。”

夏灯从游风那里逃走之后就一直在想，到底是在哪里听过那句：“还需要我再等等你吗？”

想不通就把自己关在涂山苑。

身子浸在水里，胳膊搭在池边，脑袋枕着胳膊，看墙外繁茂紧凑的树影发呆。要不就在寝室里听着窗外雨，看一部电影。

程程认识了个赛车手，最近几天早出晚归见不到人，舒禾只要看见夏灯闲着，就缠着她抱怨。

“你说她是不是讨厌？不让我找男人，自己巴巴地找得可勤快！

“她说我分不清谈恋爱和纯为男人贡献的区别，谁说我分不清？她开车找男人去约会就是妥妥的贡献！

“而且打着为我好的旗号不让我找男朋友真的不是剥削我吗？”

舒禾越说越离谱，夏灯还是纠正了她：“她开车找男人去约会，不是在贡献，这对她来说是一种享乐。”

“可她抱怨过这事啊。”

“因为她的性格里有口是心非这一项。”

舒禾坐过去：“不让我找，总是在剥削我吧？”

“她谈恋爱，那点油钱和时间对她来说不值一提，她还很快乐，所以没损失。你谈恋爱，给人花钱和精力，这两样对你来说很宝贵，付出以后还没有回报，所以损失很大。”夏灯出奇地平淡，又说，“她分手，喝顿酒就能清醒；你分手，不好走出来。”

舒禾沉默了。

“她不是剥削你，是了解你。”夏灯说完拿起平板，回了外婆的邮件和妈妈的消息，又放下了平板。

舒禾只是知道男人付出金钱和精力是豁命，她不也是？男人还比她强点，知道那是豁命干脆不付出，她一谈恋爱真是纯贡献型的。

可是，舒禾问：“一定要很理智地面对生活吗？要是学不会该怎么办？”

夏灯还是很平淡：“学不会就不学了，一辈子也不是多长的时间单位。我不认可程程怕你受伤就不让你恋爱的观点，理智会阻止尝试，不试会错失机会，所以不犯罪的事还是有必要冒下险，也许可以帮助你成长。”

舒禾悟了，但很快又有新问题：“夏灯，你一直都可以想通吗？”

夏灯平淡的神情终于显出来一丝罅隙。

并不，她常想不通，尤其是有关游风的事。也不是尤其，好像只有他的事她才想不通。

别的事一想不通她就不想了，游风的事会搅扰着她的神经元，逼着她去想。本来都相信他喜欢她很久了，忽然想起他在问安巷的那句“滚开”……

倒不至于怀疑他的喜欢是假的，但总会让她好奇，喜欢又为什么让她滚开。再加上又出现了句熟悉的话——

“还需要我再等等你吗？”

这两件游风的事，实在有些折磨人，希望明早醒来可以豁然开朗。

夏灯三天没理游风了，游风也没再发来消息。

午休时夏灯收到高中群的消息，说是高中陪伴他们三年的主任又要结婚了，问她随多少份子钱。消息闪得太快了，她就没回，无聊地翻完了最近的。

她高中有两个群，一个班级群，一个年级群。年级群是高考后有人建的，不知道谁把她拉了进去。她一直没看过群成员，今天心血来潮看了两眼，好多认识的人。

除开阑籽盈、关一心、贺仲生、赵苒、秦获这些有过交集的，还有林渡、夏添、许伽期、于斯他们这些只闻其名的，但好像这几个人都不是他们学校的。

夏添是北三中的校花，考了南交大。许伽期好像是实验八中的？夏灯还记得，游风和许伽期一起参加过一个知识竞答的节目，他们学校广播了好久宣传这事。

指尖漫不经心地往下滑，看到游风，她停了。她盯着这两个字发了会儿呆，退出群消息，点进他的朋友圈。屈指可数的几条状态都是任务，唯一一张照片还是跟科学院研究员的合照。

照片中的游风太洋气了，夏灯就多看了几眼。他很会穿，以前就是，好像每个时期都超前。

赵苒说游风命中自带饭碗，因为时尚感是与生俱来的东西，他完全可以走这条路，但没想到他的脑袋也特别好使，前沿技术领域他也能蹚一蹚……

夏灯以前不关注这些事，感受不深，现在越来越多的眼神在游风身上了，发现他真的挺优秀，无论哪方面。

退出他的朋友圈，她收到赵苒的消息。

赵苒说："夏灯，你要回去参加老吴的婚礼吗？第三次了，他要结一辈子婚，难道我们还要随一辈子的礼吗？"夏灯还没回，她又说，"我在高铁上呢，等会儿就到涂州了。"

"几点？"

"这回不用你接，我男朋友下午没课，他会来接我的，到时候我俩去西澳接你，请你吃饭哈。"

夏灯以前都是拒绝的，这次也不例外，但手指点到聊天框时，还是犹豫了，最后回复：“好。”

赵苒的男朋友叫秦获，以前经常跟游风他们混迹在一起，到涂州上了一个专科学校，学服装设计，去年开了间网店，但流水不好。

夏灯已经记不太清楚秦获的样子了，如果不是赵苒不时提起，她可能已经不记得有这个人了。

这么一想她确实无情。

她不记得出现在她生命中的大多数人，好像就算是太阳炸裂、月亮枯萎也不能让她兴致盎然。她仿佛一盏船头的灯，孤独无聊赖，但因为心就是大海，所以从不担心路程遥远，也无所谓归途漫漫。

只要海水蔚蓝，她至死有港湾。

本来可以按照这种节奏度过一生，现在全被游风搅和了，她也找不到她的节奏了。

秦获和赵苒做东，请了夏灯去她常吃的馆子，一家港式茶餐厅。

点完菜，赵苒胳膊肘搭在桌沿上，身子倾向夏灯：“大美女怎么没把大帅哥也叫过来啊？”

秦获立马接上：“这游风也太不够朋友了，你俩在一起的事，从来没跟我们几个说过。”

赵苒附和：“他们两口子就在这种事上默契，要瞒就一起瞒。”

秦获给夏灯倒了点酒：“咱们现在算是亲上加亲了吧？你跟风哥不得照顾照顾老同学生意？给我当两天模特什么的？”

“开车，喝不了。”夏灯拒绝了秦获倒的酒。

秦获有点尴尬。

赵苒把话题接过去：“你知道关一心正在追贺仲生吗？我应该不是最后一个知道的吧？”

夏灯也不知道，赵苒提起贺仲生，她才想起来，那个知识竞赛的节目，贺仲生也有参加，他好像比秦获他们跟游风的关系更好一些。

赵苒咂着嘴：“以前那么厚脸皮，让别人误会游风给她拍照，怎么敢跟游风哥们儿示爱的啊？不尴尬吗？”

秦获挑眉：“游风给她拍过照？”

赵苒就把蓝、白礼服的事也跟秦获说了一遍。

夏灯在此期间看了几次手机，明天要交外国文学史的作业了，但游风已经三天没来卖惨了，虽然过去两年他也一直隐身。

秦获不信："关一心……看着不像这样的人。"

赵苒翻白眼："你们不就喜欢这种故作清纯的小白花？阑籽盈是装随和好相处，跟所有人当朋友，关一心是老一副不谙世事的天真。这两款可把你们男人迷死了。"

秦获笑了笑，搂住她胳膊，靠近她："我喜欢大气的。"

赵苒抖开他的手："永远不要怀疑你女朋友跟你说的离哪个女生远点，你不可能有你女朋友了解她。"

"那你是不是也听听你男朋友的话？离那些男的远一点？"

赵苒瞥他："你倒会见缝插针。"

"我这叫谈判高手。你也不知道那些男的跟你做朋友，思想有多龌龊，我是男的我很清楚。"

"行。"赵苒假装不耐烦，但眼角、嘴角的笑意明显。

秦获拿起手机："昨天刚跟老贺聊过，他就在涂州，想知道关一心是不是在撩他，把他叫出来不就知道了？"

赵苒想了下可行性，点着头："那倒也行。"说完看夏灯，"可以吗，夏灯？"

秦获已经给贺仲生打通了电话，夏灯就没说话。

"他等下过来。"电话挂断，秦获说。

赵苒挑眉："他这么闲吗，现在？"

秦获笑着看了眼夏灯："我说夏灯在，他就说半小时。"

赵苒"嘁"一声："你们男人就这样。"

"我是陪我女朋友，请她的闺密吃饭，我可不一样啊，别瞎说，让风哥知道还不扒我一层皮？"

赵苒胳膊肘戳了他腹部一下："扒的就是你。"

夏灯在桌对面，看着小情侣亲密无间，思绪越飘越远。她跟游风相敬如宾，从不这样。虽然不羡慕，但也让人再一次不由得怀疑，既然互相无所谓，那不如分开。

分开。

上次跟游风吵架，夏灯也想过这件事。明明分手就可以化解一切烦恼，她也不用在这儿想不通所有，为什么不分呢？

想分手，但就不分。她以前也没这么拖延。

很快，贺仲生来了，西装革履，油头粉面，赵苒一个心有所属的都忍不住多看了两眼。

秦获在赵苒面前晃晃手："老婆，你看太久了。"

赵苒也不尴尬："那老看你我不腻吗？"

贺仲生笑了笑："好久不见了，赵同学。"

赵苒也笑，捂着心口装模作样："早知道老贺现在这么帅了，我还在秦老师这儿费什么劲？"

秦获也装模作样地生气："赵苒，我看你快了。"

贺仲生只笑不言，客套两句之后，扭头转向夏灯："游风电话占线，是你打了吗？"

夏灯被问住了。

占线。

但她没打。

赵苒向来直接："一直占线吗？"后面那句"可夏灯没打电话"她只字未提。

气氛忽然微妙，贺仲生不觉得自己说错了话："那就是有事。"

赵苒跟秦获对视一眼，没说话。哪有游风和夏灯这种情侣，游风有事夏灯不知道，要游风的朋友过来告诉她。看夏灯的态度，似乎也没告诉游风她跟高中同学来吃饭了。

贺仲生倒是习惯了似的，笑着看夏灯："我就说，公主那都是王子的，哪有骑士什么事儿？"

赵苒皱眉，秦获也没听懂。只有夏灯，微怔的神情不像是发蒙，更像是恍然大悟。

夏灯没跟赵苒他们吃完这顿饭，中途退场了。作为赔罪，她买了单。

赵苒还有点不好意思，面对桌前两个大男人："夏灯这人，我真是……提前离开而已，谁没有过，就要客气，非让我觉得我俩的友谊浅薄。”

贺仲生平静地吃着饭：“是夏灯的话也正常。”

“我确实也习惯了。”赵苒说，“本来都没想着她会答应过来，以前叫她吃饭她拒绝得可干脆了。”

“她以前是怕我托你找她给我当模特吧？”秦获在这时说。

“不要阴谋论她，你直接跟她说你很想找她拍点新品，说清楚情况，她不见得拒绝。淡漠，不是冷漠。她只是活得太自我了。”

赵苒觉得自己还是有一点了解她的，她可不是见死不救的，一直不是。

“游风的爱，听着很真，但夏灯不是我们这样的人，要是费尽手段把她骗下凡，再辜负……”

“不会。”贺仲生说，“我其实想过告诉游风，别做骑士，记得张嘴，该说的事要说。后来他上了航大，没了命地成为航大二分之一命脉。我就不说了。”

有谁听说过一个骑士为了娶公主去争王位的？这人那么努力地爱她，他凭什么轻飘飘地说些扯后腿的话？

秦获听贺仲生说话，又想起他刚才告诉夏灯的事，呼口气：“原来高二游风请的那半个月假是在医院……”

夏灯上了车，关上车门，看着方向盘，可以听到自己的心跳声。

她这三天想了很多，到这时候却奇怪地什么也想不出来了。以前发现一件事，她也会有问清楚的冲动，但冲动进行到一半，总能及时停住脚。不是太胶着，或者太拧巴的局面，她都不会站出来说什么。

她承认这个世界是多样性的，多样性的世界包容一切，她的观点只是其中之一，不是唯一。所以她不会说服他人接纳她的思想，也不认为窗户纸一定要捅破。想来想去都是不要问了，但想要立刻去找游风的心情空前绝后。

她还是给他发了微信，连着问了三个问题——

“高二那年，七月十二日晚上六点十分，你在哪儿？

“你是不是在问安巷？

“血泊里那个人是不是你？为了我，对不对……”

游风没回，她发动了车：“你现在在哪儿？”

“家。”游风答了。

“你等我。”

电话挂断，她几乎是用城市道路能允许的最快的速度到了他家，她要问问她男朋友好好的嘴为什么不用。

紧赶慢赶到门口，正要摁密码，门开了，他出现在她眼前。她看向他，他把手放进口袋。他可真傲慢，老底都要被掀了，也还是能做到从容。

但他不出门就不会管头发，大概是刚洗完就吹干了？傲慢之余还有点乖顺，就像还是清纯男高中生的时候。

哦，也不太对。

他以前也不纯，是小痞子、小混混，只是长得俊、穿得干净，才勉强成为那么多人的“白月光”和“意难平”。

游风居家穿得更随便，白短袖，黑长裤，看他漂亮的女朋友只会盯着他发呆，也不说话，提醒了句：“不进来我关门了。”

夏灯慢半拍地进了门。

门关上，夏灯站在门口，不往里走了。

游风看了眼桌上的电脑，文档还开着：“写完了。”

餐厅网络延迟，夏灯上车后看到他的微信了：“嗯。”

游风坐下，不说话了。

夏灯还站着：“你还没回答我的问题。”

“哪一个问题？”

“每一个。”

沉默。

短暂的沉默。

游风说：“太久远了，不记得了。”

夏灯猜到他会嘴硬，头低下去，手慢慢往后，背着他，抠了抠手指肚：“我是不是对你说过一句，‘你可不可以再等等我’？”

贺仲生说，游风以前在问安巷挨了打，对方七八个人，他一挑七八个，被摁在地上打得露出了骨头。

因为那七八个人想把一个叫夏灯的女孩堵在巷口侵犯，还打量好她们家有社会地位，出了事也不敢曝光，看游风总跟在她身后，就问他是不是认识，能不能把她骗过来，他没等那人说完就跳起来给那人开了瓢。

贺仲生问夏灯，游风很蠢吧？多蠢啊，他一个哪打得过七八个，逞什么英雄装什么蒜？可当他们猥琐地叫夏灯的名字的时候，他就忘了这件事。

事情闹得不小，很多人听说此事都去凑热闹了。但警察的警戒线拉得太长、太远，他们只能看到血泊里躺着人，不知道那是骑士给他的公主最笨拙的保护。

贺仲生对夏灯说："我前几天被高中班主任问起了游风和你谈恋爱的事，我才知道高考后他也是要出国的。"

就是这句话，那个时期有关游风的记忆，都回到了夏灯的脑海。

梵兴路到问安巷那条小道，夏灯走过为数不多的几次，有一次明显感觉到有人跟着她，那人脚步太小心，她回头却只看到小巷空荡。

好在还不算晚，返程难度不大。

但天都是一下子黑的，她刚走没多远，路就看不清了，有路灯也只泛出微光，勉强照出墙壁的涂鸦。

她开始跑，陌生的脚步声紧随其后，逼她跑得越来越快……她知道巷口往左有一个派出所，她还记得以前参加防身夏令营学了一点三脚猫功夫……她乱想着，突然被人抓住胳膊，她反应快，立刻把书包甩过去。那人只是攥住她的书包带，慢慢松开了她，她晃了下手机，是同学校的游风。

他穿着白衣服，背着琴，额头有发带，手腕上缠着好多根链条，勉强看到的脸很不耐烦。即便这样，夏灯也还是放下心来。但游风好像不是来找她的，让她认清他不是歹人之后转身走了。

天很黑，夏灯快步跟上他，一抬脚发现自己的脚崴了，但又不能慢下来，于是第一次，她拉了下男生的衣摆。

游风回头，耐性屈指可数。

“对不起……”夏灯鼓足勇气问，“你能不能走慢点……等等我……”

游风面无表情。

“我的脚崴了……”

游风往怀里甩手，把衣摆从夏灯手指间抽回来，声音比突然黑下来的天还让人胆寒：“关我什么事？”

夏灯看着他走远，墙上涂鸦没了白天的氛围和艺术感，只剩下恐怖和狰狞，剩下一双双奇形怪状的眼睛……她不能留，厚着脸皮也还是跟了上去，脚疼也跟上去。只是没想到后面的路游风走得特别慢，比她这个崴了脚的人还慢。

走在游风身后，向上看到他戴在头上的发带，夏灯突然想起赵苒说游风额头受伤了。她忍不住想，他戴发带是为了挡住额头上的伤口吗？

她不知道，只知道那天她安全回了家。

第二天司机还是不能去接她，而她已经不准备再走那条小道了。可是那天运气不好，下了雨，校门口车很多，却没一辆是空的。她打不到车，雨也没有停的意思，她不知道要怎么办，游风拿着伞从旁边便利店出来，手里拿着一瓶饮料。

她一瘸一拐地走过去，挡住他的路，逼停他又觉得不礼貌，立刻让开。他也真的立刻走，问都不问她干什么。她只好又拉住他的袖子，再次逼停他。

他回过头时的神情实在是可怕，好像很讨厌跟她产生什么交集，她下意识后退了一步。

她不怕，但有些人气场太强大，就是会掩盖她的不怕。

雨特别大，他的伞却能装下他，和她。

她没有看他，声音不大：“你可以再等等我吗？”

哗啦啦——

雨掉在水泥地砖上，溅湿了他们的裤脚，喇叭声在堵着的车队里此起彼伏。夏灯的声音几乎要被淹没在嘈杂的一切里：“没人来接我，我可能还要再走一回那小道……”

游风没有答应她，但也没拒绝。

那天雨一直下到半夜，刚刚好就是游风送夏灯到家的时间。

不久夏灯再走那条小道，再撞见游风，递给他一瓶水，他没接，还让她滚开，之后就再也没有梵兴路到问安巷的记忆了。

除了有一次坐在车里，问安巷的方向聚了很多人，警车的鸣笛也一直在主路上重复，她妈说来时看到那边出了事故，血泊中躺着人。

她甚至没有再问一句，什么事故？大人？孩子？

……

如果不是游风问“还需要我再等等你吗，夏灯”，她可能再也不会想起她曾对游风说，“你可以再等等我吗”。如果不是贺仲生大发慈悲揭破这件事，不知道夏灯还要任记忆捏造游风过去的形象多久……

原来那为数不多的几次走小道，不是因为小道更近，是因为有游风在身后，所以她不怕天黑路长，涂鸦乖张。

那句“滚开”是做给坏人看的？或者是让她意识到不熟的人都很凶，让她自觉远离？她不知道，但他能为了她让自己深陷困境，自然那些凶巴巴的话一定不是因为讨厌她。

可是她忘了，就像忘记经过她生命中的大部分人那样，忘了。她把她的骑士忘掉了，每一次都忘掉了……

其实她才很坏吧？

哪有她这样的女孩子？

寂静。

漫长的寂静。

感觉天都要黑透了游风才说：“忘了。”

房间里没有开大灯，只有吧台上方的条形吊灯发着微弱的光，夏灯看不清楚坐在沙发上的游风的脸，只能看到他像是尺子比着刻出来的下颌线，一切不顾身体情况急忙跑来的冲动行为，都变得可笑起来。

她明明带了披荆斩棘的勇气，可他并不准备跟她说……

背在身后的手停止了小动作，夏灯也准备离开了。

她就不该来。

刚转过身，身后传来一点动静，还没来得及扭头，就被人从身后搂住了，他的呼吸是白茶味道的，铺在颈上痒痒的，但清甜。

她没有再动。

身后的人抱怨："你就问一句？不答就不问了？卖菜的都至少问两句你买不买，到我这里不配你多问一句了？"

"……"

"再问一遍。"

夏灯突然一扫沉郁、烦闷、自我怀疑，心头反而升腾起一股钻入水里的愉悦和闲逸。她可以随时随地感到寡淡，但只要去游泳，寡淡就会被强制停止工作。被水包裹时，她会觉得那是无聊的一生当中最有趣的部分了。她现在就有那种只有水能带给她的愉悦，也觉得生活好有趣，可她没有在泳池，她在游风的怀里。

在她有些怨气的音色温郁的俊俏的男朋友的怀里。

"问什么？"她对这种愉悦感到陌生，决定先往下压。

游风握住她的手，手臂用力，筋很明显，她更像嵌进他怀里："没有就别问了。"

他这么一说，就显得夏灯坏，很坏，像个罪人。

最近她越来越能反驳别人了，以前别人说什么都无滋无味，现在这样的她越来越少见了。他不让她问，她偏问，就从他怀里转了身，仰头看他："我是要问你长没长嘴……"

游风吻住她。他很熟练，夏灯在他的唇贴住自己的以后忽然发现，要问的事好像不重要了。

"你说我长了吗？"

游风还给夏灯擦了下唇角的一点点水光。

"……"

夏灯不看他了，姿势变成了面对他胸膛："我是说问安巷因为我打架的事，你明明可以告诉我的。"

"也不是很重要。"

游风的轻描淡写，让夏灯又抬起头："你当时都那样了！这不重要那还有什么重要？"

"你没有事重要。"

“……”

夏灯的胜负欲、所谓的要强，都沉寂了。

风把窗帘吹得跳舞，长条吊灯摇晃，灯影落在墙上和地上。

夏灯第一次，不是在安慰，只是作为一个女朋友，牵住她男朋友的手，靠在她男朋友的胸膛，缓慢轻量的话都说进他心口：“可不可以再等等我？”

等我走得足够快，快到可以跟上你。

我会一点一点填上心里的海，风都收集入耳，浪都埋进平原。以后蔚蓝的尽头不再是港湾，潜水艇也可以只潜进一个人的眸间。

第四章 风驻进海的眼睛

“你是在表白吗？”

游风的声音越来越好听，是知道她的喜好硬拗的？怎么能这么了解她？他的课题真的不是“研究夏灯”吗？

夏灯靠在他胸膛：“我想让你再等等我。”

“你是在表白吗？”游风又问。

夏灯不说话了，不想说。

游风偏要问：“是不是在表白？”

“我不知道。”

夏灯不想跟他说了，她已经比以前在这种事上勇敢很多了，怎么得寸进尺！她要逃，游风不松手，第一次由女朋友主动，还不是那种捧住脸的安慰，他能放她走吗？

“你能不能先放开一下？”夏灯轻轻挣他的手，虽然挣脱不开。

游风说：“你主动的，还让我先放开你？”

“……”

夏灯主动的这次不会要被他一直提起吧？

刚有这个念头，游风又说了句：“主动拉手，靠在我怀里？”

“……”

夏灯要走！以后休想她再主动！

游风不松手，他手劲儿很大，夏灯被他牵住，就走不了了。夏灯挣扎了半分钟，放弃了。算了，这勉强算得上是他的权利。

但事还是要说清楚的，她抬头，她男朋友上眼睑垂下，低视的时候不见一丝轻蔑，反而眼角一点光里全都是她，这样的眼神她接受得有些心虚。她没有那么好，要怎么接住他的好？

游风突然轻抚她的脸：“以前的事，不重要。你现在的问题我可以回答你。”

夏灯突然凝息。

“我可以等你。”

夏灯心跳很快。

游风看她一动不动，也没反应：“我接受你的表白，开心傻了？”

醒了已经。

夏灯不看他了：“谁跟你表白？”

“那你干吗来了？占便宜来了？”

夏灯不跟他一般见识，虽然他说不重要，但还是想问：“那年你没出国，是因为你知道我不想出国吗？”

因为你知道这件事，所以你留在了国内，还问我要不要在一起，于是我顺理成章地跟你来了涂州，寻找不同的体验、可能。

她后面的一句话很轻：“你因为我做的每一个决定都是深思熟虑过的吗？打架可能会没命，放弃机会可能会葬送前程……”

“我没想过这个问题，只是我比你聪明，你会权衡轻重，我更会。”

权衡之后做出的决定，怎么能不是深思熟虑的？

“你为什么不出国？”他问夏灯。

“……”

“你都不去，还觉得我不去是葬送前程。”

夏灯要反驳这一句：“我跟你的情况不一样，我是接触不到核心学问的，我只是基于国外的生存环境来考虑我要是在那些地方生活还能不能有其他可能。但也许你可以。”

“一个坚定的爱国主义者可以掌握学问，但接触不到核心。”

“……”

也是。

夏灯不想说的，也不会说这样的话，但是嘴跟脑袋分开了似的：“我更重要吗？”

游风没有说话。

“我瞎说的，也没有想知道，你可以不用回答。”

游风托着她大腿，把她抱起来，一直抱到沙发，他坐在地毯上，看着双臂间的女朋友："你有一百斤？"

他们的姿势很亲密，就像赵苒和秦获那样，但夏灯没觉得不适，甚至没注意到这一点："游泳太多了，就是会掉重量。"

她还是想为了健康再重一点的，所以在保护造血功能的基础上吃得很多，但因为体质跟健康的人差点，可能实现有点难。

"没一百斤怎么能说你很重要这种话？"游风轻捏她的小臂。

夏灯允许他握着她的小臂，允许他这样仰着头看她，也允许他的臂弯圈住她："所以我用的是疑问句吧？"

"是吗？"游风装起来了。

"我很重要吗？这不是疑问句？"

"明知道答案的疑问，算什么疑问？"

"我不知道。"

夏灯说完脸扭向窗外。

游风把她的脸转回来，逼她看着他："不知道你害什么臊？"

"我没有。"夏灯只是看一眼窗外。

游风倾身，越靠越近："那我要是回答，我女朋友还能再主动下吗？"

夏灯看着他，那么俊的脸，那么正经的神情，说着没什么问题但细想又觉得不正经的话，以前的她会躲开不理，以后只会跟他说："你先答。"

"更重要。"他没有犹豫。

夏灯卡壳了。

游风微微抬起下巴，等着女朋友的主动。夏灯心跳更快了，慢慢靠近他。

游风真没想到，他以为她会推三阻四的，就在他准备迎接女朋友的投怀送抱时，这大花瓶子只是挨近他耳朵边："我又没答应你。"

游风柔和的视线缓慢落到沙发。

真给她学坏了，是他教得好呢？还是这大花瓶子悟性高呢？

他也不恼，胳膊肘拄着沙发，手撑着头，看着她："你是不是记错生日了？"

"什么？"夏灯没听明白。

游风早上看群消息，他们在聊星座，说天蝎座是所有星座中最喜欢肢体接触的，一点空隙都要贴在一起，夏灯跟这特性有一点关系吗？

“你什么星座？”游风头回问这种问题。

夏灯不知不觉半个身子都倚在他身上了，眼向上作思考样：“是天蝎吧，十一月的话。”

“不是都说天蝎……很强？”

夏灯觉得她知道游风中间的停顿是什么意思：“你瞎说，根本就没有。”

“我怎么觉得稍微贴一点？”

“你觉得有什么用，你又不是天蝎。”

“我上升星座是。”

“……”

游风歪头去寻她眼睛：“你是不是有问题？”

“我没有问题。”

“那你亲我。”

“……”

他哪里好了？他不坏真是她这两天对他最大的误解。

不过她现在更想知道一件事：“上升星座怎么算的？”

游风把手机拿来，在群里发了条消息：“那个生日参数表，给我一张。”

群里沉寂几秒后，出现了一溜感叹号。

游风平日里不说话，他们都忘记了，他和他老婆夏灯都在群里呢。游风没看他们废话，问完夏灯出生的具体时辰后对照生日表，看到那个星座时，不自觉皱了下眉，但很快恢复自然，还有一抹旋即逝去的笑意：“上升处女。”

“……”

夏灯知道游风是处女座，现在又知道了他们的星座还是彼此的上升……

她不信：“是不是骗我？”

游风把手机给她让她自己算。

夏灯就按公式算了一遍，看到结果不说了。

这是孽缘吧？

游风不为难她了，站起来，冲她伸手："走了，去吃饭。"

夏灯看着他的手，掌心的纹路清晰完整，而她明明可以更早地抚摸它们的形状。停顿几秒，她把手递给他，被他拉了起来。

两个人手牵着时，游风拇指指腹自然地揉着夏灯手心："想想吃什么，我换衣服。"

"嗯。"

游风只换了上衣，就当着夏灯面换的。夏灯没有别开眼，看完了游风的腹肌和蚂蚁腰，忍不住想，他去健身房的时候会裸着上半身吗？这么漂亮的身体，应该不少人喜欢吧？活招牌似的，老板一定很喜欢他过去。

游风转身见她还挺坦然，难得没嘴欠戗她。

也是怕他一说，她下回不看了，那他不白练了？

他拿上手机、车钥匙，过去牵住她，出门。

上车后，游风自觉地靠向夏灯，给她系安全带，还没伸手，夏灯突然吻住他的唇……他就忘了伸手了。

他不喜欢被动，正要反客为主，夏灯双手勾住他的脖子。

游风说不出话了，他竟然会在夏灯面前说不出话。

夏灯来的时候就一直在想，如果她自认为不值得他这样，那怎么补救。却没想过，要不要在说清后分手。

这意思就是，她根本不想分手，无论他们开始得多莫名其妙。

不分手，然后呢？像以前一样？各管各的？相敬如宾？

不。

夏灯搂紧了游风："我们要不要试试没那么相敬如宾地相处？"

沉默。

夏灯放开了游风，看着他没点反应的帅脸："不想算了。"

游风直接把她抱到了自己腿上，夏灯立刻看向窗外："要被看见了！"

游风扶着她的腰，靠着靠背，仰着下巴很傲慢，也很不屑似的："又不是偷情，你怕什么，你不是还说要跟我结婚？"

"我什么时候说跟你结……"

说到一半，夏灯想起来了。

那是游风第一次摊牌他不想相敬如宾，她说她答应跟他在一起，是觉得可以这样相安无事到结婚，但："你当时不是回我说，谁要跟你结婚？"

"你听错了。"

"我身体健康，耳力很好，怎么会听错？"

游风呜呜啊啊说了几句话。

"说了什么？"

"你这谁能听清。"

"所以我说你听错了是冤枉你吗？"

夏灯不跟他纠结："那我听错了，你当时回复的是什么？"

游风亲了夏灯嘴唇一下，没回答，只是说："以后问我什么我没答或者没答应，就一直问，问到回答，问到答应。"

"那不是会很烦？"夏灯因为不想打扰别人才从没这么做过。

"我不嫌烦。"

夏灯失语，勇气减半。

"现在问我。"

"问你什么？"

"刚才那个问题。"

"可我不想问了。"夏灯坐着游风的大腿，身子跟他的紧贴，已经是在表达了，"我已经决定试一试了。"

试一试，喜欢你，也试一试从寡淡变得有趣。

游风做了一个吸气的动作，然后一本正经地问："你饿吗？"

夏灯被问住了，停顿了下才回答："我？还行。"

游风发动了车子，夏灯自觉地坐回了副驾驶座，扭头看向游风："你中午没吃饭？不会一直在给我写作业吧……"

游风没说话，搜索最近的药店，导航，夏灯看见了，下意识问他："你生病了？"

"买点情侣之间的必需品。"

"……"

夏灯不知道说什么，他好歹隐晦一点，他们才刚刚打算像别的情侣一般相处……

游风也不解释，单手扶着方向盘，另一只手捏着烟，搭在窗上。很快到了药店，游风解开安全带，下了车。

夏灯没动弹，游风也没等她，但没走两步还是回了头：“你要跟我一起去吗？”

夏灯摇头。

“对牌子有要求吗？”

夏灯想了一下：“就，常见的吧。”

“……”

他特别正经，真的参考夏灯意见的样子真的很游风。

夏灯停顿几秒，问：“那哪个更好一点？”

“不知道。”

“你没用过吗？”

“你说呢？”

夏灯不说了：“那就常见的吧。”

游风转身走进药店，夏灯想起刚才主动抱他、吻他的样子，其实相当不熟练，那些话她说来也别扭，估计游风听得也别扭。但为什么会有酸但舒服的感觉呢？

游风很快回来，递给夏灯一杯番石榴汁。夏灯扭头看他的手，没有药店的袋子。

游风说：“你要是很遗憾，我现在去买也行。”

“没有。”夏灯把果汁接过来，看了眼窗外，“天黑透了。”

“想好吃什么了吗？”

夏灯随便在地图上找了一个餐厅，搜索路线，导航，游风发动了车。

夏灯也没问他怎么一会儿一个样。她确实可以接受，既然要跟别的情侣一样了，那有些事情就会很正常，只是刚说开就进行挺怪的，但也没有拒绝。没想到游风停下了。

她忍不住看了他一眼。

他还那样，看起来什么都不在意似的，淡漠的表情，漫不经心地打着方向盘……

她的脸扭向窗外，笑容浅淡。

游振东戴着眼镜，手指颤抖着在通信录划了一圈，一排都是基因学专家，还有黄医师、刘院士、陈主任。手机已经设置了最大字体，可他的眼也已经废得不能看了。

看了一辈子书，脑袋里装了一个世界进去，总要付出点什么，如此最合适了。房间的灯为了迎合他的眼睛已经暗了好几度，就怕刺到他，看来明天又要再换一盏了。

他把手机放在桌上，松弛下来的布满沟壑的手缓慢地捂住脸。

吃完饭，上了车，游风给夏灯系上安全带，要送她回去了。

夏灯想起自己的作业："我那个外国文学史……"

"回去发给你。"

"好。"

游风不再说话了。

穿越半个涂州，游风把夏灯送到家门口。

夏灯解开安全带："那我走了。"

"嗯。"

夏灯手已经扶住门把手了，突然想起一件事："你怎么回？"

游风说："打车。"

夏灯看着他，半分钟才说："要不你在我这里睡一晚？"

"行吗？"

他还真是句句让夏灯说不出话，就他长的一百八十个心眼，可怜巴巴的问句不适合他。

"我要说不行你会继续打车吗？"夏灯问他。

"也不是没打过。"

"……"

夏灯语塞的同时也有一点说不出来的畅快，然后打开了车门，关上车门，弯腰看向驾驶座的游风："你下来的时候记得关窗户。"

游风没笑，但就是让人感觉笑意潜藏在浅淡无波的神情里。

夏灯家的格局跟游风家的不一样，也比游风家大，两个人生活绰绰有余，游风那套只适合一个人住。

两人进了门，夏灯把鞋子踢掉，换上拖鞋，把游风的拖鞋拿出来。游风以前也到她这里住过，住在楼下房间。

夏灯决定来涂州时，外婆就买好房子了，两个月加急装修，除甲醛，开学就搬进来了。游风住了几天校不住了，开始找房，那期间就在夏灯家蹭住了。

两个人像打过架的室友一样，在一个屋檐下互不搭理地相处了一个月，直到游风找到房。

游风换了鞋，夏灯的声音传来："我等下去楼上洗澡，你还在下边吧。"

她家浴缸装在一楼全景窗前，泡在浴缸里看海也是她的日常事项，他一来，浴缸就放假了。游风没说话，穿过玄关就是中岛，岛台放着个盒子，很像礼物。

但他没送过，而且她向来不收别人的礼物。

夏灯换了居家的裙子出来，曼妙身材一览无余，一边绑头发，一边走向游风，突然想起什么似的，停在岛台前，把盒子给他。

游风只看着，没接："谁给我的？"

他还真了解夏灯，知道她不是逢年过节，都不会给他买礼物，买也是直接原包装，从不会专门找个包装盒。

夏灯坐到高脚椅上："我小姨给你的见面礼，本来要见面给的，但那次没见到。"

游风打开一看——房本。

夏灯也没打开过，不知道是什么，在游风拿起来那一刻，有点无地自容，小姨干吗送人房啊……小姨还手写了一封信？这么大篇幅说字条肯定不合适……

游风拿起来，看了一遍就给夏灯念："宝贝，我把你对门那套房买下来了，比你这套还大点，赠予合同在下边，你直接让他签。还有那个小袋子里是一些之后你们应该用得到的东西，记得保护好自己……"

游风还没念完，夏灯已经扑过去抢字条，顺便捂嘴了。

小姨为什么要把这东西放盒里……

三分钟后，两人已经平静下来。

夏灯坐在游风对面，不知道说什么。

小姨真吓人，知道的是她不想夏灯封闭自己，不知道的以为夏灯嫁不出去，值得急成这样。再说嫁出去并不是什么人生追求啊，小姨还真是，凡是让夏灯情绪有一丝波动的事，快要做遍了。

夏灯不想被动，就先开了口：“你不用在意，不是强制性的。”

“不想给我了？”

夏灯知道游风没那么人品高洁，但这也不是他能说出来的话：“你想要吗？”

“有条件吗？”

“我小姨可能会要求你对我好，听我的，也不能背叛……”

游风没等夏灯说完，已经把盒子底端的赠予合同拿出来，在几个签名处签上名。

小姨送东西从没有附加条件，夏灯说的那些小姨的要求，只是在游风那个“有条件吗”之后瞎说的。但游风在她瞎说后毫不犹豫地签了字……

一套靠海岸的小复式，对部分人来说可能要奋斗些时间，但游风不在这部分人的范畴。

她以前在别墅园区碰到过游风的爷爷，还有搀扶着他的保姆。当时她手里拿着书，爷爷说送给她初版译本，她没在意，后来游爷爷真的送给她，原来最早的译本就是他翻译的。他还夸她长得漂亮，要她给他当孙媳妇来着，说为她预备了优质房产当聘礼。

她起初只觉得爷爷健谈，后来无意中看到电视台在介绍游振东，何止是翻译家，才知道聘礼的事不是玩笑。

现在游风收了小姨送的房子，是在回应她刚才瞎说的条件吗？没必要为了一件不需要的礼物给自己挖坑吧？

夏灯还是告诉了他：“我瞎说的，没有条件。”

游风签完推给她：“过两天闲了，去公证。”

“不用的。”

“我答应。”

他好像听不到她这两句话一样，她低头看向岛台的岩石纹理，不知道该说什么了。

过了会儿，夏灯丢下一句“我洗澡睡觉了”，快步上了楼。

游风把合同和房本收进盒子里，放进了防尘书架里。

夏灯麻木地洗完澡，出来没看见游风，以为他已经洗完睡了，轻轻躺到床上，一下子被一双手搂住腰，拽进了怀里。她睁大眼睛扭头，看到她男朋友，头发还有一点湿，但身体是滚烫的，身上有种木质香。她知道，这个香味源于她放在楼下浴室的那组香氛洁肤露。

原来用在人身上是这个味道吗?

她没敢动，就这样被他抱着，任由他的呼吸在她颈后骚动。

房间静得只有两个人的心跳了。

跳得激烈的是夏灯。

“你怎么上我的床？”

游风解释都不带解释的：“嗯。”

夏灯跟他说：“只有一个枕头。”

游风已经很自觉地枕上了，把胳膊给她一条。

“还有别的选项吗？”

“你也不是没枕过，还害臊吗？”

“我怕你睡不好啊。”怎么不识好人心这人！

游风没答这话，停顿片刻，搂紧了她：“我不会。”

夏灯心跳更激烈了。

他说他不会，他有病吧？一定是。

夏灯悄悄挣了两下，被抱得更紧了，放弃了。

过了十分钟，她小声说：“我有一点热。”

游风抬手打开空调。

夏灯想了一下：“后半夜要是冷了……”

游风把她整个人罩在怀里，挡住了出风口：“还有呢？”

“没有了。”

安静，可以睡觉了。

突然，游风淡淡道：“被喜欢不用有负担，也不用觉得后知后觉很抱歉，出于愧疚的亲近我不想要。”

夏灯又被他猜到了心思，但是：“那你现在在干什么？”

这是不要吗？

除了负距离，他俩现在这种近是最近的了吧？

“我不愧疚。”

“……”

夏灯跟游风第一次作为真正意义上的情侣过夜，却相安无事地度过了，除了睡觉，什么都没发生。

早上醒来还是跟以前一样，冷着两张脸，各自收拾自己，最后由游风开车，先送夏灯去学校，然后步行回自己的学校。

他们出现在西澳门口的画面被人拍了，传到网上，评论里各式各样的诋毁不堪入目。

全是小号，首页都一片空白。舒禾和程程看了，没当回事。

以前她们看到这种对夏灯莫名其妙的指责，都是下意识隐瞒，生怕它们伤害到夏灯。后来夏灯自己看到，一点反应都没有，她们也就脱敏了。

接下来的两个月里，游风和夏灯几乎每天都在一起吃饭。

夏灯也不解，不是之前说一周吃一次吗？现在天天跟她吃饭他都不会腻吗？但她没问过，还渐渐养成到饭点等他电话的习惯。

游风隔三岔五会带她去他们学校的图书馆，他看书，她戴着耳机看电影，他给她推荐了很多他喜欢的，夏灯也才知道游风喜欢伍迪·艾伦的作品。

有一天晚上，他们就“要不要因为一个优秀的创作者其他方面的争议而否定他的作品”这一论题，讨论了半宿。

以前没跟游风聊过这类话题，她都不知道，就像他有天生的时尚感那样，他见识上的广阔也不仅限于他的专业。他对伦理、阶级、精神与现实的独到理解给了她很多新思路。

夏灯以前给他买衣服，只对专柜的姐姐说看着拿，现在会挑，还会想他穿好不好看，就像给她自己买衣服时那样。

夏灯陆、空的项目玩得都少，游风开始带她去骑马、射击、跳伞、玩滑翔翼，然后终于去看了大熊猫。

游风还在熊猫馆外给夏灯买了小熊猫手表，夏灯说不要，却憨兮兮地戴了一整天。

他们住酒店已经不会订两间房了，但因为夏灯总是冷淡，所以他们大多数时候都是相安无事地睡觉。有时候游风会亲她，手会摸到她腰。

夏灯可以通过他的反应了解到他不是故意的，因为她也有几次碰到他的身体。

他很平静，于是她比他更平静。

她还没想到缓解这种尴尬的方法，更亲密的接触不请自来了。

那是在车上，她坐在他的腿上，他的吻也从嘴唇移到颈部……

他们在一起的时候越来越不避讳彼此，两个人对彼此的身体也越来越熟悉。

她几乎不去西澳的游泳馆了，夏天那里人太多了，而且她已经有自己专属的泳池了。只不过游泳从孤独的项目变得没那么孤独了——游风会跟她一起游。

他还装呢，说他游得不好，让她教，教着教着就把她堵在泳池一角亲，毫无征兆地。

近来，夏灯游泳的次数越来越少，而跟游风待在一起的时间越来越久。她甚至开始主动滚到他怀里，枕着他的胳膊，揪弄他的手指，数他胳膊上显现出来的血管。也会在睡之前，亲亲他的嘴唇，轻轻说晚安。

她从未在谁的身上发现令她那么舒服、自在的感觉，只有游风，无条件地保护和超出阈值的尊重都叫她愉快。

她也会想，是因为了解吗，还是因为爱？他是不是很爱她呢？

七月正中，天已经不能再热了，程程和舒禾开始频繁旷课，夏灯为数不多的几次回到寝室，她们都在吹空调吃樱桃。

程程换了新的男朋友，邀请夏灯和舒禾去吃烧烤，说什么夏灯的男朋友已经请过了，他不甘于人后，非要表现表现。舒禾一整天都在念叨这件事情，还点名要吃胡杨门的冯大鹏烧烤。

程程瞥她："你倒是会挑。"

“风哥上次请的是大龙虾，我还没按这个标准给你对象开条件呢。”

“冯大鹏也差不多了好吗？我家那个还是初创公司，没钱。”

“是他要请的，大姐，我又没追着他让他请客。”舒禾说，“而且你忘了你的至理名言吗？不要心疼男人。”

程程白眼翻上天：“我只是觉得我遇到真爱了。”

“你哪回都说你遇到真爱了，哪回都没坚持三个月，一顿酒就打回原形了。”舒禾也翻了个白眼。

程程过去捏住舒禾的脸：“你再话多我就让他把地址定在步行街肠粉店了！”

舒禾打掉她的手：“哎呀，疼啊，你还真捏啊，都给我脸皮捏松了！”

“这么厚能捏松吗？”

舒禾揉着脸，说：“不过肠粉也行，好久没吃了。”说着还幽怨起来，“上回说跟灯一起去，谁知道到饭点了被我风哥截和了，以前也没发现游风一刻都离不了老婆这点啊。”

程程说：“今天不让你吃肠粉，已经给我男人打过招呼了，说冯大鹏就冯大鹏。没钱让他想办法去！”

舒禾笑出两排牙：“这还差不多！第一关算过了！”

程程觉得她也太可爱了：“让你给打个分，你还真拿上架子了。”

舒禾说：“那你别让我给你看！”

程程又开始哄，搂着她脖子：“好好好，你说了算，惹不起你了。”

舒禾白她一眼，歪着下巴得意地哼哼：“我这还没让他给我们做饭呢好吗？合格的男朋友是要会做饭的。”

“他有花臂。”

“咋了，花臂是免于做饭的尚方宝剑吗？还是他胳膊被封印了不能使用了？”

“你能想象两条花臂在那儿做饭吗？”

舒禾扭过头，问夏灯：“灯！风哥给你做过饭吗？”

夏灯在看游风新给她写的作业，没有抬头：“嗯。”

舒禾扭回来：“你能想象到游风做饭吗？但人家不还是做了吗？”

舒禾把程程说得熄火了，跑到夏灯跟前听故事了：“灯，我想知道做饭的细节。他是心血来潮？想在你的面前表现一下？”

夏灯微微抬了下头，主要是回忆那一次下厨的事。

半夜她饿了，想吃奶芙。游风起来给她点了外卖，就又睡过去了。

她一个人坐在楼下沙发等着，等了一个小时，情绪特别低落，但她习惯了这种时候自己挨，就没吭声。直到一个半小时后，还没到，游风醒了，看到他女朋友小可怜儿似的等奶芙，沉着脸把单取消了，花了两个半小时，给她做了几个。

夏灯吃到奶芙时，天已经亮了。

她跟他说：“你要不取消，我两个小时前就可以吃到了。”

游风直接从她手里拿走：“那你还给我。”

夏灯赶紧攥住他手腕，拉回来，由他拿着，一口吃掉了。游风用大拇指给她擦了擦嘴角。

后来还做过一回，他们俩在黑曜山的野营区等着看日出，下午就扎好帐篷了，跟附近营区的情侣一起弄了烧烤。

游风腌肉、烤肉的手法还挺好的，那女生吃了好多，她自己男朋友烤的都没吃两口。

夏灯想到这里，不想了，回复舒禾：“他不会做，难吃，浪费。”

她刚说完，声控音响识别了她的话，播放起林宥嘉那一首《浪费》。

“……

多久了，我都没变

爱你这回事，整整六年

……

没关系你也不用给我机会

反正我还有一生可以浪费

……

随便你今天拼命爱上谁

我都会，坦然面对

……”

夏灯起身去关上了，出了寝室。她穿过走廊，走到夜读室，有不少人在这边看书，就没进去，转身上了天台。

下午的风黏腻潮湿，一股一股热浪明目张胆地骚扰她，她也还是没有离开，硬是发了半小时呆。

那天高中群里一伙人逼问游风，为什么可以用《浪费》做铃声五年。

游风说："管好你们自己。"

后来他们全都起哄，只有夏灯真的在想这个问题。

真的有人爱一个人不介意浪费掉一生吗？

那是一种什么样的爱呢？

游风跟贺仲生约了晚饭。

贺仲生坐下就一直抱着手机，还不时笑上一两声。

游风转转酒杯，喝了一口："关一心？"

贺仲生突然抬头。

游风说："不见得真心。"

他只说了这句，他知道贺仲生听得懂。

贺仲生放下手机："玩玩而已。"

游风又喝了口酒，没发表意见。

贺仲生不跟他说关一心了，说起夏灯："你那漂亮的女朋友有没有开窍？我上回来可是好好点拨了点拨她。"

"瞎管。"游风放下酒杯。

贺仲生挑眉："没反应吗？"

"有。"投怀送抱，主动接近。

"那你还有什么不满意的？"

"我不要她出于愧疚补偿我。"

贺仲生五官皱起来："毛病，人都开窍了你还不满意？你想让她天天在家里等你，你一进门就'老公回来了！'你这梦是不是做得有点太不切实际了？"

游风眼神向上挑，瞥向他："别废话了。"

贺仲生双臂搭在桌沿上："她跟那警察的关系，你弄清楚了吗？"

他过去帮游风盯着夏灯身边不怀好意的人时，认为夏灯跟东光区春安路派出所一个警察关系不浅。主要体现在，夏灯在一年中，差不多会出现三次需要报警的情况，次次都是那警察前往。

警察他可不敢打听，但能肯定，夏灯留的是那警察的私人电话，不然不能那么巧合。

他考虑再三，又把这件事强调了一遍。

游风说："打私人电话不视为报警，就你这么没常识，她不会。至于你强调的这个，片儿警不管那一片管哪？"

贺仲生还没见他给哪个潜在情敌这么找说辞的："怎么别的那些只是跟夏灯说了句话，你就跟被碾了尾巴似的上火呢？"

"因为我有脑子有判断力。"

贺仲生不说了："行，你别哪天被挖了墙脚过来找我喝大酒，我可不伺候你。"

"琢磨琢磨你自个儿吧，别掉阴沟里。"

贺仲生龇牙骂他："我谢谢你这么咒我。"

聊着没用的，爷爷给游风打来电话。

早过了黎薇出狱的时间，爷爷打来应该不是说黎薇的事，这么一想也就接通了。但他失算了，爷爷叫他回趟家，说奶奶在兰国的故人来华国了，要告诉他们一家一件事，很重要。

他猜测还是那些陈年往事，不想知道，拒绝了。

爷爷却说："你一直没检查出毛病来，你难道就没好奇过吗？为什么亲姐弟的孩子没有遗传病？"

"没时间回去。"

"我托夏灯的阿姨帮我告诉她，我有关于你的事想让她知道。"

"爷爷！"游风突然大声。

"孩子你回来，听听看是什么，好吗？"

爷爷的声音近乎恳求，游风没办法了："我回。"

"嗯，好。"

"以后不要再找夏灯了，我不想让她知道这些恶心事。"

"游风……"

游风挂了电话，回到桌前，买了单，说：“我叫了代驾送我去别的地方，你自己打车吧。”

贺仲生看他脸色不对，没敢多问：“行，你去吧。路上慢点。”

上了车，游风静坐了会儿，给夏灯打了个电话。

很快接通，他在夏灯一声“喂”之后，问：“有人找过你吗？”

“没有。”

“你不会说谎，不要骗我。”

“……”

“有吗？”游风又问。

“我在等你电话，如果你觉得爷爷告诉我的是我不该知道的，那我就不去知道了。”

沉默片刻，游风说：“我回一趟平城。”

“好。”他还是没说带她去，夏灯的心突突地跳，有些区别于平常的节奏，甚至可以说区别于这之前任何时候的节奏。

电话挂断，游风把手机放在一边。

夏灯比游风慢放了几秒，看着手机屏黑下去，心里更怪了。

他为什么问？是不想让她知道他的事吗？她还没有想很多，游风又发来一条微信：“我还没买机票，你要是想跟我回去，我就买两张。”

她看完，扣放手机，脑子乱了几秒，又拿起：“不该是我问你想不想带我回去吗？”

“我不想。”

夏灯看着这三个字，指甲划了手机壳。

“但你要想知道我家的事，我可以带你去看看。”

短短几分钟，夏灯心里的滋味重了淡了甜了咸了不停变换，到这时才稳定了：“那我不去了。”

她应该有分寸感和边界感。

游风没再回了。

舒禾和程程要准备去冯大鹏吃烧烤了，舒禾边化妆边问夏灯：“灯，你怎么还不换衣服化妆啊？马上要出门了。”

“我不去。”

舒禾停住了手，想问她怎么了，突然想起，她就没答应过。

过了会儿，舒禾和程程出门了。

夏灯有点累，懒得回家，就关了灯，打开投影，想看电影，翻了半天不知道看什么，还是关了，但没开灯。

在黑暗中待了一阵子，她拿起手机，发给游风："带我去。"

这不像她，但她就是做了。

过了十几分钟，游风发来截图，显示着两张机票出票成功。她打开灯，洗澡，换衣服，前去机场。

玻璃岛饭店二楼包厢，能坐下十几人的圆桌前，只坐了五个人。

夏灯跟随游风进门后，变成了七个人。

游振东看到夏灯没有意外，反而是游风那名义上都不算的妹妹先跳了脚，指向夏灯，橙色带钻的指甲在光照下很闪："她干吗来的？"

她妈也不管她，任她说不合时宜的话。

主要是顾不上。

黎薇回来了，就坐在游振东的左手边，游弋江的眼就没从她身上挪开过，明明都是前妻了，还坐过牢，却更像是这一家的女主人……

游弋江和黎薇也不看游风，他身上跟他们相似的地方令他们如芒在背，过去的经历就像浪潮袭来，冲得人无法呼吸。

游振东大概是在场除游风、夏灯以外最平静的，没理那女孩，只看着孙子和他女朋友，说："先坐下来吧。"

游风没等请，早先于爷爷开口时坐下了。

沉默。

尴尬。

持续了很长一段时间，游弋江对游振东说："爸，你说有故人，是怎么回事？他人呢？"

游振东自顾自倒着茶："等会儿吧，他才刚下飞机。"

又是沉默。

更尴尬了。

夏灯从进门起就感受到这一家人怪异的氛围。

父母对他们的儿子好像毫不在意；父亲比起现任妻子好像更爱前妻；爷爷老得好快，两年没见，鬓发全白。

游风在这时牵住夏灯的手，还看向她，疲惫让他眼皮掀动的频率缓慢，但微勾的唇角缀满了爱意。

仿佛这一屋子至亲都不及她一个在他心里占分量。

夏灯勇敢地揉揉他的手指，眼神比他坚定。

她跟这一屋子人也没关系，论分量，自然是他们绑在一起也没她男朋友重要。

终于等到这位故人现身，他带着一身北方的风尘，喘着气进门，中文说得不流利，但从言语中可以听出来他对这件事情了解得透彻。

他摘掉帽子，一头金黄的半长的鬈发，但凌乱的胡楂喧宾夺主，让人一下子进入他可能并不安稳的这些年里。经过交谈得知，原来这个兰国人曾是奶奶的同事，同在一家公司做编辑工作。

略去那些没用的寒暄，他告诉在场众人一个重要信息：“亚洁跟我们的老板确实有一个孩子，但那个孩子寄养在别人家还没两年，就因为流感离开了人世。”

屠亚洁，这是奶奶的名字。

爷爷很平静，游弋江、游风、黎薇都出现或大或小的反应，另外那对母女和夏灯，有点不清楚状况。

那兰国人又说：“那家人怕担责任，从贫民区抱了一个孩子来冒充亚洁的孩子。”

黎薇猛地站起来。

兰国人没有说破，到这里就结束了：“对于悲剧的发生，我们感到抱歉，但也请原谅我的胆小懦弱，我当时还要为我的老板工作，他的话我一定要听……”

又是长久的沉默。

黎薇的眼泪已经在眼眶里晃荡了，在监狱里的那么多年都没夺走她的美丽，眼睛和鼻尖的红让她的破碎感溢满了房间。

游弋江攥着拳头，最后把桌上的易碎品都拂到了地上，大骂道：“现在说又有个屁用！”

兰国人低着头，一声不吭。

游振东呵斥游弋江：“你冷静一点！”

游弋江眼也红了，看向游振东的眼神全都是悲愤：“怎么冷静？你明知道我这几年都经历了什么……”

游振东也不说了。

黎薇还是傻傻站着，看起来很悲伤，但硬是没发作出来。几年的牢狱生活让她再也发不出脾气了。夏灯和那母女俩还是不知道发生了什么，但看游风平淡的样子，好像跟她们一样是置身事外的人。

事情到这里，本该结束了，游弋江偏偏要这时候去牵黎薇的手。他那后娶的媳妇立马翻脸，站起来就骂：“怎么？这意思是你们以前离婚存在误会？现在误会解除了要重修旧好了？那你找我干什么？我就是黎薇不在时，她的替代品是吗？”

她女儿也帮她说：“爸，我以为我们相处这些年，早已经是一家人了，但你们今天在这打哑谜，我跟我妈就像两个外人。如果没打算让我们融入这个家，当初为什么跟我妈求婚？”

游弋江听不进去，他现在满脑子都是他跟黎薇不是亲姐弟关系。甚至想，他们是不是还可以在一起，如果跟现在的妻子离婚，再跟黎薇结婚的话，要怎么来游说众位股东。

那女人得不到回应，过去推搡游弋江，不知道是故意还是有意，抡起包，砸了黎薇的头。游弋江立刻把黎薇护在怀里，对那女人扬手就是一巴掌，很响。

那女人愣了几秒，捂住脸尖叫：“游弋江！我是你公开娶进门的老婆！你想离婚？你想得美！你看那些股东答不答应！”

她女儿扶住她，开始哭哭啼啼：“这个叫黎薇的不是失手害死了奶奶吗？那是你母亲啊！爷爷也还在这里，你怎么能再跟她在一起呢？”

游振东撑着拐棍，一直没说话，直到场面越来越乱，他敲了敲地。

安静了。

片刻后，游振东对游弋江说：“今天把她们母女俩也叫来，就是告诉你，就算当年的事存在误会，你也已经再婚了，男人不能总做不负责任的事。”

“可既然是误会……”

“没有既然！”游振东大声打断他。

游风看他们处理这些破烂事要很久，不待了，站起来：“你们慢慢掰扯，以后这种破事别叫我，不想知道。”

说完，他领着夏灯离开了。

气氛太紧张，夏灯在包厢里时，呼吸都没有大声，不想露出一点存在感，尽管游风那“妹妹”一直对她翻白眼。

她没见过这种一家都是仇人的家庭，他们互相说着难听、丑陋的话，看起来精神都不太正常……游风的正常反而成了一种怪异……

她突然有些心堵。

游风……他竟然是在这样的家庭里长大的，他不想告诉她他家的事，也是对这样的家庭羞于启齿吗？还有兰国人吐露的秘密，让游风的父母那么激动……这又有什么样的过往呢？

游风情绪高涨，但面色沉郁，看得出很不高兴，但牵着夏灯的手一直没用力。他把他唯一的一点温柔，毫无保留地给了夏灯。

夏灯悄悄变换了姿势，改为跟他十指紧扣。

回到酒店，游风第一件事就是跟夏灯说：“我订了位子，等会儿带你吃消夜。”

订位子……

他刚才在包厢里摆弄手机，是在订另外的饭店吗？

许久。

夏灯答应了一声。

后面他们就没再说话了，夏灯坐在外间的沙发上，游风待了一会儿去洗了澡。洗完，他打开浴室的门，但没出来。

房间太静，以至于游风“嘶”的一声清楚地传进夏灯耳朵里。

夏灯走过去，看到他在用酒店的刮胡刀，可他早上出门时明明清理过了，根本没得可刮。但她什么也没说，把他手里那把刮胡刀拿了过来。

其实他们在平城有很多房，但游风就是订了酒店，夏灯依他了，可洗漱包她带了，里边就有游风的刮胡刀。

彼此静默了半天，夏灯拉了下游风的手。游风抬起头，看向镜中他的女朋友，夏灯也看着游风，跟他对视了几秒，拽拽他的手指。

游风跟着夏灯出来，被她安排在椅子上。夏灯拿来洗漱包，把他的刮胡刀拿出来，还有泡沫、护肤液一堆东西，走近他，给他打泡沫，刮胡子，擦干净，再用护肤液……她不熟练，于是很慢，但慢有慢的好处，慢很细致。

游风一直感受着他女朋友温凉的手捧着他的脸，给他刮胡子的感觉，呼吸逐渐变平稳。

从前情绪激动的时候，他从不相信谁有本事让他平复下来。是他自以为是了，原来真有人可以。

清理好，夏灯也没走开，再次捧起他的脸，却不是给他刮胡子了，而是亲吻，她俯身亲了一下他的嘴唇。

游风仰头，看她。在他的注视下，夏灯又亲了一下，这一次有点响声。游风把她摁进怀里，又夺走主动权。夏灯自然地跨坐到他腿上，双手勾住他的脖子，延长了这个吻。

游风感觉到夏灯的意图，突然拉开她，再次看向她。

夏灯也没想掩饰："你把消夜取消了吧……"

"我不用你安慰，尤其还是这种方式。"游风拆穿得不留情面。

"我没有。"夏灯说，"不能是我想吗？"

"你想吗？"

"嗯。"夏灯搂住他的脖子，轻轻蹭着，"不骗你。"

"你又不会说谎。"游风能察觉到他女朋友拙劣的勾引手法，以及迫切希望他心情变好的心理。

夏灯的脑袋从他肩膀上抬起，看着他："我会说。"

"嗯，刚听过了。"

寂静。

十多分钟过去了。

游风托着夏灯的腰，看着她的眼睛，打破了无言的局面："我奶奶有精神类疾病，撮合了她两个孩子，生了我。也就是说，我爸妈是同母异父的姐弟，我是一对亲姐弟生出来的。"

夏灯一直有控制表情，就怕惊讶的反应刺激到游风。但这消息太令人震惊了，就还是有些微睫毛颤动的细小动作逃离她思想的掌控，表露了出来。好在她也很聪明，立刻想到："那个外国人是不是说这是误会？"

游风没说话，看起来像是不想再提这件事了，夏灯感觉到这点就转移了话题，但当下不知道说什么，稀里糊涂地说了句："我们以后可以不要小孩。"

游风一下失了语。

游风经历包厢那一幕，说不上烦闷，毕竟发生过太多次了。什么事经历太多，就会麻木。

从回来到现在的沉默，只是不知道要怎么跟夏灯说，刚才这样平静地说出来，好像也没有很难启齿。

只是他并不知道，她下意识想到的，是跟他的以后。

她那句话就是在说，她接受他是近亲生下的，甚至可以为了阻止隐性遗传病的显现，不跟他生孩子……他都没想过那些，她却想了，还是在那么紧凑的几秒之内。

他突然笑了，歪着头："谁要跟你生小孩？"

夏灯后知后觉，木着脸从他腿上起来，走向落地窗。

生小孩这种话她还真敢说啊……

游风没追过去，也没扭头，想给这个大花瓶子一点个人空间，想想这话意味着什么，爷爷在这时打来了电话。

他停顿了一下，出门去接了。

游振东的声音更疲惫了，好像是他们走后，剩下的几个人又狠狠折腾了一番："现在误会解开了，你也还是不回家吗？"

游风没拆穿："当时跟他们断关系也不是因为误会。"

是他们先不要这个儿子的，他现在活得很好，没必要回去给自己添堵吧？

游振东没有说话。

游风说："陈芝麻烂谷子的事了，就别掰扯了，我不是很在意，不用为了让我心里舒服去做什么，只要脱离那个家，我就舒服。"

"没有家业的话，你脱离就脱离了，家里这些你都不要了？"

"想拿回来的时候，我会拿回来的。"

游风也不是什么视钱财如粪土的人，没钱怎么给他的大小姐滋润的生活作保障？

许久，游振东说："我知道你小的时候，吃了很多苦，如果你以后不想要孩子，那就不要。只是委屈夏灯了，不能生孩子了。"

游风近年跟爷爷联系也少了，观念的不同让他们总是无法沟通。他不想教育长辈，更无意改变其思维，那就只有少联系了。

但关于要孩子这个观点，他还是要跟爷爷说："生孩子不是一个女人最光荣的时候，不生就不生。要是不生孩子就是委屈，好像在说她的使命就是生孩子。"

游振东知道再说下去可能又要争论不休了，停下来："反正我叫你回来，让你知道这都是误会，也是想消除你心里的疙瘩。现在我传达到位了，别的不多说了。最后，你在别的地方照顾好自己。"

游风不说话了。

十来秒的样子，游振东才又说："爷爷这一生就要到头了，你也见不到我几面了，不用感到烦。"

游风皱紧了眉。

"我知道你说话冲不是怨我，也知道你孝顺。爷爷有时候顽固又迟钝，不懂你们年轻人的想法，别怪爷爷，爷爷那个时代世界还不是这个样的。"

电话挂断。

老半天，游风都扶着酒店廊外的栏杆，盯着外面的夜景发呆。

人都走没了，游振东收拾起了残局，那个兰国人陪在一旁。

游振东盯着满桌子未动的菜，扯了扯松塌塌的嘴角："让你看热闹了，我们这个家实在是不像样子。"

"其实家家都是一样的。"

兰国人几度欲言又止，想着不刨根问底了，但实在没忍住："我能说，我不明白你的做法吗？"

游振东知道他的意思，轻吁一口气，缓缓道："我那孙子，是亲眼见着他父母不要他的，他心里有怨。我没能力帮他回到小时候，弥补这些委屈，只能把你叫过来。

“至少要让他知道他跟其他小孩一样，父母不是近亲结合。”

兰国人理解了，但是：“那你儿子……”

“他不会离婚的，当时跟游风妈妈离婚也是怕她影响股票，他再在乎她，也不如在乎钱。说得情比金坚，我是他爹我不知道他？”

“原来是这样。”

游振东把拐棍放在椅旁，双手搭在桌上，整个人倏地变老：“我们游风以后就真的像风一样不回来了，也挺好的吧？反正他那对自私自利的爸妈也不要他，挺好的，就像风一样……”

游风回房间时，夏灯在摆盘，扭头跟他说：“在房间吃吧，不想出去了。”

游风走过去，都不是客房送餐菜单上的菜，是她出去买的？

夏灯把餐具给他：“明天去爬山吗？”

游风随便叉着食物：“你想去爬山？”

“嗯。”

夏灯以前是最不喜欢爬山的，他就约她爬过一次，太费劲，她今天跟转性似的，无非是想让他去释放一下。

想着释放了体力，心中的烦郁也跟着释放了。

“好。”

他没辜负她的用心。

各有心事，都没吃很多，还没十点夏灯就跟游风说了晚安，睡觉去了。

游风洗完澡，打了两个电话才上床。上床后，他按惯例搂住夏灯，像过去两个月里的每一次，让她枕在他胸膛。夏灯没醒，但还是凭意识把脸埋进他臂弯，攥住他衣角。

平安一夜。

夏灯做了一晚上稀奇古怪的梦，说好的爬山全忘了，很好意思地睡到了十点半。

醒来时游风没在床上，她也没找，去洗澡了。站在浴室镜子前，她看着自己领口被拽大的睡衣，粉色的部位若隐若现。她拉了下，这遮了还不如不遮……

她记得做梦做衣服来着，原来是拿她穿着的衣服开刀了吗？还没想明白为什么梦里会有做衣服的桥段，恍然意识到一件事，她是穿成这样，跟游风睡在一张床上一整晚的吧？

但……

一夜无恙。

她知道游风是绅士，但他们已经差不多同床共枕了两个月……绅士到这种程度……

她也不是很想做那种事情，但是自从上次之后就再没有过类似讨论，会亲但不会更近一步……

这应该……正常……吧？

昨天她昏了头想安慰他，他拒绝，那也应该……是正常的吧？

可能是做梦做了太久，她冒出一些从前没有过的奇怪想法，还在手机上搜了男朋友拒绝女朋友更近一步的十种原因。

刚打出来她就又关上了。

没别的事干了？瞎搜什么？

想着赶紧清理掉脑海里那些乱七八糟的东西。

游风买早餐回来见夏灯起床了，拿起手机，看下午的天气。爬山是没时间了，但或许可以去赛车俱乐部玩一会儿。刚打开手机，购物软件推送了一条消息……

他突然就没心情去玩儿赛车了，沉着脸走到桌前，拿夏灯手机，打开搜索引擎。果然……

他登时上了火，摆着一张臭脸，摔门走了。再回来时，夏灯还没洗完澡，他直接拉开门进去了。

夏灯看到他时，眼睁到最大，一时不知道该如何是好。游风胳膊向上，脱了短袖，把她逼到角落。

三面是玻璃，面前是游风，夏灯跑都没处跑，就伸手推他。虽然她知道推不开一个大男人……

他拉住她的手，放到他的腹肌上：“我拒绝你？”

夏灯知道了，扭头骂他：“你！怎么看别人手机！”

游风在她扭头时，堵住她的嘴，一手锢着她的脑袋，夏灯疼，但被吻住了嘴，说不出话，只有断断续续的嘤咛。

“嗯——”

她只是睡蒙了，脑子不清醒了，随便搜的，他就对她这样……而且他不看她手机，能知道这件事吗？除非他们由于共用这套间的网络，大数据推送给他一条奇怪的广告，他才……

想到这里，夏灯明白了。

游风见夏灯有点撑不住了，俯身吻她，轻轻浅浅地吻。

……

游风给她盖上被子，转身到阳台上抽了一根烟，回来漱了口，躺到床上搂他的女朋友。

他女朋友不理他。

他亲吻她的脖子，声音很低：“对不起。”

夏灯拿开他的手，抓起枕头，忍着疼下床，到别的房间睡觉了。

游风追过去，夏灯“砰——”的一声把门用力带上了。

他想跟她解释，但也没什么可以解释的，刚才确实没控制住自己，就在她门口坐了下来，靠门守着。

说好等她爱上自己，等她甘愿……他知道自己冲动了，坚持了那么久的原则一下子变得可笑起来，可怎么能忍住？其实昨天她坐在他腿上说不要吃消夜时，他就差点没忍住。

是想到在她的观念里，这种事是正常的情侣会做的事，她要正常，那这样也很正常。她是基于这个逻辑而接受的，但不是因为喜欢他。

也正常吧，毕竟爱了八年。而他笃定这一生不会再爱谁能超过爱她。就像他少年时塞到她柜子里的那个奖杯，他在底座上偷偷刻下的那一句“我因夏灯而存在”。

回望过去数年，他根本就没有除夏灯以外的梦想，尽管她早把他忘了，尽管他的事她从来不放在心上。

游风不知不觉睡着了，等醒来的时候，夏灯把门打开了，而她人却不见了。他还诧异怎么会睡着，转眼看到她放在门口地上的助眠香。

他环顾房间，找到了一张字条。

拿起来，上边就写了三个字：

我走了。

好，一夜回到解放前。

“……

没关系你也不用给我机会

反正我还有一生可以浪费

……”

音响随机播放到这一首，夏灯抬起手，关了。

扶着方向盘自以为专注地开车，然而《浪费》的旋律还在脑海中像卡带的磁带，不断重复这一句。

断断续续。

她逃了，在跟游风有更进一步的交流之后。没有很复杂的情绪，就是因为疼，有点生气。

本来洗澡洗到一半的时候，她还觉得自己乱揣测乱搜索，很不礼貌，现在她一点都不觉得自己有问题，游风的行为反而让她原谅了自己。

她没回涂州，游风一定会回去的，她想躲躲。

不知不觉，她又像刚学会开车那会儿，开到了高中校门。没办法，那个时期，她最熟悉的路都在学区。

车停到对面街边，看着熟悉的校服和他们逃避生活主任时的眼神，她一下想起那时。

以前这边高中只有他们学校能走读，但也要申请，签走读生规范。现在看着自动伸缩门内外挤满人，应该是不开放走读了。

门外的人，眼神闪躲，不敢跟值班的生活主任对视的样子，大概是这附近饭店的员工，冒充家长送外卖。

他们那时候也这样，不想吃学校的东西，又正值不能出校的日子，就点外卖，然后偷偷去后门栏杆处拿。运气不好被值班老师逮住，要被罚在主操场主席台监操。

初中大家可能还觉得监操是一种荣耀，高中好像谁都不愿去，觉得站在高处看大家晨跑又傻又呆。也是他们太喜欢起哄了，谁站上去都要接受众人的挤眉弄眼和打趣。

夏灯有次被罚，他们就喊“周末”。

周末是比夏灯小两届的男生，夏灯高三时，他才高一，每天想方设法跟在她身后，一到长课间就去她们班门口，找“夏学姐”。

小男生就跟有用不完的活力似的，笑起来甜，露着白牙，眼睛也亮亮的，可是夏灯觉得没意思。

现在也是。

有时打开一个记忆匣子，很多根本没在脑海中停留过的记忆也开始蹦跶了。

夏灯慢悠悠扫视街边，全是新店，只有一家手打冰激凌店是她那时就在的。她下了车，走到红绿灯前，等绿灯亮了，来到街对面。

手打冰激凌店的老板没变，还是从前那个温柔的姐姐，她的店却不如以前那样幽静有情调了，楼上楼下，每张桌前都坐着人。

夏灯转了一圈，发现没位子，准备走了，老板看见了她，意想不到似的，叫了她名字：“夏灯吗？”

夏灯闻声看过去，点了下头。

“不是都高中毕业好几年了？今天怎么又到这边来了？”

夏灯说：“回来转转。”

老板点头：“没位子了吧楼上？你赶上我一年当中生意最好的时候了。”说着话，她从工作间出来，引着夏灯上楼，“我给你找个地方。”

夏灯随她上楼，被带到一个年轻的女孩跟前，听她小声说那个女孩：“你们什么时候去生态园啊？还不走啊？”

那女孩不耐烦：“他们要是出发不就给我打电话了？”

老板扭头看夏灯，有些不好意思：“我妹妹，刚高考完，跟同学约着去生态园玩儿呢。”

那女孩听她说话，看了夏灯一眼，愣了一下。

老板太熟悉这种眼神了：“好看吧？这是比你们大两届的学姐，你们学校当年最好看的女生。那时候她一来，我生意就好做。”

“不是，”那女孩抢说了一句，又咂嘴，“是，是好看，但我惊讶的是我见过。”

本来没反应的夏灯，突然看过去。老板也挑眉，想说她怎么可能，又顿住了，想了想：“对啊，她那时候高三，你高一……嗐，你那时候住校，我以为还是初中呢。”

那女孩没说话，也没再看夏灯，边收拾东西边说：“我走了，晚上可能晚点回来。”

女孩一走，老板请夏灯坐下：“还要老口味？”

“嗯。”

老板又笑：“好咧。”下楼时，又扭头，“那帅哥，你们还有联系吗？”

“没有。”

老板一愣，随即笑了：“好。”

夏灯昨天从酒店出来就开了飞行模式，所有通信软件全部退出，支付软件也没幸免。不想理他就得消失得彻底一点，不然嘴上说“我走了”，结果一打电话就接，多没劲。

帅哥。

他帅吗？

夏灯托住下巴，看向窗外，天阴下来了，好像要下雨。天色一沉，她心里也更闷了。

夏灯回到家被阿姨照顾了半天，心情相对于昨天的又委屈又气，好多了。开车出来，看着从前的一切发生变化，觉得新奇，心情好像又改善了些。

天一阴，她就被打回原形了。

她不知道为什么，那时候他只考虑自己，这就是男人吗？乱想着，有人坐到了她对面，看过去，是刚惹她生气的那个男人的妹妹，名义上那个。

她又把脸扭向窗外，不想理。

“我怎么会在这儿看见你呢？”

夏灯没有回答。

这时，走过来一个二十来岁的男生，也坐到夏灯对面，眼睛看着夏灯，话却是问他旁边的人：“这你朋友吗，恩惠？”

夏灯想起来了，那个男人名义上的妹妹叫张恩惠。

“我怎么可能那么荣幸认识夏大姐？”张恩惠嘲讽她。

男生胳膊叠着，胳膊肘搭在桌沿，笑起来眼都没了：“我们朋友聚会，在这边会合，等下去吃饭。既然是恩惠的朋友，那一起呗？认识认识。”他说着朝长木桌那边看了眼，那边七八个人都看过来。

夏灯低头看手机，理都没理。

男生得不到回应，扭头看向张恩惠，眼神有那么点求助的意思。张恩惠嘴角往一边勾，神情轻蔑，看起来像是幸灾乐祸。

男生觉得面子扫地，笑容蒸发，也阴阳怪气起来：“这一片儿的小姐姐我都见过了，没听说过有姓夏的，哪个沟里来的？”

张恩惠觉得好笑，直接笑出声：“笑死我了。”

老板来给夏灯送冰激凌，见到她被为难，帮她解围：“换个位子吧，楼下有空位了。昨天高一高二放暑假，这两天稍微忙了点。”

夏灯不太爱跟陌生人纠缠，准备换位子。

刚站起来，那男生把手伸向她手腕：“我跟你说话呢，你怎么那么没礼貌？”

老板也去拉夏灯胳膊，想护一下，但夏灯已经躲开了，根本没让那个男生碰到。老板本能地挡在夏灯前边，就怕那男生不服气还想动手。

夏灯从老板身后走出来，面对那男生，指指监控。意思是有监控，闹大了对他不好。

那男生真被老板猜准了，很不服气，在夏灯这个动作之后，一下子站起来：“你谁啊？有什么了不起的？只是跟你交个朋友，给谁摆脸子呢？指监控？威胁谁呢？哪个学校哪个班的？”

张恩惠看热闹不嫌事大，也不解释。

夏灯不想搭理，转了身，还没走两步，身后传来骂声：“给你脸了？”

那男生往前冲，老板拦住了，但哪有他力气大，被抡到了一边，胳膊磕在木头扶手上，被扶手下边的铁管边缘划了，没出血，但也破了一点皮，她吸一口气，又去拦他。

夏灯从来不从别人身上找安全感，那男生一张口骂她，她就已经抄起了椅子，预备先发制人。

她虽然不会打架，但也不会等着挨打。

这时，一只手从夏灯耳边擦过，带着一股风，拂动她头发。这感觉让她熟悉，一看那手，又觉得陌生了。

被人搭讪找碴都不见波澜的心，因为那一点熟悉的感觉跳快了，倏然间的陌生又让她迅速恢复平静。

来人是周末，以前总在夏灯面前晃悠的那个学弟。

周末伸手挡在那男生胸前：“报警了啊！青天白日的喝蒙了？这是卖冰激凌的地方，你当是夜店呢！”

那男生脸面掉没了，火气正大，轻易熄不了：“你又是谁啊！”

“你祖宗。”

那男生扬拳要打他，嘴上也骂开了。

张恩惠看情况不妙，赶忙拦下那男生，小声说：“别作死了！”

那男生的气焰已经收不回来了，这么多人看着，突然软下来就是要了他的命，就要甩开张恩惠继续。

张恩惠这才咬住前牙，咕哝一句：“别作了！她是夏灯！”

“我管他……”骂到一半，那男生神情骤变，嚣张蛮横全都埋在了喉咙里。

他知道夏灯，家里特有钱，前几天还有人说，她是游风对象。

游风……怎么偏偏是游风呢……

他跟张恩惠是同一届的，只不过他高三才转来，对这边不算熟。这次出来，没想到会遇到一个这么漂亮的，还以为能认识下……结果这么寸，碰了壁不说，她居然是游风对象。

他是对这边不太熟，但他听过游风这个人的事。他白着脸，丢人也不硬撑了，指着周末色厉内荏地放了句话：“你给我等着！”说完跟阵风似的下了楼。

老板肯定不能让他走，这椅子、杯子也不是大风刮来的，何况还吓到了她的顾客，嚷嚷着追上去。

周末终于有时间关心夏灯了，扭头问：“你还好吗，夏学姐？”

张恩惠听到这句，才知道这男的不是见义勇为，是为了夏灯来逞英雄的，白眼翻了一圈，回了长桌，找她朋友们去了。

夏灯始终冷眼，这样的事她以前司空见惯，但再目睹，却觉得出奇的幼稚。周末又问，她才回神，但没理，准备下楼跟老板道谢回家。

周末是老板的妹妹带来的，他们是朋友，约着一起去生态园，她看见他以前的“夏学姐”，自然要告诉他。他一听，当下就要放几人鸽子，说什么也不去生态园了，要来店里。

她作为破坏这场集体活动的始作俑者，也没好意思去，跟周末一道回来了，然后就碰上了这场热闹。她本来只当热闹看的，学校门口开店根本避免不了发生这种事。

但现在她不爽了。

夏灯让别人为她出头屁都不放就算了，也没说店里东西弄坏怎么解决，这属于没素质了。她姐开个店也不容易，这不欺负人吗？想着，她就要冲下楼去理论。也是巧，她刚下楼就听到夏灯在跟她姐道谢，这让她更气了。

道谢是什么意思？她走过去，话是横着出来的：“会不会说话？因为你店里弄成这样你道谢？”

老板皱起眉，伸手拉她胳膊：“说什么呢你！”

她甩开，还跟夏灯说：“跟你说话呢。”

夏灯情绪低落，但也还是回了她：“道谢是为了老板的解围，道歉的应该是砸东西的那两个人。”

妹妹听傻了眼：“他们不是因为你吗？”

“因为我，责任就在我？”

“你……”妹妹卡了下才说，“要不是你拒绝别人搭讪，会有后边这些事？”

夏灯面对她不加掩饰的道德绑架，不想说了，要离开。妹妹不让她走，不顾老板阻拦，上前拽住她胳膊：“知道自己容易招惹是非就少在男人面前晃悠！”

夏灯抽回手来：“如果我半夜三更没有原因去深山老林找狼窝，被狼撕了，你可以说我自找的。但青天白日，我坐在满是人的冰激凌店，拒绝陌生人的搭讪，对方丢了面子要动手，凭什么责任要我来承担？”

妹妹这回彻底卡壳，半天没言语一句。夏灯不是在问她，所以不要回答，说完走了。

回到车上不到一分钟，外头下起了雨。她心里也有一场雨，正下着。

从国家队退出来，她都没有这么烦闷。虽然不喜欢比赛，但毕竟喜欢游泳，为什么不难受呢？

坐进被高温烘成蒸笼的车里，看着窗外静止、行动的一切在两种密度的对流下，像用了滚动特效，弯曲、颤抖，雨水浇在地上还冒起烟……

她真烦了。

要她说她也说不上来，只是烦闷的感受很真实，一阵一阵呼吸困难心被堵塞的感受，也很真实。她的世界磁极颠倒，正不知道要怎么从这场“灾难”里逃出来，倒霉的运气又跟她开了一个小玩笑——

她就坐在车里，停在路边，都能被人撞上来。被追尾带给她的小晃荡，叫她下了车。

原本停在她车后的黑色越野开走了，来了一辆白色轿车，司机是一个戴着眼镜、脸形四四方方的青年。他一直心虚流汗，看到她时，眼神有了变化。

夏灯不想纠缠，把现场和两个人车的情况拍了几张照片。

眼镜男把名片递过来，还没开口，被刚到他们跟前的周末拿走，他越俎代庖地说：“来跟我说。”

“你？”眼镜男上下打量他。

周末偏头靠近夏灯，做出熟络的样子，甚至不经允许点亮她手机屏幕，袖子擦擦落在上边的小雨点，看了几眼事故照片，对眼镜男说：“她停在可泊车的路边，你撞上来是全责知道吧？叫保险吧，别递名片了，没人想知道你是哪位。”

眼镜男看他岁数不大：“你说了算吗？”

“我说了不算，流程就不走了？”周末说，“算不算你也得赔吧，大哥？你以为递个名片交个朋友就一劳永逸了啊？”

眼镜男不说话了，雨也越下越大，就没再妄想有的没的，给保险公司打了电话。

夏灯回到车上，周末走到副驾驶门前，敲敲车窗，夏灯打开窗，周末委屈的脸伸进来："学姐，雨越来越大……"

"你可以去店里。"

周末给她看短袖上的雨点："你看我都湿透了，肯定会感冒。"

夏灯关上车窗，周末再怎么敲也没开。

很快周末不敲了，她以为他放弃了，双手扶住方向盘下端，额头抵在上端，缓解头疼。

也就几分钟的样子，周末折回，站在她车前，面对着驾驶位，淋着雨，晃了晃用手心护住的冰激凌，大喊："学姐你刚才点了没吃！我问了问老板，给你买了你想要的那种口味！"

无聊。

夏灯又趴下来，准备缓一会儿就离开，突然外头传来动静，她再抬起头，心脏收紧了。

游风。

那个浑蛋东西。

游风面无表情地把周末的冰激凌摔进垃圾桶，周末的五官和面部肌肉变得扭曲，有些狼狈。

周末看清了游风，没有说话。

游风本也不想跟他说话的，但还是要问："没记性？"

周末也不是很害怕，打不过就是打不过，也不逞能，平静地回复："不是，我不知道哥你跟夏学姐现在还有联系。"

游风："滚。"

"好的。"周末点下头，也没再回冰激凌店，冲街对面的冰激凌店门口的老板妹妹抬了抬下巴，打声招呼走了。

老板收拾完楼上的残局，下了楼，走到门口，跟她妹妹说："你刚刚对夏灯说的那两句，觉得合适吗？"

妹妹没答。

老板看着游风站在夏灯车前的这一幕，又说："你是喜欢你这个叫周末的同学吗？"

"我？喜欢他？得了吧。"妹妹哼笑，"我高考分数六百九，他才二百六，配得上我吗？”

“那你说那些。”

“我对夏灯也没有敌意，顶多是事情太突然，我又对周末喜欢夏灯的点滴了如指掌，有一点为他不值，就下意识说了难听话。”

“嗯，为他不值，那你刚才冲下来，让夏灯道歉那个架势，好像是为我店里被弄坏的东西不值的样子，装出来的吗？”

“也为你的店不值，不冲突。”

“你现在冷静了吗？还觉得是夏灯的责任吗？”

“当一个错误观念被视为正确的存在了很多年，是不能被轻易纠正过来的。”妹妹说，“两个男人为一个女人打架，历来不管原因，罪魁祸首都是女人。我即便知道这很没道理，但因思想被禁锢，很多认知根深蒂固，还是会下意识认为确实是女人的错。”

妹妹说完很久老板都沉默不语，只是看着夏灯车前的游风。

张恩惠这时从楼上下来，白着一张脸出了门。老板才又说：“你那个朋友，你让他放弃吧。夏灯来的时候，我问她跟那帅哥还有联系吗，我都没说帅哥是谁，她直接说没有，就是说‘帅哥’这两个字在她心里已经有代表了。”她停顿一下，又接着说，“游风在这边上学的时候，曾在我店门口教训过你那同学，让他别在夏灯跟前晃悠。”

妹妹愣了一下：“竟有这么件往事？我说怎么那时候周末蔫了几天。”

老板下巴点点夏灯车的方向：“看架势应该是跟游风好了。”

妹妹不说话了，本来也是跟她无关的事，她就是闲的，告诉周末她看见夏灯了，又赶上夏灯被人骚扰，闹出了这一连串破事。

雨小了，张恩惠已经走到了夏灯车前。老板和她妹妹却没再看热闹了，转身回到了店里。

游风一直站在夏灯车前，但没个反应，也没看她。夏灯不知道他要干什么，正常生气应该是不理他，直接走，但她没有，就在车里看着他淋雨。

她听见了游风对周末说的话，那时候他找了周末？难怪高三还没上一半，她就没再见过周末了。

他除了以她为中心公转，真的没别的事可做了吗？她是太阳吗？那他又是哪一颗星星呢？还有，他是抽什么时间来学习的？半夜三更的时候？

她本来就烦闷，想到这些事，更不想看着他在车前站岗了，就要锁车门开车离开，但张恩惠走了过来。

游风直接说："打电话。"

张恩惠肠子都悔青了，不想看他。

为什么要拍一张夏灯被其他男人保护的照片给游风？游风知道夏灯被别人保护，除了怒火中烧、醋性大发，还能有什么效果吗？她挑拨人的手段怎么会那么低级……

雨越来越小了，街上的人也都收起了伞。

"别磨叽。"游风又说。

张恩惠的声音很小："哥……别这样，他喝了含酒精的饮料，也不是故意的，而且也没怎么着她……他家是从外地到平城来做生意的，做得也不小，你要是把他怎么着了，他爸肯……"

"打！"游风打断。

吓得张恩惠肩膀抽动一下，慢吞吞地掏出手机，给刚才骚扰夏灯那男生打去。电话接通，她没敢提游风，只叫他到这边来聚齐，说好晚上去台球俱乐部，他可不能缺席。

那男生犹豫了，觉得有点背，想回家避避霉气，考虑拒绝。张恩惠在这时说："你不来，女同学都不想去了。"

这一句话，让那男生的虚荣心得到空前满足，霉气的事全抛到天边海外去了："你们还在冰激凌店？那女的走了？"

张恩惠看了一眼夏灯，说了谎："走了已经，赶紧过来吧。"

"嗯，正好还没进地铁。"

电话挂了，张恩惠也不敢走，傻站着。

游风看起来一宿没睡，本来恰到好处的双眼皮褶深了好多，眼睛下边一层不太明显的黑眼圈看得人汗毛直立。张恩惠太知道这样的游风代表什么了，代表他百分之一万要把这股怒火发泄出来……

夏灯大概猜到游风要干什么，立刻阻止，但太慢了，地铁站离这里很近，那男生已经出来了，远远看到游风，撒腿就跑。游风速度快，立马追上去，一脚把他踹进了胡同。

夏灯下了车，被张恩惠拦住，被放狠话："到时候我哥把人打坏了，人家要追究，你别想着糊弄过去！"

她不想跟张恩惠说废话："他怎么知道我在这儿？"

张恩惠不言，眼神闪躲。

"你也心里有点数，在店里你就拱火，现在又把游风叫来，你先想想怎么负这个责，再说把锅甩到我头上吧。"夏灯说完跑向胡同。

游风正拿着随手捡起的半块板砖，摁住那男生，预备向他砸去。那男生害怕得叫喊，一声高过一声，一声比一声凄厉，他手边是通着的电话，打给的人备注是"父亲"。

夏灯快步上前，拉游风胳膊："住手！"

雨又下起来，游风没停，也没说话，只像着了魔一样打人。

她第一次见他动手，他没骂街，也没放狠话，以前也是这样吗？

不知道，但他不应该是这样的，他是爱胡来，但也算是有分寸的，他的那些分寸呢？

她不害怕，但心也突突地跳。

夏灯见自己拦不住，想报警，手机没电了。想捡那男生的手机，结果刚弯下腰就被那男生拽住了胳膊。想抽手，那男生却扒得更死，像抓住救命稻草。

游风一巴掌甩过去，那男生被扇蒙了，松了夏灯的胳膊，眼珠子乱转，腿和脚面绷得笔直，张着的嘴就只剩痛到界点的呻吟。

夏灯不能看着事态继续照这个方向发展，胳膊上沾了点血，又跑出胡同。她看起来很镇定，但就是晃悠悠撞上了凑到胡同口看热闹的人。

张恩惠这时候还过来拦她："你要干什么！你要去哪儿？！"

夏灯要赶紧去报警，没工夫搭理她，就甩开了她的胳膊。

张恩惠很不满，又拦住她："我哥因为你打架，你居然想要走！他怎么会喜欢你这种人！"

夏灯扬手就是一巴掌。

“啪”的一声。

张恩惠不说话了，直愣愣地看着夏灯。

夏灯比她高很多，薅住她衣领，素日平淡的眼神难得有些凶光，语气能听出强烈的情绪的起伏：“你要么去报警，要么在这看着！”

张恩惠眼睛睁到最大，没吭声。

夏灯攥着她领子，把她拽到了胡同口：“给我堵在这儿！要是那男生家长过来，就找附近店里的人帮忙，不能让人碰到游风一下！”

她交代完，甩开张恩惠，跑去冰激凌店，借老板的手机报了警。由于不确定警察什么时候过来，她又上车，开往最近的派出所。

她的头还是很疼，但不能因为委屈就停下，毕竟生命还是在继续的。不然该解决的问题越堆越多，像疮一样黏在一起，那就恶心了。

爸妈教过，在所有人都疯的时候一定要保持清醒，必要时候做出判断、选择……很多事不一定要她收尾，但要具备善后的能力。

她到了派出所，正好赶上他们出警，也正好是解决她报警的事。她没耽搁，边往外走，边又简单描述了下情况，说完上车返程。

再回到那条路，胡同口扎堆的人让她心下一沉，所有不好的预感蜂拥而至，向来浅淡的态度开始收紧，脸也越来越白。

她下了车，周围开始慢动作般在她眼帘呈现，他们张着嘴，但她听不见他们说什么，那些奇形怪状的眼神叫她脚下失重。

跑到胡同口，景象终于恢复了倍速。她透过间隙，看到靠着墙根的游风，一条腿直着，一条腿曲着，目光无神地看着正前方。

那男生已经不见了，围在游风周围的是附近的好心人，她听到他们在商量要不要送他去医院……她想穿过人群，但突然没有力气了，几下没有扒开，开始求助：“麻烦让让……让一下……”

声音太小，没人听见。

她的怨气姗姗来迟，突然使劲地推：“让一下！”一下子劲儿大了，把分量轻的人推了个趔趄，她也没道歉，径直跑向游风。

她蹲下来，没敢伸手碰他，她看起来甚至没有心疼的时间，只是冷静地叫了救护车。边上站着的好心人们开始关切地问她是谁，她说“我是他女朋友”的时候，更冷静了，那些本应该出现在“女朋友”脸上的悲痛神情，始终没在她脸上看到。

“赶紧把你男朋友送医院吧！刚才来了一辆商务车，下来五六个人，看样子是跟他打架那男孩一拨的。”

“他们架着他，打完就跑了，我们听见动静赶过来，就看见他这样了。”

“是啊，我们也不敢动，不知道他被打到哪儿了，就先报了警。警察应该马上就到。”

……

他们跟夏灯说完，又互相聊了起来。

“打架这种事哪儿管控得了？我们在这一带看多了不受管束的小年轻，打打闹闹磕磕碰碰不可避免的。”

“嗯，打成这样是不常见，毕竟惩罚力度大，尤其能吓唬人，不是特别胆儿大的都不敢明目张胆地闹事。但来几个壮汉，掺和孩子间的打架算怎么回事？”

“谁家孩子也不该受人欺负，要你家孩子被人摁在地上打你也着急。”

“但为什么那男孩会被这孩子摁在地上打呢？你就算到法院也得有个责任大小的划分吧？”

“这倒也是，咱们也都是瞎说八道，还是得派出所和法院的管。”

……

游风还醒着，只是身上有伤，活动变得艰难，机械地扭头，看着赶来的他的女朋友。昨天他看到字条就给她打了电话，只是无法接通，微信也不回。她有心躲他，那就不会出现在他可能找到的地方，自然也不会回涂州。

只是他不能因为她躲，就放任她躲下去。

他连夜去了她家，尽管知道她也不见得回来，但就是去了。站在铁栏杆外，他看着可能是她房间的每一扇熄灯的窗户，想着她睡了没有。最后靠在墙上点了一根烟、两根烟，一根接一根，就这么干等到第二天早上，被人告诉他这家人很久没来这边了。

他又打听她家其他房子的地址，找了两天。他们都说她躲他，说他找不到了，可他找到了。

他微微张嘴，脸上不知道是不是他哪个伤口的血迹干巴了，洁白的牙露出一点，在已经看不清五官的脸上尤其突兀。

夏灯挂了电话，扭过头来。她一直在躲，不想看他的眼睛，但他那么直勾勾地盯着她，她怎么躲啊？明明从她再赶过来也就过了两分钟，可是怎么觉得那么漫长呢？

游风手指微动，夏灯轻轻牵住两根。游风小幅度地拉了拉她的手指，她懂了，靠近一些。游风的喉咙发不出声音了，只通过气息模仿声音的方式表达着，可也有一口没一口。

夏灯嗓子干涩，干吞了一口，使劲压下差点就要从眼睛、鼻尖泄露出去的酸涩。她不知道那一年他是不是也是这样躺在血泊里。是冥冥之中的安排吗？一定要她亲眼看到他为了她浑身是伤的样子？

她真想怪他，可是她怎么能怪他。

他艰难地表达："我买了药……在我口袋……"

夏灯以为是他事先准备处理伤口的，赶紧翻开他裤子口袋，有一个黑色的塑料袋，她一拉开，一支拆掉了外包装的缓释药膏掉了出来。

竟然是这个。

怎么是这个。

为什么会是给她买的药啊……

她好不容易咽下去的那口气还是冲上了鼻尖，一阵强烈的酸意逼得她双眼发热，胃开始跟脑袋比着翻江倒海。

警察比夏灯来得晚，紧接着是救护车。

游风要立刻被送往医院，不能接受询问，夏灯也不知道具体情况，就请警察先询问现场的路人，她跟着上了救护车。

救护车上急救的医生快速检查了游风身体表面，镊子夹着酒精球擦掉重要部位的血迹，没找到大的伤口，让夏灯放心。

他本就声音不大，还带着医用口罩，夏灯没听清楚："什么？"

"我说别害怕，没事儿，没有出血很大的口子，就脑门和大腿根内侧这两块刺得深一点，但也没碰到动脉。他这身上的血啊，不见得是他的。"

另一个医生也说："脚腕子骨头裂了，胳膊肘子这块可能也有一点。具体的得到医院拍片儿，至于身体内部有没有问题，这个脑袋有没有脑震荡，做了检查就知道了。"

夏灯听得认真，一直在点头："嗯，好。"

游风被抬上担架就闭上了眼，一动不动，呼吸有些微弱。夏灯握着他的手，他身上的血她沾走了快一半，脸上也都是，但她顾不上清理。

看着医护人员抬游风上救护车的时候，她忽然想到他那些不太正常的家人，除了爷爷，谁会管他呢？可爷爷的年纪大了，她再不在，他不就只剩下自己了吗？这个想法叫她全程没有松开游风的手。

她知道，她再能成为后盾，也补不好家人在他身上留下的创伤。但或许可以帮他转移，他放在那些伤口上面的注意力。

检查完，医生把单子递给她："把这签了，扫这个码付款。"

"好。"

"你还挺冷静，是经常发生这种事吗？"

"没有。"夏灯停顿了一下，又说，"我不冷静，他被丢在那里要怎么办。"

医生不说话了。

很快到了医院，夏灯随着担架进急诊室，瞥了一眼大厅墙上的挂表。从他出事到这会儿就半个多小时，就算是身体内部受了伤，也应该来得及救治吧？

她在心里祈祷，值班医生皱着眉赶来，头发和白大褂衣摆飞起。一个医生一个护士紧急检查，开了单子，分好轻重缓急，一摞递给她："窗口缴费，一项一项检查。"

"马上。"夏灯跑着去交了钱，拿着就诊卡返回，带他做检查。

一检查就到了晚上，游风身上有几处骨折、骨裂，轻微脑震荡，还有一些外伤。

十点多了，夏灯还没吃饭，一直在出汗，头发和脸都油了，倦容明显，但她有一张漂亮的脸，她就坐在隔断帘里，都有人专门装作不经意地过来看她。她只会看着已经躺在病床上、伤口处理好、血迹都清理干净、仍然昏迷着的男朋友。

可能是出血过多，他显得苍白，嘴唇破了皮，不见一丁点血色。

她从包里翻唇膏，看到游风给她买的那管缓释药膏，停顿了下。当时情况紧急，她就把它放在包里了，不然检查伤口的时候被人发现他口袋有这个东西，她也不知道要怎么解释。

她先拿了无色的唇膏，靠过去给他涂了一点，再用手指肚抹匀。坐回凳子时，拿上枕边的手机。他手机有密码，但她知道他密码多少。

她的生日。

打开他手机，她点进电话，想给贺仲生、沈佑打电话，跟他们说一下情况，让他们有些心理准备，她随时有可能需要他们帮忙——她还没有轻松搬运一个大男人的能力。

她打了两个电话，听到两种不同反应的紧张，但紧张程度是不分伯仲的，他们好在乎游风。那一定是游风平时对他们很好吧？虽然他可能会嘴犯贱。但如果他这么欠的嘴他们都这么在乎他，一定是他很好很好了。

打完电话，她就要锁屏，把他手机放回去，无意间看到他最近的通话记录，都是没有备注的，但间隔时间太密集了，从昨天到今天，几乎是每隔十来分钟一通电话，全是拨出。

昨天。

这个时间点很敏感，他是在找她吗？从昨天醒来发现她不在，就一直打电话找了一宿加半天多？

她的心脏再一次收紧，为了缓解这种情况，她把他手机放回去，不再想关于他的任何事。可是很难，刚放空自己两分钟，扭头看到一身伤的苍白的少年，她又想到那个问题。

到底发生了什么，让他从还算有分寸，变成了理智全无？找不到她能让他发这么大疯吗？

过去那么多直白袒露心意的机会，他都放弃了，只是她不告而别了一次，能让他一改性格？

突然的来电打断了她的胡思乱想，是打到游风手机上的，但游风没有备注，她接了就听见张恩惠高分贝的叫喊："哥，你怎么样了！你现在在哪儿？！我接到了警察的电话，他们让我去派出所，我应该怎么说啊！”

夏灯很平静：“实话实说，怎么添的柴，怎么拱的火。”

张恩惠愣了愣，再说话已经没有慌张害怕的语气了：“你跟我哥在一块儿？他人呢？”

“不是应该我问你吗？你人呢？我让你看着他，你人呢！”

张恩惠又愣了，她跟夏灯不熟，但也算知道这人什么秉性，从下午那一巴掌，到现在激动的口吻，夏灯不要太反常了。

夏灯激动，她反而悠闲起来了：“你都要报警了，我还要在那儿等着被警察训啊？我哥又不是头一回打架，谁打得过他啊。就你小题大做摆女朋友的谱，好像就你担心他似的。我肯定要用事实告诉你，我那些同学根本就打不过我哥，我就是比你了解他！我就是比……”

夏灯给她挂了。

神经病。

就为了怄气，证明她的认知是对的，不假思索地把她哥的安危当儿戏，好得很啊，她的脑袋真的跟正常人的构造是一样的吗？

夏灯挪动凳子，靠近了病床，趴在床边，轻轻钩住游风的手指。

这个男人……

还真是有点惨。

她换了一边脸枕着胳膊，看着床上这朵濒临凋零的花，疲惫让她慢慢地闭上了眼。

不知道多久，电话响了，夏灯被吵醒了，迷糊着接通，是阿姨，问她晚上还回不回去。她迷糊着看了眼时间，十二点多点。再看向病床，躺在上边的人不见了，皱起眉，匆匆说了一句“不回了”，挂断。随即站起来，满大厅找，好多疲惫委屈的脸，但没一张是她要找的。

她去护士台问护士，护士说没看见。她跑到走廊，想去卫生间看看，一拐弯，看到游风站在走廊尽头的窗前，提起的心落了下来。

他绑好的那条腿曲着，好着的那只手撑着一台小推车。车上的用品被他推到一角，棉签盒和工具桶倒了，头很尖的镊子就在手腕，似乎在等着刺破他的血管。

她走过去，拿走镊子，扶起工具桶。

游风没回头，但好像知道身后是谁似的：“饿吗？”

夏灯说：“不饿。”

“涂了吗？”他在说那支缓释药膏。

“我早上涂过了。”

她没有埋怨他关心晚了的意思，今天发生了很多事，情绪平复后，再想起昨天的委屈，突然觉得微不足道，也不是很重要。

游风艰难转身，身子侧开时，窗台一张卫生纸上，堆满了烟蒂。

夏灯看到了，没说话。

走廊的灯灭了，游风背着月光，夏灯看不清他的脸，但能感觉到他气压低。呼吸稳定了，但情绪好像没有。他确实有点反常，从白天见到他那刻起。

“去阳台抽烟是年轻气盛，你不行了，我还可以。”

他在解释。

“……”

“我不是玩具，上了发条就工作，关了就停，我控制不了你不满意的那些。”

黑暗中，夏灯的耳朵微微泛红。她知道他说的是她不满意的那些东西。她当时的委屈生气，就是因为她兼容不了，也承接不住。

他解释了这两件事，她现在冷静了，也想起他那时是有温柔对待她的，认为这个解释她可以接受。正要说就此翻篇，游风又说：“但我可以不开始。”

夏灯抬起头。

“以后在你想之前，我不会再有想法。”

夏灯皱起眉。

“我给我朋友打电话了，他们明天就过来了。我给你打车，你回去吧。车钥匙留下，明天让他们给你开回去。”

游风说完这句，等都没等夏灯，扶着小推车一瘸一拐走回大厅。他的话没有问题，讲理，也礼貌，只是客气得像陌生人，跟过去要坏的他判若两人。夏灯感觉心被提起，用力摔下，不知道哪里不对，但就是不对。

她随后回到大厅，在游风病床前，拿上了包和手机。

大厅灯很亮，夏灯的动作缓慢，这个时间足够一个人说好多话，挽留、谈心。但游风只是靠着升起的床头，看着夏灯拿完东西。

夏灯攥着包带，笔直地站在游风面前："那我走了。"

"好。"

夏灯心里刺痛，不知道被什么碾得狠了，她快不能呼吸了。她没有过这种感受，她得找个更安静的地方好好想想，但转身还没走两步，就又转回来："我容不了你，我不能疼？疼可以，但不能一个人待会儿？是你欺负人，为什么好像错的是我？"

"没，我反思过了，确实不男人，不会为难你了。"

夏灯的心更疼了，尤其看着游风那张脸，听着他这些没有语气、没有情绪的话。

"你哪里不满意，你直接说，别这个态度。"她忍不住说。

游风麻药劲儿过了，输液的药劲儿上来了，眼皮发沉："没有。"

也许在以前，这些话对夏灯来说是正常的，有礼貌有距离。但现在她就是觉得难听，句句难听。她认为她退了一步，他们会像这件事之前那样，继续像情侣一般相处，她也可以在他累的时候给他抱……

但他需要吗？

看起来并不。

她突然又气又委屈，脑子全乱："你明知道我是这样，你还是要跟我在一起。我们最早一次说开，我告诉你我可能永远这样，给不了你想要的东西，你接受了。我刚决定试一试像别的情侣那样，虽然不熟练，但也在努力。酒店那件事我不开心，想一个人待一会儿，没有放狠话，还给你留了字条。你或许因为找了我一个晚上，委屈、难受。那我呢？"夏灯的指甲划破了包，"如果你嘴上说不要我有负担，心里却埋怨我像木头，无视你的付出，那你别做，反正对我来说也多余。"

"多余"两个字战胜药力，撑起了游风沉重的眼皮。他缓慢抬头，看着一嘴刀子的夏灯，半夜的急诊也不安静，但她这话却像被丢进一个空荡的房间，回声在他的心里、脑子里。

"我多余，你这么想？"

夏灯攥着包带的手更用力，她没这么想，但确实这么说了，话说出口不好收回，何况她现在怪异，情绪也收不住了，就没回复这句：“如果张恩惠没说那男生家里情况，你手上有分寸，打也就打了。赔偿还是负责，我都想好了陪你。虽然不认可，但我能理解你不想我被欺负。”夏灯声音有些微颤抖，她自己没发现，“但她说了，你仍然没控制住自己，他家来人把你弄成这样，要不是有附近的好心人赶过去，你被打死了，我怎么办？你想过吗？你不是小孩子，还跟小痞子一样，你告诉我不是多余是什么？”

“小痞子，多余。这样吗？”游风又重复了一遍，带伤的脸在白光灯泡的投射下，更显惨白。

“是！”

夏灯不知道自己在说什么了，从白天到现在她一口东西都没吃，水也没喝，她不累，不委屈，她想翻篇，但游风那些语气平淡的话，太难听了。但就在那一瞬，“平淡”这两个字让她的心突地一跳。

游风一直是平淡的，他出国很久，他们联系很少，她都不在意，怎么突然接受不了了？而且这难道不是她擅长的态度？他只是更像她那样说话，她竟然这么接受不了……

“好，以后不会了。”游风说。

夏灯的心那么疼，包带的皮都被她抠掉了好几块：“那我回去了。”

“我给你叫了车。”

“我不累，可以自己开车。”

“好。”

他们很平静地说话，没有一丝喧哗，但比扯着脖子大喊大叫的争吵扎心得多，他们好像很懂说什么可以让对方很难过。

他们俩多聪明啊，不带一点脏字就把人伤死了。

夏灯从医院离开，上了车，攥着方向盘，手疼，她摊开手，食指指甲边缘长了一根小刺。她捏住，撕开，血冒出来，血珠子越滚越大，她却畅快了一点。

以前都不会因为这些没什么意义的事折磨自己，现在怎么了？他是什么态度能影响什么？有什么可争论的？

她闭上眼，靠在靠背很久才驱车离开。

回到家，阿姨披着毯子、觑着双眼出来迎接："不是不回来了？饿不饿？想吃什么消夜？"

夏灯没说话，放下包，脱了鞋，走到落地窗前的地台，坐到按摩摇椅上，看着窗外那一片漆黑。

他客客气气，就像跟她不熟，醒来一直那样，导致她的窒息感也一直持续到现在，还在蔓延。她本以为他醒来会想抱她的，毕竟他总这么干。

但他没有。

可她真的有等他来抱，或者她去抱住他……

其实如果可以恢复到以前那样相安无事、相敬如宾地相处，应该是她盼望的吧？比起两个人每天黏糊在一起，她不是一直很想要一个人吗？怎么事情变成这样了？

她居然不盼望了。

阿姨端着南瓜饼和甜粥过来："吃点东西，我刚放了水，温度也调好了，泡个澡好睡觉。"

夏灯声音疲惫："嗯。"

阿姨说："白天的时候，有一个男生来找过你。"

夏灯抬起头来，直直盯住她。

"我先是接到了电话，对方问了些奇怪的问题，关于你的，我就没敢说，一直暗示他你不在。"

说她不在，就是说她是住在了这边，也等于是透露了她的位置。但要是游风的话，他那么多心眼，阿姨根本不是他的对手，被套了话也怪不得。

阿姨接着就说："没多会儿就来了一个小伙子，长得可俊俏了，那眼睛和鼻梁。"

那应该是游风了。夏灯判断。

"我说他找错人了，他也不走，我一出来就问我，买菜也跟着。但没走两步停了，那个脸色儿，一下变得特别难看，拳头也攥着，胳膊上的筋都鼓出来了。"

夏灯坐直了，眉头也不知道什么时候皱起来的："突然变了脸？"

"很突然。"

有可能吗？夏灯又问："您当时说了什么话吗？"

阿姨也坐下来，摩挲着沟壑纵横的脑门，回想："就一直说不认识不知道之类的。"

"只是这样他就反应很大吗？"

"嗯。"

夏灯的大脑疯狂地转，她觉得她知道游风反常的原因了，他是因为找她没找到，所以像变了个人？

可这没有道理。

阿姨说他是突然脸色难看，可阿姨从始至终都在拒绝听他说话，也不是突然拒绝，那他突然变脸肯定不是因为这点。

她又问："他有没有接电话？"

"没有。"阿姨补充了一个她觉得无关紧要的细节，"倒是有帮我捡了下钥匙。"

"钥匙？"

阿姨站起来走向保姆房："我去给你拿。"

夏灯不以为这是激化游风情绪的罪魁祸首，想说不用了，但阿姨已经去了，就没说，又靠回椅背。

阿姨把钥匙拿过来，递给夏灯："就是我那个买菜开的电动小汽车的钥匙。"

夏灯拎起钥匙左右看了两眼，回忆她跟游风有没有因为钥匙吵过架。

好像没有。

她把钥匙还给阿姨："没事，您不用多想了，可能是他想到了自己的事，跟我们无关。"

"嗯。"阿姨接过来，摆弄着，"我这钥匙是新换的，不可能跟他有关系。钥匙坠子倒是久了，但那时候他才几岁啊，我也没见过他。"

钥匙坠子。

夏灯又看过去："您能再给我看一下吗？"

阿姨又递给她。

夏灯这才注意到阿姨这把钥匙有一个圆环，圆环上缠着皮绳，皮绳的末端绑着一个船锚样式的坠子。

这个东西……她突然有些呼吸急促。

“我从前在咱们家捡到的，问过你妈妈，她说不是她的首饰，可能是哪件衣服吊牌上的，说我要是喜欢就留着套钥匙。”

夏灯猛地站起来，攥着这串钥匙，穿上鞋，抓上车钥匙，又跑出了门。阿姨在身后喊她也听不见，只管往外跑。

她的脑海开始疯狂掉落一些声音，那些声音让她的眼睛一点一点蓄满了水。

……

“我体内缺一点东西，不能造血。”

“影响大吗？”

“没觉得。”

“那疼吗？一些部位。”

“没感觉。”

“嗯。”

“你嗯什么？”

“我的血可能有遗传病，不然输给你一点好了。”

……

“我们是朋友吗？”

“不是，是病友。”

……

“你刚去哪儿了？”

“你一直不动，我以为你死了，我去找人了，但没找到。”

“我只是在憋气，我可以憋很久，我很厉害的。”

“但也太吓人了，你要再这样，我不让你用我家泳池了！”

“我知道了——小气鬼——”

……

“你刚才拿什么捞我的？”

“船锚。”

“你们家泳池为什么有船锚啊？”

“以前边上有艘海盗船，装饰品，我爸觉得碍事拆了，这船锚被丢下了，一直扔在那儿。”

“你也不游泳，放着也不碍事，拆什么？”

“我的东西他们都拆了。”

“没关系，我以后不能比赛了，要去上学了，等我把几年学混完，就买一艘船，让你当船长。”

……

“你好笨，这都戴不上。”

“是你手腕太细。”

“就不能做一条有扣子的牢固的手链？这船锚两边尖尖的，皮绳这头也没洞，勾不住，绕上就滑下来。”

“白拿你还挑剔。”

“可是这样很容易弄丢的啊，弄丢了我就把你忘了。”

“无所谓，我记着就好。”

……

夏灯九岁，加入国家队的第二年，体检发现先天性骨髓造血功能不全，天生障碍性贫血。由此退出国家队，开始接受治疗。

父母也在那时决意花几年的时间，专门陪伴她度过治疗阶段，只想她不要害怕，凡事都有爸妈在。

平城靖南第一医院的住院部是夏灯九岁这一年常去的地方。因为那几年他们刚好决定在平城生活，也已经开始半投资、半居住地购入多套房产。她会在住院的几天内做完所有检查，再像没事人一样回家——

要疗愈需要做骨髓移植，但专家的建议都是保守治疗。毕竟她已经决定不再做运动员了，对身体的要求如果只剩下正常生活，那骨髓移植的必要性不大。尤其骨髓移植可能出现排异反应，或者导致其他的并发症。

其实这样定期检查也有些小题大做，但她爸妈坚决不拿她的生命当儿戏，坚持隔一段时间就带她去检查，她也就依着他们了。

六月，靖南的VIP病房里，夏灯跟爸爸竞速拼乐高积木，妈妈给她切水果，喂给她，再擦掉她满头的汗。

爸爸每次都比夏灯动作快，夏灯不服气：“你的是不是少！”

爸爸挑眉：“怎么输不起啊，小夏？”

夏灯从地毯上爬起来，给爸爸捏捏肩膀：“可不可以不算啊？”

爸爸抖抖另一边肩膀：“这边也捏一下。”

夏灯像小狗腿一样，两边换着捏：“好吗，老丁先生？”

妈妈在旁边笑：“听见了吗，老丁？你闺女觉得你三十多岁已经是老先生了。”

爸爸佯装伤心：“小白眼狼嘛，谁家都会养一只，我认了。”

夏灯哄得不怎么走心：“但爸爸你长得很好看啊，俱乐部的阿姨都这么说。”

这回妈妈不开心了：“是吗？”坐下来，“宝贝来，跟妈妈说俱乐部的阿姨都是怎么说的。”

夏灯走过去，被妈妈拉住手，听妈妈说：“阿姨说了什么？”

“阿姨们说，丁司白先生年轻有为、一表人才，从默默无闻到声名大噪，不可多得。当然他最值得一提的成就，就是娶了余焰女士。”

夏灯学她们说话，接着又讲余焰女士有多漂亮，作为谈判官的能力有多强。

夏灯爸爸姓丁，妈妈姓余，夏这个字是她自己抓阄抓来的，灯这个字源于爸妈名字的结合。

焰，丁，成了灯。

妈妈跟爸爸听着她机灵鬼样的模仿，相视一笑，眼神交流的全都是对他们的女儿的爱。生活总予人疲惫，女儿的笑脸就是他们满血复活的药剂。他们时常感到幸运，就因为老天把夏灯带到了他们的身边。

隔壁病房就没那么其乐融融了。

傍晚，爸爸有工作要处理，离开了，妈妈陪着夏灯解高级数独，突然，外头传来玻璃碎掉的声音。

小孩子总是好奇的，就想去看。妈妈没有阻止，但有陪她一起。

出了病房的门，夏灯看到一个中古风格的医用小推车倒了，作为支架的玻璃脱落，碎了，连同车上的东西，散落一地。

两位护士姐姐和一个小男孩在捡着。

小男孩胳膊上还缠着绷带，看他病号服的服装，好像也生病了。夏灯还没在 VIP 住院部看到跟她差不多大的小孩，就稍稍记住了那张苍白的脸。再见到他是夜里，妈妈占着病房的洗手池给她洗水果，她就到外边公用的水房去洗了碗。

回来时，看到傍晚那个小男孩跟一个高大的男人站在一起。她没在意，继续走着，突然间，那男人一巴掌甩在小男孩脸上，她哆嗦了一下，不由得往后退了两步。

男人骂道："你瞎跑什么！"

男孩没答，也没哭，血就从他耳朵里流下来，但他就是不哭。男人转身回了病房，拿了包纸巾，扔在他脸上，又回去了。男孩没接，纸巾砸了他的脸，又掉到地上，他也不动，就站在那门前，任由耳朵流血。

夏灯赶紧跑回去放碗，又跑出来，跑到他跟前，捡起纸巾，抽出两张，给他堵住了耳朵的血。

两个人面对面，时间静止了半分多钟。

到一分钟时，血把纸巾染透了。

夏灯看他的血止不住，拉着他去了护士台找护士姐姐，护士姐姐见状把男孩拉过去，急着处理起伤口。

夏灯的小手扒着护士台里侧的桌边，睁着大眼睛细细看着。男孩这时候也终于看向她，就是没有表情，他好像都不疼。

夏灯冲他弯了一下唇，没说话。

夏灯妈妈这时候找来，着急地蹲在夏灯面前，搂着她，检查她的小脸、小胳膊："磕到了吗？"

夏灯摇头，妈妈还是要仔细检查。男孩就这么看着，然后护士给他包扎。

他的那间病房的门，自始至终都没有打开过。

妈妈把夏灯领回病房，她扭头看了男孩一眼，他耳朵的血已经被止住了，也包扎好了，但他好像不想回病房。

妈妈叫了她一声，她扭回头去，没再看他了。

再一次见到他是八月，他坐在住院部走廊的长椅上，手腕上戴着一只智能手表，同样的表，夏灯也有。她这只是小姨送的，小姨说最好的表，要送给最乖的宝。

男孩那只也是别人送的吗？是他家人？那他是不是也听到家人跟他说，送给最乖的他？刚冒出这个想法，她又忆起他在病房门口挨巴掌的画面。

他应该没听过。

她走到他旁边，坐下，扭头说："我叫夏灯。"

男孩没有说话，跟没听见似的。

夏灯以为他不想理她，不打算打扰了，他突然说："我知道。"

"你认识我吗？"夏灯歪着头。

他说："不认识。"

夏灯卡住了："那你……"

"听你妈妈叫过你名字。"

原来是这样。夏灯说："我以前是运动员，我进国家队之前还参加过少儿游泳比赛，少儿频道有播出的。"

"我不看少儿频道。"

夏灯又问他："那你叫什么啊？"

"游风。"

夏灯探着脖子："有风吗？"

"游泳的游，游风。"

"哦。"

夏灯妈妈叫她，她要去做检查了，就跟游风说，等她检查完，请他吃她妈妈做的排骨汤，还有琵琶腿，但等她做完检查游风已经走了。

第三次见面在十一月，外边天很冷了，他们都穿上了厚衣服，夏灯又撞见那个高大的男人动手打游风，拧着他的胳膊，踹他的后背，游风的嘴角和胳膊已经是青红一片了。

她想找妈妈帮忙阻止，但妈妈那时候去停车了，停车场有点远，来不及了，她就跑到一楼，找了保安叔叔，保安叔叔暂时制止了男人。

夏灯趁男人和保安叔叔、护士姐姐解释时，把游风拉到她病房。她看着他脸上的那些伤，不明白："你怎么不躲？"

游风不在意似的："暂时没能力脱离那个家，躲了会被打得更狠。"

夏灯的眉头皱着："那个男人是谁啊？"

"我爸。"

"是亲爸吗？"夏灯发出疑问。

游风扭头，看她那一脸认真的小表情，笑了下："你老管闲事，小心他哪天也打你一顿，他有狂犬病。"

夏灯说："我爸爸会保护我的。"

游风扭回头，看着前方，更平淡地说："是吗？"

夏灯不说了。

这一次，她终于请游风吃了她妈妈做的好吃的。

他们在住院部楼下的宽板凳上，一人一碗汤。但只有夏灯喝得嘴角发亮，游风大多数时候都处于静止的状态，小小年纪，一脸不符合年龄的老成。

夏灯正式跟他提起做朋友的邀请，他跟她说他不喜欢交朋友。

"那你把我给你喝的汤吐出来。"小小夏灯，心眼儿齁小，"我还救你好几次，这不是缘分吗？有缘分都不能让你跟我做朋友，你也太难接近了吧？"

"靖南医院 VIP 住院部的病房多少钱一天知道吗？"

夏灯不知道。

游风说："咱俩在这儿认识，是因为咱俩都有病，也都有钱。"

夏灯才想起问这个问题："你什么病？"

"遗传病，或许。"

"或许？是说可能有，也可能没有吗？"

"嗯。"

"那你好幸运啊。"夏灯说，"我确诊障碍性贫血，就是我体内缺一点东西，不能造血。"

"影响大吗？"游风扭头问。

夏灯摇头："没觉得。"

“那疼吗？一些部位。”

“不疼。”

“嗯。”

“你嗯什么？”

“我的血可能有遗传病，不然输给你一点好了，反正也不想要。”

夏灯想到那个高大的有暴力倾向的男人：“他真的有狂犬病吗？”

“他妈死了，他爸看不上他，他妻子要坐牢，他事业也陷入危机了，一直吃着镇静剂和安眠药还是想发泄，总得找一个出气筒。左看右看都是我合适，那能让我好过吗？”

夏灯明白了，牵住游风的手：“报警的电话你知道吧？”

游风看着她牵住他的手，再抬头看她，看起来就像一个小蠢货，她还教别人。但他没说不好听的话，还点了头。

“他再动手你就报警。”夏灯说，“我妈妈的朋友里面有律师，你要是需要，我可以给你介绍一下。”

游风听小蠢货说话还挺有趣，顺着她的话说：“嗯。”

夏灯教了游风很多保护自己的方式，但她好像没有受到过伤害，不知道当伤害来临，这些方式治标都不行，更别说治本。

游风却没有打断、反驳她，听她叨叨了一下午。

再一次见面到年关了，还是熟悉的住院部，夏灯去找游风，到门口听到一个爷爷的声音，在跟一个青年大吵。说什么基因、遗传病。

她没敢进门，回了自己病房。

那天下午她才见到游风，寒冬腊月，即便是住院部的走廊，只穿一件棉质的长袖也是会冷的，但她把她的厚衣服脱下来给他，他没要。

“穿上，你会冻死的。”

夏灯坚持递给他，他也坚持不穿，最后发着火给她重新披上了：“冷的话我为什么不到病房里去？”

夏灯也发火：“那你为什么不去？”

“你不是找我吗？”

夏灯想起来了，从口袋里掏出橘子味的硬糖：“我小姨给我的。”

“不爱吃糖。”游风接过来。

“那你还我。”

“可以尝尝。”

夏灯看着他吃了一颗，歪着头问：“是不是很甜？还有夹心呢。”

“嗯。”

“那我晚上跟她视频的时候，再求她给我买。”

游风把糖盒的盖子盖好，说：“我看了你游泳的视频。”

夏灯笑得甜：“我游得很快吧？代号夏闪电。”

“不是得了倒数第四吗？”

“那是正数第四！”

“但是总共七个人比赛。”

“要你管！你又不游泳，你根本不知道难度！”

“我会，只是没那么脸皮厚，还去参加比赛。”

夏灯把他手里的糖拿回来，对着他比了一个叉：“从现在开始我们不是朋友了，绝交，一百遍。”

“好，我错了。”

“跟我说对不起。”

“对不起。”

“好，原谅你了。”

游风说：“你都这么快原谅别人？那不是天天被欺负？”

“没有啊，他们不会欺负我。”

“他们是谁？”

“我的朋友啊。”

“你有很多朋友吗？”

“我每到一个地方居住都会认识朋友，不过等我搬到其他地方，她们就不理我了。”夏灯说完又想了想，“好像是互相不理。”

“那你让我跟你做朋友，就为了将来搬离平城不理我？都是小孩，就你心眼儿坏。”

“你瞎说！”

“我可不跟你做朋友，我看当病友就好着呢。”

“你怎么乱讲！”

两个小朋友在长椅上吵架玩，那个高大的男人风风火火地走来。夏灯正对着他走来的方向，看见他凶神恶煞的样子，缩了下脖子，噤若寒蝉。

游风一扭头就挨了他一巴掌：“你检查完了吗就瞎跑！”

夏灯害怕，但见那男人一巴掌没打过瘾，又要上手，就不知道从哪儿借了勇气，张开双臂，挡在游风面前：“你不许打人！”

她一个小屁孩，有什么力量？男人一挥手就把她扒拉到一边去了。

游风本来都做好由他一股脑发泄完的准备了，看到夏灯眼角磕出了血，也不管了，过去拉起她就跑，男人在后边一边骂一边快步地追。

游风拉着她跑到了医院对面，男人被红灯限制在了街这头。跑进别墅区，游风就停下来了，牵着夏灯的小手，把她带去了他家在这边的别墅。

院子落满了枯树叶，亭子的玻璃门开着，榻和移动边几上都是土。游泳池里有倒着的椅子和摔碎的花瓶的渣子。

游风打开室内的门，走上楼，翻出一个玻璃的盒子，拎下楼，往沙发区走，边走边叫夏灯：“过来。”

夏灯捂着眼走过去，被他打了手：“别捂着。”

夏灯看着自己手腕迅速红起来一块，抿着嘴不说话。

游风看见了，又说：“对不起。”

夏灯变脸特别快，这就好了，把脸凑过去让他抹药：“你们家的房子没人住吗？”

游风说：“以前我跟我爸妈住这边，后来我奶奶病了，需要一套挨着医院近的房子，这套正好，就给爷爷奶奶住了。”

“他们人呢？怎么又不住了？”

游风给她消毒：“我奶奶死了，所以不住了。”

夏灯想起来了，他提过这事：“对不起。”

游风没说话，继续给她抹药，手法显得生疏、笨拙。

“嘶——”

“忍着。”

“你轻一点啊。”

“我很轻了。”

夏灯不理他了，环顾起这套房，好多小孩子用的东西啊，都是他的吗？他爸妈以前很爱他？那怎么会变成现在这样？她觉得问他这件事可能不礼貌，爸爸也说过不要扎人家的心。

就在她犹豫不决之时，游风说：“抹好了。”

夏灯下意识伸手摸：“好快哇！”

“别摸，你洗手了吗？”

夏灯又放下手：“我这个眼睛是不是破相了？”

“没有。”

“那就好，等我回去就跟妈妈说不小心摔倒了。”

“怎么不说实话？”

“我妈妈会担心的，而且她有很多律师朋友，以她的性格应该会去你家讨个公道。我爸爸很在乎她，肯定依她，那你就要倒霉了。”

游风没有说话。

“现在我们是朋友吗？”

“不是。”

“还不是啊，那我不白受伤了？”

“是病友。”

夏灯坐在积了厚尘的地毯上，靠着沙发扶手：“我正在想跟我爸爸妈妈说不做检查了，不当运动员就好了，还查什么？他们总依我，我应该会如愿。到时候我就不来医院了，还怎么会是你病友？”

游风沉默了片刻，说：“去上学？”

夏灯摇头：“我想等能上初中的时候再去上，那之前就继续去旅行吧，把没去过的地方、还想去的地方，都去一遍。”

过了很久，游风说：“嗯。”

夏灯扭头看他：“但在夏天之前都会在平城，因为我爸妈要到夏天才有时间陪我。我跟着俱乐部出去玩他们不放心。”

游风转开脸：“嗯。”

夏灯安慰他：“你没有关心你的爸妈，可能代表你会有关心你的朋友。我外婆说，人的一生得失平衡。”

“你知道什么是人生吗？”

“懂一点，我想可能要等我成为大人的时候，才能懂得很多。”

游风说：“你已经比同龄人懂得多了。”

“你也是。”夏灯可不会谦虚。

“我爷爷教得好。”游风更不会谦虚。

夏灯觉得她懂了这句，也想起他爷爷跟他爸爸争吵那事：“你有一个很好的爷爷对吗？”

“嗯。”

“真好。”夏灯看天要黑了，准备回去了，“下次再见天气就暖和了，我们可以去游泳，我会让你知道我有多快的。”

游风说：“那就在这里，我会把泳池蓄满水。”

“好。”

来年春天，他们再见面，彼此的个子高了不少，脱掉了厚棉服，穿着轻薄的衣服，一块儿奔向他们去年约定的地方。

夏灯看着干净的庭院、泳池，房间也打扫过了，迫不及待地给游风展现她的速度。

游风站在泳池一头给她计时：“你要是比你说的时间慢了，就是在骗我，以后就叫你小骗子。”

夏灯浮出水面：“那去年的速度跟今年能一样吗？”

“你这么长时间没练习？”

“我去学语言了，小姨请了很多一对一辅导。”

“你不是不想上学，学什么？”

“但我想多学会一些语言，将来去各地能用到。说白了就是我不想学别人一定要我掌握的东西，我只想学自己喜欢的。”

“统招学历对你不重要，那也没必要上初中。”

夏灯游起来：“因为我爱我的爸爸妈妈啊，他们要工作、跟人交往的，我不能让他们被议论和指责。”

“但这不是委屈了自己？”

“愿意的事叫什么委屈？我很愿意为他们做啊。”

游风没说话，但很认同。

夏灯游到头，远远看着游风：“我喜欢这里！谢谢你，游风！”

游风看着水里笑得灿烂的夏灯，已经把她当成最好的朋友，唯一的朋友。要不是她那么骄傲，他一定告诉她这件事。但她太不谦虚了，到时一定得意地说，当然。

最后他只是对她说："上次你挡我前边受了伤，我忘了说。"

夏灯游到边上，抹掉脸上的水，双臂搭在池边，仰头看他，眼睫毛挂着很大颗的水珠子："嗯？"

游风走过去，蹲下来，低头看着她："谢谢。"

夏灯笑得甜："不客气。"

"但不能再有下一次了。"

"没关系啊，我们是病友啊，你可是我唯一的病友！我可以一直挡在你前边的。"夏灯又钻进水里，声音也飘远了，"一直一直。"

游风就在池边蹲了很久很久。

就因为夏灯的一直一直。

那天夏灯游了很长时间，游风一直在边上看，给她计时，然后两个人看了她比赛的视频。原来夏灯拿过很多名次，那个成为运动员之前的第四名，可能是她最拿不出手的一份成绩单了。

那个月夏灯第二次到游风家，看了一部有关游泳的电影。

星星下，两个小朋友盘坐在离泳池不远、铁艺的秋千椅上，目不转睛地盯着黑白画面。游风看起来兴致缺缺，但也跟夏灯看到了片尾。

电影的经典桥段是女主掉进水里，男主跑去找人来救她。女主浑身湿漉漉的，问男主角："你刚去哪儿了？"

"你一直不动，我以为你死了，就去找人了，但没找到。"男主角紧张地握住她的胳膊。

"我只是在憋气，我可以憋很久，我很厉害的。"女主角解释。

"但也太吓人了，你要再这样，我不让你用我家泳池了！"

"我知道了——小气鬼——"

激烈的争吵后，他们拥抱，接吻。

夏灯下意识扭头，游风却没看她，只是问："你今天还游泳吗？"

夏灯仰头看天，太黑了："太晚了，我妈妈给我打两个电话了。"

"那我送你回去。"

“好啊。”

月底，他们又见了一次，这次夏灯一直泡在泳池，中间也给游风表演了面朝下，一动不动地憋气。

她其实没想很多，纯粹想要恶作剧，打算等他信了突然钻出水。但游风根本不信似的，并不紧张，也没去找人来救她，和电影里演的完全不一样。

她转了个身，看到游风从旁边拿了一根轻飘飘，仿佛亚克力制的链子扔到她旁边。她配合地拉住，翻身上岸。

擦头发的时候，夏灯问他：“你怎么没去找人？”

“我会游泳。”

“那你不来救我？”

“你又没溺水。”

“万一呢？历来淹死的都是会水的。”

游风把毛巾给她：“我就在边上，能让你淹死吗？”

也是。夏灯没整蛊成功，觉得没意思，不说了，撩起头发。擦着擦着眼瞥到那根链子：“你拿什么捞我的？”

“船锚。”

夏灯才看到链子那头涂黑但掉了很多漆的船锚，好大一只：“你们家泳池为什么有船锚？”

她跑过去，想捡起来，但好沉，搬不动，跟那条链子的材质不一样：“好酷啊。”她稍微挪动它，粗略瞧上两眼，尖尖的地方还印着字母，不自觉念出来，“Why are you here？”

“以前边上有艘海盗船装饰品，我爸觉得碍事拆了，这船锚被丢下了，就一直扔在那儿。”

夏灯觉得更酷了：“居然还有船啊！”

沉默。

惊讶过头了，她后知后觉地想起后半句，他爸觉得碍事拆了。

她收起激烈的反应，嘟哝一句：“你不游泳，放着也不碍事，拆什么？”

她没想被听到的，但游风听到了，回答了：“我的东西他们都拆了。”

夏灯抿了一下嘴，又是许久，她说：“没关系，反正我以后不能再比赛了，要去上学了，等我把几年学混完，就买一艘船，让你当船长。”

游风看着她半晌，直到她走的时候才说：“是空头支票吗？”

夏灯听到这没来由的一句，挑眉问：“什么？”

“你说买船让我当船长。”

夏灯还以为什么呢，笑了笑，拍拍他胳膊：“我会说到做到的，一言既出，闪电都难追！”

后来夏灯说服了她爸妈，不用再做检查了，可以继续旅行了，等年龄到了就去上初中。这意味着，她跟游风不再是病友了。

夏天来临之前，夏灯专门等游风检查的日子，到靖南医院来找了他一趟，给了他橘子味夹心糖。

游风最后带她去他家游泳，游了一下午。

那天他们话都变少了，小朋友间的分别，可比大人间的难过。他们再少年老成，也没大人那般繁多的思绪，所以他们的悲喜纯粹，不想离开好朋友的感情，也很纯粹。

游风送夏灯离开的时候，也有礼物要送给她。夏灯好奇，拿过来就要拆开，拆到一半，抬头问他：“可以吗？”

“拆吧。”

游风送了夏灯一条船锚手链，是他家泳池边放着的那个船锚一比一缩小版，他自己做的。

自己做是因为钱能买的，夏灯都能轻松得到。

夏灯好喜欢，一直说好酷，迫不及待要戴上。但是小笨蛋是戴不上的，尤其还是在小笨蛋很开心的时候。

游风伸手：“手伸过来。”

夏灯笑嘻嘻，把手递了过去：“哥哥辛苦了。”

“谁是你哥哥？”游风嘴上这么说，手上还是很认真地系，但没系上。

小笨蛋变脸贼快，蛮不讲理：“哥哥你好笨，这都戴不上。”

“是你手腕太细。”

“那你就不能做一条有扣子的牢固的手链啊？这船锚两边尖尖的，皮绳这头也没洞，勾不住啊，一绕上就滑下来了。”

“白拿你还挑剔。”

好像是很过分，夏灯又笑了："可是这样很容易弄丢的啊，弄丢了我可能就把你忘了。"

游风给她多绕了几圈，勉强固定："无所谓，我记着就好。"

夏灯仰起头，笑脸好看："我不会忘的！"

"是吗？"游风还记得她曾说过，换地方居住就跟以前的朋友断了联系，他可没那么自信他是例外。

所以她可以不记得他，但如果还能再见，她可就不能忘记他了。

夏灯接了妈妈的电话，妈妈说要去机场了，她必须得回去了，一边打着电话一边往外跑。跑到一半，又跑回来，一把抱住游风："我不会忘了你的！"

游风微怔，没做出任何反应。

夏灯又说："你记得变强大，强大到谁都不敢欺负你！"说完跑开了，远远的，又转过身，倒着跑，冲游风挥挥手，"You are for your own existence!"

……

夏灯没有完全想起小时候的事，但光是那些掉落的声音，已经足够她加快了速度。

车窗开着，风吹进来，她感到脸上一片冰凉。她不喜欢记得太多无关紧要的人和事，认为带着太多过去的事物前行，会阻碍她前进的脚步。

所以她的二十年都在不断忘记。

无论是小时候活泼善谈的自己，还是青春期以后变得寡言少语、淡漠平静的自己，丢掉无用的记忆都是她最热衷的。她不觉得这样的她有什么不对，但百分之百不对的是，这样的她对游风许下"不会忘记"的承诺，却食言了。

初中跟游风相逢，她忘了他，他也没找过她。然后是六年暗中保护，两年情侣相处，他仍然只字未提……或许他没指望她记得他，只是没想到她把他送的礼物给别人了……

但她没有那么做。

是弄丢了。

她当时找了很久，以为是搬到深市以后丢的，还想过是丢在了别的国家，没想到离开平城之前就丢了，所以从没问过阿姨有没有看到……

她终于知道了游风反常的原因，并且相信，这就是答案。

他打人不是什么好人，她言而无信就是好人了吗？她还言之凿凿地说他多余，说他是个小痞子……

夏灯啊，是对你好的人太多了吗？所以才只看得见自己？你以为你的一生可以拥有多少个骑士，多少个船长？

手打冰激凌店的老板回来，见妹妹在看书，店已经关门了，一楼只有靠墙的一组卡座上方亮着灯。吊灯光弱，妹妹却不觉得，看得很认真。

老板又给她开了一盏灯："这多费眼啊。"

妹妹放下书，抬起头来："回来了？怎么样？什么情况？"

老板被派出所叫去了解情况去了，完事去医院看了游风，把夏灯的车给她开过去，不知不觉就忙活到后半夜了。

她坐下来，靠在沙发上："骚扰夏灯那男生家里人去了派出所，说私了，不追究。"

妹妹点头："那就是说，游风没把他打坏呗？"

老板睁眼，瞥向她："没打坏？肋骨都折了好几根，游风这男生我早知道他，他一动手可吓人。"

妹妹比较想知道："那男的家里怎么不追究？"

"这就不知道了。"老板说，"游风家条件挺好的，可能私底下联系那男生家里了吧？要不就是那男生家里人把游风打进医院，心虚，不敢追究。"

妹妹差点忘了这事，他们也把游风打了："游风怎么样？"

"情况也不怎么乐观吧，没多问，也不算熟。"

妹妹也不问了。

两分钟后，妹妹说："姐，你要是觉得学校门口开店太容易发生意外了，不如就换个地方。"

"换什么？哪儿都不换，有人就会发生意外，怕意外就别开店。"

妹妹不说了，又看起书。

老板闭眼养神。

“前不久我同学给我打电话，问下午打架的事，聊到了周末。”妹妹又想起件事来。

老板睁开眼。

妹妹又说：“我知道他为什么会被游风针对了。”

“为什么？”

“你不会想知道的，他干那事儿真太恶心了。”

老板坐直了：“你这么说我可要好奇了。”

妹妹忍着恶心，说：“他在宿舍总是在言语上侮辱夏灯，被他宿舍的人说出去了。你以为只有周末被针对了吗？说出去的人也没幸免。游风那会儿叫他们把这事烂在肚子里，谁敢不听？”

老板一下不知道说什么。

“我说周末那小子也没那么𡇒啊，不战而败太不像个爷们儿了，闹半天是做贼心虚。”

“夏灯还真是游风的开关啊。”

“跟我们无关。”妹妹说话间翻到了下一页。

“嗯。”确实无关。

夏灯走后游风就叫了车，回家了。反正他这个情况，明天也是要回家的，伤筋动骨家里养更合适。

就是到家门前，要请求司机扶他到一楼大厅，再请求大厅值班的人扶他进电梯和家门。作为酬谢，他给了司机小费，给了物业工作人员一箱干红葡萄酒。

坐在没开灯的房间，却能看到他落魄的身形，因为落地窗外的万家灯火通到了天上，亮得人眼疼。

多余，小痞子。

好。

夏灯。

不愧是夏灯。

他浑身都疼，但心那里最疼。

原本以为，看到她把他送的东西给别人是最疼的了，原来最疼的还得是夏灯亲自捅到他心上的刀子。他知道她会忘记他，早难受过了，已经无所谓了，看到船锚的时候他觉得他的无所谓说得太早了。

疼。

太疼了。

脑海只剩她的轻视、敷衍、欺骗。

他可以原谅她言而无信，但她怎么能把他给她的东西送给别人？

从她家离开的时候，他还给她找理由，也许是弄丢了。那东西本来也容易丢，不然他也不会在后来设计安全扣的手链。甚至想，也许是她家阿姨悄悄拿去当钥匙扣了……

打断他这些想法的，是回光返照般的一缕理智。

不能总是他给她找理由，她总是不说、不爱、不在乎，他还要给她找多久的理由？

他在去高中学校之前，已经打定主意生她的气，但最后还是把气都撒到了骚扰她的那个男的身上。后来他被摁在地上打，手都要护着口袋里给她买的药。他真的不怪她了，反正他还有一生可以浪费，不是吗？他永远忘不了她挡在他身前，给他第二次生命时的坚定，不是吗？

但做完检查、脑袋逐渐清醒以后，他接收了大量的信息，来自医生的、护士的、旁边病床家属的、沈佑的、贺仲生的……

他们都说——

“你女朋友好冷静，好理智，别的女孩子都哭哭啼啼，她一直有条不紊地带你检查，再去各个科室处理伤口。”

他那如薄冰一样的心理防线，再支撑不住一点重量了。

冷静、理智，难道不是因为不爱？

她不爱他，所以她不会因为看到他受伤而流泪。至于拥抱、亲吻，她接受，也是觉得情侣之间就应该这么做。这就是为什么他不愿意让她知道，他为她做了些什么。他不要她因为无法偿还他的付出，而试着跟他在一起，也不要她觉得亲密接触是情侣间的义务，而试着接受。

他要她爱他。

他确实可以等，可以一直等，但她怎么能一点都不爱……

医院走廊的尽头，他硬扛着一身伤痛，抽完一整包烟。

再面对她那张漂亮的脸，他瞒住了被扎透的心，斟酌了语气，尽量不被她听出情绪的波动，让她先回去，因为他需要时间来安抚自己。等他安抚好了，才可以继续爱她。但她觉得他语气不好，她长篇大论、有理有据地把白天的事陈述了一遍，满口对他暴力的指责。

说他多余，叫他小痞子。

他确实暴力，他一直暴力，他就是这么一个人，但他没有对她这样过。

他积了那么多年，她不去想他忍住的那些，只怨他没忍住的那些。

没关系，确实，他没忍住的那些对她来说已经是十足的伤害了。所以他认错了，决定了，她不要，就不乱来了……

可她不爱听，她甚至因为不爱听，一口气说了那么多话，长大后的她几乎再没有那么多话跟他说。

他靠在沙发上，突然不想把碎成渣的心一点点捡起来了。也许一直是他强求呢？他们只是别人眼里的郎才女貌，不是吗？

他的生命是夏灯给的，想要变强大也源于夏灯的期望，但她没有必须接受他的义务。

是他那份澎湃的爱意狠压了理智一头，是他偏要固执，偏要赌。而小潜水艇根本不喜欢海面上的一切，他就不该把她带上来，也不该浪费一生让她感到多余。

爱不该是建立在给对方造成困扰的基础上。再说了，一个心机深沉又暴力的人，怎么配呢？

夏灯赶到医院时已经凌晨三点多了，急诊部更忙碌了，听说不久前出了车祸，原先躺着游风的病床也早躺了好几茬病人。

她给他打电话，打不通，发消息，他不回，备注“110”的私人号码也无法接通。她问旁边病人的家属，有没有看到前半夜在他隔壁的那个男生，人家说他拄着拐走了。

她没问他哪里来的拐，满脑子是他一个人要怎么回去。

她出了门就又打扰了阿姨，让阿姨帮她查查游风爷爷的电话，前不久刚打到家里，她还记得。阿姨什么都没问，赶紧去查了，然后念给了她。

电话挂断，夏灯拨通这个号码。

第一次没人接，第二次是一个老人疲惫困倦的声音，是游风的爷爷。

她先道歉，再询问爷爷游风在平城的所有住址。爷爷停顿了一下，没有怪她半夜打扰，把他知道的都告诉了她。还告诉她，他最有可能去的地方。

夏灯录了音：“谢谢爷爷，您休息吧。”

说着要挂，爷爷叫了她一声：“夏灯。”

“嗯？”夏灯又把手机拿回耳朵旁边。

“谢谢。”

谢谢你给他希望，谢谢你救他。

只有两个字，夏灯却觉得自己听到了后边的话，可是她算什么啊……

在她过去浅薄的二十年里，最灿烂的那截时光，遇到她的人收获的都是她的笑脸，那是因为她开心，就也让别人开心，从来不是她想去拯救谁。但游风却因为她那样不走心的善意，拖着自己走了那么长的路，对她好了那么多年……

他可以觉得她救了他，但她不能厚着脸皮也这么觉得。

那算什么救命啊？微不足道，莫名其妙，更重要的是她还忘了，在许诺之后，把他忘了。

他怎么会喜欢这么差劲的她啊？

爷爷的话又让夏灯的情绪震荡不停，但没那么多时间留给她，由她沉浸在痛感强烈的情绪里。

她得去找他，她要把该解释的事解释清楚，解释完，随便他要怎么决定他们之间的关系，她都同意。

想到这里，痛感几乎夺走她全部氧气。

他会跟她说分手吗？他们要分手了吗？

她慢慢攥紧了方向盘。

她按照爷爷说的地址找过去，保安连门都不让她进，也告诉她，她要找的那个业主很久没来这边住了。她又去找下一个，再一个，只找了三个地方，一整晚就过去了。

她把车停在路边，摁住了脑袋。他有意要躲，她怎么可能轻松找到他?

想到这里，她抬起头，看着结伴去公园晨练的老人，脑海浮现出昨天在高中学校门前那条街看见游风，他那层浅淡的黑眼圈。

他也找了她很久。

贺仲生给游风倒了杯水：“怎么说？为爱走钢丝，把腿摔折了？”他知道怎么回事，就是故意寒碜游风，“你都上了两年大学了，又在高中学校里火了。”

游风躺在单人沙发上，伤腿搭在垫脚的软凳子上，闭着眼，一句话都不说。

贺仲生在他不远处坐下来：“我接到大美女的电话就订机票了，一直关注高中几个群的消息，有文有图有视频。得亏当年星探跟咱学校挖你你没去，不然等进了娱乐圈，再发生打架的事，我看你死不死。”

游风不言，没反应。

贺仲生看着游风这要死不活的样子，也不忍心说他了：“这事儿就这么了了？”

他听说那男生家里已经撤案了，说是跟游风这边私了了。

游风把手机扔给他，他接住，点亮屏幕，银行卡交易记录，转入十万，挑眉：“你别说这是那家人赔给你的。”

游风睁开眼：“凭什么不能赔我？”

“大哥，你看看你浑身上下，虽说也伤了好几处，但跟人家儿子情况比起来可差多了。”

“他不骚扰别人，医院都不用去。”

“别说得好像你有多正义感，你路见不平，挺身而出，还不是因为他骚扰你女朋友了？”

游风没说话。

“而且你真没轻重吗？又不是十几岁了，说到底就是带着气。我都不问你为什么生气，猜也能猜出来。”

除了夏灯，没人能让游风发这么大火。大概率是事情发生前，俩人吵架了，游风就纯拿那人撒气了。

贺仲生也没多说什么，只是又叹口气：“为什么咱们一定要为女人折磨自己呢？她们看起来狼心狗肺，咱们为什么不能跟她们学学？”

“滚出去。”游风突然翻脸。

贺仲生改口：“好好好，你家那个不是，好吧？就算是她伤死你，也是你该，行吧？”

游风不想跟他说夏灯：“一楼二楼都有客房，自己挑，要不就滚，别在我跟前晃悠。”

贺仲生也正想补个觉，但在这之前还是要弄清楚一件事：“你这十万块钱怎么弄到的？”

游风没答。

贺仲生不问了：“我就补一个小时，坐飞机身上水肿得不行，醒了伺候你，我风哥。”

他阴阳怪气，游风也没搭理。等他上了楼，游风才又睁眼。

怎么弄到的？

那男生是张恩惠同学，也不是低调的人，平时家里有什么都吹，占了哪个合作方多大便宜，又通过找哪个领导帮忙，拿下多大的生意，他爸干没干过放一边，反正他牛都吹出去了。治他们就直接拿这个说事，要真有这么回事，他们会来送钱的。没有也没关系，挖陷阱制造事端，也能得到这个结果。至于这点钱，他不缺，但总要有战利品，证明他是这场较量最终的胜利者。以后他是要把爷爷留给他的东西抢回来的，怎么能没有一点手段呢？

他真的有在好好学习，原先不喜欢长的那些心眼儿，他都逼自己长全了，就为了不被欺负，为了达到夏灯的期望，变得强大……

但有什么用？

他又闭上眼。

快中午时，夏灯到了宋庄儿国际公寓。

这不是她找的最后一套，也没抱多大希望——露天车位的车全都落了灰，看着入住率不高。她随便把车停在路边，按照地址找楼号，进大厅，又被拦住了。

大厅左侧有值班前台，前台内坐着物业的值班人员，他站起来喊住要上电梯的夏灯。

夏灯说她来找人。

对方说："您说下房间号，给您问问。"

夏灯说了房间号："业主叫游风。"说着报了一遍他的手机号。

工作人员抬起头，看着这个漂亮女人，想想那位长得巨帅无比的业主，猜测她是那位业主的情债。怕惹麻烦，他没敢透露信息，只是说："这样，我帮您问问。"

夏灯看他这反应，游风在这里无疑了，怕他打了电话，游风不见她，编了瞎话："他昨天受伤了，我知道消息就赶来了，想给他一个惊喜，你能别告诉他吗？"

工作人员闻言，收起手机："但您没卡，也没他的同意，我不能让您进电梯啊。"

"我有密码。"

"您要是有密码，可以自己上去的。"

夏灯根本不知道密码，但如果游风其他房子的密码是他俩生日，那平城的房应该也是。想着，她进了电梯，按照电梯小屏幕提示，输入房间号加四位数密码，先试了他自己的生日，失败，然后试了她的，电梯上行。

果然。

是她的生日。

她又忍不住用指甲抠抠指腹，白嫩的一块肉被她抠得红痕席卷。

上了电梯，按照墙上的水晶标，找到他家房门，停在他家门口。她下意识要敲门，刚抬起手又停下了。

他会问是谁，她说她是夏灯，他可能不开，她不说话，他也一定能猜到是她，还是不会开。她正乱想着，门开了，沈佑站在门口。

沈佑看到她也很惊讶，顿住，忘记开口说话。这时，房间里传来女声："我得在这儿等同城代买送东西，不然我就跟你一起去了。知道买什么菜吧？得买风能吃……"女声越来越近，直到它的主人出现在玄关看到夏灯，戛然而止。

说话的女人打量着夏灯，眼神依依不舍地挪到沈佑身上："是谁的客人？"

沈佑让开了门口，方便夏灯进门，正要介绍，贺仲生下楼来了。

贺仲生看见夏灯，挑了挑眉："哟呵。"

女人看贺仲生反应也大，再次看向门外站着的漂亮但有些狼狈的女孩，这回眼神更富探索的意味了，很好奇这女孩是来找谁的。

夏灯在门口的半分钟，心里很乱，犹豫不决，不知道该怎么办，没想到门突然打开了。还以为是物业的人告诉了游风，而他开门就意味着他愿意见她……结果，事情始料不及，游风家里有一个女人，看向她的眼神有些几不可察，但确实存在着敌意。

这个女人好像跟他很熟，跟他的朋友也很熟。

沈佑和贺仲生都是人精，瞥见两个女人对视，也对了眼，有一些想法，心照不宣——等会儿可能，不太好看。

沈佑打破了沉默："别站门口了，赶紧进来。"

他当下没觉得这话有什么不对，说完才发现，太像是主人对客人说的了，瞥一眼房间内女人的神情，看起来果然误会夏灯是外人了。

正要解释，夏灯进了门，没给他机会。

夏灯进门后，四人也是站着，就在楼梯边上。

沈佑想着他既当了这个开话头的人，干脆当到底，自告奋勇地给两个人介绍："这位是纪莱，天体物理和宇宙学博士，我们师娘外甥女，被我们老师请来当两天助教。昨天你给我打电话时，我俩正在一起，她听见游风受伤，就跟我一起过来了。"

纪莱在他介绍完，冲夏灯伸出了手："你好，我跟游风他们认识两年了，朋友来的，当然也兼他们的保姆吧。"

"哪有，总共让你做了两回饭，还不是只给我俩，当时在芾城，十多号人呢，逮谁跟谁说我俩拿你当保姆，我俩这锅背的……"沈佑接着她话说。

纪莱笑起来知性大方，表情有些不跟他们一般见识的意思，继续跟夏灯说："他们男人就是这样，用完就丢的，懒得理他们。"说完又冲夏灯伸了伸手，“要说理解，还得是女人之间。”

贺仲生在边上看着，觉得有趣。

这时候，游风操控着智能轮椅出来了，夏灯就忘了把手伸过去。

游风看见夏灯，心里波动一下，表情上没有体现。

夏灯从游风出现就一直看他，刚想起来的那些事在她身体里翻来倒去，把她折腾惨了。

贺仲生在这时走到游风跟前，手搭在他这架轮椅上，说：“怎么样啊？我给你买的这小玩具还行吗？真不错啊，次日就送到了。就是你说也不说一声就到这边来住了，害我又去了你常住的那房子，载了它一趟。”

游风没搭理他，也没搭理那边愣着的几个人，站起来，拖着一条伤腿，走到沙发区。

“在你骨头长好这段时间，它绝对能把你伺候好了。”贺仲生追着他到沙发，坐了下来。

游风的出现打断了沈佑的介绍，纪莱在这时说：“还没说，这个女孩是你们俩哪一位的知己啊？”

沈佑和贺仲生同时扭头看她，寻思她还挺有勇气。游风听到这句已经偏过头去，横着眉毛，看着很不爽。

有人适时地敲门，没让这种尴尬氛围延续，沈佑赶紧去开门，试图让游风忘记纪莱这话，主要怕他狼脾气上来，弄得大家下不来台。

门一打开，是物业小哥，还跟着一个同城代买员，拉着小推车，车上摞满了营养品。

沈佑帮着代买员把推车拉进门，纪莱朝他走去，那代买员看了眼房间内的几人，走到夏灯跟前，把单子递给她：“您好，这是发票。”接着拿出手机，“您扫我们公司这个码付钱就好。”

纪莱以为她也买了东西，停在了半路。

夏灯看了眼单子，想起刚来时，纪莱说她在等代买员送东西，猜测是她买的，但肯定是给游风的。既然是买给游风的，夏灯就签了字，扫了码。

沈佑拿着盒保养品，说：“这不是纪莱你刚才买的那些？”

纪莱这才知道，这些东西就是她买的，当下没去想代买员为什么那么坚定地走到那女孩跟前，走过去：“我买的我来付！你别扫了，太贵了这些东西！”

夏灯已经付完了。

纪莱听到代买员手机到账的播报，微愣。好几万的东西，她付完了？

代买员也愣住了：“是您买的？”说完扭头看物业小哥，眼神询问他：咋回事……

物业小哥也一脸意想不到，赶紧解释，声音略抖，语速很快：“这哥们儿经常送这边，我们挺熟的。刚在电梯里他说，这些保养品是一女的给她男朋友买的。我就想到不久前在大厅，这个特漂亮的女孩说要给游先生惊喜……就跟他多嘴了一句……”

代买员这时候撇清责任：“对啊，他说我有眼福了，买东西的人特好看……我就认错了……”他说着，一个劲儿给纪莱道歉，“对不起，对不起！”

纪莱的脸色到这个时候已经相当难看了，但还是扯扯嘴角，笑了出来：“没事，误会嘛，经常有。”

代买员看她没计较，赶紧脚底抹油走了。

沈佑和贺仲生的嘴角已经轮流抽搐了几回，怎么能这么尴尬……

贺仲生的脚趾在鞋里蜷到了一起，但还是英勇地打破僵局：“那个，物业的哥们儿，你也是来送东西的？”

物业小哥这才想起：“哦，对了，我来找这个姑娘。”说着看向夏灯，“楼下那辆黑色的轿车是您的吧？路边不让停。”

夏灯终于有了点反应，眉毛跳了一下，有点不好意思：“哦，对不起，我挪一下。”

沈佑说：“等会儿呗，正好要买菜去呢，再商量商量吃什么。”

物业小哥传达到了，也就离开了。

纪莱已经不见不久前大方健谈的样子了，站在一边一声不吭。这种时候安慰她更让她下不来台，大家好像都默认她受到了伤害一样，就都没说什么。

贺仲生接过沈佑的话茬儿，问游风：“你怎么说？要不出去吃？”

沈佑说：“家里吃吧，他现在这样子怎么出去啊？”

贺仲生琢磨了下，点头：“那行吧，还维持原方案，买点食材回来咱们自己弄点。”

“那我去。”沈佑说着要往外走。

一直没说几个字的夏灯这时候说：“我可以去买。”

沈佑停住，看向夏灯：“你平时逛超市吗？”他怎么看夏灯都是逛超市也不会去蔬菜区的人。

“我买过菜。”她在涂州时，经常跟游风去超市。

贺仲生说：“那你要是想去，那就去呗，正好挪下车嘛不是？”

就这样，最后商量好由夏灯买菜。

夏灯往门口走了两步，又想起什么似的，返回来，走向游风，停在他面前，略小声地问：“你想吃什么？”她不想管别人，只想问她男朋友。

游风没说好，脸上也看不出什么反应，贺仲生和沈佑的脸倒有些五彩纷呈，纪莱闻言更不自然了。

游风说：“随便。”

夏灯拿出一盒便条纸，还有眉笔：“你说，我写。”

游风看她动作迟缓，一看就睡眠不足，从她手里把便条纸和眉笔拿过来，左手写了几个字：

绿叶菜就好。

贺仲生都看傻眼了。

这情种不吃亏谁吃亏啊，女朋友一认㞞，他就忘了疼了。

第五章 船灯偏离了航线

夏灯一走，游风就使唤沈佑：“你跟她一起。”

“到门口的生鲜超市也就走个一百多米，何况她还开车。大小姐就算从小衣来伸手、饭来张口，也不至于一百米都需要保镖吧？你要连一百多米都不舍得让她走，你就去呗，坐着轮椅，拄着拐。”沈佑损他。

贺仲生笑出声，他也是才知道游风大学有这么健谈、会来事儿的朋友。

游风只是淡淡地说：“你前天发给我那篇量……”

“马上！哥！护花使者这就到位。”沈佑打断他，都没讨价还价一句，麻溜儿去了。

贺仲生靠在一边咯咯地笑：“你可以啊，都瘫成这样了还能凭这张嘴维持这个杀伤力。”

游风跟他说：“我快递到了，你去拿上来。”

贺仲生笑不出来了：“你让沈佑顺道给你带上来。”

“你刚才说，谁要来蹭饭？”

贺仲生惨败，把手上摆弄的小叶子扔向他：“算死你得了。”

贺仲生也走了，游风家只剩下了他和纪莱。

纪莱已经从不久前的系列震惊里恢复常态，这种程度的意外，她也经历过许多了，收拾起情绪来，很熟练，也快。

她笑了笑：“女朋友不错。”

游风没搭话，往控制系统上点了下，打开墙书柜上隐藏的储物空间，拿了根一米四五的高尔夫球杆，拄着上了电梯。

纪莱以为游风因为她的针对，暂时不想搭理她了，心头很堵，但没表现出来。过了会儿，游风下来，把球杆放在一边，坐下来。

沉默滋生尴尬，还是纪莱打破僵局：“没听你说过女朋友的事。”

“熟人都知道。”

纪莱又笑：“你这样不说，很容易让人产生误会。”

“要是我没有任何明确是在勾引的举动，对方仍然误会了，那是对方的问题。”

纪莱脸上异色闪过：“说话真难听啊，游风。”

“买那些东西的人为什么自称是我女朋友？”游风看过去，“我以为你做的时候就已经准备好接收我难听的话了。”

纪莱坐下来，故作轻松：“你不会以为一个上流社会的高配置的人会用这么下三烂的手段抢人吧？你也知道我的高配置不同于那种全凭时运的……哦，称那一类人为暴发户更贴切一点。”

游风听她说话头疼。没一个新贵是纯靠运气，她到今天也不见得总在披荆斩棘，何况道路比她艰险的比比皆是。把别人说成暴发户，纯靠运气，而她不是……

说到底，就是夏灯的有钱身份戳中了她的肺管子。

“什么是高配置？基因、背景、学历？你应该也有空看新闻吧？你经常混迹的上流阶层也不少经济犯、政治犯、强奸犯，所以高配置的人真不干下三烂的事吗？”

纪莱变了脸，站起来，咬牙看着游风，憋了半分钟，说：“我们好歹是朋友，你非得这么咄咄逼人吗？”

“你现在不冷静，别让你一时的小脑抽搐把你辛苦这么多年积累的光环击碎了。”游风说，“我可以留你吃饭，但再对我女朋友阴阳怪气，就滚。”

纪莱拿上包：“我不缺你这顿饭，早说你吃软饭，我应该也不会放弃某些东西，来到这里。”

游风还真喜欢“吃软饭”这三个字：“我现在说也不晚。”

纪莱仰头挺胸，离开时带着风。出了大厅，她看见靠在围栏抽烟的沈佑，停住脚。沈佑冲她稍抬下巴，指向不远处的咖啡店。

待两个人坐到咖啡店，纪莱问他：“你不是给那个大小姐当保镖去了？”

沈佑听着她对夏灯明显的敌意，搔了下耳朵，笑着说：“我就那么一说，你还真觉得人家不能自理？游风担心她也不是因为她没有去超市买菜的能力，是因为喜欢，所以就连买菜这种小事，也要担心。”

纪莱沉默，半天才说话，无视了他的后半句：“我可没这么说。”

“你的语气，你的表情，都是这个意思。”沈佑说，“怎么回事啊，学霸？刚才有点不像你了。”

纪莱抱着双臂，扭头看向窗外：“觉得我很尖酸？”

“有点。”沈佑也没藏着掖着。

纪莱笑了：“我以为我们是一个世界的人，就算很多话当时没说清楚，迟早会捅破，迟早能走到一起，毕竟在一个维度，但我没想到他会被另外一个世界的人吸引。”

“你划分世界的标准就是学历，但要想走到一起，还得看阶级，看三观。最重要的，还要有感情。”

纪莱捧住咖啡杯，盯着奶沫，没说话。

沈佑也没再说，纪莱一直喜欢游风，虽然没言明过，但她面对游风时热烈的眼神，就没想过要隐瞒。游风那时总是“别沾我”的德行，沈佑一直以为他有病，不久前才知道他跟夏灯早就在一起了，原来跟那儿守男德呢。

不管他们在不在一个世界，他们都在一起了，纪莱应该认识到。

“算了，疯也抽过了，该走了。”纪莱双手放开咖啡杯。

沈佑也没留她吃饭，知道她也待不下去了：“那我们涂州再见。”

纪莱微笑：“来芾城记得找我。”

这意思就是她不会回涂州了，沈佑知道了：“一路顺风。”

夏灯没去国际公寓南门正对的生鲜超市，开出两条街，去了另一家店。

停好车，从车上下来，一阵眩晕，血糖低了。她扶住车门，从包里翻出巧克力糖，一盘六块，她早上就吃了三块半，还有两块多，太饿了，一口就咬掉了一半，只剩下一块半了。

可能因为阴天，也不是周末，人不多。

她看到什么都往购物车里放，实在挑不出来了，打给了阿姨，电话接通就问：“阿姨，绿叶菜要怎么做比较好吃？什么样的绿叶菜营养成分高一点？骨折、骨裂这样的情况要吃什么肉好？”

一连三个问题，那头沉默住了。

她还没问完：“昨天刚处理过伤口，吊过水，吃东西上除了辣的油腻的，应该没忌讳吧？”

她一边问着，还在一边想，等下在这边买一点补品，回去列个清单给代购，然后扒拉扒拉通信录，看有没有哪家私房点心有助痊愈。

“夏灯。”

夏灯听到听筒传来的声音，一下拿开手机，看了眼通话号码，是阿姨的号码，说话的却是她妈的声音。

磨蹭了一会儿，她叫了一声：“妈。”

“嗯，在平城吗？”

“嗯。”

“一晚上没回来？”

“不是……”

“跟谁过夜了？”

“妈……”夏灯觉得还是要解释一下，“你别怪阿姨，是我去找朋友了，他受伤了，没打招呼就从医院走了。”

妈妈说：“我当然不会怪阿姨。”

“能不能也别怪我？”

“嗯，跟我讲条件。”

“没有……”

“没有什么？没有谈恋爱？”

“……”

“你现在在为那个男生买菜？还要绿叶菜，要营养成分高的，要做出来好吃的，所以是买完还要给他做吗？”

夏灯解释：“不是，他受伤了。”

“因为你吗？”

夏灯走到角落：“算是吧。”

妈妈没再说话，在持续半分钟的沉默后，挂了电话。

夏灯呼出一口长气。

余焰女士来平城了，还逮到她夜不归宿……她想着，眉头都深锁起来。

妈妈在这时给她发来微信——

“好好享受恋爱，虽然妈妈有点吃醋。

“暂时不会告诉你爸，怕他更吃醋。

“女儿小时候学烘焙都没给他做一块饼干，长大却要给男生做饭，他知道要上大火，那男生就遭殃了。”

夏灯被说得有点不好意思。

她小时候学烘焙，应该给爸爸做一点饼干的，哪知道小时候的不懂事会给今天埋下雷。不过想想妈妈的话，也有道理，就从满满当当的购物车里拿了几样东西，要放回陈列架，但只放了两件动作就慢了。

给他做一次也还好吧？他都受伤了。就做一次，好了就不管了。这么一想，她又把那些东西拿了回来，还多拿了几样，原本就不堪重负的购物车一下冒了尖。

买完东西，她提着七八个袋子到车库，后边看细胳膊长腿，拎起重物都不晃悠，像个战神。但还没坚持十几秒，她就放下了东西。

正捏着腕子和肩膀，身后传来一个清亮的男声：“需要帮忙吗？”

夏灯回头，不认识，拒绝了：“谢谢，不用。”

那男生见她看到他却没反应，挑起眉：“真的不用吗？”仿佛不是在问她要不要帮助，而是说，你再看看我，真没认出来吗？

夏灯听出了他的意思，但已经看过一眼了，不认识，不想看了，没再说什么，拎起东西走回车的方向。

男生皱眉盯着夏灯的背影，想不通了。女生从男生身后走出来：“你是不是很好奇，这才几年啊，她就把你忘了？”

男生没答，上了车，女生也上了车，手肘拄着车窗，姿态很随性：“她就记得游风。”

男生开了车：“难道不是因为游风对她死缠烂打？”

“你也可以，但你没有。”

男生没再说话，把车开出了地库，路过夏灯的车前，他甚至没回头看一眼。

沈佑是最早进门的，游风看见他，沉着张脸："你没去。"

沈佑解释："我下楼的时候，她已经开车走了，跟有人在她屁股后边追她似的，我根本追不上。"

"那你这么半天是在楼底下放哨？"

沈佑咂嘴："怎么你那嘴没伤啊？损死你算了！那我不得给你安抚下纪莱吗？你上下嘴皮一碰，扎心话就吐出来了，人都被你得罪光了老胡不得把这笔账算你头上啊？我不得被你连累啊！"

"她不会说的。"

沈佑刚想反驳，突然明白了他的意思，好像也是，点着头说："是太丢脸了，她那么傲估计不好意思。"

游风正要让沈佑去找夏灯，有人敲门，沈佑知道游风张嘴就是使唤他去当保镖，这个敲门声来得及时，就边走边说："肯定是夏灯，动作还挺快。"

打开门，是贺仲生，还有他之前跟游风说的，来蹭饭的俩同学。

关一心，蒋伏。

也是游风同学，只是游风不认识，就不承认。

沈佑让开门，贺仲生主人似的邀请两位进门："进来吧，吃席都没聚过那么齐，还得是风哥挂彩。"

贺仲生最近跟关一心打得火热，本来也说好跟她在平城见面，游风出事让他提前来了平城，正好他们高中玩儿得不错的蒋伏也回国了，听说游风的事，非要来看。

他看他们挺真诚的，再加上跟关一心暧昧，就跟游风提了这事。哪怕他知道游风并不喜欢跟不熟的人打交道，但暧昧上了头，也就没管什么分寸不分寸。

沈佑看着俊男美女进门，说了句场面话："你们中学还真是卧虎藏龙啊，个个是门面。"

游风坐在沙发上，伤腿搭在移动烟酒桌上，没朝门口看哪怕一眼。贺仲生跟他提这件事时，他正跟夏灯吵架，对什么都没兴趣，也就没拒绝。

现在夏灯找来了，虽然两人还没机会说开，她找来也不意味着他们会和好，但他已经不是先前那种对什么都提不起兴致的心情了，他现在反感出现在他家的两个陌生人。

贺仲生先把帮游风提的东西放上桌，全是帮他养伤的补品，还有复健的器材，忍不住说他：“你倒比谁都心疼你自己，但就算你严格按照理疗师的食用清单调养，也得仨月，急不得，打消走捷径的主意吧。”

游风说：“放到杂物间。”

“为什么？”

“没有为什么。”

贺仲生也不问了，惹不起。

沈佑跟他一起：“我帮你。”

偌大的客厅只剩下蒋伏、关一心和游风这个主人家。

蒋伏放下礼物，走向游风：“好久不见了，脾气还是那个样。”

他口吻平和，但聪明人一听就能听出刺。游风无所谓他隐形的针对，直接不搭理。

关一心接着蒋伏的话说：“脾气秉性没那么好改的，我也还是以前那样胆小啊。”

关一心高中跟夏灯是同班同学，蒋伏在她们隔壁班。他们都在各种活动上跟游风合作过，关系算不上好，但也是彼此知道的，跟没有交集的那些同学比算稍微认识。

只不过在游风的视角，不觉得认识他们。

刚说完这两句，有人敲门。

应该是夏灯，游风正要站起来，关一心已经先他一步去开门了。

确实是夏灯，她还拜托物业小哥帮她拿了一些东西，两个小推车都没全装下她买的那些。

夏灯以为给她开门的是沈佑，或者贺仲生，见是关一心她还微愣了一下。但不明显，至少关一心没看出来夏灯见到她，有什么反应。

关一心微笑着跟她打招呼：“夏灯。”

夏灯很客气：“你好。”

蒋伏走了过来：“我帮你。”

夏灯抬起头，是地库里看到的男生，他跟关一心一起来的吗？不会是她的高中同学吧？她想不起来，应该不认识。

要是接触过，哪怕像周末那种，只要给她一点提示，她也能想起来有过什么交集。什么都想不到，就是说至少没在她跟前晃悠过。

蒋伏和物业小哥把东西搬进来，夏灯拎着几袋蔬菜走向厨房，其间用手背擦了下鼻尖，同时快速看了一眼游风。

她以为手抬起来正好挡住了她的眼神，结果游风也在看她。他俩眼神一对上，又各自挪开了。还不是立刻挪开，是假模假式慢慢吞吞的那种挪开。就好像他俩只是不小心对上了眼，然后不以为意地别开了。

夏灯把蔬菜放在岛台上，回身又拿其他食物，其间再没看过游风。

人太多了，先做饭吧，等没人的时候，再跟他解释。

游风的两个倒霉朋友放完东西回来看到夏灯，还有她放了一地、密密麻麻的东西，相视一眼。贺仲生瞥向游风，这暴徒是早知道夏灯会给他买补品，所以把自己买的收起来了？

又在装了，没人比他装可怜装得更游刃有余了。

沈佑跟贺仲生考虑的方向相反，觉得游风是怕夏灯产生“多余”的情绪，怕夏灯觉得他不需要她。

不是吵架了？不是生气？

真好哄啊。

夏灯没来之前心如死灰，夏灯一来，他好像又找回了嘴欠的最佳表现形态，缺德事也想起都是怎么干的了。

沈佑以前觉得游风选最漂亮的夏灯，再有理由也掩饰不了肤浅。现在看来，夏灯就是他情绪的阀门。能在他身边充当这么重要的角色，夏灯一定有除美貌之外的本事。

东西都搬进了门，放在该放的地方，夏灯把烤鸡和寿喜锅装进纸袋里递给物业小哥：“谢谢，辛苦了。”

物业小哥笑得腼腆，挠挠后脑勺：“这多不好意思，业主交的物业费里有生活服务这一项，就算没有搬东西和搀扶人，举手之劳而已，不用回回这么客气的。”

夏灯懂了，大概游风昨晚上回来是被物业小哥搀扶着上来的。

他昨天要她回去，她不应该赌气的，就算他冷漠，但他受伤了，她应该考虑一个受伤的人情绪是不太稳定的。他都那样了，还自己打车回来……

夏灯收紧心口，纸袋又递给他一次："谢谢。"不容拒绝，物业小哥也就没再拒绝。

物业小哥一离开，夏灯走进厨房区，先把菜和肉拿出来，搜骨折病号专用食谱，戴口罩，刚戴上，一绺油了的头发掉了下来。

客厅几人已经聊起来了。

贺仲生问蒋伏："这回回来就不走了吗？"

夏灯在厨房弄出轻微的动静。游风一直在看夏灯，她觉得声音大了，不好意思地扭头看向他们，他又会立刻挪眼。

蒋伏也一直在看夏灯，回答贺仲生的话总是慢半拍："不走了。"

沈佑接触了几次游风的眼神，"主动"去帮夏灯了。一边走，一边在心里骂大街。

游风这种口是心非的老婆奴，让女朋友下个厨可别把他心疼坏了，吵架了拉不下脸跟她说话，苦了兄弟一个电话被叫过来，又当爹又当妈，伺候完他又安抚朋友，最后还得帮他对象做饭！

脏活累活全兄弟干，还得被他那张贱嘴攻击，是不是欠他的啊？

越想越来气，给他下点药毒死算了。

沈佑心里骂了一通，走到厨房区，还是笑着对夏灯说："我会，我来吧，你给我打下手。"

"不用。"夏灯已经知道做什么了。

沈佑自顾自地帮她洗起菜。

客厅区，贺仲生问蒋伏："听说建筑设计拿奖了？"

"嗯。"蒋伏不是很想聊这些似的，一直答得敷衍，看向夏灯的动作倒一直很勤快。

本就是带火来的，地库里，他看见夏灯那么细的胳膊拎那么多的东西，火更大了。来了以后话里带刺，也是实在忍不住。看见夏灯那么积极地给游风做饭，火气又往上蹿了。而且游风居然就这么接受了，满屋的人里只有一个生面孔去帮她忙，这让他那股火直接显在脸上了。

亲眼所见让他相信了关一心说的话，游风得到后就不珍惜了。

贺仲生注意到了蒋伏不对劲的神色，再看向关一心，关一心给游风弄了一碟杂果，微笑着说：“伤员没有人管啊？”

游风没听她说话，已经看夏灯戴着塑料手套别了两下那绺头发。夏灯别第三下的时候，游风用好的那条腿踹了贺仲生一脚。贺仲生“嘫”了一口，接收到他的信号。

虽然他很想装作没接收到，但因为惹不起这人，最后只是翻了好几个大白眼，扭头冲夏灯喊：“夏灯！你可以先去洗个澡解解乏。”

夏灯说：“不用，我先做完。”

游风第二脚要踹上来的时候，贺仲生站起来了，走向厨房：“我们早上吃饭了，这会儿不是特别饿呢。你这一看就没休息好，做到一半做晕了那我们几个可就惨了。你行行好，就当是做慈善了，去泡个澡。”

“什么？”夏灯专心切菜，没听太清楚。

沈佑咳了一声：“他意思是，为了我们的生命安全求你去洗澡。”

夏灯听懂了这句，低头看了一眼头发，是有点油了，以为他们是怕她头发掉到饭菜里，同意了：“那行。”说着指着案板上的绿叶菜，“这个……”

“我懂！我切！按这个食谱都给你弄好！”沈佑抢着话说。

“谢谢。”

夏灯上楼洗澡了。沈佑和贺仲生对视一眼，眼神里交流的全是对游风的谩骂。

除了关一心，没人注意到蒋伏拿了条丝巾，紧紧攥着，手背线条都撑出白色，绷直的下颌线像一把随时能杀人的刀。他刚想用丝巾帮她绑头发的，他又晚了。

游风没看到蒋伏拿着丝巾，但看到那张讨厌的脸上布满了自以为是的表情。要是在往常，他早轰出去了，但夏灯刚因为他残暴，跟他吵架，他不想顶风作案，就忍了。

楼上，夏灯站在衣帽间的更衣区，看着沙发上整齐的盒子，打开是衣服，是她在涂州家里会穿的牌子，内衣也终于是合适的尺码了，桌上是整套她常用的洗护品。

她淡淡呼气，赶来的疲惫好像也随着她轻呼出的一口气消散了。

他准备的吧？除了他还有谁呢？他是坐着轮椅上来给她准备这些东西的，还是拄着拐？怎么暴力的人总有温柔的时候？是温柔限定？还是限定她一人？可是他只对坏人暴力，真的要用暴力对他定义吗？

突然有好多问题，但每一个问题她都知道答案。

楼下这时候聊到了高中分班的事，贺仲生想起来："蒋伏，你当时是怎么说服主任没去实验班的？以你的成绩应该跟游风是同班同学啊。"

蒋伏放下杯子："那时候有比实验班对我更重要的。"

贺仲生听得出来，也看得出来他从进门就对夏灯格外关注，想八卦又惹不起那边坐的病号，笑了下，跳过这个话题。

关一心自刚才递水果给游风，没被游风理会后，就没说话了，这会儿接上一句："他那会儿跟人约定，争取在一个班，在不了一个班，就在隔壁班。"

贺仲生看向游风，蒋伏的隔壁班，正好是夏灯那个班。

关一心意有所指，在座的都是脑力劳动者中的佼佼者，这点弯弯绕绕还是可以琢磨出来的。

游风没反应。

蒋伏没解释。

贺仲生原本因为关一心到来而端起来的姿态，稍微有一点塌陷。

夏灯洗完澡，下了楼，穿了一条黑色细肩带的连衣裙，没化妆，只用了水乳，可能还擦了点唇膏，整个人纯然未经雕饰，清透漂亮异常。

她的美是公认的，在场的人都看入了神。

沈佑和贺仲生两人是出于自己人的角度感慨，游风这浑蛋没素质，但眼光真真儿是绝了。

"看够了吗？"游风突然说了一句。

几人醒过神，不看了。

沉默。

许久，寂静被蒋伏打破："游风，关于高考出国这件事，你没有要跟我解释的吗？"

游风脸上的伤像一款暗黑氛围感的滤镜，不仅不显得他狼狈，还让他有些震慑四方的气势。

他脸面朝着桌面的姿势未变，眼皮微抬起，一缕凶光扫向蒋伏。

客厅很大，离着厨房很远，客厅里说的话，厨房完全听不到。

蒋伏面对游风不善的眼神，也一点不畏惧，就这么跟他对视，倒是愁了贺仲生和关一心。

贺仲生怕再打起来，游风行动不便被迫处于下风。关一心的神情很有意思，稍有那么点紧张，但好像一直不希望别人看出来，于是不停摸鼻子、摸脸，以此来掩饰。

游风不说话，蒋伏又说："按理说你现在受伤了，我不应该挑这个时候问你，可一想到我们各有百分之五十的机会，就因为你使绊子，我白白失去了机会，就忍不住想说。"

气氛越来越尴尬，贺仲生试图缓和："出国？是不是有误会？"

关一心也拦了蒋伏一下："别冲动，话要慢慢说，事儿也是。"

贺仲生一听知道了，关一心和蒋伏别有目的，根本不是来看望游风的。这回，他跟关一心暧昧导致的神志不清，瞬间醒了一大半儿。

游风一直没说话，蒋伏一直咄咄逼人，但还是笑着的，好像开玩笑，但句句有敌意，用的语气全是阴阳怪气。

"毕业之后在马场遇到，晚上一道去喝酒，我喝多了，当众说我要跟她表白。第二天接到班主任电话，说我有个机会要出国才能抓住。然后我前不久听说，你们染红头发时就在一起了，正好在那次喝酒之后。"蒋伏说到最后，那几个字的字音仿佛是咬着后槽牙硬挤出来的。

贺仲生想起来了，那时候去骑马，同一届的两拨人遇到，约着去喝了顿酒，喝多了扯淡，都在那儿吹牛，说拿下夏灯的事。

他真以为是吹牛，没想到这群人当中有认真的。难怪蒋伏这人在国外待得好好的，突然回来。是前一阵游风和夏灯公开在一起的事，刺激到他了？但他印象中的蒋伏不是那么莽撞的人，又没喝酒，怎么句句都带刺儿呢？还是在人家的地盘。

想到这里，他看向关一心，她的不自然，让他意识到了答案。

他就说，为什么这两天关一心跟他聊天，一直很关心游风和夏灯的关系，回忆那些对话，基本都是关一心在说——

“他们会不会分手啊？

“游风真的太凶了，夏灯也太不理解他了，属于三观不合了。

“还是希望他们能和好吧，毕竟在一起那么久了。

“咱们这两天多去游风那儿待待，帮他放松一下心情吧，他又受伤又不被理解，一定难过。

“夏灯我了解啊，她这个人对什么事都不难过的。

“你也不要想太多哦，我最关心的当然还是你了，希望游风好起来也都是因为你的关系啊。

“你可以提醒下游风，夏灯是喜欢一个人待着的，吵架之后尽量不要理她，不然她只会更加想不通。

“心疼他们两个。”

……

当时他还觉得关一心太善良、太温柔了，对什么事都是，一些女生对她敌意太大了。现在他清醒了，再琢磨她的话，真有趣。估计是她找蒋伏了，挑拨了，蒋伏才带着火来了。

蒋伏喝了点茶，越说声儿越大：“你托关系找人给我递话，我收到那么多导师的问候，让我以为我有那么学校争抢，当我决定出国，你乘虚而入了。”

声音太大了，终于惊动了厨房区的两人。

夏灯抬头就看到客人对着游风，神色不对劲，放下锅铲，围裙都没来得及摘，快步走到客厅区。沈佑也跟了过去，倒不是怕游风受什么欺负，是想去看热闹。

蒋伏火冲出头顶，收不回去了，站起来，指着沙发上的游风：“你敢跟夏灯说，你当年知道别人要跟她表白，想损招支走人家，自己偷偷摸摸上位的事吗？！”

夏灯过来就听到这么一句话，这客人好像很激动，游风坐在沙发上一句话不说。

他还受着伤，这客人怎么能这么吓唬他？

她往游风跟前走了两步，仰头看向将伏：“有话好好说。”

蒋伏看着夏灯挡在游风身前，眼睁大了，脖子上的筋都鼓起来了，恼羞成怒已经不足以形容他的状态，他险些就要当场发疯。他往前走，指着游风的手也是青筋密集：“他骗你了，夏灯，我是蒋伏啊，我们当时彩排是一个队一个组的啊。我是为你才到你隔壁班的！你把我忘了就算了，他就是个下三烂、下九流啊！”

贺仲生说话了：“情仇而已，别人身攻击好吧？而且你这情报是不是不太准？显然女主角不记得你，那游风为了打击一个对他构不成威胁的情敌，找关系托人让你出国……你自己觉得靠谱吗？”

蒋伏改指着贺仲生：“你少说话，跟你有关系吗？”

贺仲生举起双手，手掌对着他，仍然给他笑脸：“好，跟我没关系，但你不是来看老同学的吗？这是闹哪一出？你看现在这场面好看吗？”

蒋伏不跟他说了，转头看夏灯，吞咽了一口口水，双眼都湿了：“当时文化节高中部巡城演出，彩排那一天，我们两个在那辆报废的公交车边坐着……”他还没说完，游风手里高尔夫球杆已经挥过去了。

关一心喊了一嗓子，退开了。贺仲生和沈佑动作很快，把蒋伏拉开了，这才没让他挨杆子。夏灯扭头蹲下，搂住游风的脖子，不让他再动了。

游风被夏灯抱住，就跟被封印了一样，一动不动。

那头蒋伏显然没想到游风都那样了还能动手，本来也是看他受伤，行动不便了才敢放狠话的……这下眼珠子瞪得更圆，没再说话了。

沈佑和贺仲生看他傻眼了，松开了他。

贺仲生在这时扭头看了关一心一眼，这一眼凶狠、毫无感情，完全一副已经从暧昧关系里抽身的样子。

关一心哆嗦一下，心说完了。她挑拨的事瞒不住了，贺仲生也不会再相信她了。

夏灯又被游风骗了，他这劲头，哪能被吓唬住啊？她真是太久没睡觉了，判断力又下降了，居然觉得现在的游风会被欺负，还像小时候那样挡在他身前……

现在她理智回来了一点，放开游风的脖子，站起来对蒋伏说：“我确实习惯忘记一些对我来说不重要的事，但如果真的是在我身上发生的，经过一些提醒，我还是能想起来。”

蒋伏仿佛已经猜到夏灯接下来的话，摇头不想听。

夏灯还是要说：“我因为唱歌不好听，没被允许参加文化节。”

蒋伏摇头，他不相信。

“如果你真的记得是文化节高中部巡城演出的彩排那天，要不是你记错人，就是你做了梦，把梦境记忆当成了现实记忆。”夏灯看了关一心一眼，提供给蒋伏一个信息，“新生庆典，穿着白礼服唱歌的人，是关一心。”

蒋伏扭头看向关一心，关一心没想到事情会变成这样，也摇头，说不知道。

贺仲生听懂了，拍拍蒋伏的肩膀：“我也记得我奶奶在我粥里放红糖的事，但我奶奶有糖尿病，家里根本没糖，或许就是我神经紧张的时候做过这种梦，记混了。”

蒋伏不信：“不可能！就是夏灯！”

贺仲生说：“夏灯确实没参加文化节，你要觉得我这部分记忆也乱了，你可以在群里问问。”

他说完，“啧”了一声：“我让你问什么啊？我直接给你问，你觉得可以吧？”说问就问，随后把结果给蒋伏看。

蒋伏看着一水儿的“夏灯没参加那个”“不是关一心吗”，心跳更快了，真是他记错了？那为什么他跟关一心提起这件事，她从不纠正他？如果夏灯根本不认识他，那是不是说，那些跟“夏灯”传的字条，其实是跟她传的？她为什么一直要让他这么误会下去？

他猛然想起最近关一心给他发的消息——

“说真的，要不是游风当年那么贱，现在跟夏灯在一起的就是你。他得到后就不珍惜了，到处怀疑她跟男的不清不楚，还去打人。

“想想你跟夏灯那时候的关系，多好，我特羡慕。

“你们俩通过我传的字条还记得吗？我都好奇死了，但就没看过。

“夏灯后来还跟我说，她一直忘不了，你们那时候坐在废弃公交车旁时的心情。”

……

蒋伏终于冷静下来，眼睛恢复到正常大小，朝关一心咬牙说了句：“玩儿得很溜，也很牛，关一心。”

可他真的很喜欢夏灯，尤其这两天频繁听到她的名字，让他想起以前很多时候，他站在角落看着她……他忍不住，也停不住，还是又问她：“如果，那时候我没出国，我也表白了，有没有机会……”

夏灯摇头。

蒋伏感觉呼吸完全被限制了：“为什么？我能知道吗？”

夏灯没回头，手往后晃了晃。

游风看见了，别人也看见了，看得很清楚。夏灯虽然晃的幅度不大，但也是晃了几下，他眼又没受伤，脑袋也完好，会不知道她的意思？

但他没动。

夏灯扭头，直接拉起他的手，从一根手指，到两根，到三根，一点一点攥紧了。他手指凉丝丝的，又细又长，不打人的时候很好看，也好牵。她无比坚定，就要牵住他，她找了他一个晚上，想跟他解释，就是为了牵住他。

蒋伏眉头紧皱的同时眼里聚积了更多的水，这也太疼了。

本来这两年都没怎么想起她的，只是这几天频繁地想，走心了，再看到她牵住别人，还是从小要什么有什么的游风，就疼死了。

是因为游风什么都有了，却还能拥有她吗？还是夏灯那么坚定，不犹豫？

“可是……”

夏灯不想再听了，她听得够多也说得够多了：“不是谁都可以。”她不是谁来问都同意跟他们在一起的。

事实上问她的未免太多，但从前、现在，她都只答应了游风。

蒋伏听懂了，待不下去了，又难受又现眼，真没法待下去了。

蒋伏一走，关一心神色慌张地笑了笑：“我不懂他为什么这么说，我下午有事，先走了。”

她强装镇定往外走，每一步都略显僵硬。贺仲生冲游风轻抬了抬下巴，跟出去了。

看完整场戏的沈佑坐下来，感慨：“见过会挑拨人又会演戏的，这么厉害的，还是头一个。看贺哥这样子，估计也被她玩得差不多了。牛啊这姐们儿，这要在涂州，指定被人挂网上谴责一下子。”

旁边的夏灯和游风，都没在听他说话。夏灯还牵着游风的手，她没松，他也没有抽回去。

沈佑一抬头，看着两人的手难舍难分，比了个手势：“得，哥们儿懂事，这就撤。”说着站起来往门口走，走两步退回来，拿上了烟，“慢慢聊。”

沈佑走了，走了之后很久，两人还牵着手。

突然，游风抽走了手。夏灯还有点不习惯，维持着张开五根指头的姿势。

“没牵够？”游风说。

熟悉的口吻，明明是很没素质的嘚瑟，但就因为他一直是这样的，反而让人觉得这才是正常的。

医院里那么有礼貌，却觉得疏离，一点都不像他。

他恢复原样，原本就打定主意的夏灯更有底气了：“我有话要说。”

游风脸微微撇向一边，没答应听，也没说他不听。

夏灯快步去拿了包，把小船锚拿出来，攥在手上，提了口气，慢慢站到游风面前：“我没送人。”

游风没看她的手，也不看她的脸。他太容易对她心软了，看到就会忘了他们之间的问题，无限原谅。

夏灯说：“它丢了，我找不到了，我当时找过的。”

“嗯，然后忘了。”

“不是，我那时候太小了。”她开始给自己找理由了，她也知道这理由根本站不住脚，知道这多无赖。

“我那时候几岁？我很大？”

夏灯卡壳了半分钟，最后小声说：“你比我成熟。”

游风看夏灯开始要无赖了，跳过这个话题：“然后呢？”

夏灯把手伸过去：“你再给我戴一下行吗？”

“不行。”

“哥哥。”

“……”

游风是真没想到。

“我不会弄丢了。”

夏灯又把手递近了些。

游风扫向她的手，很白，但骨节的地方红红的，刚才用力伤到了？

“男朋友。”

夏灯无所不用其极。

游风知道自己已经装不下去了，不管她爱不爱，他都要把她抱在怀里，可是有时固执劲儿上来，根本不管这些。

他抬起头，看着夏灯，问：“你喜欢我吗？”

夏灯微怔，她这反应把游风伤死了，他为什么要问呢？明知道就会变成这样，为什么突然执拗？他不再看她了，也不再问了，拄着高尔夫球杆站起来，想要离开。

夏灯看着他行动艰难地挪动，眼睛眨动的频率和眉毛皱成的形状也太叫人难受了，迈过去拉住他的手腕。游风缓慢地挣脱，夏灯两只手都拉住他。

“松手。”

夏灯不松：“我不想。”

“那你想什么？”

游风扭头看她，从受伤到现在，巨大的疲惫感姗姗来迟，压迫着他，叫他已经没有任何心力再去调整表情、注意口吻。

夏灯不松，低着头，眼睫毛也在没完没了地抖，那是心在抖，她以前都没这么害怕过的，哪怕被别人恼羞成怒对待时。现在她怕，她怕她拉不住他。

游风不能跟她耗了，看她难受，他也难受，会想抱她。可她在他那个问题之后的反应太难跨越了，那个反应证明她的服软还是因为自责。

“松开！”他重声说。

夏灯指甲都抠进他的肉里，就是不要松开。

游风音量放低：“这样没劲。”

夏灯眼睛和鼻尖很酸。游风感觉到了她的低气压，反牵住她的手，拇指轻轻摩挲："我不问了，但你让我自己待一下，我睡觉醒来给你戴，可不可以？"

他说这话的时候，心已经稀碎，不能要了。当他想要放开夏灯的手，又被夏灯抓住了。他闭上眼，无力感四处溃逃，流窜到全身。

夏灯抬起头来，脸上湿乎乎："如果你说，我因为你着急紧张，你受伤就发慌，但为处理后面的事，逼自己冷静理智，生怕哪里没顾及，哪个检查没做，你出一丝意外，留一点后遗症。

"你对我冷漠，对我那样说话，我生气又难过，忍不住发脾气，又想你是不是有委屈。

"我误会你，忘记你，对小时候的承诺言而无信，急着跟你解释，一晚上都在找你。

"看到你家有别的女生，我站在门口不敢进，怕你对我失望了，觉得夏灯这人有什么值得的，她不讲道理，没点良心，还有什么脸进门呢？赶紧走吧，走远一点……

"可我根本不想走，我想进门跟你说对不起，我以后不会弄丢你送给我的东西了……

"如果这就是喜欢的话，那我确实是！"

游风呆滞，浑身上下。

夏灯拉着游风的手，十指紧扣，哭腔越来越重："房博士的课对我来说可上可不上，所以没上过。跟你在一起的很多事如果也是可做可不做，那我根本不会做。"

她牵紧他："我喜欢。"

她抱住他："我喜欢。"

她踮脚，用湿漉漉的嘴唇吻住他："我也喜欢。"

她靠在他怀里："你明白吗？我喜欢靠近你，从来不是因为情侣关系应该靠近，是我自己喜欢……"

游风不听了，不问了，小潜水艇的几滴泪把他骨头凿穿了，松了高尔夫球杆，俯身低头，用好的那只手捧住她的脸，寻到她嘴唇，深吻住。他真傻，也不知道自己非得问个什么劲，又不是真的舍得放她走，早就准备好给她当一辈子的矢忠之臣了，不是吗？

“我多余吗？”游风吻着夏灯，问着夏灯。

“不……”

“我是小痞子吗？”

“不……”夏灯搂着他腰，眼泪流进两个人嘴里，又腥又咸，但真喜欢。

她来的时候很怕，嘴上说由他决定他们要不要继续走下去，但又无法想象他们就这样结束，她才知道他对她已经那么重要了。

无事发生时不觉得，一旦要离开就开始疼了。不知道哪疼，但真是疼啊。

还好，他那么那么爱，他舍不得。

她的情绪就这样在他猛烈绵长的吻里，渐渐稳定下来，接着就是怪异和缺氧。她想推开他，又怕碰到他伤口……

她轻轻哼：“我想换下气……”

游风停了，但只给她三秒。夏灯看他还要来，帅脸又要在眼前放大，以他久站不行为由拒绝，拉着他坐在沙发上：“你先在这坐一下。”

“然后呢？”

游风不知道坐在这干什么，只知道亲一半不被女朋友允许了。

烦，很烦。

“然后你站着不累？”夏灯说。

“不累。”

“……”

夏灯不说了，捡起他的高尔夫球杆，放好之前，借着反光的表面照了一下，唇色很深，像涂了口红……

她放好球杆，眼睛还雾蒙蒙的：“你太用力了……”

游风哪见过会哭的夏灯啊，她说他用力，他都要疯了，一把把她拉下来，腿别住她腿，手搂住她腰。

夏灯睁大眼：“腿不要了？”

“不要了。”游风就要给她坐，“反正有女朋友扶着。”

“谁扶你……”

“谁说我女朋友就是你了？”

夏灯扭头看他，眼睫毛还没干，黑亮黑亮的，漂亮得要死。

游风㞞了：“你不走的话，到死都是你。”怎么会有人叫人又爱又恨？

夏灯还想问他那么冷淡的原因，差点就被他迷惑住了，刚要问，烤箱一直“嘀嘀”地响，沈佑的工作没做到位……

她要搬开游风别住她的腿：“我去关，然后把饭做了。”

“别做了。”

“你饿了。”

“我饿不饿我不知道？”

“你现在轻微脑震荡你知道吧？”

“……”

“我已经弄得差不多了，很快就好，你先吃一点我们再说。”夏灯的脸上还有泪痕，她再这么乖地说话，游风哪里能拒绝？

“好。”

那他也给自己一点时间来平复。短暂的几分钟，情绪起伏太大，他要远远看她一会儿，想着她刚才说的话，想着她嘴唇的温度。

她说，喜欢。

他用好的那只手挡住嘴角，它暂时平和，不代表一直。他不是那么喜怒不形于色的人，刚才还装得无情，叫她松手，这会儿嘴角要是把他敲锣打鼓都诠释不透彻的心情暴露了，那有点太抽象了……

被女朋友表白了而已，也就是十几年来最盼望的一幕，这有什么？可别显出来，有点太不值钱了。

心里是这么想的，人已经操控轮椅，到厨房区看他女朋友做饭了。

要不还是稍微透露一点吧，不然那大花瓶子以为他没回应要伤心了。

夏灯有点低血糖，咬了口糖，喝了点水，打开火，看了在岛台外盯着她的游风一眼，正好天窗有一缕光投射进来，笔直细长地照进他眼睛。

明明受了伤，却还是漂亮。真是，怎么长的这个人？

她看着他，不安的情绪快要彻底消散了。

游风却没刚来厨房时的得意了，他要怎么透露呢？看到她扶着岛台边沿，吃了一口糖，他就忍不住想她找了他一夜，心里就像灌了铅。

“看什么？”他突然问她。

“谁看你？”夏灯收回眼，看锅了。

他绕过去，关了火，拉住她手，又将她拽到腿上。夏灯不自觉露出惊讶的表情，要起身，他已经操控轮椅进了卧室。

未免太熟练了……

贺仲生为什么要给他买这个东西啊？她不理解。

游风把夏灯带到床边，夏灯一下子站起来，还没走两步，又被游风拉住手腕，他突然用了力气，她持续疲劳状态太久，本就虚，他一拽，她就摔到他身上了。

她又担心，赶紧起来：“你还有伤！”

“我不疼。”

“你疼。”

游风托着她的腰：“你比我还知道？”

夏灯的手撑在床上，手指指腹轻轻摸他的伤口：“我知道。”

游风把她的手拿下来牵住：“不疼。”

夏灯声音不太大：“我疼。”

游风把她拉到臂弯里搂住，让她趴在他胸膛：“睡觉。”

夏灯想起来但动不了，她男朋友看着是薄肌，力气可大，只能被迫趴在他身上，说：“饭还没做好。”

“做什么饭？给他们脸了。”

“给你做。”夏灯低声说。

“不用你做，先睡觉。”

“我不困。”

“你困。”

一样的句式，只不过关系互换了，夏灯拗不过，就躺在他怀里，拿手机点了些吃的。点完，放下手机，她看着屋顶的灯，突然问：“我们和好了吗？”

“我没跟你吵架。”

夏灯扭头，看他：“以后能不那样说话了吗？”那样冷淡地说话。

游风也想跟她解释这件事，睁开眼：“当时情绪不稳定，由着性子不知道会说什么，所以逼自己少说，想等平复后再沟通……”解释到一半，他突然醒悟了。

夏灯从无动于衷到生气，到说出“多余”“小痞子”这些话，就已经是走心的意思了吧？

她以前生气太浅，难听话也会说，但并不扎心，因为她也斟酌。现在一刀一刀扎向他，难道不是她也在疼了？

游风像是发现一个惊天秘密，不动声色的狂喜从心底向外蔓延。

真的等到她慢慢爱上他了，明明没在等了……

他后知后觉地想到不久前要放开她的念头，倏然一身冷汗。如果对夏灯来说谁都可以，那必须是他。换成别人，万一得到了不珍惜，或者欺骗背叛她，她要怎么办？

还好，还好那个念头转瞬即逝了。

夏灯不知道他心里的动荡，但接受了这个解释。冷静下来回想他那些话，确实只是平淡：“你不能那样了。”

游风从自己的世界回归，看着她明确服软的眼睛，轻抚她的头发。

他当然不会再那样说话了，但：“你也不准跑了，以后留个字条就走的事不准干了，我找不到你，你要我死呢？”

夏灯心酸，还疼，搂住他：“以后能不能轻一点？”

“嗯。”

“以后还去不去阳台抽烟？”

“不……”游风都答应。

但在夏灯看来，这是接受？这不卖惨吗？又开始了，他也太坏了。

“可以了，你要记得今天的对话。”

“好。”

他说了个“好”，他就要故意拿捏她！

夏灯生气：“就‘好’吗？”

"'好'都不行了？"

"这不还是在冷淡吗？"

游风看着他女朋友越来越多的表情，越来越丰富的情绪，强压许久的笑意还是从眼角流露出来："那我女朋友想听她男朋友跟她说什么？"

夏灯真的在想，很认真："你以后说，我知道了。"

"我知道了。"游风捏着她的手说。

夏灯听他说完，再看他柔和的眼睛，后知后觉自己刚才的反应，她面对游风时的情绪未免太多了吧？喜欢是这样的？

游风那个看透一切的神情，叫她没来由地害羞，不想跟他待了，要从床上下去："我去洗个澡。"

游风拉住她："还洗？"

夏灯憋了数秒："你太脏了，把我也弄脏了。"

"谁太脏了？"

"那你今天洗澡了吗？"

"我怎么洗？"游风低头看看自己。

"那就是你脏。"

"……"

脏是吧？

游风把她拉回来压住，浑身上下都跟她贴一起。

夏灯看着男朋友的帅脸，漂亮的眼睛："干什么……"

"不是说我脏吗？那不得弄脏你吗？"

"你，这也太缺德了……"

"还嫌弃我吗？"

夏灯被他压着还要顾着他受伤的胳膊："我哪敢？"

"有你不敢的？"

游风嘴唇贴着夏灯的，轻蹭，慢磨，软软的唇，温热的呼吸，慵懒的午后，纯白的四件套。夏灯可以闻到他身上甜甜的白玫瑰和鸢尾香气，他很心机，给她也备了这个味道的沐浴露，他们现在一个气味，但闻到对方身上的又有不同。

其实他一点也不脏，他身上的香味，她很喜欢。但她可不能这么说，那他太得意了。她要先轻轻柔柔地说：“我没嫌弃你。”然后语调急转直下，“但你就是脏的。”

然后她就被游风亲了：“我是瞎说的……”

“晚了吧？”游风说，“就这点战斗力，还学人家招猫逗狗，撩完了，腿软了，再闹脾气逃走，大小姐都是你这个样的？”

“我没有……”

“没有什么？”

夏灯的手还在他腰上，一点一点收紧了，搂住了：“我没撩过。”

“没撩过？”

夏灯低声的话说给他的胸膛：“我没撩过别人。”

好。

真棒。

这大花瓶子，稳定发挥。

夏灯感觉到了，从他胸膛抬起头，看他：“你……”

“不用提醒我，我知道。”

“说来就来吗？”

“废话，我很正常。”

游风侧躺住，呼了口气。夏灯趁机下床，跑出房间。

女朋友在侧，但他因为胳膊腿折了行动力大减而不能有动作……这种事再来两次，他应该就戒掉暴力解决问题的毛病了。

他忍得出冷汗，夏灯又进来了，还躺在他旁边。他还没意识到她要干什么，她的手轻轻抱住了他。

游风心也跳了，他的心跳像重槌击鼓，他拉过她的手，把她揉进自己的身体。

她开始觉得谈恋爱有点意思了。

但也许，有意思的就不是谈恋爱，而是跟喜欢的人谈。

游风搂着夏灯，温柔绵密的吻落在她额头鼻梁。

“晚安。”

夏灯累死也困死了，但还是抱着他的胳膊：“你跟我一起睡……”

“好。”游风说完，停顿三秒，又补充，“我知道了。”

夏灯微微弯唇，柔软地印在他胳膊上，声音越来越飘，像梦话：“谢谢你一直在我身边……”

游风浅愣一下，轻抚她的手臂：“不客气。”

“你会一直保护我……”

“会。”他甚至不用等她说完。

“可是你人生的意义不应该是……”

“可以是。”

游风拉起夏灯的手，吻在手背：“这不是你要想的事。”

你去盛开，我保护你。

“你不要太爱我了……”

游风喜欢抱她，就这么抱着她：“赶紧睡，别废话了。”

“不……”

“不睡？那再……”

“睡了！困了！别跟我说话了！”

游风听着夏灯突然变有力的话，冷不防想起一些话来。

确实，这样的他所拥有的夏灯，早值得他原谅一路以来的荆棘。

贺仲生追着关一心到楼下，把她拦去了旁边的便利店，买了两杯青柠水，放她面前一杯。关一心面色煞白，过于心虚。

贺仲生坐在她旁边，看向窗外太阳炙烤下的一切：“觉得丢人吗？”

关一心没吭声。

“是不是没想到，会有这么狼狈的收场？”

关一心指甲摁进指腹：“是我运气太差。”

贺仲生笑着摇头，关一心扭头看他，不太理解。

“其实游风跟我说过你不见得真心，是我没放在心上。因为一个在我熬了通宵，给我点热牛奶、买护肝片，总是温柔说话的女孩，她的目的对我来说也不是很重要。”贺仲生说完也扭过头，看她，“所以其实不是你表演的水平多高，是我们甘于现状。”

关一心的眉头一点一点敛起。

“我需要你的温柔来缓解疲惫，蒋伏需要你来告诉他，夏灯爱他，惦记他，一直忘不了他。

“他本来就觉得没得到夏灯很遗憾，正想听人说这些，你愿意说，他也就理所当然地让自己沉溺于这个谎言里了。

“你就没想过吗？他为什么这么快醒悟？没一直执迷？

“就是说，他怀疑过你那些话的真实性，只是那些话太好听了，他不想醒。”

贺仲生想抽烟了，这地方不让吸烟，不自觉摸摸嘴角：“如果你没有过界，只停留在这个阶段，我们还能允许你继续表演下去……”

关一心站起来，很不想听他说这些似的：“别跟我秀人性下限了。”她不介意跟他把话都说开了，“我是嫉妒夏灯，那年我穿了她的裙子登台，没澄清游风拍的是她，又以她的身份和蒋伏暧昧了一段时间。

“是，很没品，但那是多少年前的事了？

“他们在一起的消息让大家把这些事都翻出来了，你知道就因为游风那组照片不是拍我，我被多少老同学阴阳怪气了吗？赵苒还专门打电话来羞辱我！

“你站在我的立场为我考虑一下，他们把我现在的生活弄成这样，我凭什么让他们好过？”

贺仲生在这一刻才意识到，关一心的表演还是可圈可点的，她这么扭曲的三观，居然能在跟他暧昧期间，说出那么多善解人意的话。

他纠正她：“首先，那些破事确实是你干的；其次，没人逼你。

“你以前做的事在多年后被公开，也不是谁造谣，正确做法不应该是懊悔你当年为什么干了这种事？怎么赖别人？”

关一心微信转给他这杯青柠水的钱，笑了声：“别站在道德的制高点指手画脚了，耳光没打你脸上，你当然不疼。

“你们明知道我虚情假意也不拆穿，还显摆你们多精明，只对我索取你们想要的，当我过界就把我踹开。

“不是把渣说得理所当然就不渣了。

“我三观不正、利用你们，我爱挑拨、会表演，你们顺水推舟便宜占完了再来置喙我的道德水平，你们就是正义之士了？

“少扯点犊子吧，贺仲生，我们都一样，就你要给自己建一座圣母院。”

关一心说完走了，边往外走边拉黑了贺仲生的联系方式。

贺仲生当下被她一通攻击，还有点不悦，男人被戳穿，总是会气急败坏，但学历和阅历对他是有帮助的。他道德再败坏，这两样也能让他很快平复，很好地掩饰过去。反正成年人只选择不改变，不能凑合的人就不去凑合了，换一个也不用什么成本。

他又喝了一口青柠水，准备出去转一圈，晚点再回游风家里。跟关一心告一段落，跟游风还是要做兄弟的，怎么说都是他把麻烦带到了人家家里，还闹成这样，他有必要跟人道歉。只是这个时候，应该是游风和大美女解开误会的时候，他就不去捣乱了。

夏灯一觉睡到了中午，要不是太饿，她得第三天才能醒。

醒来时游风正在看她，她下意识摸脸：“你几点醒的？”

游风瞥了一眼酒车：“你点的东西。”

夏灯从床上爬起来，去洗了下脸，漱了漱口，回来坐在了床边。游风看着她睡眼惺忪，头发被水撩到了，湿了几绺，脸颊、鼻梁还有眼睫毛上有几滴水珠，明明清纯，但就是能撩动他一身欲望。

夏灯精神了一些，看着小夜灯还开着，伸手关掉，扭头刚好对上游风的眼。两个人离得很近，夏灯彻底精神了。

他洗澡了吗，还是洗头发了？怎么感觉玫瑰香更浓郁了？

她靠近他坐下来：“他们还没回来？”

“轰走了。”

她扭头，想问他合适吗？但是他的话，确实没什么不合适。

就这么看着他，昨天还跟她别扭、吵架的他，今天那么明目张胆地看着她，再也不别开了……

她抿唇，微微扭头：“你别看我了。”

“手给我。”他说。

夏灯又看向他，慢慢把手伸了过去，游风把他设计的那条安全扣手链给她戴上。

男孩子低着头，认真做一件事，双眸低垂，眼睫如扇，看着好心动。

多好啊，他还在。哪怕她醒得再晚，他也都在她身边。

他戴好了，她低头看，链子上多了一个船锚，猛地抬头。他手伸到她脑后，托住她的头，带到他身前，在她额头一吻：“哥哥给你戴上了。”

“……”

夏灯昨天耍赖让他给她戴，跟他叫哥哥来着……他就喜欢记这些，然后阴阳怪气她。

“谁跟你叫这个？”

游风伸手擦掉她脸上的水珠，没接她这话，说：“不准再丢了。”

夏灯停顿片刻，那么坚定：“我不会再丢了。”

“答应得倒挺快。”

夏灯皱眉：“我也能做到。”

“你以前也坚定。”

他一翻旧账，夏灯就心虚了：“你别再说我了……”

“还知道害臊。”

他又要坏，那好，他翻旧账，她也翻：“我忘了你可以提醒我的，以后也是，你可以直接告诉我，不用那么冷淡。”

面对她的倒打一耙，游风说：“本来就不主动，如果这种事都要我告诉你，你能为我们两个的感情贡献什么？”

“……”

夏灯倒打一耙的计策失败了，低头不说了。

她一这样，游风就投降了。他爱得更多，就要承受更多，正要牵她的手跟她好好地说话，她抬起头来，靠近他，轻轻亲他的脸：“贡献这个。”

半晌，游风才说：“这是我的权利，怎么能算你的贡献？”

夏灯没想到她都做到这份上了，他的反应力还这么在线，考虑再三不准备跟他聊了，转移了话题：“你吃过了吗？”

游风伸手把酒车拉到跟前："你吃你的。"

夏灯那盘巧克力、跳跳糖顶大用了，许久没睡，又打架，吵架，还睡了这么长时间，都没脱水……

她是被饿醒的，但看到一小车咸口小食，也不是很饿了。

看包装都是完好的，她又问："你不吃？"

"太咸了。"

夏灯看着这一小车，确实是："要不，我给你再叫一点甜口的，或者我做点小饼干？"

"你昨天吃的什么？"

"昨天？"

"在西厨。"

夏灯想起来了，去拿了一趟："我低血糖吃的，但只剩一块了，而且我已经咬了。"

"我没要，不用着急嫌弃我。"

"……"

夏灯哪句话是嫌弃他的意思？故意的吧这个坏人？是不是又开始了？

她气得把那块有她牙印的糖取出来，拆掉包装，喂到他嘴边："张嘴！"

游风张嘴，被女朋友喂了糖，很甜，问："这是什么味的？"

夏灯把外包装丢掉了，只有一个小包装，没写是什么口味的："我不记得了。"她刚说完，被男朋友拉过去吻住了唇。

她的嘴里也有那块糖甜甜的味道了，她还以为他只是想亲了，结果放开她的第一句是："什么味的？"

夏灯真无奈："你自己没有吃出来吗？"

"你不说我脑震荡吗？可能也影响了一点味觉。"他张嘴就来。

夏灯看在他脑袋坏了的分上，不跟他一般见识，舔了一下唇角，认真想："蔓越莓，或者玫瑰，要不……"

游风看着她，听着她说话，她说的每一个字都有一个又慵懒又甘甜的尾音。他很喜欢，喜欢看也喜欢听。

夏灯说完扭头，发现他一直在看着她："你怎么总是盯着我看？"

"我自己女朋友，我不能看？"

"能，你是我男朋友你最了不起，你想看就看。"

游风听着她阴阳怪气，眼角深藏笑意。

他醒来就一直看着她，想着昨天她着急地表白，害怕他离开的情绪浓烈到连那副寡淡的性格都没能压住。他明明已经为此得意过几轮了，再看她还是忍不住拿出来回想。他的小潜水艇又有了些小时候的影子，前不久还烦透了这身伤，现在却觉得这身伤可真值。

夏灯不跟他说废话了："我请过假了，你好之前我都在你身边。"

"你在学校不也跟请假一样？"

夏灯说："那你要是不愿意我就回去。"

"愿意，有些人迟钝了这么多年总算开窍了，我怎么能不识好歹？"

夏灯听这话，好别扭："你不要阴阳怪气，不然我等下就回去。我不回学校，但我能去游泳，我还能去一个电影节看首映，我小姨给我弄到了票，看完我还要去卡戎岛看店铺，开酒馆。"

"你怎么这么霸道？你可以嘲讽我，我不能嘲讽你。"游风说。

"对啊。"夏灯就要跟她男朋友霸道，这是她的权利，她要用。

"你等下肯定回不去。"

"什么？"

游风刚看了一眼表，敲门声适时传来。

夏灯从他腿上起来："谁啊？贺仲生和沈佑吗？"

游风从身后把夏灯的手机拿来，递给她："余焰女士打过电话，我叫过你，你不起，让我接，我接了，现在敲门的应该是她。"

"……"

"她说跟你爸一起来。"

"……"

夏灯站在原地不动弹了，像一具精致的人皮木偶。游风看着她的错愕转瞬即逝，随即是悠久的沉静，就知道她是在想怎么应对父母。他突然想到，她在面对自己出事时的一系列反应。那时她也很理智。

她说她很怕，但也强装镇定，他那时就已经信了，现在看她面对父母也这样一副思考模样，冷静自持，彻底信了。想想他以前遇到紧急情况，无论心态怎样也还是先处理问题。他尚且这样，怎么赖夏灯太理智？

夏灯想好了，整理两下衣服就跑向门口，打开门，只有物业小哥。

物业小哥被夏灯散着头发、穿着吊带、脸颊微红的画面冲击，往后仰了下身子。

真的很漂亮……

职业素养让他很快醒神："您订的午餐，餐厅的人送到楼下，我给您拿上来了。"

夏灯才意识到被游风骗了，从物业小哥手里接过食篮："谢谢。"

进了门，门自动缓慢地关上，夏灯怨自己，被他骗，老是被他骗，老不长记性。她拿出手机，发现"余焰女士"确实打过电话，但显示未接。她没去找游风算账，先把食篮放到桌上，走到窗前地台，给妈妈回了一个电话。

妈妈好像在健身，夏灯听到了器材提醒的声音，她先叫了声："妈。"

一阵长提示音，好像关了器材。

半分钟后，妈妈微喘："醒了？"

"嗯。"

"回家吗？"

"回。"

"自己可以回吗？"

"可以。"

妈妈笑了下："以为我闺女现在乐不思蜀了，车都不会开了呢。"

"妈……"

"回来吧，跟他过一晚可以了，这我都没跟你爸说。"

"我爸也在平城？"

"嗯，我们都有工作要做，未来两个月都会在平城。"

"未来两个月啊？"那不是跟游风的恢复期撞上了……

"你很不愿意吗？"

"没。"

"我等下去买菜，晚上给我宝贝做好吃的。"

"嗯。"

电话挂断，扭头，游风早坐着轮椅出来了，还把食篮里的食物拿出来放到桌上布好了，跟她说："吃饭。"

夏灯过去，看他一只手好像也不影响生活："你能够自理吧？"

"不能。"和好之前能，和好之后不能了。

夏灯说："我爸妈要在平城待两个月，我不能在这照顾你了。"

游风听出来了，她是两个月不能见的意思："我很丢你的脸吗？让你拿不出手？"

夏灯扫量他一身伤："你看你身上的伤，我怎么把你拿出手去？"

"伤能代表什么？"

"要是我妈以为我当大哥的女人了，她一定会想办法把你铲除的。"

游风抬头看她："你还想过当大哥的女人？"

夏灯不跟他发散话题了："你没替我接电话，为什么说接了？"

"我接了。"

"我这有记录。"

游风舀了勺汤："我接了许漾警官的电话。"

"……"

夏灯皱眉，又看手机，"余焰女士"前一个电话就是"许漾警官"打来的，显示接通过。

游风又喝了一口汤："他提醒你这段时间别去步行街了，城管和小贩一直有冲突，摆摊的积怨久了正计划闹事。"

"然后呢？"

"我说你在睡觉，等你醒了回给他。"

"……"

许漾。

之前跟舒禾、程程在一起遇到当街拖行女性的情况，立马到附近报了警，当时就是这位许警官主要负责处理。她们仨交代完始末，准备离开，那歹人突然发狠，嚷嚷着她们仨多管闲事，抄起椅子砸向她们。许漾动作很快，接住那把椅子，也制服了行凶的人。程程看警官长得帅又身手不凡，跟舒禾挤眉弄眼、一唱一和地约了人家的下班时间，去吃了饭。

那次夏灯没去。舒禾和程程第二次约许漾吃饭，叫了夏灯，却没说不是室友局，夏灯到了才发现有许漾。那天吃了烧烤，舒禾和程程一直套许漾的择偶标准，他几次三番说暂时不考虑，两人失去兴趣，也不再问了。分开时，程程问他要不要加个微信，他很直接地给了电话号码，说有事打电话。

舒禾问遇到危险可以给他打电话吗，他让她们直接打报警电话，打私人电话不视为报警。程程喝多了，施展她拿捏男人的功力，问他，遇到危险就想到他，要怎么办。许漾想了一下，又很直接地把片儿区办事处的座机号码给她了。舒禾和程程被这根木头麻到根儿了，不想撩下去了。

他还一本正经地对两人说："这是报警分号，可以直接打到东光区春安路派出所，接到电话会第一时间出警。"

她们嘴上说好的，心里都没当回事。这对夏灯来说还挺有用的，有了派出所座机号，报警方便多了，就存上了。她跟许漾私底下没说过话，几次他打来，都是提醒她哪里有闹事的趋势，让她别出现。

她往往会回一个"谢谢"。

本来挺正常的事，被游风接了许漾的电话，事情就不正常了，好像她做了什么对不起他的事，被他给逮到了。

她手扒着桌沿，刚张开嘴，游风先出了声："敬佩这位许警官，提前闹事都知道。"

"……"

游风说这种话从来是严肃正经的语气，明明很讨厌的话，他一说出来，就让人觉得错都是自己的，他都是无辜的。

夏灯说："你为什么跟人强调我在睡觉？"

"你不是在睡觉？"

"我在睡觉这件事重要吗？"

"我是陈述事实。"

夏灯看着他正经的脸："你就是吃醋了。"

游风死鸭子嘴硬："我没吃过醋。"

夏灯给他数："周末、齐征、何公瑾，还有……"

游风放下勺子，双手搭在桌上："记我的时候记不住，记这些男人你的记性就变得这么好了。"

"……"

明明夏灯占上风，突然他一招制敌，局势被扭转……

她说不过游风，但知道他的软肋，坐到他旁边的椅子："因为是男朋友，所以要特殊一点。"

"我还得谢谢你？"

"那我不提你吃醋的事了，你能不能也不提我把你忘了的事。"夏灯讲条件。

游风说变就变："那我吃醋了，现在来说说你忘了我的事吧。"

"……"

夏灯说不出来，耍赖了，悄悄牵住他手。

"别想蒙混过去。"游风话是这么说，但还是牵紧了她的手。她的手有点凉，他很有必要给她暖暖，是空调开低了？

夏灯被他单手揉着手，抬头是他疲惫感浓郁的俊脸："房博士布置了新的作业，男朋友。"

游风眼都没抬："自己写。"

"你说过，活着就是为了给我写作业，现在你写不了了，我可以不介意，但有一个条件。"

夏灯接下来就要说，别再提忘了他的事，别揪她的小辫子了。游风抬起头来，知道她要说什么似的："活着就是为了给你写作业没错，但现在一只脚在鬼门关，已经不算完整地活着了。"

"……"

"你还要让我给你写作业，那我只能用这只几乎残废的手了。"

"……"

夏灯认输："好，你提吧，怪我，对我发脾气吧，是我忘了。"

游风却没说，给她的手暖热乎了，伸手把汤端了过来，语调一改刚刚的，柔和许多：“怪过你。”

虽然很正常，但夏灯还是咬了下舌尖：“应该怪。”

“分手就不用忍了，也不用怪了。”

分手……

夏灯抬起头，眼睛略大，就这么看着他。

游风用好的那只手舀了勺汤，吹吹，喂到她嘴边：“又不愿意。”

夏灯没张嘴，看着他眼睛。她不喝，游风也没强迫，放下勺子，抬头：“我不愿意分手，那怎么能怪你？”

夏灯呆滞的样子有些木，像假人，但漂亮的假人也让人心花怒放，游风说：“你不走，就不分。”

夏灯心里乱跳，一潭死水已经泛起涟漪，现在又拼命震荡，好像是从潭底向上延展的。他昨天也说过，“你不走，到死都是你”。

他把压力都给她了，最坏的人了。

“嗯。”

“嗯什么？”游风用鼻尖轻轻蹭她耳轮。

夏灯痒，就躲，但身子还靠近他，声音特别低，考验他耳力：“我不走。”

“什么？”

“不告诉你。”

“不告诉我什么？”游风耳朵凑到夏灯唇边。

夏灯在他耳边说：“我问你你请假了吗？”她有暑假，游风可没有暑假，她知道。

“没有。”游风搂住她的腰，“不重要，告诉我你说了什么。”

“你没请假，你导师不说你？”

“反正在家，什么都没耽误。”

“是吗？”

游风沉吟数秒：“你应该理解不了在家学习的现象，你又没学过。”

“……”

夏灯要起身远离他，游风不让她起，认尿改了口：“学识而已，一家有一个懂就行了。我把你那份学了，你玩儿你的。”

夏灯仰头看他："你这是把我当花瓶了？"

游风笑了，唇角浅跃，薄唇微张，白牙露出一点马脚，即便脸上都是青红的伤痕，也过于俊俏了。他很少笑，为数不多的几次也是给他的小潜水艇，但他的小潜水艇可不领情："你笑什么？"

"不然呢？你一直以为你是什么？"

夏灯要回家了，坚持从他身上起来："我要回去了，放开我。"

游风不放："你先告诉我，你刚才小声说了什么。"

"我说，我爸妈要在平城待一段时间，我管不了你了，你自己想办法照顾你自己。"

刚说完，妈妈的电话又打来，她趁机挣脱游风那一只好手，站起来接通了："妈。"

"难舍难分吗？"

"……"

"你爸都忙完工作回来了，你还没回来。"

"我这就回去。"

"你要是舍不得跟他分开一会儿，那就带回来，正好你爸最近案子进展不顺利，一肚子火没处发泄……"

"马上。"

夏灯匆匆挂了电话，也不收拾了，拿上包就要走，走两步返回，问游风："我能戴你的帽子回去吗？"

游风轮椅的把手上就有个棒球帽，拿下来："过来。"

夏灯走过去，低头，游风给她戴上。

夏灯要戴口罩的时候，游风提醒："这就走了？"

"嗯。"

"就这样？"他暗示得很到位了。

夏灯知道了，口罩挂在一只耳朵上，俯身亲了他的脸。

"就这样？"游风还要问。

夏灯当没听见："回家给你发微信。"

游风没说话。

夏灯走到门口还是返回来，跨坐在他腿上，避开他伤口捧住他脸，吻住他嘴唇。游风没反客为主，显然是没想到夏灯有这个举动。

夏灯怕他在乱想，告诉他："不是因为你问我要了，是我想给你。"

游风看着她。

夏灯戴好口罩："如果确定心意还是一成不变的，那用什么来证明我心里有你？

"夏灯的男朋友，你的夏灯走了。

"拜。"

夏灯说完就走了，留下游风被撩得一身火上不来、下不去。

你的夏灯……他晚上要睡不着了。

夏灯回到家，爸妈都在客厅等着了，偌大的空间，十米远的距离，压迫感也还是强烈，她硬是没敢上前。

她没挨过打，也没挨过骂，照理说不用怕，毕竟她爸妈永远宽容。但又给男生做饭，又是夜不归宿，总归是心虚的。

阿姨先迎上来："回来啦，快先去泡个澡解解乏。"

爸妈都没扭头看，一个看书，一个看电脑。

夏灯点头，先去泡了个澡。浸在泡泡里，她双手搭在浴缸裙边，拿手机打字，屏幕上是她随便找的一部电影，好不好看她也不知道，因为一直就没看进去。

游风问她到家没。

她说："到家了。"

"说你没有？"

"还不知道，等下我下楼吃饭，应该会说。"

"都推给我，会吧？"

夏灯看着微信聊天，眼睛在微笑都不知道："都推给你不是会让我爸妈讨厌你？"

"你不挨骂就行。"

夏灯抿抿嘴："都推给你，你就完了。"

智控系统响铃了，夏灯手伸到浴缸上装的智能面板，摁下接通，阿姨的声音传来："吃饭啦。"

“好，这就下楼。”

挂断，夏灯再看手机，游风说：“我有信心让叔叔阿姨信任，别瞎担心，都推给我就行了。”

夏灯摁住说话：“好的，男朋友。”

游风看着这一句，也轻抿了嘴，好像只有抿嘴才可以抑制嘴角不受控制地上扬。虽然照他的肌肉记忆，即便是笑也不可能咧着嘴笑，但还是抑制一点吧。乐极生悲也不是毫无根据，还是得为以后积攒运气。

心里是这么想的，动作上还是忍不住一遍一遍翻开手机，看夏灯最后那一句“好的，男朋友”。

贺仲生看麻了已经，自从他和沈佑回来，游风就像有病一样不停翻开手机，看一眼又扣上。

“你要不再去看看脑科吧？照个 CT（电子计算机断层扫描）。”贺仲生提议。

沈佑也说：“胳膊腿的都折了你都不难受，再挂个精神科吧。”

游风终于抬起头，看这俩外人：“谁让你们回来了？”

“你让我们来我们就来，让我们走我们就走，你当我们是你养的狗？”贺仲生骂他。

沈佑直接把外边住了一宿的账单截图给他：“报销！”

游风看了一眼，九千七：“你俩怎么不住三万六的？”

“所以才说我们是兄弟啊，为了给你省钱，想都没想三万六的房，挑了一套九千七的陋室。”

贺仲生也说：“还就开了一间，你知道我俩是怎么承受前台几个姐姐异样眼光的吗？”

“都是为了你。”沈佑接得快。

游风把手机放下：“少恶心我。”

贺仲生笑了，不跟他耍嘴皮子了，抬抬下巴，调侃：“说通了吧，跟我们那大美女？”

游风这能告诉他们俩吗？

“不该问的别问。”

贺仲生跟沈佑对视，了然，对着咂嘴，沈佑又感慨：“这么俊的姑娘，眼光这么次。”

“这我得为大美女说两句了，人家原先的理想是行遍世界，然后在海边开酒吧，接收来自五湖四海的故事，以思考人生意义。可不俗呢。”

沈佑只看字面意思：“听着有那么点人类学的意思？怎么学了汉语言文学？”

贺仲生说：“咱学习是为什么？为了钱、名、个人价值。这些东西人家爹妈已经给挣下了，用她学什么？

“即便是她学了，咱们一茬毕业，也不在一条赛道上。

“我们要想跨越阶层取得成功，可不光要有实力，还要有运气，比西天取经都难。”

沈佑看氛围融洽，傲娇了一句：“那我是属于什么？”

贺仲生扭头看他。

游风提醒贺仲生：“寒门贵子，航大之光。”

贺仲生肃然起敬，瞪着大眼看沈佑：“兄弟这么牛？”

沈佑一看贺仲生这么大反应，又觉得刚才太装，收起了傲娇：“也不是寒门，父母都是工人，普通家庭，他们爱瞎侃，反正我也算是运气比较好的那一小撮。”

贺仲生不说话了。

沈佑也认可他前边对阶层的理解：“确实有些东西很难跨越，也很容易心理不平衡。我以前低谷期时也觉得不公平，心态放平和之后，只做手头的事，不再执着于结果，这样一来，一点好消息都像是意外之喜。”沈佑停顿了数秒，又说，“我这也是有点站着说话不腰疼，你就瞎听吧。咱接着说大美女。”

贺仲生可不敢大放厥词了，他在三人当中混得最不行了，以为沈佑情商最高呢，原来智商最高，难怪跟他说话舒服。

被人向下兼容了。

“我还在这儿呢，闭上你俩那两张破嘴。”游风不让说夏灯。

气氛回来了，贺仲生知道，是又被游风降维抚慰了。不同于沈佑给予他的震撼，游风的双商他太习惯了。不想了，想什么啊，够矫情的，厚着脸皮继续说：“我们得不到，还不让我们说了？”

沈佑也很想知道："一个眼界这么宽阔的超级大美女，为什么看男人的眼光这么次？这比我不知道她胸怀远大还难受好吗？"

贺仲生瞥游风一眼："问他啊，还不是被他给骗了。"

沈佑也瞪向游风。

游风以前是不会搭理他们这种屁话的，但夏灯的吻像羽毛扫动他寂静的宇宙，他实在心情好，就赏了他们一句话："你们怎么没骗来？"

"……"

夏灯洗完澡下楼，她爸妈已经坐在了餐桌前，她走过去坐下，叫了声爸妈，拿起筷子。

爸爸倒是很平静，慢条斯理地吃着菜。妈妈可不是，双手叠在面前，垫着下巴，看着她的漂亮女儿。夏灯被看得不自在，拿着筷子，久久夹不起东西。

妈妈这时候问她："没胃口？"

"不是，我不饿。"

"吃了什么？"

"……"

夏灯只吃了一口糖。

妈妈当着爸爸的面不停试探："他给你吃了什么？"

爸爸抬起头："他？"

夏灯不自觉坐直。

妈妈微笑："不是跟同学在一起玩儿了吗？我说她的女同学。"

爸爸没多想，看夏灯坐下到现在一口没吃，用公筷给她夹了菜，还有她喜欢的琵琶腿："在平城待几天？"

夏灯立刻接话，生怕妈妈又冒出什么惊人的发言："两个月。"

爸爸挑眉："以前说在平城上学，不是还不开心？决定去涂州上大学时，说话都轻快了，怎么又变了？"

夏灯卡壳。

妈妈终于拿起筷子，嘴却没停："正常，女大十八变，胳膊肘这就要往外拐了。"

夏灯突然发了冷汗。

爸爸意识到妈妈的反常："今天说话不太对劲。"

妈妈拿筷子戳着牛油果酱："别管我，我的小白菜被人摘了，难受着呢。"

夏灯呼吸一滞。

爸爸放下筷子："案子的事？有什么问题？说出来我帮你解决。"

妈妈冲爸爸笑："身边的人要都像我老公这样心疼我就好了。"

夏灯心间一紧。

爸爸皱眉："怎么比女儿变得还快，昨天不还说我不顾及你？"

"我错了，我可能只有我老公了。"

爸爸笑得无力："四十岁了，又演起来了。"

"你少管我，吃你的饭，反正我也是被摘了小白菜的伤心人。"

夏灯待不下去了，站起来："我有点困了。"说完拉起妈妈，"妈，你跟我一起！"

上了楼，关上门，夏灯松了口气。

妈妈还笑着："还以为我女儿习惯了寡淡，就再也不会有这么张皇失措的时候了呢。"

夏灯扭头对她说："你让我找一个机会跟爸爸坦白，好不好？"

"哦，跟你爸爸坦白要找个机会，我呢？你妈知道时也难受，怎么没想到安抚我啊？"

"妈——"夏灯拉长音，像撒娇。

妈妈僵了片刻，像是久违一般，很快又笑了，拉着她的手，走到沙发边，坐下来："说说看。"

夏灯不想说，扭过头："说什么……"

"说说那男生。"

夏灯要把脸扭一百八十度了，这怎么说？她持续这种淡漠、拒绝沟通的性格已经很久了，早忘了跟妈妈说心事时的自己。

"他帅吗？"

"不帅。"夏灯说谎。

"那就是很帅。"

"……"

"你又不会说谎。"

"……"

妈妈轻轻拍着夏灯的手背："能确定是喜欢吗？"

夏灯眼睛盯着沙发缝，深黑色的一条线，没有回答，而是反问："妈，你当时是怎么确定喜欢我爸的？"

妈妈盘腿坐好了："让我想一想。"

夏灯托住下巴，准备好好听一听。

妈妈边想边说："我当年回国上学，生活技能为零，身在哪里都格格不入。你爸那时创业有些艰难，就在一个招聘中介那放了个人履历。"

"然后呢？"

"那时我需要一个中文老师，阴错阳差录用了他。他履历漂亮到让人以为是造假，但水平又确实高，就引得我想了解他更多。知道他缺钱后我把我身上的钱都给他了，就在一起了。"

"我爸缺钱吗？"夏灯的祖母是夏润地产的当家人，即便她爸当年创业艰难，也应该不会是钱的事。

"他装的。"

"……"

"他故意把履历放在中介那里的，因为他知道我要找中文老师。"

许久，夏灯说："我爸有点厉害。"

妈妈说："手段只能证明他聪明，不能证明他爱我。"

"但是他爱你。"

妈妈点头："嗯，他爱我。"

夏灯趴在沙发靠背上，想着父母的爱情，不自觉地嘟哝："男人遇到喜欢的人，都是一样的。"

妈妈听见了："那男生也装缺钱？"

夏灯摇头："他什么都装。"

"那还喜欢他？"

"但是他爱我。"

妈妈浅愣，醒过神来轻轻梳理她耳边的发："你呢？能确定自己的心意吗？”

话题回到最初，夏灯已经能答了。

她望向远处街头风格的挂毯，声音悠悠的：“我在意他的所有，他的所有都能牵动我的情绪。他受伤我会疼，他冷落我我也疼，他好好的，我好像……也能好好的。”

妈妈看着她说起爱情时的懵懂样，唇角一直挂着笑。

夏灯回头：“这如果不是喜欢，我不知道什么才是。”

妈妈知道了，把宝贝搂到怀里：“挺好的。”

夏灯很久没被妈妈抱过，也是她寡淡太久的缘故，一时间没做出反应。

妈妈并不在意，她好想这样的宝贝，很多年了，终于勉强见到了，哪怕是勉强。她的宝贝好像灿烂了一些，不是很多，但看到她偶尔没那么无动于衷，偶尔没那么寡淡无心，真好啊。

不用很多。

偶尔就好。

“可以告诉我，那男生的名字吗？”

夏灯从妈妈怀里离开，看着她。

“不会找他麻烦的。”妈妈假装有些难受，“什么时候我的事你也能这么着急。”

夏灯不犹豫了，立刻答：“游风。”

妈妈听到这名字，温柔的神情断裂在脸上，至少半分钟没重组，可是管理表情向来是妈妈的强项。夏灯察觉到不对劲，却没追问。

无论为什么反常，妈妈想说肯定会说。虽然有点不安，但她了解父母，他们从来尊重她的意愿，也就没因这一点反常纠结太久。

沈佑和贺仲生各自还有学业、事业要顾，陪不了游风太久，在他家待了两天就走了。

第三天下午，游风收到了贺仲生的消息——

“沈佑在时也不好意思张嘴，这一走终于有机会了。关一心的事不好意思，我没想到事情会变成这样。以后关于女人，你给我的提醒我都会琢磨的，争取不再发生类似的事了。”

游风回复：“别矫情了，谁给你关于女人的建议了？我没给过。”

贺仲生秒回：“是是是，那是狗说的。”

游风回完就把贺仲生拉黑了，正跟他共享屏幕的夏灯这时问：“他的消息是不是说，你很了解女人？”

“他口误。”

“哦。”

“我刚说的思路，听清没有？”

夏灯说：“我又不写，听没听清不重要。”

“你不写，你让我给你写。”

“那要是有人给我写，我肯定不拒绝啊，房博士还会夸我。”

“你找个男朋友是用来坑的？”

夏灯被阿姨提醒汤好了，把手机摁扩音，放到一边，把汤盅从火上端下来，戴上手套掀开盖子，热气带着香味扑她一脸，她扭过头，大眼睛看着阿姨：“好了。”

阿姨看了看，笑着说：“色香味刚刚好。”

游风那边又说：“好，给你写，别冷暴力。”

夏灯拿起手机：“我汤好了，等我装好给你拿过去。”

游风滞了片刻：“你这么半天是在煲汤？”

“嗯。”夏灯还有一点得意，“我第一次煲，阿姨说刚刚好，我先不尝，把第一口留给你，让你先尝。”

游风听完这句，拄着高尔夫球杆在电视旁走了一个来回，待情绪缓和以后，听来平静地说：“第一口给我？没有毒吧？”

“有，我给你放了一包砒霜。”夏灯拿着手机，眼波柔和。

游风手摸着唇，从三天前到现在，温柔微笑的时刻未免太多了：“这么恨我？”

“不能恨吗？”夏灯歪了头，却浑然不觉。

阿姨没有听夏灯打电话，但她的语气跟平常的淡漠不一样，难免会竖着耳朵听一两句，想分辨是不是真的不同，但还没等她分辨出，一下看到夏灯手上那条手链，那个船锚也系一起了。

想来是那男孩送给她的，只是捡到那个东西是好几年前的事了，他们那时候就认识？

“你说的等下来，是几点来？”游风问。

“昨天常穿的牌子送了新款衣服来，我跟那姐姐说了你的号，说了几个我喜欢的款，她说今天上午送来，等她拿来我再过去。”

“给我挑为什么挑你喜欢的？”

“虽然是穿在你身上，但是穿给我看，不得我喜欢？”

歪理越来越多，游风双眼稍微有了弧度：“衣帽间那么多衣服，你挑了一件从脖子裹到脚踝的，那会儿你怎么不问我喜不喜欢？”

夏灯故意说：“谁管你？”

“不管我你煲什么汤？”

“你管我？”

游风双眼的弧度更深了，现在就要见她：“我叫车去接你。”

“不用，我开车。”

“那快点。”

夏灯心里擂鼓一样乱跳着，嘴角不像往常一般平和了：“要多快？”

专柜那姐姐打来电话，夏灯和游风的语音被强制挂了，她到门口去接了一趟，来的两人一手拎几个袋子，都提到沙发上，占满了环形座位。夏灯跟她们打过招呼就拿起手机，准备先跟游风说。

点开两人的聊天框，有游风的一条未读消息：“多快我都嫌慢。”

夏灯低头莞尔，攥着手机的手没节奏地抠着手机壳。以前觉得游风很怪，现在她觉得自己怪。心情好怪，说不出来。回过神，看到人家还在等，微笑着说：“不好意思。”

“没事。”柜姐把信封递给夏灯，单据在信封上边。

夏灯没看那一溜产品编号，把单据夹在信封里，放在一边，先把她们送了出去，回来第一时间回游风：“等着吧。”

刚发过去，游风打来电话，她接通，又摁扩音，拿到餐桌。

“好了？”游风问。

夏灯正在阿姨的帮助下，将汤盛进保温桶：“准备出门了。”

“快到了打给我，我去接你。”

夏灯想象了一下："你坐着轮椅接我吗？那不还得我推你？给我增加工作量吗？"

"这轮椅承重两人及以上。"

夏灯下意识拿手机，接着看阿姨，阿姨听见了，还给了游风这一发言一个微笑作为评价，她不好解释，关了扩音，对着话筒："谁要跟你一起坐轮椅？你这是咒我吗？"

"不愿坐轮椅，我还有腿。"

夏灯耳朵红了："我挂了。"

谁要坐他的腿？又是谁总一本正经地说这种话啊？他怎么有脸说她撩人的？明明是他一天到晚道貌岸然让别人紧张。

电话挂了，夏灯返回餐桌，阿姨已经帮她把汤装好了，她道了谢，轻撩头发假装自然。

阿姨笑着说："真甜蜜啊。"

夏灯没说话，快速把保温桶的防洒扣摁好。收拾东西准备走了，爸妈回来了，她一双眼，对上两双，气势一下子弱了下来，尤其她还拎着东西。

妈妈正要说话，爸爸恍然大悟，没让她说："我想听我女儿跟我说。"

余焰女士张了张嘴，没反驳。她的事她可以跟他辩，女儿是他俩的女儿，还瞒着他，怎么都是理亏。夏灯不会否认，就没说话。

爸爸当下没问她，只是沉着脸摘了手表，换了衣服，拿了眼镜，坐到沙发，叫那对串通过的母女："过来。"

夏灯过去，站在爸爸面前。

爸爸抬起头，镜片泛出来一道光："多久了？"

"两年。"

话刚说完，夏灯手机响了，她立刻挂了，秒开飞行模式。

夏灯在这时看向爸爸的脸，爸爸脸色更沉，眸色更深，但没再说话，静待了几分钟，又上了楼。

夏灯一直还算挺拔的脊梁骨稍有点塌了。

妈妈随手拿起边儿上的信封，展开那张单据，一长溜的编号，全是男人的衣服，但都不是爸爸的号，她笑了下：“我本来说今天给他打预防针的，还没来得及就被他看见了，看来就该以这种方式知道。”

夏灯沉默半晌，说了第一句：“我爸生气了。”

“当然生气了，有人抢他的宝贝，还抢走了，换谁谁不生气？”

夏灯眼睛向下，没再吭一声。

妈妈走过去，摩挲她后背：“我等下跟他说，你就别出去了，把你给那男生做的汤给你爸也做一碗。”

夏灯觉得可行：“那我做一盅更滋补的，这汤太清淡。”说着快步走向厨房。

余焰上了楼，走进玻璃房，把空调温度调低，听着丈夫抱怨：“门关上，不热吗？”

余焰坐下来，拿走丁司白的书，看了眼书名，《情绪急救》，笑了：“你不是最不爱看这种书？”

丁司白也没抢回去：“除了看书，你给我出个主意，只要能把这股火压下去。”

“哦，你现在觉得别人打你女儿的主意，你不开心了，你打别人女儿主意时，怎么没见你这么大火？”

“一样？”

“不一样？我把我爸给我的钱都给你了，他知道后失眠了半个月。”

丁司白知道迟早有这么一天，接受，但难受：“她才多大，还那么小……”

“你当时骗我的时候，我还没二十岁呢。”

丁司白不说了。

余焰把书放下，走到丁司白身后，摘掉他眼镜，轻揉他太阳穴：“她是你的女儿，即便有了喜欢的人，也是你的女儿，你不会失去她的。”

丁司白被余焰安慰，情绪略有缓和，把她的手拉下来，握住了：“我的身份跟她聊这些总不方便，你多关心一些，不管那人是谁，欺负我女儿你必须第一时间告诉我。”

“小事，一般不用你，我一个人就解决了。”

丁司白闭上眼，过了会儿又睁开：“跟梅姐说做清淡点。”

余焰笑出声来：“梅姐不用提醒，一看就知道你需要祛祛火。”

楼下夏灯忙活着给爸爸做饭，听阿姨的全是清淡的，忘了有个人一直联系不到她，也上火了。

游风打夏灯电话被挂，再打提示他关机，发消息也不回，给她家阿姨打电话也打不通，一下子猜到她是被父母扣下了。

他知道她父母不会太为难她，但就是担心。这份担心让他在房间踱步两圈后，叫车去找她了。路上打通她家阿姨的电话，听到她没事，也没返程，拜托阿姨告诉她，他快到她家了。阿姨不会替夏灯做决定，没阻止他，还把他来的事告诉了夏灯。

夏灯恍然想起手机被她开了飞行模式，赶紧打开，没管弹出来的无数条消息，先打给发消息的那个人。电话接通，她刚要说别过来了，游风已经先她一步说：“出来。”

夏灯默了片刻：“我爸妈在。”

“就说一句话。”

夏灯有点想听这一句话，于是还是抬起头。阿姨没等她开口，先说：“去吧，锅我看着。饭还没好，你爸妈暂时不会下来，说会儿话就回来的话他们不会知道的。”

夏灯往外走，两步折回，把保温桶拿上了。打开大门的门禁，夏灯看到拄着高尔夫球杆的游风，心跳快了。

是因为几天没见了？

游风胳膊腿被绷带缠住，有点狼狈，夏灯没愣太久，过去扶他。刚到跟前，刚要搀他胳膊，他用拿着球杆的好手把她搂进怀里，脸埋进她颈间。

夏灯撑住他：“你这么乱动，还好得了吗？”

“这不是在治了？”

“治什么？”

游风搂她更紧，深吸她的气息：“夏医生。”

夏灯怔了下，然后心怦怦地，跳得更快了。

角色扮演，无聊。

她一边这么想一边说："夏医生觉得你该在家养着。"

"家里太大了。"

"炫耀呢？"

"一人住太大了。"

夏灯假装听不懂："你可以学习，就不觉得孤单了。"

"不想学。"

"那你想干什么？"

"想我的夏灯。"

"……"

他真的就专记这种事，然后在某一个不经意的时刻，突然提起，让她一下子失语，显得他记忆力很好似的。

那么温柔的话，他一说就只剩下阴阳怪气了。

"什么就你的了？"

"这不你说的？"

"我没说。"

"我录音了。"

夏灯想说脏话了："你！"说完要走，"松手，我要回去了。"

游风不松："三天了。"

夏灯明知故问："什么？"

"没见面。"

夏灯不说了。

要不就给他抱一下吧，就一小下。

夏灯搂住他的腰，他好像瘦了一圈，但三天而已，可能吗？这一抱，手里的重量让她想起她的汤来："饿吗？要不要先喝点汤？"

游风不喝，续命的时候喝什么汤。

夏灯坚持推开他，把他扶到车库前的石头长椅，打开保温桶，倒点汤在盖里，吹吹，喂到他嘴边。

"有毒吗？"游风问。

夏灯真烦，自己喝了一口给他看："你看有毒……"话都没说完，被这个歹人吻住了。

她没怪他，应该怪的，但她没有，他不礼貌她也想依他。

她双手捧着保温桶，静静看着他。他端住盖子，把半盖子汤喝光了，还帮她拧好，扣好盖子扣，然后问她：“是不是要让我走了？”

夏灯摇下头，她没这么想，只是：“我爸妈在家，知道你了。”

“说你了？”

“没有，我爸听说我们在一起两年，就没再说话了。”夏灯扭头看向正前方焦糖色的栏杆，仿佛冒起了烟。

游风有分寸，大拇指抚平她隆起的眉心，顺手帮她遮住太阳：“回去吧，记得手机开机，到家给你发微信。”

夏灯又看向他。

游风靠近，轻轻亲吻：“我走了。”

“嗯。”

游风拄着球杆站起来，夏灯也站起来。

游风准备看夏灯进门，夏灯却没动弹，他也不说话，等着她，看她是不是有话想说。夏灯没有话说，只是又抱住游风。

游风任她抱着，女朋友投怀送抱的时候委实不多，他是不会拒绝的。

但夏灯这一抱有点久，他还是吻她头发，轻声问：“怎么了？”

夏灯抱紧他：“治疗。”

游风微滞。

嗯……

想把她带回去。

但他没有。

游风没带夏灯回去，夏灯还是回家为父母做完了那顿饭。饭桌上他们恢复平常的相处，爸爸仍然用公筷给夏灯夹了菜。

父母没再提夏灯谈恋爱的事，夏灯也没再说。

回到房间，躺在床上，夏灯看着游风发来的“到了”，没回。

其实不久前，如果游风把她带走了，也就带走了，就当是她迟到的叛逆，她也没那么抗拒，但他没有。

游风的理智又让她想到小时候，他冷静地说，暂时不能脱离就尽量忍受，避免反抗带来更惨烈的下场。

其实他一直理智，从小到大。

那他失去理智般地打人，是不是说，她的遗忘确实伤他很深？明明都翻篇的事，又想起来……

想它干吗？

妈妈在这时进了她的房间，她坐起来："妈。"

"午睡吗？"

"不太困。"

妈妈走到她床边："怎么见面了也不开心呢？"

夏灯怔了一秒，意识到妈妈知道游风来过了，但阿姨不会说，那是他们在车库门前见面被爸妈看见了？他们当时在露台？

妈妈揉揉她耳朵："从你出门，被那男生抱住的时候，我跟你爸就很不幸地目睹了。"

"……"

"我拦了半天你爸才没去打扰你们，又劝了半天才有了刚才那顿和谐的饭。"妈妈又说。

那不是都看见了？

夏灯要把脑袋扎进双腿间了。

"这男生也够胆大的，居然想就这么把你带走，真不怕以后我们连家门都不让他进？还是说他有信心能说服我们？"

夏灯捕捉到一些信息，抬起头："可是他没说把我带走的事。"

"那是因为我露了面，让他看见我了。"

游风看见妈妈了？

"我上来，是跟你说，乖乖在家几天，再去看那男生。当然你现在去看他也行，就是我得考虑我老公的受伤情况，不能任由你伤。"

夏灯被说得好没良心，但她一直最在意爸妈了："不用看他……"

"哦，不用，那是谁一直抱着人不让走？"

"……"

妈妈看夏灯愧疚得不说话了，坐下来，跟她说："开玩笑的，知道你不会为一个男生忽略爸妈的感受，不然也不会学做一桌子菜。听阿姨说手都被烫了两个泡。”说着要看夏灯的手。

夏灯手往后缩，不想被看到：“没。”

“夏灯的爸妈，当然凡事都会以我们夏灯的意愿为主。”妈妈搂住夏灯的腰，“你爸给你夹的那筷子菜，就是他的态度。”

妈妈离开后，夏灯坐床上愣了很久。她是怎么突然变成现在这么寡淡的？明明有那么爱她的爸妈。最初遇到游风时，是她最灿烂的几年，后来呢？后来是怎么了？

她好像把原因忘掉了。

但能被她丢掉的记忆，应该不重要吧？

还没想太多，游风给她发来视频，是他吃饭、洗澡、躺到床上的过程，像是汇报一样。她脑袋里乱七八糟的东西一下被清空，回复他：“吃了就睡，三个月之后真的不会长好多肉吗？”

“仨月也不长，到时候你再看。”

夏灯躺下来，回过去：“你这么自信？”

“情绪是食欲的克星，也阻碍肠胃的消化吸收。”

“养伤又不出门，也会情绪不稳定吗？”

“但也见不到人。”

“你还想见什么人吗？”刚发过去，夏灯又迅速撤回了。

但游风看见了，还回复了：“你说呢？”

夏灯翻个身，趴在床上，小腿跷起来，脸埋在枕头中间一会儿，然后起来，回：“我睡觉了。”

“好。”

夏灯把手机放下，盖上了毯子。

也就半分钟，她又坐起来，拿起手机，随意拍了张照片，给某个人发了过去。

游风发来一个问号。

夏灯说：“礼尚往来，我也汇报一下。”发完把手机放一边，毯子蒙在了脸上。

游风可睡不着了。他看着夏灯这张照片，精神抖擞，还能再攻克几个力学难题。但是看着她，还有余力解题吗？最后他把她发来的照片设置成了壁纸，还有屏保。

觉得缺了点什么，又撤下，在空白的地方画了个箭头，打上：我的。

果然舒服了很多。

重新躺下，他盯着灯，发起呆。

她终于是他的了。

这两个月，夏灯稍微有点空闲都用来陪伴、照顾游风了。游风为了回报女朋友，给她写了个海底的小游戏，传到了软件商店。

夏灯一开始说无聊，后来玩儿得可勤了。

游风写了很多角色和皮肤，不能购买，只能通过触发特殊任务解锁，夏灯就很想要满级的潜水艇，但根本没有升级任务，完全是 bug（漏洞）。她就跟游风反映了这情况，磨他给她作弊。

本来也是给她写的游戏，她想要，游风就通宵达旦抹除了限制。夏灯看他受伤还那么辛苦，主动亲他的频率都高了。

几天之后，她意识到逻辑漏洞，他明明就可以不写限制，毕竟只是做给她，又不是要拿去卖钱，那些角色、皮肤写进她账号不就好了？

醒悟过来的她，冷了游风好几天。

游风一瘸一拐给她做了饼干，这茬才过去。

他们的相处越来越亲密、自然，有时候在同个空间，安安静静，各做各的，也没一丝尴尬别扭，相反像爱情早进化成亲情似的老夫老妻。

一起时可做的就多了，会偎在一起看投影，拿着手柄打游戏，到平层露台的望远镜下看星星，也会在路灯下跳舞。

他坐着轮椅，她坐在他腿上的那种懒人式跳舞。

游风偶尔会跟她讲银河系，告诉她人造电子波所能感知到的宇宙，一千亿颗星体能存在的任何可能。但他很少说他每天在做什么，以后可能会做什么。夏灯也没问过他，大概只是他透露的一点，就足够她思考上很久。

她也会和他说人性，讲哲学，讲没有绝对的道理。越是习惯于质疑别人，越是证明见识浅薄。只走一条路的人，肯定不相信其他路或许更近。还告诉他，人为什么会越来越冷漠，因为热情的成本太高了。

游风也会陷入她的陷阱，后知后觉地醒来，再看向她时略有惊色。

他们就这样，被良性的关系绑得越来越紧。

爱情能让人变得更好突然不再是一句空话。

眨眼两个月过去，游风用完美的体魄诠释了骨折、骨裂对人的影响或许很大，但也可以很小。夏灯最后一次陪他复查，医生看片子说骨折线没了，基本愈合了。

两人出医院就去跳伞了。

行动方便以后，他们去图书馆，去健身房，偶尔去逛街，牵着彼此的手，回头率高得离谱。要是一个去卫生间，另一个等待，遇到搭讪，都不用拒绝，卫生间里那个一出来，搭讪的就走了。

他们之间的般配已经不止于外表，别人一看就知道根本介入不了他们。

他们也会去夜场喝酒，游风会紧紧牵着夏灯的手，夏灯会看到投向他们的眼神的畏惧。

夏灯去过酒吧，各种风格都有体验，但难免要打起十二分精神，可跟游风在一起好像就不用担心会有危险。哪有人能比他危险？这人往那一坐，夏灯就比被八个保镖保护还安全。

夏灯陪他去跳伞、骑马、射击，他也会陪夏灯去游泳、潜水，去极限俱乐部滑滑板。

两个都不是很喜欢管闲事的人，碰见别人被欺负，还是会出手，只是游风会不可避免地阴森沉郁起来。他怕下次被堵在墙角的是夏灯，而他来不及前往。夏灯告诉他，她知道自己是羊，所以不会去狼堆嚷嚷自己是羊。

理想的世界可能是女孩子在夜场不用担心遇到危险，穿裙子路过地痞流氓的地盘不用担心被骚扰，但终究是理想。

非要在现实中拨动这根弦，等受到伤害、状告无门时，一定会被现实教会，永远不要沦为口号的牺牲品。

短短一生，实在不够承受以身涉险的代价，所以她根本不会一个人在一个危险的时间前往一个危险的地点。

游风说，可生活充满无妄之灾。夏灯也说，可是不能因为害怕被伤害就不出门了。

游风就沉默了。

夏灯告诉他，如果真的是无妄之灾，那根本不会因为有他保护，她就能幸免于难。如果只是勤恳本分地生活，也还是没被眷顾，遭遇了伤害，那么，哪怕用一生的代价她也坚持不做一个沉默者。

永远不会以身涉险，但也永远不会对降临到头上的恶势力屈服。有这份不惜代价战至终章的勇气，自然不会再担忧明天了。

游风被说服了，也后知后觉地发现，他跟夏灯可能会有分歧，但有出奇一致的三观。以前光想情爱，没考虑过这些，现在才知道，原来拯救和被拯救的关系，从一开始就是同一个世界的人的相互吸引。

她懂他，所以才救他。

如果他们的手可以一直牵在一起，那确实不用担心明天的荆棘和火焰山，它们根本不算难于跨越。

游风最后一次复查前，夏灯爸妈因要去涂州见朋友，提前离开平城，游风跟夏灯商量好去见她爸妈的计划也就这么搁置了。

等他俩回涂州已经是九月末了。

沿海城市更早进入秋天，夏灯下机就感到一阵凉意。

游风拉住她手，一手拿着钱包、两人的票、两人的手机，胳膊上挂着她的包和她给室友带的东西，一手给她穿上了他的外套。

夏灯站着不动，由他穿好。游风给她穿好，她还一副睁不开眼的样子。他要牵她的手，她也是慢半拍："困。"

他亲了她嘴唇："醒了没有？"

"醒了。"夏灯浅浅地笑了下。

从机场出来，他们打了车。很快车到了，但司机找不到他们的位置，需要他们走出他们所在的网约车等候区，到大路上来。

游风就跟夏灯说："我去接一下司机，在这儿等我。"

"好。"

游风一走，一直在他们旁边的一个个子不高、不算臃肿、黑裤子、白衬衫、扎蓝条领带、背个双肩包、戴着眼镜、有些胡楂儿的男人就把手伸向了夏灯。

夏灯被碰到胳膊，自然躲开，扭头之前就已经彻底醒了。

那人说："我看你要摔倒了，扶你一下。"

"不用。"夏灯分得出那是扶，还是摸，但没挑破。

旁边没人，仿佛给那人壮了胆，他又把手伸向夏灯。夏灯立刻后挪，正好左边来了人，她两步上去，拦住他们："您好，我问下……"

"哎！兄弟你要干什么——"

她还没说完，身后传来一声叫喊，扭头就见那人趴在地上，眼镜飞了，碎了，嘴流血了。

被夏灯拦住的人，见这场面，匆匆走了。

这区域没别人，游风把那人收拾了一顿，也没人看见，司机及时找来，他还能回身牵起夏灯的手，把她领到后座车门前，开门："你先上车。"

"行了。"夏灯在车里，握着游风手腕，她这样说，游风就没返回，随她上了车。

司机发动车子，往涂州市里驶去。

他们没再提起这个插曲，好像它没发生。

其实是彼此都能接受这种意外了，也知道怎么在不伤害自己的情况下解决了。有了这份默契，遇到事情只需要痛快处理，结束就掀过这一页。

快到市里了，夏灯也把游风胳膊枕麻了。

她现在不会不好意思了，还学会抱怨了："太硬了。"

"谁让你枕了？"

夏灯扭头看他，只看他，不说话。

游风不用别人提醒，自己就会认𡱒："枕，胳膊长在身上就是给你枕的。"

司机都笑了："小伙子觉悟挺高。"

到西澳校门口，两人下了车，游风给夏灯戴上檐帽，包也给她："结束打给我，我接你。"

“嗯。”

本来要回家的，但舒禾和程程预订了饭店，要跟她吃饭。她拒绝的话还没打完，舒禾已经来电哭了，不吃这顿饭过不去了，也就应了。

傍晚时候，西澳门口人正多，许久不露面的游风和夏灯一起出现在校门口，俨然一番宜人景象，收获的目光不要太多。

夏灯背好包，问游风：“你回学校还是家？”

“沈佑找我。”

“好。”

“你们说好去哪儿吃？”

“新开的那个小柳家。”

“步行街那个？”

“嗯。”

游风停顿片刻，说：“现在走吗？我送你们，正好车在停车场。”

“送我们？”

“送你们。”

“你不是要去找沈佑？”

“不管他。”

“我问问她们。”夏灯说着在群里发了消息，但没点回声，以为她们不想，对游风说，“她们不太喜欢你，理解一下。”

刚说完，舒禾发来语音：“啊——！活的游风！在哪儿呢！”

“……”

夏灯立刻关了。

“确实不喜欢我。”游风点点头。

舒禾和程程早就提前到了小柳家，但这依然不妨碍舒禾在包厢里表达激动，非要夏灯把游风带来。

程程一直在边上搔耳朵：“你还能再大声一点吗？”

舒禾没想到会有如此情况：“今天你俩男朋友都来，会不会出现那种，为在女朋友室友面前露脸，疯狂讨好我的局面？”

“这才六点，离睡觉还早着，这会儿就做梦合适吗？”

舒禾听不进去："不行，我得去补个妆，万一他们俩带兄弟来呢？那我脱单指日可待啊。"

"你可别折腾了，小祖宗。"

舒禾已经拿着包出去了。

程程不管她了，拿起手机，在男朋友的头像上犹豫许久，迟迟未点。她不知道要怎么跟他说夏灯把游风也带来了。她也是不久前才知道，她男朋友发小跟齐征很铁，齐征又对夏灯死缠烂打过一段时间……

要是光夏灯就算了，她不见得记得这人，游风的话……

她正烦得慌，舒禾回来又拉着她说话："我刚在走廊看见有两个女的跟一个特帅的老男人要微信。"

"多老？"程程很敷衍。

舒禾啧嘴："你不是很馋老男人？这是有对象了就失去本能了？"

"那不问你了，多老的。"

舒禾回想："看着三四十岁？差不多。这不是重点，重点是那男的拒绝加微信的理由是，他女儿跟她们一般大了。"

她说完就笑："笑死人。"

程程这才感兴趣了："女儿都很大了还能被要微信，那得多帅？"

舒禾站起来，拉着程程往外走："就到头那个包厢，咱俩假装不经意地路过，看能不能看见。"

她俩刚从包厢出来，那老男人正好从卫生间的方向走过来，舒禾戳戳程程后腰，暗示。程程看见了，颇受震撼，跟舒禾使眼色：有感觉了！

老男人路过的时候，她俩假模假式地聊天，等人家走过去，又开始欣赏他笔挺的背影。这还是舒禾第一次理解程程，原来男人有点年龄这么有味道啊。

她们正看着，夏灯和游风从前边拐角处出现了，夏灯的包正在游风手上挂着。舒禾举起手，刚要叫人，他们已经停了。那老男人也停了，他们仨面面相觑上了。

她们还没来得及诧异，这三人认识？就见夏灯缓慢地把包从游风手里拿了回去，微微低头，跟那老男人叫了一声："爸。"

小柳家走廊霓虹迷眼，来时觉得这装潢太年轻化了，现在觉得刚好，看不清彼此的神情挺好，不用紧张，也不用尴尬。

爸爸声音发沉：“你妈在包厢，你要见吗？”

“嗯。”

爸爸先一步往回走了，夏灯落后了几秒，张嘴不发声地对游风说：“你先去隔壁。”

“你自己行吗？”

“嗯。”

“没把握我就跟你去。”

“等下再说吧。”

夏灯转身走了，游风看着她的背影，相信她能处理，怕自己掺和适得其反，但还是走过去，在她进门前拉住她手腕。

夏灯扭头，看手，再抬头，看游风。

“我陪你。”游风说。

他们俩就这么站在门口，爸爸在进门处停住，但没有回头：“夏灯你进来。”

爸爸的意思明确，不想让游风进门。夏灯轻轻挣开游风的手，拉了他两根手指一下，眼里写着：没事。

游风被限制在包厢外，但也没走，想原地等她出来。没想到妈妈也没在包厢，这会儿从走廊拐角走过来，停在他面前，笑着问了一句：“没让进门？”

游风没答，只打招呼：“阿姨。”

余焰朝包厢里看了一眼，丁司白早坐下了，夏灯站在椅子靠背的后边。她没进去，又跟游风说：“他们父女另外有话说，那我们也找个地方聊？”

游风感觉到对方是有备而来，想博弈的本性差点被激起来，但不能对他喜欢的女孩子的爸妈耍心眼，答应了。

小柳家的老板这时过来，余焰笑着跟她说：“再给我找个安静的地方呗，柳。”

老板手托着她的腰：“那去楼上吧？”

“行。”余焰先回去拿手机和包。

夏灯帮她拿来，却没着急递给她：“不吃饭吗？”

余焰拍了下夏灯的胳膊：“先借你男朋友聊聊天。”

夏灯不想借，怕妈妈话太戗，为难游风，也怕游风脾气太臭，一句不顺耳就翻了脸，让妈妈受伤害。

但她不能说，她更怕她表达不好，他们会错了意。

最后，她重复道：“要不先吃点东西吧？”

余焰笑了笑：“等下吃。”

夏灯慢吞吞地把包递给她，没再说别的了，看了一眼门外的游风，希望一切顺利。见游风眼神坚定，她稍微放了点心。

老板和余焰在前边，带游风上楼后，走廊里只剩下霓虹灯闪烁。

一只脚在门内、一只脚在门外的舒禾和程程几番对视，略迟钝地回了她们包厢。待两人坐下超过半分钟，还没把刚才接收到的信息捋清楚。

舒禾说：“所以那个有魅力的老男人是灯的爸爸。”

“嗯，而且她爸好像不太喜欢游风的样子，后边来的那个漂亮姐姐是夏灯她妈吧？”程程说。

舒禾无声地咧了下嘴，脸部扭曲了：“你听听你这个话，叫姐姐真的合适吗？”

“反正我叫不出阿姨，这身材、长相、皮肤状态。”

舒禾蔫了：“我想起以前有个帖子，一帮网友为了那点心理安慰，硬说夏灯是她爸妈上辈子积德积来的，光随了他们身上好的部位了。真想让他们看看。”

程程不说话了，她也需要消化一下，天之骄子是从父母那辈就开始骄子了？

丁司白和夏灯所在的包厢里，丁司白看了一眼椅子：“别站着了。”

夏灯也没固执，坐了下来，但没开口说话。

“吃东西。”丁司白说。

夏灯吃不下去：“爸，你生气了吗？”

“我该开心吗？”

夏灯微微低头，不说话了。

“你爸不是没点用的，不需要卖女儿来获得什么。不是任何一个看起来人模狗样的想要我女儿，我就一脸灿烂地双手奉上。”丁司白双肘戳在桌面，双手叠在面前，“你有孩子了就会知道，冷脸是必要的。”

夏灯没说爸爸不能冷脸，只是她觉得，她有些差劲，没平衡好喜欢的男生和爸妈的关系。

本来有机会提前坦白的，但就因为突然染上了拖延症的毛病，再加上一些始料未及的插曲，导致今天这尴尬的一幕。

她还没说话，丁司白又说：“他会像我保护你那样，保护你吗？”

她抬起头来，看着爸爸。

“哪怕只谈恋爱，我能把你交给他吗？”

夏灯陷入沉默。

爸爸的语气太认真了，她不能在这时候坚定地为游风打包票，那样可能会伤害爸爸。搜索记忆，爸爸对她的保护，给予她的安全感，一直很厚重。

不是为了男朋友跟父母对着干就显得有个性、有勇气了，她一定能在这几秒钟想到两全其美的办法。

楼上的包厢里，余焰给游风拧开水：“是刚下飞机吗？”

“谢谢。”游风把水接过来，放下，“嗯。”

余焰笑着看游风：“你不用紧张，就是聊聊天，毕竟你跟我唯一的女儿在谈恋爱。”

“没有。”

“感到好奇吗？这么巧，在这里遇到我们。”

游风说：“您二位在等我们。”

他在看到她和小柳家老板的关系时，就已经猜出来了。

小柳家连锁第一家店定在前天开业，他早被群发过短信，开业第一天是老板的朋友来站台祝贺，第二天学生日，学生来有优惠。她既和老板是朋友，那应该昨天就来过了，今天过来大概是意外知道预订包厢的人里有夏灯的同学，猜测夏灯也会来，提前过来等她的。

他们找自己的女儿不用那么麻烦的，但还是麻烦了，说明他们等的不是夏灯，而是一定会把夏灯送过来的他。

余焰笑得更深：“你很聪明，那我跟你聊天应该会很愉快吧？”

“只要您不反对我跟夏灯在一起，我保证会很愉快。”

这话有点要挟的意思，但妈妈笑容未减：“金钱名利我们都有，夏灯爸爸可以养她一辈子，不求她任何回报，你给我一个同意你们在一起的理由。”

“她喜欢我。”

余焰神情不变，仍然看着他。

“我更喜欢她。”他用了更。

他爱得比夏灯多，一点不觉得丢脸，也不会藏着掖着这一点。

余焰收回眼来，换了一种神情继续淡笑着，说：“你跟夏灯小时候就认识，你没好奇过她为什么性格突变吗？”

自进入这个包厢，游风的神情第一次有所波动。

比起好奇夏灯寡淡的原因，他更好奇她竟然知道他们小时候的事。应该不是夏灯说的，他小时候没给他们一家留下什么好印象，夏灯主动提这件事就是给他减分。

他女朋友只是寡淡，脑袋很聪明的。

余焰不看也知道他眼中有异色：“好奇我怎么知道你们小时候的事？”

游风没说话。

余焰抬起头来，笑容已经消失了：“她第三年回过靖南医院，没找到你，打听了几天都是查无此人，最后从保洁员嘴里听到，你第二年秋天的时候就没了。”

游风在第一句时就睁大了眼，几条青筋在手臂和手背上跳跃着。他不相信，但眼前的人没有骗他的理由。

余焰看着他：“我跟她爸爸也托人打听过，大概是你家里用了一点关系，医院上下一点都打听不出来。”

当时游风父母为了守住他们近亲结婚的秘密，确实花了一番功夫瞒住了游风做基因检查的事实。游风是知道这点的，但不知道夏灯回去找过他。这个小骗子明明说会把他忘了的，明明说走到哪里忘到哪里……

游风想过一百种可能，但都是夏灯无情的版本，所有可能里，都是夏灯把他忘得彻底。现在她妈妈告诉他，她记得，并回去找过他。

为什么夏灯妈妈跟他提起这件事？这是夏灯变得寡淡的原因？不对，一定有更严重的原因，他问到底："她后来……"

"她后来把自己关在房间，不吃不喝，我跟她爸爸，还有阿姨轮流照顾她，好不容易平安度过了一周。

"但越是小心，就越会发生意外，像是着魔一样。

"那一年的夏天特别热，她在家也不开空调，热到晕过去，偏偏我跟她爸爸还有阿姨那个时间点不在。

"前后也就半个小时的时间，当时的邻居擅闯我们家家门，强行把她往外拖。亏得我们一直惦记着她，只是离开半个小时，加上我女儿一直反抗为自己争取时间，才没被那恶人拖太远。"

余焰说完这段，再看游风，他已经不知道什么时候站了起来，明明是很能扛事的人，却像是受到了极大惊吓，脸像死人。

他没说话，余焰接着说："不用惊讶，不用质疑，我不会在这样的事情上跟你开玩笑。我们生了一个女儿，本就担心养育她的过程中不能照顾好她，不巧她还是最漂亮的……"

游风没有不信，他只是想到了他暴力的一部分原因："你们当时住在沙棘湾。"

余焰也第一次出现了意想不到的神情。

他们当时确实住在沙棘湾，随着他们把那男人送上法庭，送进监狱之后，他们把那房子卖了，也想方设法把这件事深埋起来。

不可能有人知道的，他们当年使了很多钱，托了很多人，还去抓那些知情人的把柄，为数不多的几个人，每个都被他们死死控制住了，怎么可能还有人知道？

她没有接着他的话说，只是问："沙棘湾？为什么？"

游风从小到大，听到的唯一一句出自游弋江的庆幸，就是在游弋江听说沙棘湾别墅区有一家生了个漂亮的女儿，差点被鬼上身似的邻居拖出家门之后。

游弋江说，庆幸他生的不是女儿，没遇到这样恶心的事。

那么多年，游风都记得这件事，记得女孩是容易受到伤害的，记得夏灯特别漂亮，所以要特别保护……

所以他怎么会让坏人们靠近她?

所以他要花一生来做她一个人的保镖。

第六章

沿着发光体公转

游风面对夏灯妈妈的疑惑，没有为其解答，他家那点糟心事，他不想说，但有告诉她：“我只知道沙棘湾有家生了个漂亮女儿，遇上了垃圾邻居，幸好有惊无险。”

他在说这话的时候，情绪已经平静很多了。

内心再震荡，也不能慌太久，他得让夏灯妈妈知道，遇到事儿的时候，他不用夏灯善后。有他在，夏灯可以随便怎么做，可以昏头，可以不冷静。

余焰也没怀疑，她知道他们两家处于同一阶层，就算没交情，不认识，也有些资源和消息是存在共享的。

当年确实有一些漏网之鱼，仅仅知道这事，但不知道是哪家的事。

她接着跟他说：“那以后，我女儿从失魂落魄的状态中醒来，变成这副冷漠淡然的样子。现在看她反应，她应该是把那整件事都忘了。

“从回到靖南找你开始，到恶人伏法结束，这一整件事，她选择性地遗忘了。”

游风意识到了。

“你以前应该也想不通过，为什么有人可以选择性遗忘。”余焰双手叠放着，“其实这都源于她的爸爸。”

游风静静地听。

“一个小孩子要想平安无事地长大，太难，女孩子尤其，漂亮的女孩子翻倍。这就是我们早做好养她一辈子的准备的原因。”

余焰其实很不愿意提到这些事，翻出她的宝贝被欺负的过往，对她的精神也是一种折磨，但很有必要。她停顿了数秒，继续说：“但我们终究不能陪她到生命结束。所以我们培养她应对危险的能力、处理事件的能力，再就是她爸教给她的遗忘的能力。”

余焰告诉游风："我们刚做父母时，懂得不多，听风就是雨，谁家孩子疯了，忧郁自闭了，都能吓得我们整宿睡不着。

"我们也怕我们的女儿有一天遭遇了伤害，想不通，走不出。

"如果我们能控制意外降临，那就不用有这个担心了，问题就在于我们不能。

"我们只能教她不要回忆受过的伤。

"记忆深刻，是因为重复，那只要不重复，就能有效地规避。"

余焰的声音已经不如进门时那样随意自在了，她有在掩饰，不想在不是很信任的游风面前流露，但可能是太爱女儿了，还是能听出疲惫。

"原本她一直不听，那时候又活泼，总有歪理，总想说服我们。再回到靖南，又遇到意外，她终究还是听了。"

余焰问游风："你能理解吧？大概是那段记忆太折磨她了。"

游风呼吸凝滞。

静等。

"她承受不住。"余焰又说。

游风仅存的一点理智自此瓦解冰消。明明已经平复的负面情绪，还是卷土重来了。

原来夏灯早为他难过过很久。

她是有多难过，才会逼自己把那段记忆忘记……

是有多疼，才不敢重复一遍……

但就是在明明没有对不起他的情况下，她觉得自己忘记他不对，还连夜找来跟他道歉……

他确实应该更爱她。

总能有一件又一件事告诉他，她有多么值得。

"我讲述过去，不是向你剖开我和我女儿的伤口来让你沾沾自喜，不是让你得意于她曾为你伤心难过。"余焰没预兆地打断游风杂乱无章的思绪，"是要跟你做交易。"

游风扭头，看向她。

余焰淡然："我让你满意了，你得礼尚往来。"

游风不知道她想要什么，但总不至于是让他跟夏灯分开，如果是这样的打算，那没必要还讲述过去的事。

余焰紧接着说："我希望你，像我和她爸爸那样来爱她。"

沉默。

只有片刻，游风说："换个。"

余焰只看着他，当下没说话。

"换一个。这是我一定会做的事，作为条件太便宜我了。"

余焰怔了三秒，笑了："做到再说。"

游风没有告诉夏灯妈妈，他和夏灯从来不是缘分，从一开始就是他的蓄谋。如果不是他一直寻找，找到后又一直在她身边打转，他们根本没有现在，遑论什么未来。

爱夏灯已经变成他的日常，爱的程度已经甚于他的生命。

所以，他又怎么会做不到呢？

"我们希望她自由，但也不希望她承担自由的代价。听起来我们有点贪心，但我们就是贪心。"余焰笑着说，"明白我的意思吗？"

"嗯。"

"她爸爸更盼望她的女儿独当一面，我知道这是对的，但作为妈妈还是更想，她可以在有后盾的情况下简单快乐地过完这一生。"

游风想起夏灯不畏惧明天的样子，突然觉得可以告诉她，他们的女儿很强大，早已经具备独当一面的能力，还有面对未知的勇气，甚至比他都勇敢。但他仍然会做她的后盾。这与她是否强大无关，他就要保护她在这片危险的海域，自由灿烂。

毕竟，他因夏灯而存在。

"哪怕只谈恋爱，我能把你交给他吗？"

爸爸说出这话之后，夏灯陷入短暂的沉默。

谈恋爱是容易冲动的，她最近好像跟游风在一起的时间太久了，她有时候也会出现一种什么都没他重要的情绪。

不知道是多巴胺的作用，还是内啡肽。

爸爸这个问题问出来的时候，她很想说，可以，没问题，他很好，他为她做了很多，没谁对她的爱可以胜于他，他早已经想完了他们的一生要怎么过……但这些，她的父母也有为她做过，更为她想过。

她还没想到要怎么说更好，爸爸又说："好了。"

她抬头看向他。

"你会犹豫就是想维护他，又想照顾我的情绪。还能想到照顾你爸的情绪，就是还理智。"爸爸说，"第一次知道的时候失落，现在已经很平静了。"

夏灯愣愣地看着爸爸。

"你妈怎么跟你说的？享受恋爱对吗？"

夏灯没有回答。

"那我就跟你说，感觉不快乐了就分开，反正你爸可以养你几辈子。"

夏灯的心都揪在了一起。

"吃饭。"

夏灯迟迟不动筷。

爸爸也放下了筷子，告诉她原因："本来也不会反对，顶多觉得女儿被抢走了有些心堵。如果还被我知道，这个男生几次保护我女儿，还因此受伤，我怎么还能唱红脸，伤我女儿的心？"

"……"

爸爸竟然知道那些事，夏灯更哑巴了。

"冷脸是让他保持恐惧，这样欺负你的时候也能想想你爸知道了会怎么收拾他。"

夏灯听到这句才算放松："爸，你这样不会吓到他，只会吓到我……"

爸爸前一句确实是为了缓和气氛，但没想到女儿会像小时候那样跟他抱怨，撒娇一样……

有多久没见到这样的她了？

果然，这世上的感情缺一不可，亲情再浓厚也代替不了爱情能教会人的东西、带给人的成长。

"吃饭。"爸爸又提醒她，"我跟你妈晚上的机票，回深市，会忙一段时间。本来昨天就要回去的，你妈太想你，憋不住，就在涂州多留了一天。”

夏灯看到他们时就已经猜出来了，他们在等她，或者说等游风。她没说什么煽情的话，也没顺着爸爸的话再聊聊游风，在一瞬的活泼后她又变成了寡淡的夏灯。

她小时候确实灿烂，但也确实漠然了很长时间。

其实什么是本性呢？以前还是现在？

都不是。

是从前灿烂的小女孩因为某一件事变得安静了，由安静和寡淡主宰她近十年，扎根于她，深入于她，最终不可避免地成了她的一部分。

一路以来她有过的样子都是她，都是她的本性。她是灿烂的也是寡淡的，但灿烂和寡淡这两个刻板的词却不是她。

余焰下来的时候，身后没跟着游风，夏灯也没问，准备先跟爸妈吃顿饭，但他们要去机场了。

夏灯帮忙拎着包，把他们送到了门口。余焰从夏灯手里把包接过来，拍拍她的小臂：“那我们先走了。”

“嗯。”

余焰的手滑到她的手，牵住：“有事打电话，我的电话为我女儿二十四小时开机。”

“嗯。”夏灯知道。

“走了，也不是分开多久，想见女儿就飞过来，两个小时的事。”丁司白在一旁说。

余焰没理他，坚持把想说的话都说完，才一步三回头地上了车。

车开出很远，余焰收回眼来。

丁司白把手递给她：“聊天内容出乎意料吗？怎么从楼上下来就有些不对劲了？”

余焰牵住丁司白的手：“我是想起了我妈的话。”

“嗯，妈说了什么？”

“那时候我很小，我妈说等我将来有了小孩，一定不知道要怎么来爱她。那时候觉得我这种性格，大概不会出现这种情况，有小孩也是放养。”

丁司白没吭声，在听。

“然后我们有了宝贝夏灯，我真的不知道要怎么来爱她，怎么爱我都觉得少了。”余焰的声音闷闷的，抬头看她的丈夫，“你说这正常吗？我怎么能这么爱我的女儿呢？我老觉得亏欠她，怕自由给多了她觉得我们不陪伴，怕自由给少了她觉得窒息，有压迫感……”

丁司白搂住余焰的肩膀，让她靠在自己怀里：“你就是第一次跟她的男朋友沟通，产生了女儿被夺走的低落情绪。你不是劝过我，我们不会失去她。”

“嗯。”余焰也知道只是暂时的伤感。

人总是在一个莫名其妙的时间，莫名其妙地难过。

夏灯一直看着爸妈的车，直到他们离开视线，她才返回，找她那个被妈妈带走就没再出现的男朋友。

刚拐入走廊，还没被霓虹灯光完全投射到，她被一个熟悉的怀抱占有了。

她慢慢抓住他腰上的衣服：“怎么了？”

游风不说话。

越来越逼近饭点，人越来越多，都是学生，肯定不乏熟悉他们的人，夏灯提醒他：“先去我室友的包厢？”

游风没反应，只是抱着她。

夏灯拍拍他的背：“游风。”

“医生。”他说。

玩起来没完了，她可不跟他玩了：“是，你的医生。”

“疼。”

“什么？”夏灯轻松的神情慢慢收紧，“骨头吗？”说着就要检查他之前受伤的地方。

游风没放人：“马上就好。”

又装，就是想抱了。夏灯警告他：“你不要总要花招骗我，我下次不会上当了。”

“下次要真疼呢？”

“忍着。”

“歹毒夏灯。”

“对啊，歹毒，可以放开我了吧？要来人了。”

“你怕人吗？”

“会被看到。”

“那就看着，清吧晚上的走廊都是抱的、亲的，不差我们。”

什么逻辑啊？

夏灯双手推开他：“走了。”

就这个时候，程程的男朋友拐过来了，齐征跟他一起来的，两双眼睛齐齐目睹了游风和夏灯的亲密。他们停住脚，夏灯也被意识牵动，扭过了头，这回对视了。

她没有因为被看到就加快速度，还是用她的频率推开游风，淡淡说了句：“来人了。”

游风从夏灯身上起来，一只手放进裤子口袋，转身面向两人时，又是那副阴森森的样子了。

这是他擅长的神情和姿态。

程程在包厢里坐立难安，夏灯没发消息给她们，就是说会守约，大概只是跟爸妈说两句话就过来了，到时候她男朋友和齐征来了，正好撞在一起，那场面得多尴尬？

舒禾终于觉得她不对劲了：“你喝了多少水了？等下还吃得进去东西吗？”

程程捋了下头发：“我家那个和齐征这就到了，游风看见齐征，不得手撕了他？我等下一定没心情吃东西，现在先喝点水压压惊吧。”

舒禾挑眉：“齐征来了？”

“嗯。”

“那你跟夏灯说一声不就行了吗？或者跟你男朋友说，告诉他游风也在，让齐征别露面了。”

“他肯定怪我没早跟他说，我不想打这个电话。”

舒禾停顿了一下，换到程程旁边坐着：“程程，你没觉得你有点被这男的洗脑了吗？”

“没，你想多了。”

舒禾看她正处于热恋期，听不进去劝说，也没当那个讨厌的人。

刚说完，包厢门开了，夏灯走了进来，她身后就是游风。

程程心提起，想着不行就跟夏灯坦白，但计划赶不上变化，她男朋友和齐征跟在游风和夏灯身后，也进了门。

一切不可控起来。

舒禾快速看了程程一眼，程程显然在想应对措施，忘了打招呼和介绍人，她充当起这角色：“还有别人吗？我以为会有很多帅哥。”

程程的男朋友叫董维安，有个小传媒公司，平时就是接广告拍视频签网络艺人，公司七八个干活的，一个副总、一个财务、一个业务、五个运营，都叫董维安“大董”。

大董还是比较擅长面儿上那一套的，乐了两下：“这不把齐哥给你带来了？我们给齐哥新开的号都两百万粉丝了，广告报价十万起步，还配不上你啊？”他一语双关，既显摆了他们公司捧新人的能力，又嘲讽了夏灯有眼不识金镶玉。

舒禾扶着椅背：“这么牛？还是读诗？我记得齐征之前就读诗，那小声儿、小词儿，我印象可深刻了。”

大董不知道这段儿，挑眉：“嚯，你还听过呢？那说明齐征之前也挺行啊。这都没抢过人家，那我也不理解了。”

他过于针对夏灯和游风了，看得齐征心不安。

齐征是被游风暗暗羞辱过的，他看不起游风这人的行事做派，但不想明面上争高低，那是蠢人。他想提醒大董别树敌，但大董嘴太快一直不给他机会。朋友说得没错，大董这个人就是太有个性了，一有不顺心，就一副不惯着别人的凶恶样。

舒禾看都不用看夏灯和游风，一个是相处两年的室友，一个是曾经的光，她认为她还是了解他们的，他们对不在意的人和事，一般无视。但她暴脾气，一口气都不能忍的，于是说：“当然听过，天天给我们夏灯读呢，烦都烦死了，也不能直接说油腻，你说是吧？”

大董笑容僵住。

齐征脸色骤变。

程程醒过神来，怕大董误会舒禾有敌意，出于保护朋友的目的，她接上："别扯没用的了，过去的事情提它干什么。齐征都有两百万粉丝了，总不至于还不能往前看吧？"

齐征说："过去的事就不提了，给大家公认的大美女读诗就已经是我的荣幸了，不敢再想别的。"

很体面的话，这一页算翻篇了，但大董好像有些不爽，其间不耐烦地瞥了程程好几次。

舒禾看在程程的面子上，当作没看见，菜上了，他很凶地给程程拿了杯子，"哐当"一声听得她火大："你没事儿吧？该你欠你的啊？你给谁撂脸子呢？"

大董还笑着："嚷什么啊？你长得不俊，脾气不小啊。"

沉默。

舒禾哼了两声，把筷子扔在了桌子上："我本来觉得咱们可以好好吃完这顿饭，毕竟只是一顿饭，但你看起来一肚子火啊，是不是不让你发泄出来过不了这一宿啊？"

大董否认："这包厢空调开那么低，我怎么会上火啊？倒是你裹那么严实，看着像会上火似的。"

"你管我呢？我愿意！"舒禾是笑着说的，但是听上去火药味十足。

大董还在笑："你可别是身材焦虑吧。"

舒禾一下子脸通红，火到了头顶上："你会说人话吗？"

程程也翻脸了："你一大男的跟女孩这么说话，你不害臊啊？"

"怎么，嫌我说话难听？我说的难道不是事实吗？"大董越说越贱，酒也越喝越多，终于现了原形。

从开始就不怎么和谐的饭局终于走到崩盘这一步，在场几人像是早忍不住了似的，全都不端着了。程程没办法站在大董那一边："我现在给你留点面子，等吃完这顿饭，我们私底下再说。"

大董进门时说第一句嘲讽的话就表明了他注定不会安稳地吃完这顿饭，他歪着脑袋，谁都劝不动似的："说好的局多了不相干的人，谁能痛快？"

这话意指游风的不请自来。

舒禾立刻回怼："你凭什么不痛快？"

说完这话，她反应过来，全明白了，站起来，哼笑着："我说呢，上次你说请程程室友吃饭，只有我去了，吃了没两口你就说有事儿要走，单都是程程买的。这回你又挑夏灯回涂州的日子组局，还非要夏灯过来，你这是醉翁之意不在酒啊！你可真是打得一手好算盘啊！"

程程清醒的那会儿也已经意识到了，给他留着脸没说。

舒禾越说越火大："你好好照照你自己吧，程程找你我拦不住，我都悔死了，你还想夏灯呢！开个破公司可把你牛坏了！从头到脚加你那点五位数的存款，哪项配得上人家啊？谁给你的自信啊？"

大董拍桌子掀碟子："是不是给你脸了？"

程程下意识挡在舒禾面前，瞪向大董。

游风和夏灯很像局外人，除了夏灯的名字被舒禾提起几次，两人存在感低到可怜。倒不是因为他们不起眼，是大董这种滑不溜丢的社会人士，即使发泄怒火，也只会找个软柿子捏。

舒禾没钱也没人撑腰，还脾气火暴，可不就成了他翻脸的对象？到时候闹起来，他还能说成是舒禾说话太难听刺激了他，毕竟他一直笑着说话，舒禾全程横眉冷对。

齐征因为有意降低存在感，也像个局外人，但眼看要打起来了，不能再沉默了，就站起来，手搭在大董肩膀上："喝点酒把脾气喝出来了，别闹了，难看了。"

大董抖开他的手，一只手扒拉开程程，居高临下地指着舒禾："你再说一遍！"

舒禾还挺慌的，心跳很快，浑身哆嗦，但嘴硬，歪着脸："我就说，你签几个网络艺人、接几个广告就把自己当成人上人了，一身横肉还对别人挑三拣四，没点自知之明还敢惦记人家漂亮姑娘，癞蛤蟆想吃天鹅肉，眼看着算盘打空了在这儿阴阳怪气，找碴发脾气！让你对女孩绅士点，是把你当个男人，你要觉得吃亏了，不想当也行！别拿着不……"

大董气得胸脯子起伏不定，没等她说完，扬手就是一巴掌，但由于程程动作快，及时把舒禾拉到身后，这一巴掌最终落在了程程的脸上。

"啪"的一声。

夏灯在第一时间站了起来，径直走向程程，太急了，大腿撞到了椅背上，但没停。她以为大董不敢动手的，这地方有监控，而且这么多人在，大意了。

游风看夏灯过去了，也慢吞吞地走到大董身前，正好横在了大董和三个女孩中间。

游风下巴微抬，有一点傲慢，他也确实傲慢，不用刻意去做。双手还在口袋里，大腿靠着桌沿，侧身对着大董，没看他，只看墙上的画。

大董没游风高，但比游风壮，气势没有矮下来。他听说过这人家里有点钱，不想跟这人硬碰硬，但这人要是跟舒禾似的找不痛快，他也会让这人见识见识，他在涂州不是白混的。

夏灯和舒禾仔细地检查程程的脸，巴掌印显出来了，红红的带着细看便能发现的毛细血管破裂的迹象，紫点点就嵌在深红色里。

舒禾连出气都是火，站起来指着大董骂道："你等着吧！你不吃上这碗牢饭，你看能不能完！"

大董一口浓痰吐到饭桌上，点着下巴一脸轻蔑："别瞎吹牛了，先琢磨给爹道歉吧，你看你不跪下来给我道歉，我能不能让你出这个门。"

"你活在 20 世纪吧？跪下给你道歉？警察来的时候你别跪下求人家不要铐你吧！"舒禾要报警。

大董伸手要打掉她手机，被游风抬胳膊挡掉了。他眯着眼看游风："管闲事儿是吗？掂量过自己有多大分量吗？"

游风说："还有人吗？"

"什么？"

"凭你们俩，不想让她出门有点勉强，你要是还有人当我没说，打电话叫过来吧。"

大董听笑话似的："我要是叫了人过来，你够练吗？"

"你先叫来试试。"

本事越小的男人越好面子，越容易在被挑衅时丧失理智，游风两句不屑的话差点就让他当场开练了。

他指着游风："等着！"说着打了电话，说得严重，听电话里那些声儿，貌似他们那帮人也激动起来了，嚷嚷着要过来给他站台，齐征怎么拦都没拦住。

后面的半个小时，程程默不作声地坐在椅子上，看着一个地方发呆，舒禾一直有一句没一句地小声骂街。总得有人顾着程程的脸，就只有冷静的夏灯了。她第一时间拍了照片和视频，然后问服务员要冰袋，给程程敷。

本来拍照时，大董还不乐意，要抢手机，只是游风伸手把不远处的一把椅子拉到了手下，似乎就等着他靠近夏灯。又有齐征拉住他的胳膊摇头示意不要，他还是忍了。

半小时后，大董喊的人来了，七八个，有男有女，男光头，女文唇，一身平价 Polo 衫、运动鞋。穿着打扮不足以定义一个人，但如果他们嚼着口香糖、眼神轻蔑、貌似了不起，有一种地头蛇的自以为是和无所畏惧，那就可以定义了。

舒禾也是第一次见到大董的员工们，本以为他这个形象已经很不三不四了，结果手里的人比他更像刚从监狱蹲了几年出来的。

自己人来了，大董更有底气了，话很横："还练吗？"

游风扫了一眼他们的人："都到齐了？"

大董没说话，开始觉得不对劲，但东光区春安路派出所的警察没给他反应的时间，冲进了门。大董和他的员工们的神情都变得有趣了，开始往后退。

许漾进门后先看了夏灯一眼，然后才瞥向吓成鹌鹑的那几个人。

他们自然是要狡辩的，推卸责任，说只是开玩笑，后面又说只是喝多了，夏灯拍摄的程程被打后的视频和照片为他们施暴做了铁证，小柳家老板也指控了他们，他们才陆陆续续不吭声了。

最后大董一行人被警察带走，舒禾、程程她们这些当事人也要到派出所说明情况。

等所有人录完笔录，聚在大厅的会议桌前，疲惫在沉默中绵延。已经晚上十点多，大厅灯亮得灼眼，室外蛐蛐、蛤蟆声音洪亮，室内只有值班人员敲打键盘的声音。

程程和舒禾坐在一起，前不久还哀默更多的脸已经只剩下冷漠。舒禾高亢的情绪在一轮又一轮的陈述经过后消失了。游风和夏灯坐得远一点，看着很平静。小柳家的老板在他们旁边，还在看导入手机的走廊的监控视频，游风和夏灯抱在一起的画面，她看了好几遍，觉得青春真好。大董早在警察进入包厢时就萎下来了，后来看见小柳家老板开着价格不菲的车送舒禾和程程到派出所，彻底跳不动了。

小柳家的老板是因为夏灯，所以做了这个司机。夏灯面子大是因为父母跟小柳家老板是朋友，她一定会照顾朋友的女儿。

这些大董都能接受，直到有人发消息告诉他，游风家里也很有钱，但他考上航大，成为重点培养的学生，全是靠他自己。因为家人不承认他的存在，又将他放养……

知道这些，他险些崩溃。

他不喜欢程程，跟她在一起也是因为她有钱，可以帮他维持着公司运转。他也不喜欢夏灯，太漂亮的女人本身就让人望而却步，如果不是她更有钱，他不会想要去接近她。

他吃够了没钱的苦，所以他把失败、失落、失去机会，都归结于没钱，但突然有人告诉他，有些人获得尊重跟钱没关系。

他承认他有些想不通了，一直以来坚持的逻辑好像有很大的漏洞。

用很凶的形象通过吓唬人、打压人而获得的尊重，在真正靠实力获得的尊重面前，那么虚张声势。他一直恨钱，又因钱让自己面目不堪，总是在清醒和沉沦中拉扯那不堪一击的防线，现在扯断了。

到底是钱是罪恶的源头，还是他那颗投机取巧、欲壑难填的心呢？

程程已经想通了，不想再花另外的时间跟大董纠缠了，趁着今天在这个彼此庄严的地方，这个都清醒的时刻，走到他面前：“聊聊吧。”

大董卸去老虎皮，像是连同那根较劲的骨头一并卸了，没拒绝。

两人离开到门外，舒禾始终盯着门口。

虽然现在的大董看起来正常多了，但程程也不想继续跟他好了，跟情绪不稳定又不尊重人的男人在一起，简直受罪。

小柳家的老板准备回去了，警察也说没事了，待到这时候主要是担心夏灯的安全，不过她身边这男孩子知道打电话让她听包厢内的情况，还通过他们家公众号提出报警需求，就说明挺靠谱的。

而且夏灯爸妈都放心地走了，她还有什么不放心的？

她站起来，拿上包，跟夏灯说：“宝贝儿下次来吃饭跟姨说一声，我给你和你同学留着最好的包厢。不想吃小柳家，咱们龙门那条街上也有烧烤和海鲜店。”

“嗯。”夏灯也站起来。

老板亲昵地捏着她的手：“没什么事了应该，你们现在走也可以。”

“等下就回。”夏灯说。

老板这就走了，齐征在边上看着游风和夏灯，后槽牙一直咬得很死。他跟大董不算朋友，跟大董的发小才是，签给大董也是在朋友的牵线下。不得不说，大董确实有点东西，那些构思虽然土俗，但有梗有趣，很吸引人，运营了几个月，粉丝飙升，身价都有了。但这人有个问题，那就是很喜欢用没素质代表个性，他因此总想着解约单干。

这次他跟大董过来，很有点互相利用的意思。他想利用大董跟程程的关系，接近夏灯。大董想利用他追夏灯未果这事做文章，看能不能在夏灯面前留下个深刻的印象，为以后骗钱做准备。

他们都以为对方不知道自己被利用了，到头来竟都是高看了自己。

夏灯不是没思想的玩偶，看不出他们的目的，就算她真是个花瓶，身边也还有个精明的游风帮她看着。再加上舒禾和程程，她们看起来不睿智，但重感情，有时候为了维护闺密，那脑子简直能去破案。

他们那点小九九根本无所遁形，不服气的结果就是现在在这里，被扣上组团施暴的帽子，丢人现眼。

对于齐征来说，这个帽子无所谓，但看着游风和夏灯默契、冷静、分工明确地处理这件事，简直就像在被凌迟。

数月而已，他们的感情进展飞快，而且好像各自都有了一番成长。

为什么？

他想不通，也越来越恨。

门外树下，大董和程程在相对沉默了许久后，由程程打破了沉默。

她没有更多的话要说了，那一巴掌让她从患得患失中醒来：“我迷恋过你，可能因为你是我交往的第一个跟我说爱情不重要，钱更重要的人。

“我和我的朋友们太年轻了，我们每天做的就是花钱享乐。

“我不懂赚钱的重要性，也没想过去了解，你的出现给了我另外一种体验，太多的未知让我沉迷了。

“我讨好你，听从你，惯着你，流水的钱打到你卡上，换来的是你拿我当梯子。

“想够到夏灯是吗？想吧，只能想了。”

路灯不太亮，程程看不到大董的表情，也不是很想看，被撕破了皮面的脸面目全非，有什么好看的？

她最后抛出一个问题：“知道为什么你费那么大劲却事与愿违吗？”

大董没说话。

“因为你觉得漂亮的女人脑子都不怎么样。”

大董眉头微动。

“舒禾昨天才去医院检查了肠胃，所以穿了长袖。还有，我们追求的平等是权利和尊严平等，如果你觉得极端，无非是你歹毒，只想霸占着明明属于全人类的权利和尊严。”程程停顿了一下，“你以为我在跟你解释？”语气陡然变化，“想多了。我是在讽刺你浑身的傲慢跟偏见，管中窥豹，还以为自己看见的是整个天地，其实只不过是自以为高人一等的狗杂碎，净妄想漂亮姑娘能对你展示身材，你也配？”

程程说完了，转身就走。

走了两步又返回来，指着他：“还钱，然后离我朋友远点。”

大董在经历了游风对他精神上的打击后，已经不觉得程程这些话有杀伤力了。在意什么，才会被什么伤害。显然他在意的是真正的人格魅力，而不是剑走偏锋、特立独行获得的那一点关注度。

可是人真的也挺奇怪的。明明他之前的愿望是脱离贫穷，只要脱离就好，现在虽然勉强，但也是能养活好几口人了，怎么不满足了呢？

程程回到大厅，舒禾迎上去，两个人隔着三米停下，对视几秒，舒禾从她眼里得到她斩断了这段关系的信息，过去抱住她，什么话也没说。

最后，整场闹剧在程程拒绝和解，要求道歉、赔偿之后，结束了。

从派出所离开后，游风开车，和夏灯去送了程程和舒禾。

两个女生以为游风是送她们回学校，没想到是带她们去一家日式汤泉。他甚至买了单，把夏灯也留给她们。

两个女生都泡在池子里了，仍觉得不真实，舒禾吃着刺身问夏灯：“为什么啊？也没说泡汤啊？”

“我说的。”夏灯手摁住大腿，淡淡道。她是觉得泡汤可以缓解疲惫。

“然后单是游风买的。”舒禾又忍不住了，“男人跟男人之间的差距真的就这么大？”

程程瞥她：“差不多得了，我已经吃过亏了，你稍微可怜我一下，别嘲讽我了。”

舒禾看着水上漂着的托盘里的小吃：“以后应该不会再见面了吧？”

“不会了。”程程坚定地说。

“那就好，太晦气了这个人。”

程程扭头问夏灯：“是你报的警吗？”

“我男朋……”夏灯顺嘴了，但几乎没犹豫，很快改口，“游风。”

俩耳尖的已经听见了，舒禾小嗓子发出怪声：“哎哟喂，男朋友啊，我的灯，这词儿在你嘴里我听着怎么那么新鲜啊？程，你觉得呢？”

程程也笑：“放假这两个月感情突飞猛进啊。”

舒禾游到夏灯旁边，好奇地问：“真喜欢了？”

夏灯没答，用一贯的沉默敷衍过去。

舒禾也没执着，接着问下一个问题：“当时这个情况怎么报的警？”

“不知道。”夏灯有猜测，但不能肯定。

“游风当时让那人渣叫人的时候，我真以为他打算一挑十呢。”舒禾重新坐回她的位置，“差点没给我激动坏了。”

夏灯当时也怕，他受伤才刚好，但她没在不清楚他决定时去阻止。她相信在上次的事件之后，游风考虑事情会更全面，也会想到不要让她担心，所以她选择了不问，并且信任。

从机场她遇到骚扰，她阻止他，他接受了阻止，到不久前，他选择报警，事实证明，她男朋友确实有在听话。

他可能还是暴力的，还是会忍不住，但他会因为女朋友担心，换种解决问题的方式……

原本以为，当过去的秘密都被揭开，他所有爱她的证据都被发现，他们的感情会趋于平淡，再不会有强烈心跳，没想到才是刚开始。

过去都明晰了，他就创造新的证据，他总在让她的心跳失去正常的频率，脱离原定的轨道……

“灯，你知道暑假咱学校对面开了一个舞蹈机构吗？老板是女的，长得很漂亮，咱们学校有些男的都去报名芭蕾舞了，我真想不通。”

舒禾边说边摇头：“我听说齐征跟那老师的社交号都是互关的，还以为这男的移情别恋了呢，谁知道又搭上狗董来你跟前刷存在感了。

“我有时候对他们男人的自信心真费解，他们怎么会觉得你会不选游风选他们啊？

“图他们什么呢？长得丑想得美吗？”

程程对那老板有点好奇：“我看见过那老板，有点漂亮，但也很眼熟，上过电视？”

“对对对，她参加过舞蹈选秀节目，五进三的时候淘汰的。”

舒禾说完吃了一块杧果：“人文院有个女生跟她对象吵架，都动手了，就因为这个跳舞的。”

“劈腿了？”程程挑眉。

舒禾摇头：“没有，只是她对象冷暴力，她逼问，他坦白说精神出轨了，所有人都在传是精神出轨那个老板，为此这女生还去那舞蹈中心闹来着。”

“怎么能那么难看？”程程说，“这老板呢？有没有说什么？”

舒禾翻她白眼：“你自从跟那骑摩托的分手，和这狗董好上，真是两耳不闻窗外事了呢，问什么都不知道了。”

“又开始了，你是算命的还是捉鬼的，怎么那么能阴阳呢？”程程把水撩到她身上。

舒禾“哎呀”一声，告诉她：“人家又没介入他们，说什么？”

程程不说了，正好也没瘾了。

夏灯听得有一句没一句，满脑子都是这两天发生的事。

本来是在捋这些意外的，突然想起，他们回涂州的前一天，游风说等她从同学的局上下来就去看电影。票都买了，十二点多的，虽然还没到点，但显然来不及了。

舒禾和程程的话题又跳到了护肤，喜欢的牌子上新了什么。

夏灯没有兴趣，从汤里出来，去洗澡了。

洗完出来，一边擦头发一边看手机，游风在十三分钟前给她发了一条微信：“下来。”

夏灯放下毛巾，回过去：“下哪里？”

“会馆外。”游风秒回。

夏灯皱眉，给他打过去，秒接通了：“你在外边？你又回来了吗？”

“说那么多，要不要下来？”

夏灯唇角柔和：“不要。”

“那我在外边等，想出来时告诉我。”

“你会被蚊子吃干净的。”

“嗯，看你心不心疼了。”

“不心疼。”

夏灯发完就下楼了，出了会馆，游风的车就停在路边，她快步走过去，上了车：“回去了吗？”

“嗯。”

夏灯看着游风这身衣服：“没洗澡？也没换衣服？”

游风没答，伸手把纸袋从后座拿来，放在她腿上。夏灯闻到了奶香味，打开，果然是一颗一颗包好的奶芙，有坚果混合水果的，捏着就有糯感。看包装上的牌子，就是前边不远处二十四小时的店铺。

夏灯抬头看游风，游风看着正前方，没接受她的凝视。

“我们泡了两个小时，你在外边待了两个小时吗？”

游风依旧不回答：“糕点师自己开的店，所以能半夜给你现做，吃吧，别等凉了。”

夏灯掀开外边的硅油纸，咬了一口奶芙，甜腻的奶味扑进唇齿，奶渣沾在了唇角。游风拿纸巾擦了手，拇指把她唇角的奶渣抹掉了。

不知道是不是汤泉泡久了，夏灯觉得心都是暖的。

还是因为游风呢？

可是以前游风也是这样，跟他出门她只需要人到，其他的事他都会安排好。他知道她的习惯，也知道她的口味，几乎没让她有过哪怕一次糟糕的经历。就连吃刺身不要让她看到芥末这点小事他都总能提醒好厨师……

她吃完一个，手心有点油。游风已经拿了湿纸巾，刚刚好把她的手拿过去，给她擦干净了，还给了她一支护手霜。

夏灯没涂，只放在腿上，两只手叠着纸巾，低着头，看着它们，半天才说："电影开场了。"

游风把护手霜拿回去，拔开盖子，挤出一点，又把夏灯的手拿过去握住轻揉，让木质香味挂在她每一根手指上。

"嗯，看不了了。"他说。

夏灯扭头："那明天看吧。"

"明天有课。"游风盖好护手霜盖子。

"后天呢？"

"后天也有，最近课很满。"

"哦。"

夏灯霸占了游风整个暑假，差点忘了，她这男朋友是高端人才，只有她每天无所事事。

游风跟她说："这段时间都忙，但周三和周六中午可以跟你吃饭。学校事太多了我就不回公寓住了，要是能抽出时间，也是周五晚上，那天没有晚课，我可以回去，你可以来，或者我去你那找你。"

满满当当的安排……

而且这个一周挤出两个中午跟她吃饭的语气，怎么听着那么怪异？

她心里已经有点不高兴了，但没表现出来："不用。"说完很快又补充，"我也有点忙。"

游风假装不知道他女朋友生气了："是吗？孤陋寡闻了。我以为我女朋友的空闲时间多，原来也有点忙。"

夏灯下了车，回会馆。快到电梯时，扭头看了一眼，他都没叫住她，也没下车追来。

正常的男朋友是这样的吗？

她也没回去，就这么上了电梯，回了房间。

舒禾和程程已经洗完澡，换好衣服了，趴在沙发上跷着腿，看起来已经完全不记得不久前的烂事了。倒也正常，她们很容易就难受，更容易开心起来。不出意外，程程过两天就会告诉她们她又交往了新男朋友的消息。

舒禾扭头问夏灯："灯，你干吗去了？"

夏灯还没答，汤泉服务员敲门，随后在三人注视下推了餐车进来。

舒禾坐起来："你怎么知道我们饿了？我俩刚才还说拿手环点点儿东西吃呢，拖延症一直拖到你回来。"

夏灯没叫，大概是游风，看到餐车上的另一袋奶芙后，她确定了。

服务员帮她们布餐，祝她们用餐愉快，便出了门。

舒禾先撕开了奶芙的牛皮纸袋，一边吃一边挑眉，冲夏灯竖拇指："好好吃这个！"

程程拿起一块看了一眼："游风买的？"

舒禾看向她："是游风吗？"

"夏灯喜欢吃奶芙，但因为太腻，她自己从不买，以此约束自己。这不是咱们大一时就心照不宣的事了？那会儿你为了讨好她，连着买了好几天，你忘了？"

舒禾被程程一提醒，想起来了："好像有这回事。"她又扭头看向夏灯，"游风也太体贴了，跟我原先通过其他途径了解到的一点也不像。"

夏灯说："你们吃。"

舒禾看着夏灯上楼，对着她的背影说："晚安！谢谢宝的款待啊！"

她说完，鞭策程程："再找男朋友给我找这么体贴的！当然游风这种是有点少，但至少得对你自己好吧？"

这人两个小时里说了无数遍了，程程白眼翻了不知道多少个了："有完没完？"

"我帮你熟读背诵。"

"我已经会背诵了。"

夏灯进了房间，她们的声音彻底听不见。

游风给她发来消息，她到窗前才点开，他说：“看见奶芙袋子没？”

夏灯：“没。”

“里边有止痛酊，睡觉之前涂在腿上。”

夏灯微愣住。

游风知道她疑惑，告诉她：“在包厢时不是磕到腿了吗？”

夏灯是有点腿疼，但一直没在意，也没想为什么。当时那么多人，场面那么混乱，他都注意到她磕了腿吗？游风也没在这事上说太多，似乎就不是奔着让她感动，只是作为男朋友心疼他女朋友磕了腿：“周末跟朋友打球，能带家属。”

夏灯也没让自己微愣的状态持续太久，对他后边这句显得不感兴趣似的：“跟我说干什么？”

“汇报。”

夏灯托住下巴：“还有别的要说吗？”

“没有，他们说结束一起吃饭。”

“哦。”

“都成双成对的，我就不去了。”

夏灯感觉被威胁了：“想让我去就问我。”

“你不是说跟你说干什么？你这么凶，谁还敢问你。”

“……”

夏灯又被他拿捏了，不回他了，睡觉。

很快手机又响，夏灯听到声音了，但不想看，太困了，她要睡觉，甚至把被子蒙在脑袋上。但也就十几秒，她掀开被子：“就看一眼，看而已，又不是要回。”

想着，她点开游风发来的消息，看到一句：“那我女朋友愿意跟我一起吗？”

看着这句话，夏灯那点不开心散尽了。她还没见过游风其他的朋友，而且他真的有除沈佑和贺仲生以外的朋友？

她躺在床上，举着手机，打字：“你女朋友说可以。”发完把手机扔到一边，看着顶上的灯。

游风还没回去，车停在路边，一手拿着手机，看夏灯的消息，疲惫自行纾解了。

夏医生真厉害。

他回复：“再跟我女朋友说一声，梦里见。”

夏灯放下手机，扭头看窗外，月色正皎洁，渐渐睡意到浓时，但心还安稳不下来。

无聊。

她才不梦见他。

游风开始忙了，一天到晚不见人，夏灯又恢复了原先游泳馆和家两点一线的日子。

以前也这样，游风刚上大学没多久就出国了，他们有情侣的身份，但没情侣的形态，各自生长，野蛮自由。

那时候夏灯还挺喜欢那种关系的，这是她理想中的恋爱。最近几天跟那时候没什么不同，她却老是空落落的，最喜欢的游泳也兴致缺缺，往常可以在水里待很久，现在超过一个小时就腻了。

她从水里出来，去洗了澡，出来盘腿坐到沙发上，看着窗外林景，没一会儿就听到雷声轰鸣，大雨倾盆而下。

天气没那么热了，但闷得很，一下雨，冷热两股空气碰撞再交叉，外头一下雾气腾腾，像仙境。

她换到摇摇沙发上，手里拿着遥控，身子扭曲着，眼神向上，持续这个姿势很久，想到底要看哪一部电影。不知道几分钟过去，她还是放下遥控，继续看窗外雨了。就像对游泳逐渐失去兴致一样，她好像也没那么喜欢看电影了，那这样漫长的一生，要怎么过？

她在窗前待了很久，上楼，进了书房。

她在涂山苑有一间占地巨大、设施齐全的工作间，一整面墙的书架上摆满了未拆封的书。其实她都看过了，是设计师那时问她要摆些什么，她连夜把看过的书列了清单，设计师和他的助理用了一周给她搜罗齐了。

都是以前上学的时候看的了，高中的老师经常把她当典型说，说她天天看杂书，桌子上摆着的都是跟学习无关的。

可是《西太平洋的航海者》《金枝》《洁净与危险》算是杂书吗？大概只要不属于教材的书，都是杂书。或者老师也不认为，只是不能在教室看。

上大学后看书少很多了，但只要她重复回忆的东西，她就会记住，所以到现在，她了解了非常多的地域文化，对不同环境下人类的思想也颇有思考。只是身边没人跟她聊这些，也就没人知道她懂得这些。

游风算是一个能跟她讨论不同国籍、不同肤色下，人们的不同认知的人了，但他们一周没见面了。

可是她怪什么呢？她男朋友很优秀，需要他的地方很多，他不只有她男朋友这一个身份。本来暑假就是在不可抗力下偷到的光阴，不能因为偷到了，就觉得理应是她的，贪得无厌都没有好下场。

她清空思想，随手拿起一本书，想把这分秒如年的一天硬挨过去，却在坐下时，冒出了想法。

或许她也可以让自己忙起来。

周五中午，游风有空，按原定计划给夏灯发消息，约饭，夏灯没回。游风没在意，把手机放到一边，继续做自己的事。

沈佑出现在他旁边：“哟，吵架了？大美女怎么不回消息了？把人家得罪了？”

游风没搭理他。

沈佑贱嗖嗖的：“年轻人的感情能有多浓烈？热恋的时候你是宝，分手的时候你是草，想开一点，不就是单身嘛，咱也不是没单过是不是？快点的吧，投入哥的怀抱。”

夏灯在这时回过来了：“你来接我。”

沈佑看到了。

游风仍然没搭理沈佑，手点在跟夏灯的聊天框上，摁住说话：“下楼吧。”他说完拿起外套、车钥匙，准备走了。

沈佑呆坐着，直到游风开门，叫他：“下午有课，记得回来，还有晚上要跟师兄吃饭，你也别忘了。”

游风没说话，没停下，开门离开了。

直到游风离开，沈佑还维持着原来的姿势："嘁，没意思。"

游风把车开到西澳南公寓楼下，正好是夏灯她们学院的学生宿舍。陆陆续续有女生进入、出来，在他车前走过，眼睛一直往他车里看，她们知道这是游风的车。

夏灯下楼，手上拎着纸袋，手里还抱着书，上了车，系上安全带："我们去家附近吃吧，我就不回学校了。"

游风把车开出公寓区："要干什么？"

夏灯说："我准备降级转专业的事。"

"转专业？现在？"

"嗯。"

游风停顿了会儿："转社会人类学？"

夏灯扭头，眼微睁大："你怎么知道？"

"我是你男朋友。"

"我男朋友真神。"

"想好了吗？会很累。"

"做喜欢的事是不会累的。"夏灯扭头问，"你喜欢我，很累吗？"

"谁喜欢你？"

"停车。"

"好，好，喜欢你。"

夏灯不理他："某人很忙，我也要忙起来。"

"这个某人我认识吗？"

"你不认识。"

游风把手伸过去。

夏灯明知故问："干什么？"

"某人想牵你。"

夏灯抿唇，不自觉扭头看向窗外，眼睛微微弯起，温柔笑意与秋天的风渐渐融合。她没把手给他，但不妨碍他擅作主张牵住。

"吃什么？"游风问夏灯。

夏灯想吃茶餐厅，想起之前去吃的那家沙爹面："我们去东湖街那家金玉楼吃面吧。”

“好。”

东湖街离着海岸线不远，沿着环岛山道再开十多分钟就能到夏灯家。这条街上饭店也多，但不都是美味的，大多是环境优美，常见一些学生、旅行的人在此打卡。

他们到时正好在中午饭点，人不少，有些穿着高中校服的学生，还有明显是大学生的闺密、兄弟组。

游风和夏灯坐在靠窗、靠角的位子，高高的围挡把他们的用餐区和大厅划分成了两个世界。吃到一半时，一些难听的声音传到他们耳朵里——

“你说他们什么时候分手？”

“不用管，肯定会分的，他们俩哪个看起来不是玩玩？”

“他俩各自换任何一个人，在一起，我都相信是真爱，俩条件一样的在一起不是剧本也不是真心的。”

“你觉得是游风先出轨还是夏灯？”

“夏灯吧，游风看起来还有缺点，比如没素质。夏灯除了高冷这个中性特征，看起来一点缺点都没有，你们见过这样的人吗？”

“管他们呢，反正肯定分。”

夏灯后面越吃越慢，一份面只吃了两口就没再动了。但也没说话，没发表任何想法。游风眼看着她没了胃口，伸手叫了服务员。

服务员走过来：“您好，您需要什么？”

“旁边这桌太吵了，沟通一下，换到别的位子。”

服务员有些为难：“可是……”

“我老婆怀孕了，正不稳定的时候，万一有点闪失，我觉得咱们店也承担不起这个责任，你觉得呢？”游风很平静。

夏灯不平静了，谁怀孕了？旁边这几个女生要是知道隔壁是他们，那不把什么怀孕的事传得满世界都知道？但他说都说了，她总不能当着外人面驳他。

等服务员离开，她才凶他：“你瞎说什么！”

“吃面。”游风只这么说。

夏灯早没胃口了。

这时服务员应该是沟通出现问题了，隔壁的叫喊声尖锐得仿佛能刺破耳膜：“谁这么牛？我倒想看看！”

两个女生走到围挡内，看到游风和夏灯，顿时失语，脸也变白了，背后说人被人当场捉住的羞耻感遍及全身。

游风双手叠在一起，没看她们，一直看夏灯慢吞吞地夹着沙爹面。夏灯也没看她们，因为不打算说什么，如此看向她们也没有必要。

两个女生没吭声，灰溜溜地回去了。

没多会儿，夏灯就见服务员推着小车到隔壁收拾碗筷，想来她们已经悄悄离开了，但她被破坏的胃口还是没恢复过来。

回家的路上，夏灯开着车窗，任风吹拂脸，安静得像一幅加了动态特效，却忘了添加语音的美人画。

游风牵住她的手，夏灯扭头，看着游风，才发现自己安静好一会儿了。游风看她心情实在差，想请假陪她，但没跟她说这件事，她大概率会说她没事。

其实他也很惊讶，夏灯竟然会因为别人的话不好受。她以前可不会，任何人都不能用语言伤害到她，她的寡淡也是她最大的保护伞。

回到家，他随她上楼。进入家门夏灯才反应过来：“干吗？你不回学校了？”

游风放下车钥匙，打开空调，把夏灯拉到怀里抱住。夏灯被他抱住，心好像更不舒服了，把脸埋在他肩窝处，双手紧抓着他的衣服。游风搂着她，亲吻她头发，什么都不问，也都不说。

这样持续了很久，夏灯慢慢松开他，仰起头来，看着帅男人：“我好了。”

游风拨开她额前挡住眼睛的头发：“可是我还没好。”

夏灯不管他：“那你自己想想办法，我要去写申请书了。”

小潜水艇逃走了，坐到工作区的吧台椅。她再看游风，他还在进门处站着，脸上有点无奈，但好像又特别能接受。太可怜了，她就又走过去，抱住他：“再借给你一会儿。”

游风深吸她身上的香味：“一会儿是多久？”

“我数到十。”

“每个数字之间间隔多久？”

夏灯没答，只是开始数了：“十。”

游风掐她的腰：“重新数。”

“掐疼我了。”其实一点也不疼。

“我使劲了吗？”

“你使了。”

游风把她抱起来，抱上了楼，放到床上，吻了她。

夏灯被亲得缺氧，脸通红，推他：“滚……”

游风没进一步的想法，怕再气跑了这花瓶子，上哪找去？

他吻到夏灯有意见，松开了她，改搂住，给她盖上毯子。夏灯在他怀里，看着顶灯：“快三点了。”

“嗯。”

“你不去学校了吗？”

“在等天黑，给你做晚饭。中午那碗沙爹面都没吃几口。”

夏灯停顿数秒，往他怀里缩了缩，找到舒服的位置，待好了，才又说话：“我只是失落，从我们在一起到现在身边都是唱衰的，问我们什么时候分手，说我们一定会分手。我也不认识他们，他们也不认识我，为什么总盼着我分手？”

这回换游风停顿了：“你以前并不在意。”不在意别人怎么说。

“我现在就是在意。”夏灯沉浸在自己的情绪里，没注意游风声音有异。

游风心在快跳两下后恢复平静，唇角不自觉地向上微挑。

夏灯没得到回应，抬头还看到游风在笑，皱着眉：“你笑什么？有什么可笑的？”

“笑都不行？”

“可是我正在说很严肃的问题。”

“好，那我不笑了。”

“可你还是笑了啊。”

“那怎么办？”

“你给我写申请书。”

游风真想笑了：“是谁说做喜欢的事不累？说了一天都没到，申请材料都要让别人写了。”

“但你不是别人啊。”

“对，我是你的冤大头男朋友。”

夏灯自己也想笑了，其实她没想让他写，就是他在她严肃的时候笑让她讨厌，她就想整整他。

失败了，她男朋友脑子转得快，嘴也快，她可不是他对手。

她坐了起来：“那你要是不回学校，就睡觉吧，我去弄我的事了。晚上也不用你做饭，我们去吃铁板烧自助。”

游风最近都没睡好，她知道，也想趁今天让他好好休息下。

“嗯。”

游风请了假，想好了陪她，就一定会陪。她可能这时候不需要，但她需要的时候，他正好在她身边。

游风就这么睡下了，确实累但睡得不实，只要夏灯叫他他就会醒，但一直到差不多四点，一点动静都没有。他醒来，看到夏灯，她还坐在桌前，看起来和一个多小时前一样，可是她手腕上缠了绷带，旁边也有一个药店买药时才会给的纸袋。

他下床，下楼。

夏灯听到动静，扭头看他，他动作很快，已经走到她身前，她唇角柔和，声音也柔和：“你饿了吗？”

游风牵住她的手，轻轻查看受伤的腕子：“怎么了？”

夏灯也没抽回来，看向门口的一箱子书：“我搬书时撞到那个电梯门口的摆件上了，划了个小口子。”

“搬书怎么不叫我？”游风声音有点大。

“你在睡觉啊。”夏灯的声音也不由得大了两个度。

“划破了又自己去药店包。”

“就小区门口的药店。”

“我死了吗？”

他真凶，夏灯把手抽回去：“反正我只是划了一下，死不了。”

“如果你什么都能自己干，要我干什么？”游风的脸色逐渐难看。

夏灯想为自己辩解：“我自己干不了的我会找你的。”

“哪一件？”

“什么？”

“你哪一件找过我？”

夏灯不说了。

她不总是拒绝别人对她的帮助，但很少主动请求别人帮助。受伤是小概率事件，就算有游风在身边，她也不见得不会磕到电梯门口的摆件上。她的逻辑里，自己的事情自己做是没有问题的。

想到这里，她还是认为自己没错，跟游风说：“我自己可以做的事还找你干什么？你也有你自己的事啊，你总不能一直为我服务吧？”

“不能？”

夏灯沉默，眼睛收回来，看着桌面，房间突然变得好安静。

游风没多待，换了鞋，拿上车钥匙，离开了。门关上，夏灯抠着手指肚，其实她只是想让他多睡一会儿，沈佑朋友圈说他们熬了几个通宵了。

就这样而已。

而且只是划了一个口子，很小的口子，不包也不会怎么样……

她胡思乱想，说服自己，暗示自己她没错，但越是重复这些，越表明她绕不开一个问题——

游风也没错，她受伤，哪怕是一个小口子，他也是担心的。

时间游走了。

夏灯还是站起来，往外走，这算什么误会呢？为什么两个有嘴的人要有这种不应该存在的误会？

她刚到门口，外边传来摁密码的声音，她停住，看到门开了，游风又进了门，他显然也有些没想到她会在门口。他们俩就这么在门口对视，心怦怦地跳，也有些酸酸的。

“去干什么？”他问。

夏灯嘴微撇，很细微，细微到她笃定游风没有看出来。她走过去，双手穿过他腰侧，慢慢抱住。

游风任她抱着，也不说话。

许久，夏灯说：“下次搬书我叫你。”

“就下次？”

“每一次。”

游风拉起她的手：“疼吗？”

夏灯摇头，游风还是拉到唇边轻轻吻：“你可以依赖我。”

夏灯睫毛微动：“嗯。”

“我订了铁板烧的位子。”

“嗯。”

“换衣服。”

“不换了。”

“别在外边穿香槟色的裙子。”

“为什么……”

“因为我喜欢。”

“……”

他又开始了！为什么用冷淡的语气说这种话？他但凡是故意的，她都不会为他加快心跳。

偏偏是无意的。

她冲他伸手，游风牵住她手。她又抽回去，还冲他伸出手。

他看着她：“干什么？”

“车钥匙。”

游风把车钥匙交给她。

“机车的。”

游风从口袋里掏出来递给她。

夏灯没收了：“别骑机车了。”

游风懂了，但还是明知故问：“为什么？”

夏灯不会说因为她喜欢，虽然这是事实：“太丑。”

“车还是我？”

“你。”

“家里吃吧。”

“……”

“你跟这么丑的人吃饭那不是受委屈了？别去了，家里吃吧。”

夏灯认㞞：“你不丑。”

“丑。”

“不……”好好的为什么要对他宣战呢？她拉了拉他的衣服，“我饿了。”好像不太诚恳，她又补充，“男朋友。”

游风牵住她的手，往外走了。

女朋友饿了是头等大事，其他的都可以往后稍稍。

出了门，夏灯看着对她妥协成瘾的男人，有一丝丝从小到大都没有出现在她身上过的得意。

那种得意。

被游风喜欢的那一种。

她问他：“你投降这么快吗？”

游风没答。

怎么能说是投降？他必须败给他的宇宙。

夏灯也没执着于答案，出了电梯，走没两步，夏灯停住，回头看向电梯门口，再扭头看游风：“摆件呢？”

游风让物业扔了，嘴上却道：“不知道。”

它在这边待了半年了，突然没了？怎么可能？

夏灯盯着游风数十秒：“你弄的？”

“没有。”游风没给她太多纠结的时间，“还吃不吃了？”

夏灯不看了，被他牵着往门外走。

“是明天打球吗？”夏灯想起游风要带她去跟朋友打球。

“改下周了。”

“哦。那明天干什么？”

“你说。”

夏灯最不会安排这些，以前游风给她一周吃顿饭的任务，她都是勉强及格：“游乐园？”

“可以。”

“环球那家？”

“嗯。”

“那要早睡，明天早去，多玩几个项目。”

“吃完饭我要回学校，明天我再来接你。”

夏灯点头：“好。”

游风晚上有饭局，是沈佑应下来的，跟同门师兄的，没什么正经东西要聊，就是找了理由凑一堆喝酒。

几个大男人在步行街的露天烧烤摊，高谈阔论学业以外的兴趣。游风在饭桌上摆弄手机，跟人聊天。

有人叫他：“怎么回事，游风？这平时叫你出不来，出来一趟还抱着手机不撒手，女朋友这么黏人吗？没治服帖了？”

大部分男人喝多了都喜欢吹家庭地位，好像不尊重老婆、女朋友，或者背着她们搞点小动作是多长脸的事。

其实是不是那么回事大家也不知道，反正就是有这个瘾。

沈佑怕游风脾气上来把他们全撂了，举着酒杯拦了一下：“你们要是有这么个大美女当对象，你们舍得治？别吹了。”

“哎，真别说，咱们六哥还真找了一个大美女当女朋友，不比西澳的夏灯差。”有人说。

游风甩脸子了：“扯你们的淡，别提我女朋友。”

一群人打一个肯定打得过，但他们跟游风关系说得过去，而且这人有点能耐，做不成铁哥们儿也是不结仇的好，就卖了他这个面子不提了。

他们又开始调侃那个女朋友也特好看的哥们儿，他相对游风不让提夏灯的小气劲儿，大方多了，站起来，脚踩着塑料凳子：“名儿也好听，杭嘉慈，是不是赢了？”

“好听啊！”

“有照片吗？看看，超过西澳那个没？”

……

这男的人数一上去，分贝就上去了，吵死人。

沈佑搔耳朵，小声跟游风说：“真的别有学历崇拜这种情况吧？高学历真不代表高素质，这一喝多，都开始现原形了。”

游风正好烦了：“先走了。”

“别啊，你让我一人扛这好几个啊？”

游风可不管他，面前这几个哥们儿已经开始聊到更多隐私话题了，他留下纯纯浪费时间。他站起来，也没打声招呼，就走了。

快走到车前时，突然出现一个女声：“游风。”

游风没挪脚，身子向后倾，看到靠在自己车头的一个波浪发、低胸装的女人，脸上有细闪的点缀。

“哪位？”他问。

“我以为我嗓音这么特殊，你可以认出来的。”

游风扭头就走，废话真多。

“杭嘉慈。”

“不认识。”游风上了车。

杭嘉慈没再拦他，看着他的车开走，笑了下。

真的就只记得夏灯吗？明明她才是他身边最早染红头发的人。她没待太久，走到烧烤摊，填补了游风离开后留下的空位子。

闹腾的都安静了，看着这个突然出现的漂亮女人，大波浪和雪白的肌肤在夜晚尤其美。

她微笑着：“我受委托来接六哥。”

大伙儿恍然大悟，一个“哦”八个弯：“嫂子啊。”

六哥这会儿才开始反驳了：“没有没有，别闹，刚才是开玩笑，人家有对象的。”

几人互相交流眼神，倒也没拿这个揶揄他。刚才游风在，谁不想在游风这个春风得意的人面前占一点上风呢？不怪六哥吹牛，要怪就怪游风的人生看起来也太爽了。

沈佑看这女的有点眼熟，歪头问她：“是……西澳对面新开的那个舞蹈机构的老板吗？”

杭嘉慈用漂亮带钻的指甲撩了撩头发：“认出来了？”

其他人开始狂欢，嘈乱的声音像一把剪子，把这个夜晚剪得稀烂，一地的碎片，让有强迫症的沈佑也烦躁了，把扛他们回去的重任交给了一个学弟，自己脚底抹油，躲清闲了。

游风那人不爱应付这种场合，但有时候挺必要的。

太傲慢了容易招惹小人，恶意通常没有理由，但大部分发生在极度嫉妒的人群中，有些人光芒太盛，再不收敛，就成了饿狼的目标。

很没道理。

但这就是种道理。

游风把车开到夏灯家楼下，没上去，点了根烟，又把刚才手机收到的消息看了一遍。

他真想去抱住她。

其实他每天都想。

从前就想。

夏灯答应游风早起时很利落，结果看了一宿电影，导致起不来。原定上午八点就到位，中午了还在路上堵着。好不容易到了，两点了，排了俩小时队就玩了一个项目。

游风牵着夏灯，一直没说话，夏灯心虚，叫他：“游风。”

“嗯。”

“笨鸟。”她试图恶人先告状，可以说他排队排得太慢。但只是叫了一句笨鸟，就不忍心继续了。

这太缺德了，她不这样。

游风牵着她的手一刻也不松懈：“你自己通宵看电影，两点多到了开始排队，到现在只玩了一个项目，你还骂我？”

夏灯已经后悔骂那句了，转移话题：“我给你唱首歌吧。”

“不用了。”

“……”

“别开口。”

“你有点伤人了。”

“行，那你唱吧。”

“我唱了？”

“嗯。”

“……我很大器，我没你小气。我会原谅你，你仔细听。我从未爱过你，怎么会想念你……其实还爱着你，其实还想着你……请你别太得意。”

夏灯只唱了嘴硬的部分，扭头观察他：“你还生气吗？”

游风也观察起他心虚的女朋友，她为什么会觉得他真会生她气？他明明就不具备对她生气的能力。

“出来玩是为了开心，如果看一宿电影，早上睡懒觉可以开心，为什么生气？”

“因为我答应了你，但没做到。”

游风没再接着她的话说，只是牵紧她。

他对夏灯没任何要求，她永远可以答应他却没有做到。

夏灯在他握住她的力量里感受到他的答案，复苏的心甚至开始过春天了。好像从那只小船锚开始，她有在爱了。

“现在呢？回家吗？”夏灯问。

“嗯，回去看电影。我看看是什么电影让你把我忘了。”

“我没忘……”

游风把她领到车前，打开车门：“就算忘了我也会让你想起来。”

夏灯上了车，不看他，怕把眼里的笑暴露。

这天晚上，他们窝在沙发里，看了很多电影，聊到了一些原始部落的人们的生活，还有黑洞、白洞的问题。

夏灯说累了，听累了，在游风怀里睡着了。游风把她抱到床上，吻她唇角，下楼倒了杯酒，放了几颗冰块，站在窗前，看夜色。

他已经不需要再把手机拿出来，看那些消息了，从收到到现在看了无数遍，他已经背会了。是夏灯妈妈发来的，她告诉了他一件古早的事，但震荡了他。

“我女儿有一个在海边开酒吧的愿望，她的说法是想听五湖四海的人说他们的故事。

“但只要是酒吧，就能达成愿望，为什么要开在海边？

“她会忘了一些事，但永远记得她要给小时候的朋友买一艘船，泊在海边。”

游风喝了一口酒，没有让它们在唇舌停留，直直灌入喉咙，辛辣刺激让他头脑清醒。

有时候以为夏灯救了他一次，但其实是每一次，从认识那天起。爱情肯定是没有道理的，但爱她那么久，还能一直爱，一定有一个原因是因为她的美好。夏灯的美貌是她所有优点中最先被人想到的，却不是她最大的优点。她有太多太多胜于美貌的优点，成为他甘愿在她眼睛的旋涡里沉沦深陷的其中一点。

怎么能不爱她呢?

明明活着就是为了爱她。

他喝完一杯酒，上了楼，回到床上，再次亲吻熟睡中的小潜水艇。小潜水艇迷迷糊糊地搂住他的腰，自己在他的胸膛摸索了个舒服的位置，继续睡了。

他小声问：“不让我睡？这么霸道？”

“梦里见……”

他握住她的小臂，拇指轻轻摩挲着：“不用梦里见，睁眼就能。”

我会在你身边，总会在。

又是一周的忙碌。

夏灯降级转专业的事让舒禾和程程大吃一惊，但也没过问太多。她们知道夏灯不是头脑一热就做决定的人，自然有她的考虑。

程程对男人失望透顶没两天，又交了新的男朋友，舒禾从知道到现在四天里翻了不知道多少白眼。夏灯在寝室待的时间不太多，为数不多的时间里舒禾都在骂街。

“还说这两天有时间去吃肠粉呢，这都拖了多久了，你有空了，她没有了，我怎么就那么遭罪呢？”舒禾躺床上踢腿。

夏灯合上书：“晚上可以去，你给她打电话。”

“她？得了吧，跟那男的打得火热。那男的跟那跳舞的杭嘉慈关系也不错，现在她成天跟他们一起玩儿呢，哪儿有空理我们？”

“不会，你找她，她会陪我们去。”夏灯说。

舒禾坐起来："那今天就去？"

"可以。"

舒禾问："你不是下午去找沈媛姐吗？"沈媛是她们的导员。

"已经在微信里聊过了。"

"哦哦，那行，我给程程打电话，她敢不来，咱们俩就孤立她！"

夏灯没接这话。距离上次舒禾说同样的话还没几天，嘴上痛快的时候她是第一个，心软妥协的时候，她也是第一个。

程程如夏灯所说，答应了跟她们去步行街吃肠粉，还扬言点最贵的套餐，她买单。

舒禾骂她："最贵的套餐也就五十九块钱！"

步行街肠粉很有名，来涂州上学的大部分人都在它家打过卡。

夏灯她们到了以后排了半个多小时的队才有位子坐。九月的天气也会潮热，晚上也不凉快，店里只有会发出呜呜声的电风扇，不停转。他们的汗都流进了领口，但还是吃得开心，聊天也聊得开心。

夏灯她们在进门不远处，舒禾把辣椒端过来，被旁边一桌的男生说了一句自私，她扭头也骂："不让你霸占着就是自私，到底是谁自私啊？"

男生站起来，程程走过来，从舒禾手里把辣椒拿过去，打断了他们的拌嘴。

舒禾坐下来，火还没消："服了一天天的，怎么总能碰到这种人？我要不要去烧烧香啊？晦气死我了！"

"你也消消火吧，每天跟炮仗一样，哪天我们都不在，你不挨打谁挨打啊？"程程说。

"那你说刚才这个事怪我吗？"舒禾不服气。

程程说："你问问灯怎么处理这种事。"

舒禾扭头问夏灯："灯，我不相信你不生气。"

"会，但不会理。"夏灯给三个人重新烫了筷子，又擦干水。

"忍得住？"

夏灯把筷子放她们碗上："只要想到我的时间比他们的宝贵，就能忍住。”

舒禾不说了。

程程说：“吵架吵愉快的概率只有百分之五十，就是说你还有百分之五十会更生气，你图什么呢？”

“那你们有时候也会吵。”舒禾又说。

“因为必要。”程程说。

“这不必要？”

“对你切身利益没损害的事都没必要。”程程说完，咂下嘴，“我跟你说这个干什么？反正以后你出门的时候我都在，我提醒你就好了。你这个脑袋时而灵光，时而不灵光，得时常给你上油。”

正说着话，夏灯手机响，许漾打来的，她没在意，随手接通。

“你东西丢在派出所了，我今天休息，给你送去？”许漾说。

夏灯没丢东西：“应该不是我的，我没丢东西。”

“一个香水分装的小瓶。”

“不是我的。”

“你问问你那两个同学？就是你们来派出所那天丢在这里的。”

夏灯问了下程程和舒禾，舒禾举了手：“我！我丢了！我还找了半天呢！亏了没丢！可贵了！”

夏灯点头，对许漾说：“我们在步行街肠粉店，你现在有时间的话我们可以在这里等你一下。”

许漾停顿片刻：“别了，大晚上的别在那儿待了，我明天送。”

舒禾对着桌上的电话说：“没事，你过来吧，许警官，咱们晚上还能喝点儿，在桥上边。”

许久，许漾说：“也好，我可以送你们出那条街，以后晚上别到那边去了。”

“但就晚上热闹啊！”舒禾有点抱怨。

“危险都潜伏在热闹里。”

电话挂断，程程笑着说：“这帅哥警察真是一点都没变啊，从认识到现在，他但凡接得住一个梗，他都能找我们其中之一当女朋友了。”

舒禾吃着粉说：“咱俩之一，灯已经是那个男人的女朋友了。”

“那个男人命真好。”程程摇头说道。

舒禾对程程说：“你新找的那个对象，是不是给我们交代下是个什么货色？”

“就是网上有点粉丝的……”

“又是这种的！”舒禾打断了她。

“这个目前看起来挺正常的。”程程说，“他不想认识我的朋友，也没跟我要过钱，更没暗示我给他买显卡，还有联名限量鞋什么的。处着玩儿呗，腻了就掰了。”

“各玩各的吗？”

“没，对我也挺好的吧。”

程程在面对男人时的脑袋好像也是时而灵光、时而不灵光，虽然她走出一段感情很快，但进入感情的时候就丧失理智了。

舒禾也旁观者清地提醒了她：“不图钱没目的才更可怕好吗？”

“不是很在意。”程程嗦了一口粉，说，“对你没什么损失的一段关系里，没必要太较真了，你把他祖坟扒出来也没人给你颁个奖杯，等有那个趋势了你再及时止损也来得及。”

舒禾反被她提醒，想到她确实是刹得住闸的，没再反驳。

她们吃完肠粉，到前边小摊儿挑挑看看，玩了会儿。

晚上的步行街热闹非常，吃的喝的玩的，卖古董的、剪头发的，还有跳舞的、唱戏的，算塔罗牌的、象棋挑战的。

她们也不知道为什么有些人可以摆摊，有些人不行，可能没备案，要不没证儿？谁知道，反正城管局的和派出所的执法人也经常到这一片儿转悠。

夏灯没去，坐在刨冰小摊儿后边的小板凳上等她们俩。她低着头看手机，突然有人坐到她对面，她抬起头，来人有些漂亮，也有些眼熟。

“好久不见了。”对方先说。

夏灯没想起来她是谁：“我们之前认识吗？”

她笑了一下，正好老板给她上了刨冰，她用塑料勺子扒拉着冰碴：“嗯，不认识也正常，咱们不是一个班的，只是经常在天坑那边遇到。”

天坑。

夏灯借着夜市的霓虹灯，仔细看了她两眼，五官是有点像一直跟在游风身后的那个红头发女生。

她不卖关子了，做自我介绍：“初三转学走的杭嘉慈，我们班在三楼最后一间，你们班在四楼。”

夏灯不记得这个名字：“那时我们认识吗？”

“你不认识我，但我认识你。”杭嘉慈说。

夏灯不说话了，不认识就不用认识了，她不爱交朋友。

杭嘉慈又说：“我在你们西澳对面开了店，有时间可以过来待会儿，毕竟是老同学了。虽然那时候你总是坐在车里，跟我们一帮只能步行的人好像不处于一个世界。”

夏灯已经准备离开了，正好舒禾和程程回来了，还把许漾带来了。

程程看到杭嘉慈，略微惊讶：“你也来了。”

夏灯听到这个“也”，才看到许漾身后还有个清秀的男生。

程程没有郑重介绍，给夏灯粗粗说了一句：“我对象，那会儿说过来接我，我以为他一个人呢，原来跟嘉慈在一块儿。”

杭嘉慈笑着说：“可不是我跟他在一块儿，他们好几个占着我一楼大厅招待人的位置打扑克，闹得我连门都关不了。”

程程也客气地笑了笑：“那他是过来接我，嘉慈你是……”

她男朋友解释：“他们要吃这边摆摊的小龙虾，磨了嘉慈老半天，出来给他们买一趟。”

程程又笑了下，没再说话了。

舒禾觉得气氛有点尴尬，想说点什么，但跟这个杭嘉慈不熟，刚想说要不就各回各家吧，杭嘉慈看了许漾一眼，对程程说：“你闺密们找男朋友的眼光真不错啊。”

舒禾第一时间看向程程，程程正好也看她，两人眼神交融，又被她们给看透了这个有趣的场面。

许漾说：“我是警察。”

舒禾：“……”

程程：“……”

许漾在单刀直入破坏一个尴尬氛围这事上就没让人失望过，两个女生都在心里默念道：感谢人民警察！

杭嘉慈也没觉得被戗：“误会了，不好意思，那你们聊，我要的小龙虾应该已经好了，有机会一起吃饭。”

程程点头：“嗯，好。”

杭嘉慈走了，剩下的人被程程分配了一下：“许警官送你们回去吧？我们俩回我那儿。”

“我们俩”是说程程和她新交的男朋友。

舒禾瞥她：“你们下午不是也在一起吗？待不腻吗，程程姐？”

程程笑，搂着她肩膀，小声跟她说：“这不是给你跟许警官独处的机会吗？夏灯不会跟他说话，你能霸占他一路。有这一路，你别跟我说你拿不下来。”

“你可真看得起我啊。”舒禾翻个白眼。

程程拍了舒禾腰一下，就到她男朋友那儿去了：“走了啊。”

程程走了，舒禾看看夏灯，看看许漾：“咱们仨，怎么说？”

夏灯说：“我送你回寝室。”

许漾说：“我送你们回去。”

异口同声。

舒禾想了想，还是扭头看许漾：“警官，我们自己回吧，夏灯开车了。你要实在担心，就送我们到车前？”

许漾说：“也行。”

就这样，三个人没一点交流地走向步行街停车场。

舒禾在两个惜字如金的人面前，尴尬症几乎到了晚期，行不能行，停不能停，还不如刚才跟程程他俩走呢，一路上有程程跟她打岔，也不至于这么煎熬。

人越多，夏灯越能够安静，但她是夏灯，低调并不能够帮她降低存在感，还能让人在一众喧闹中精准锁定她的位置，并给她贴上林下风度的标签，投以好感。

几人碰头时，刨冰摊和麻辣烫的顾客一直看夏灯，还有些性格张扬的在讨论她的脸和身材。本来许漾可以接受舒禾的提议，既然她们开了车来，那就自己回，但他听见了那些话，有些肮脏，就不太放心了，最终决定送她们到车前。

到车前，扭头看到几个晃晃悠悠的醉鬼往这边走，他又犹豫了，想送她们回学校。

他说："车钥匙给我，我送你们。"

夏灯没给："不用了。"

舒禾也说："也不是很远，而且现在这个时间也不晚。"

许漾又说："给我。"

夏灯不准备说了，要上车。

舒禾预判到了夏灯的做法，冲许漾赔笑脸："别管我们了，许警官，这世上需要保护的人太多了，我们独立自主的女大学生就不占着名额了。"

"在我看来都是一样的，有需要，我就该帮。"许漾又冲夏灯伸出手。

舒禾看场面又尬住了，也不知道今天皇历上是不是写了"不宜出行"，正想甩手不管了，远处传来机车发动的噪声。

三人扭头，看见游风。

游风穿着一身黑，从车上下来，摘了头盔，往后拢发，淡漠的眉眼展露在霓虹灯下。他腕上有一条跟夏灯腕上一模一样的手链，一眼就能看见。

舒禾都忍不住紧张了，埋葬并腐烂的记忆开始侵袭她的大脑。夏灯本来很坦荡的，游风一来，她不知道为什么产生了一种趋近于心虚的情绪，以至于没理他。

游风走到夏灯跟前，从她手里拿走车钥匙。夏灯这才跟他说话："机车呢？"

"沈佑在前边羊蝎子店，让他骑回去。"

"嗯。"

游风没跟许漾说话，许漾也没跟他说，舒禾在一边偷偷观察。

不认识的人站在一起顶多是尴尬，但他们还多了微妙，具体成分不知道，但如果碰撞，应该全都是电光。

游风给夏灯打开车门，夏灯看了机车一眼，准备上车。

游风看见了："可以骑车，把你车钥匙给沈佑。"

夏灯假装勉强："哦，也可以。"

游风假装没看出来："车上有头盔吗？"

"有。"她去拿了来。

光想机车了，夏灯突然想起来，不行，舒禾还在这儿："开车吧，把舒禾送回去。"

"不用不用，我不跟你一起走，危险约等于零。"舒禾说。

夏灯没听："上车。"游风也没听，已经上了驾驶位。

舒禾较劲："哎呀，许警官可以送我的。而且我想起来，我还得去拿中药，太麻烦了，你们回吧，我自己可以的。"

夏灯不想听这些："你先上车。"

"不用了！"舒禾执拗得不行，磨叽半天，就是不走。

夏灯没辙了，在步行街入口处，这个刚好人多的地方，这么闹不是办法，只好请求许漾送下她，许漾答应了。

游风就又下了车，走向他的机车。夏灯拿着头盔，又回头看了舒禾一眼。

舒禾冲夏灯摆摆手："走你的！"

夏灯上了游风的机车，机车音浪划空，他们消失在街尾。

舒禾呼口气，平时已经很招人烦了，这种时候怎么能还让人家两个一起送呢？也太没边界感了。幸亏自己严防死守啊，没让夏灯得逞。

许漾还盯着街尾的方向，说了一句怪话："她太漂亮了，应该被好好保护。"

舒禾停顿片刻，说："嗯，她男朋友会好好保护她的。"

许漾收回眼来，奇怪的一面彻底不见，仿佛只是有一瞬被一缕陌生的魂魄强占了身体："走吧，我送你回学校。"

舒禾笑："那就辛苦许警官了。"

游风先带夏灯去给沈佑送了一趟钥匙，沈佑下楼看见他们天造地设的样，心里泛酸水了："我该你们谁的到底？"

"走了。"

游风扣死头盔镜面，开着摩托车走了。夏灯本能地搂着游风的腰，躲在头盔护目镜后窥探这个急速倒退的世界。

她忽然觉得她可以一瞬抵达世界各地，就因为她有风。

“你能听到我说话吗？”她突然问他。

“听不到！”

夏灯用力喊：“明明听到了！”

“不想听！”

“我没让许漾送我！”

她还知道他为什么不想听，就是明知故犯的意思，他故意加油，车子一下提速，夏灯没防备，撞在他后背，也不由得搂紧他的腰。

她还生气呢：“你告诉我杭嘉慈是谁！”

“不认识！”

“你胡说！”

“你先说许漾！”

“他给我室友送东西！说顺便送我们！我根本没同意！你不要莫名其妙，上纲上线！更别试图转移我的注意力！你先说杭嘉慈！”

“顺便送你们，真有爱心！”

“杭嘉慈是之前天天跟着你的红头发的女生！别以为我不知道！”

“这人有顺便送过别人吗？”

“她天天跟着你，你说不认识她？”

“警察为人民服务的范畴是不是有点太广了！”

“哪里都可以开舞蹈机构，为什么一定要开在涂州呢？”

“别说你不知道他喜欢你！”

“不要告诉我你不知道她为什么出现在这里！”

游风猛地刹车，停在了渡川大桥正中，很靠边的位置。夏灯在他停下时，下了车，走到桥边，扶着栏杆，看着水面上的金灿灿的船，还有倒映在水上金灿灿的影，呼吸略重。

游风把车停在一边，在距离夏灯三米远的栏杆处，点了一根烟，烟雾和他的头发都有一点气急败坏的样。

每次抬手抽烟，胳膊上凸起的筋都把他的火暴露一遍。他本没那么气的，他女朋友就是天生招这些桃花，他早接受了，早学会给自己开解了，但夏灯怎么那么大火呢？她允许这个男的送，还倒打一耙，跟他大声吼。

前几天就因为他被要微信，晚上早早睡了不理人，今天又因为一个莫名其妙的什么人。她生气为什么没有道理？而且是不是太频繁了……

想到这里，他突然愣住了。确实太频繁了，夏灯跟他生气的情况。他看向夏灯，显然她还没意识到什么，还有些气呼呼。

他抽完烟，走到夏灯旁边，夏灯躲开，他就拉她的手。

“松手！”

“别说废话。”

“你无赖！”

“夏灯。”

“你不要叫我！不想理你！”

“你是不是吃醋了？”

“我不可……”夏灯立即反驳，但扭头对上游风的脸，她发现她根本解释不了她的行为，无法否认。醋味太冲，潮湿的夜里，和空气黏糊在一起，泼得她浑身都是。

“我没有！”必要时候必须嘴硬！

游风不生气了，还很爽：“哦，没有。就是有人跟我要微信，生闷气冷暴力，初中一个莫名其妙的人记到现在。”

夏灯心里气急败坏，表面波澜不惊，还要倒打一耙：“你能不能离我远一点？我很烦你。”

游风俯身吻她。

他亲完了，风还在打扰他的头发和衣摆，但最终目的好像是有些倾慕他的帅气，要为他锦上添花。

夏灯看着这个人恣意潇洒的德行，有气无力地说：“烦不烦？”

游风一只手把她拉到怀里搂住了：“忍着吧。”

夏灯从游风怀里抬起头来：“现在可以说杭嘉慈了吗？”

“她好像是那时胡月斌带来的。”要不是夏灯介意，游风根本不想浪费脑细胞想这破事。

“胡月斌是谁？”夏灯诚恳地问。

“什么都不知道就瞎吃醋，下回打听好再找碴。”

“你打听过了？”

“我打不打听，那警察对你有想法也是事实。”

“杭嘉慈出现在我们身边正常吗？”

“我不认识她，你可以无视她，不爽就骂她，随心情。”游风说。

夏灯不爱骂人，尤其无缘无故时，不说话了。

其实杭嘉慈出现很久了，甚至跟他们身边的人打成一片，但大概因为无所谓，所以夏灯一直没有刻意去了解。今天正好各自都有怨气，撞上了那就说一说。

夏灯是这样认为的，不以为她是吃了什么醋，她才不。话赶话说到这些而已，说她吃醋就有点借题发挥了。

她在心里不断重复，游风在这时牵住她的手：“以后再去不确定是不是安全的地方，给我打电话。”

夏灯被他牵着走：“你总有空吗？”

“明知故问。”

游风把夏灯牵到车前，单手搂住她腰，把她抱上了车，双手撑在座位上，把她圈在双臂间，微歪着头看她：“你想去哪儿都行。”

“但是。”

“但是要有我在你身边。”

夏灯心跳乱掉了，强装镇定：“可是，双拳难敌四脚。”

“我还有脑子，不会双拳对四脚。”

“……”

“记住了吗？”

夏灯把头盔戴上，冲着他大声喊：“没记住！”

游风听见了，也不在意，把她头盔上的镜子向上掀开。夏灯忘了这个是可以掀开的，还以为自己安全了，故意说那话，想让他气急败坏来着……

游风没管夏灯脸上惊讶的表情，亲了她嘴唇一下：“记住没？”

夏灯很平静：“记住了。”

游风笑了下，单手握住把，腿往前伸迈上车：“抱好。”

夏灯勉强抱了一下，太硬了，不喜欢。

“不抱好不走。”

“……”

夏灯搂紧了他，游风这才上路。

夏灯本来是在心里骂的，不知道怎么骂出了声：“占便宜没够！”

“忍着！”

“……”

夏灯好久没坐游风的机车了，上次还是在露营的时候，她喜欢风吹在身上的感觉，当然以前不喜欢。还要谢谢游风，让她知道，不喜欢的很多事，也许只是没尝试过。

包括人，总要试试看才知道自己到底有多喜欢。

游风知道夏灯想兜风，就载着她绕了涂山两圈，夏灯玩儿累了，困得要死，在他停车抽烟时，靠在他背上睡着了，脑袋枕着他肩膀。为了方便她枕到，他不得已向后倾身。其实不舒服，但一偏头，她温热的呼吸喷进他领口，他就觉得，还能接受。

“夏灯。”

“嗯……”

她声音软软的，真是难得，游风忽然想逗她：“台风来了。”

“嗯……”

“你怎么不跑。”

“嗯……”

“因为有我在。”

“嗯……”

“依赖我这事，还要我对你说多少遍？”

“嗯……”

全是软软“嗯”的一声。

游风抽完了一支烟，又说：“嫁给我。”

“嗯……”

游风静止，低头一笑。

夏灯醒来已经十点了，从被子里钻出来，缓了一会儿，摸到手机看了一眼，好多 APP 的通知和消息。她起身下床，走到卫生间，一边脱衣服一边看游风的消息。

他说他有事，中午不跟她一起吃饭了，下午来接她，去看他跟朋友打球。她没回，先洗了澡，洗完收拾好自己，才回过去："好的。"

游风的电话随即打来，她接通放在一边，收拾桌上乱放的盘子，前两天就打碎了一只，都是限量的，不好凑齐一套，小姨知道又要专门去一趟意大利，太给人找麻烦。

"起了？"

"嗯。"

"给你叫点吃的，还是你自己出去吃？"

"我自己吃。"

"车钥匙在门口桌上。"

"嗯。"夏灯想骑电动车，但没说，只是问，"昨天怎么回的？"她记得她睡着了。

"打车，又叫了代驾。"

"哦。"

"要是不饿就等一下，我回去时给你带。"

"不用了。"

"嗯。"

"你先忙你的，我把房间收拾一下，吃完饭找你。"

"行。"

游风挂断跟夏灯的电话，放下手机，看向坐在他对面的张恩惠。

张恩惠一点也不心虚，她被她亲妈惯坏了，从来心安理得地接受别人的施舍，一直都觉得游弋江的东西，她们能分走一半。

游风没空跟她兜圈子："我问了点人，你跟杭嘉慈一直有联系。"

张恩惠摇头晃脑："我跟她是朋友啊。"

"没人问你们是什么关系，离夏灯远点儿。"

又是夏灯，张恩惠翻白眼，她还以为游风找她是拿她当妹妹呢，知道她来涂州关心一下，结果还是为了夏灯："哥……"

"不是你哥。"

“不管你承不承认，妈跟爸都结婚了。”张恩惠喜欢晃动她的细脖子来让她得意扬扬的姿态更显眼。其实除了不稳重和没见识，别的什么也没有体现。

“你回去问问你妈，她跟游弋江结婚的时候，游弋江有没有给她签什么东西。”

张恩惠挑眉：“什么意思？”

“他都不会给我留东西，你跟你妈又算什么东西。”

张恩惠脸色难看了。

“别拉着杭嘉慈搞事，不然你也会折个几条肋骨。”游风的耐性到这里已经所剩无几。

张恩惠不晃脑袋了，但也没塌了后背：“我不相信你会对我动手！”

“我不会，没说别人不会。”

张恩惠脸更白了，白到了脖子，指甲把座椅的皮革划了深深的一道印子，全是她心慌的证明。阴沉气氛在沉默中蔓延，张恩惠妥协了，发着抖：“哥……哪怕只是兄妹的感情，你也不能给我吗？”

有病一样，游风烦透了：“正常点吧，别跟精神病一样。”

游风自从家里发生变故，就没再跟游弋江生活了，他跟游弋江二婚妻子总共没见过几回，跟她带来的女儿见面的次数更是屈指可数，这种趋近于陌生人的关系，他理解不了她女儿对他的那点感情和占有欲是从哪儿来的。

不过爱从哪儿来从哪儿来，他横竖不惯着就是了。

张恩惠还以为他不发声的这几秒是心软了，乘胜追击地说：“哥，我可以乖一点，但我真的不喜欢夏灯……”

游风烦得咂嘴，短促的一声过后：“那你去死啊。”

他声音不小，张恩惠浑身打了个哆嗦，噤若寒蝉。该说的差不多说完了，他最后瞥了一眼她桌上扣放的手机，拿过来，果然在录音，删了录音、备份，抹掉手机所有内容，照着被太阳炙烤的洋灰地面，“啪”的一声，摔个粉碎。

张恩惠更害怕了，俨然成了一只鹌鹑，使劲往椅子里缩。

游风随后站起，人生当中最后一次对张恩惠这个人说话：“不要再出现在我的生活当中。”

不是威胁，但充满了威胁。

游风说完就走了，看了眼时间，能赶上回去接夏灯去吃饭，就给她发了消息。上了车，发动，夏灯回了过来。他点开就看到两张照片，绿叶菜泡在水里的照片。还有她的一句话：“我没想到吃什么，就自己做了。”

“我现在过去，有我的份吗？”

“都是绿叶菜，你说呢，哥哥？”

“谁是你哥哥？”游风说是这么说，唇角可不帮他瞒着他的违心，他就要听夏灯叫哥哥。

他放下手机，不自觉加快速度。女朋友在家等他吃饭的诱惑太大，他装不出不在意的样子。

赶到家，夏灯已经做好了，两荤两素，四菜一汤，还在他的餐纸上用食用墨喷上了“周末愉快”的字，仪式感拉到了顶点。

挺好的，就是游风不想吃饭了。

他放下车钥匙，换了鞋，走到餐桌前，看着桌上的菜，再抬头看夏灯：“照理说我给你做一个月饭换你给我做一顿，我应该珍惜。”

夏灯点头：“确实，快点尝尝。”

游风却一下子把她打横抱起来，吓了她一跳，直问道：“干什么！”

游风没说话，把她抱进了一楼的一间房。抱上床，牙咬住她衣襟飘带扯开，呼吸滚烫铺洒在她的脸上……

一个小时之后，游风轻吻着她，把她抱到怀里，搂着她的肩膀：“不去打球了。”

夏灯从他怀里抬起头：“去啊，为什么不？”

“你不累吗？睡觉吧。”

夏灯坐起来：“不累。”

其实很累，但不能总被游风这个坏人牵着鼻子走，她必须得在他打球体力不支时嘲笑他。

游风好像不知道她的心思似的：“你要想看就去。”

夏灯去洗澡了，虽然看游风打球被虐没有意义，但有趣啊。

但到了篮球馆，她发现她的算盘打得早了，游风的朋友很让人失望，别说虐他了，甚至被他一个人拿了三十多分，遥遥领先。

谁虐谁啊到底？

中场休息，游风走到看起来心情不太好的夏灯跟前，把水递给她。她根本不想搭理他："我不渴。"

"给我打开。"

夏灯不依："这都打不开吗？你拿那么多分不会是他们在给你放水吧？"

游风故意逗她而已，自己打开了，但没喝，而是递给她："热的，我去前台让人买的，这边空调开太低。"

夏灯微愣，她没接，游风放在了旁边椅子上，蹲下来，把他的外套系在她腿上，抬起头："看别人笑话之前记得调研，你在我身体素质处于最佳的年纪时，挑战我擅长的领域，那能让你得逞吗？"

"……"

"你以为我不知道你张罗我过来打的是什么主意。"

"……"

"让你失望了，女朋友，你哥我快四十分了。"

"……"

游风说完站了起来，单手托住夏灯的后脑勺，深吻落入她的额头。

他朋友们开始起哄，他没搭理，跟夏灯说："想想晚上吃什么，结束了带你去。"

游风回了球场，夏灯渐渐回神。

其实厉害的是她吧？拥有他的风华正茂。但在篮球场上，跟游风打球的那些人嘴里，又是另外一番景象："真厉害啊，游风，女朋友太漂亮了，逆天了啊！"

换别人，也许会说"哪里哪里，一般吧"。游风向来接受所有对他女朋友善意的夸奖，心情好的时候还会回他们一句："是我荣幸，不是我厉害。"

结束了，结局跟夏灯期望的南辕北辙，不过也还不错，如果她男朋友可以碾压别人，那确实比被人碾压，她这个女朋友面子上更有光一点。

虽然她从不在意这些虚的东西。

游风过来把毛巾、发带和手环摘给了她："再过去说两句就走。"

"嗯。"

球场上已经换了一拨人打球了，游风的朋友们也走了一些，剩下四五个，不知道在说什么。夏灯无聊地看了看手机，舒禾发了微信，说她最近会有霉运。她皱眉，正要回复，场上传来粗犷的一声叫喊，然后就有个不明物体从她面前飞了过去。

她还没看清是什么，被游风扯了下胳膊。抬头看到他不悦的脸色，她大概猜到了，一扭头，果然是颗球。

游风还没说话，他那几个朋友就去教育那几个"罪魁祸首"了。但也很温和，那群人看起来只是高中生。他们连声道歉，一直说着"姐姐对不起"，弄得夏灯不好意思。游风听见"姐姐"就烦，把他们轰走了。

他们拿上球，回了球场，打全场改成了打半场。

游风不待了，准备走了，但那头朋友们还眼巴巴地看着他，显然是聊到了什么要紧的，没聊完，夏灯就说："还是说完吧。"

她体贴他，他也不装，就过去继续聊，但把她也带了过去。几个人礼貌地跟夏灯打了招呼，没一句逾越的话。

他们聊的是一些专业内的东西，夏灯不懂，就回了舒禾的消息。后面又不知道干什么了，就扭头看男高打球了。

其实球飞来时，她一点也不怕。别说没砸到，砸到去医院好了，害怕有什么用？但不知道为什么她有点不自在，可能是因为她昨天做的那个梦。

她梦见游风好像问她什么时候才能学会依赖他，结合刚才那事，她顿时有股心虚的感受，于是在事情发生十分钟后，突兀地站到他身后，握住他的胳膊。由于实在是突兀，导致游风的几个朋友全都看向她，目不转睛。

游风也扭头，问她："怎么了？"

夏灯在被注视时就后悔这个决定了，但开弓哪有回头箭呢，游风都问了，她说没事那不更奇怪？就硬着头皮说："害怕。"

"怕……球吗？"有人探头问。

有人提醒她："嫂子，可是那球没砸到你……"

“而且那不是十分钟前的事了吗？已经翻篇了，聊别的了……”

夏灯知道，已经后悔了，不想说话。游风知道夏灯在难受，见还有想贫嘴的，没让说：“别废话了都，拿上球赶紧滚。”

“那行吧，改天咱们一起吃饭？”

“别改天了，就今天呗？”有人说。

游风牵住夏灯，要走了。

“去呗，风哥，带上嫂子，我们还想问问嫂子有没有什么姐妹……”

“不去。”游风看了夏灯一眼，坏人使坏，不用打草稿，“你嫂子害怕，去什么去。”

“……”

怎么能这么丢脸呢，夏灯……

上了车，夏灯也还在自我反省，安全带都没系。

游风给她系：“别想了，已经挽回不了了。”

不被提醒还好，他一提醒，她就想说：“如果不是你要我依赖你，我不会这么丢脸。”

“我是让你依赖我，不是让你表演依赖我。”

“可是我根本想不起来。”

游风看了她一会儿，手掌托住她的脖子，把她带到怀里抱住。夏灯在他怀里，不说话。

“可能是我的问题。”游风轻柔地说，“你很独立，不是个时刻需要别人帮助的人，我应该尊重和接受。而不是擅自把你领到一条平坦好走的路上。”

夏灯听到这话也气不起来了，伸手环住他：“我以后不表演了，你也让我自己做一些事，哪怕还像上次那样手受伤，也接受，行吗？”

游风又犹豫了。

夏灯从他怀里出来：“不真诚。”

“我只能接受不受伤的那些事你自己完成。”

夏灯争论：“那我怎么能事先判断这件事做了会不会受伤？”

“所以还是让我来。”

白聊了，夏灯放弃：“开车吧。”

游风却没有。

两人这样静待了几分钟，由游风打破沉默：“行，我接受。”

夏灯扭头看他，游风没解释，也不用解释，他愿意花更多时间站在她身后。她要走寻常人都在走的路就让她走，必要的时候帮她清理一下道路就好了，一直是这么做的不是吗？总不能因为他们在一起了就对她要求越来越多。不一定要她依赖他才能证明爱，爱的形态明明千千万万种。

确实是他错了，这件事。

其实前一段时间跟她谈到这些，他已经认可她的观点了，但他是个普通人，普通人太容易想得通做不到。

她没事什么都好说，出事了什么都别说了。

“是妥协吗？”夏灯问。

“不是。”

是我爱你。

日子在细碎舒缓的节奏中进行着，眨眼，秋天都要结束了。

游风是忙碌的，他的学习任务紧凑，七七八八夏灯不懂的一些领域对他的需求很大，经常找不到他人，但他总会在拿到手机的时候，跟夏灯说晚安，明天好好吃饭。

夏灯也是忙碌的，以前找不到她就去游泳馆，现在找不到她可以去图书馆了。

由于降级转专业的决定做得较晚，卡的时间也尴尬，所以她可以用来准备的时间还挺长的。但申请书好写，自学人类学大一课程，总要花时间。

其间她跟游风去了一趟澳国，前往一个海港潜水，说是给他过生日，他也没拆穿她的小心思。

哪有给别人过生日挑自己喜欢的事做的？

本以为，只要她开心，他这生日就算过好了，没想到，她一个有证儿的老手到了她最喜欢的地方，也还是放弃了深潜区，陪他 DSD（旅游体验潜水）。

回到酒店，他们的司机问为什么生日要潜水。她没答。

晚上躺在床上，她才跟游风说，她的问题太多，书里找不到答案，往外走的地方越多，越觉得苦难多。心里装的苦难多了，对世界只剩下探索而没有期待了，就会让人变得冷漠，也会让人困惑。

她困惑时会游泳，特别困惑时就潜水了。她每次在海底看着珊瑚，都觉得治愈，她希望男朋友也能被治愈。

九月中旬那段时间，游风接到很多家里的电话，无论怎么逃，他们总能找到他，骚扰他，说莫名其妙的话，对他提各种各样的要求。夏灯想不到好的办法，就把他拐到了她的秘密基地，想他暂时忘掉那些脏东西。

游风了然的那晚，在夏灯睡着后，坐在阳台抽了半宿的烟。

其实他女朋友从没跟他正式表白过，虽然她现在会在意别人不看好他们的感情，也会吃醋，更会因为他烦恼，就想方设法让他开心……

但她没想过这些都源于她越来越喜欢他。

而他知道。

但男人，贪心，得陇望蜀，就想听她大声表白。可当他听到她诚挚地说希望他能被治愈，他又觉得表白不重要了。

说句喜欢多容易，难的是附着到行动上。

从澳国回国的第二天，他们各自又投入到各自的忙碌当中了。

十月下旬，夏灯签证下来了，在妈妈的引荐下，拜访了几位定居在敦城的小说家。她认为，从小说家口中了解世界是一个新颖的角度。

她在绅国待了一周，论文写了一半，回国时游风又因事去了芾城，他们又没见面。

忙碌的生活没有惊心动魄，没有激烈冲突，没有新鲜刺激。可能是视野太广、性格冷漠又太理智的原因，好像他们的青春还没来得及浮起来就已经沉下去了。

很多人以为，等以后老了，一定遗憾年轻时没做成某件事，而以此作为现在做某件疯狂的事的理由。但其实大多数人老了，都遗憾自己当初为什么要做那件事，会想，如果不做，那一定不会是现在的结局。

这种遗憾，大概要到临死时才能彻底跟自己和解，接受自己不尽如人意的一生。

对于夏灯和游风来说，好像不用面对这个问题。至少在人生走到四分之一的阶段，他们几乎没对从前的事感到过遗憾。大概因为过去每一件事，都是他们当时的思想觉得该做的事，而不是被情绪支配去做的事。

照理说，外界的声音应该不会侵扰到他们，哪怕会有不可避免的情绪波动，但一定能很快地调整好自己……

可是当“照理说”这三个字出现的时候，就是说事情已经脱轨了。

这样细碎平淡的日子，在程程手机里那条“我要是喜欢游风，我就负重五公里”的录音曝光后瓦解了。一时间，大学城大部分人都在讨论夏灯和游风的事。程程匆忙给夏灯发了一条“对不起”就是说这件事。

她不知道录音怎么被人发到了网上，还定位大学城，导致事情发酵得特别快，现在发布的人已经删除并销号了，但现在录音几乎人手一份，所有社交软件的同城频道都能看到复制品。

夏灯知道这件事是在程程道歉信息后的第三天，中午跟游风吃饭，游风接到沈佑的电话后。而此时，这件事已经在大学城传了三天了。

游风没看那些东西，也没听那条录音，只对夏灯说：“我想办法。”

夏灯没说话，只是点开那些视频的评论区。

“能让夏灯冷漠地说出这种话，那她平常跟游风在一起是有多逢场作戏？我见过几次，确实漂亮，但目中无人，没什么素质，找游风不就是透露只有这种水平的男的才配得上她？但要真这么高贵找什么对象？够虚荣的这个女的。”

“我开始以为这是没在一起之前的录音，但看日期是在半年以前？他们不是高考完就在一起了？所以在一起两年，夏灯不喜欢游风，还说喜欢他就负重五公里？西澳很多人都知道夏灯贫血，她这是毒誓啊。这也太可怕了，游风能不能赶紧跑啊？大帅哥真倒了血霉了。”

“现在就看游风的态度了，要是仍然跟夏灯在一起，那就让渣女和他相亲相爱地在一起吧。看来还是要有一张漂亮的脸啊，再有点钱，游风这种人又能怎么样呢？还不是给她当狗？我真以为游风境界挺高的，前途无量的人竟然好美色又爱吃软饭，滤镜全碎了。”

其实还有很多为夏灯说话的评论，质疑录音目的、出处的评论，大部分人还是理智的，但夏灯就只看到那些不好的。

不知道是不是负面情绪太多，她有一点恶心，它们聚集在胃部，让她对眼前这一桌未动的食物，产生强烈的抵触心。

她抬起头，看着游风。

游风在向平台举报那些断章取义的视频和发言，再截图存证发到这些人的学校的邮箱，太专注，没注意到夏灯的目光。

夏灯看着他眉头紧锁，脑袋里全是刚才看到的评论。

游风终于忙完了，抬起头，看到平静的夏灯，但可能是相爱让他们有了一种灵魂共振，他还是透过她的平淡，感到她的疼痛。他眉心一紧，很心疼，绕到她那边的卡座，没抱她，也没说话，她现在不见得想被人碰到。

夏灯木头一样坐他旁边，心堵得更难受了。

如果是她，哪怕是以前的录音，听到那么坚定的不喜欢，也避免不了要难过，游风呢？他多难过呢？

并不安静的餐厅音乐换了一首又一首，夏灯和游风像是另一个空间的人，安静得格格不入。

许久，夏灯抬头，看向游风，跟他解释这事："那天刚好是我想不通一些事的时候，喝多了，我室友她们聊天，开着录音，我插了嘴，说了这句，就被录上了。"

游风听到录音里夏灯的声音状态，就知道是她醉酒那天发生的，也是撞见高中同学聚会的那天。他记得那天她很动人，他乘人之危亲了她。

夏灯很快又说了一句："对不起，我让你跟我挨骂了。"

游风这时才问她："胃好一点没？"

夏灯抬起头。他竟然知道她刚才胃不舒服。游风看她这反应，就是好多了，把她搂到怀里，给她栖息地。

夏灯一下心空了。

原本一个人可以做很多事，但如果有幸被一个人体谅、照顾飘摇的情绪，安抚难受的身体，真能让人上瘾，渐渐就不想一个人了。

"挑几个看着不顺眼的告，你挑还是我挑？"

夏灯从游风怀里抬头："我挑吧。"

"嗯，挑好打个名单会吗？"

夏灯不知道他是不是故意这么说，她那点压抑的情绪散了些，声音也没那么像从冰桶里捞出来的了：“会。”

下午，夏灯回学校拿东西，程程和舒禾专门在南门等她。她看见她们也没说话，只是回了寝室。

三人都在寝室里，夏灯收拾着书，舒禾一直戳程程胳膊。

十多分钟后，程程才终于有勇气开口：“灯，录音这事对不起，我已经知道是我男朋友……不，前男友泄露的，我让咱们院那个粉丝很多的林梧桐代我发到网上去了，所有的平台……”

夏灯一直在收拾东西，其实她之前也不总是搭她们的话，但今天她的沉默让她们特别慌。舒禾不敢靠近她，无事时可以偶尔开个玩笑，有事了真开不起。

程程见状，觉得自己挽回不了了，心一横，一改唯唯诺诺的样，大大方方地说：“夏灯，对不起！我知道这件事给你带来很大麻烦，事已至此，我的补救也无济于事，但我是诚心跟你道歉。”

夏灯收拾好了书，放进包里，准备回去了，把退寝的事跟她们说了一声：“寝室退了。”

程程和舒禾突然感到心疼，不是说爱情才会让人心疼吗？

夏灯拿上包，走到门口，打开门，走之前又说：“吃饭发微信。”

她说完走了，程程和舒禾却在傻愣了三分钟后，缓慢地扭头看向彼此的脸，舒禾不确定：“她是说，我们还能找她吃饭？”

程程确定，悬在喉咙口好几天的心总算落下了：“嗯，能。”

“我以为我不光跟她做不成朋友，连当她舍友、和她一起吃饭的资格也没有了呢，我都要哭了。”舒禾搂住程程，忍不住矫情，“想想我们过去真的一直在麻烦她……”

要她出头，要她报警，要她维护，要她解决问题，还要她善后……

程程淡定多了，但只是表面，她的心也在晃荡。夏灯离开时的那句话太让人感动，那一瞬热泪盈眶的欲望特别强烈。

幸好，她们虽然没有拥有过她，但也没失去。

夏灯一直在她们心里最特殊的位置，可能她自己也知道，所以她允许她们一直把她放在那里，在这次事件后，也没离开，仍允许……

这样就好。

一直这样就好。

夏灯上了车，想给游风打电话，说她收拾好了，先自己回家了，却先接到一个陌生号码来电。第一次她拒接了，第二次摁了接通。

杭嘉慈，请她吃饭。

她拒绝了："没空。"

"你对我有敌意。"

"你想多了，只是没有法律法规规定被陌生人约饭一定要同意。"

杭嘉慈笑了一声："以前我真是对你有偏见啊，我以为大小姐都是软软糯糯，不会说狠话呢。"

"还有事吗？"

"来吧，用我去接你吗？"

夏灯不说了，要挂。杭嘉慈可能是感觉到了这点，又说："有件事我想跟你解释下。"

夏灯停住了，片刻后，说："地址。"

杭嘉慈订的餐厅在龙门，还是客流一直比较可观的店。

夏灯进了包厢，不光看到杭嘉慈，还有一张陌生的脸，但好像也没那么陌生，再一看也有几分熟悉。

杭嘉慈张罗夏灯落座，把菜单递给她："你先点菜吧。"

夏灯接过来，但放在了一旁："先说。"

杭嘉慈又笑了一声："那先给你介绍一下，这是我老公，胡月斌。"

胡月斌，夏灯记得这名字，游风说过，以前杭嘉慈跟他们混在一起是被胡月斌带去的。

胡月斌伸出手，想跟夏灯握个手："那时候就老看你坐在车里，我们在马路上跟游行的似的。"

杭嘉慈瞥他："你也好意思说呢。"然后瞥他的手，"伸回去，谁跟你握啊，又忘了？"

胡月斌把手伸回去，冲夏灯缩脖子笑了笑：“别见怪，‘妻管严’。”

夏灯不明白他们要干什么，也看不懂，不想浪费时间：“你找我要解释什么？我们存在什么误会吗？”

杭嘉慈还卖关子：“先点菜吧，咱吃着说。”说着叫了服务员。

夏灯想看她葫芦里卖的什么药，就一直等到了服务员上菜，没想到把游风等来了。游风在服务员后边进门时，她明白了，杭嘉慈久久不说是等他。

她男朋友穿了身西装，气质一下升了一个档，领带和衬衫的适配度因他这张俊脸的加成而抵达终点。经常看父亲西装革履，夏灯没什么感觉，以为是她没那么从众，像大多数女孩子一样喜欢男人穿正装。

原来父亲跟男朋友是有区别的，女生还是要看自己的男朋友穿一次正装，才能判断自己对正装是不是上瘾。

胡月斌看见游风跟看见亲人一般，站起来，没管游风乐不乐意，伸手把他搂住了，就是个儿不高，得够着他脖子：“好久不见了，亲兄弟。”

太虚了，游风没搭茬儿，但给面子让抱了一下，随后坐到夏灯身旁。

夏灯看向游风，游风正好也看向她，伸手帮她把反了的耳环拨正，然后把她面前的甜品换掉了，因为里边有她不喜欢的食材。

很自然地，胡月斌和杭嘉慈就这么看着，随后相视一眼没说话。

等菜上齐了，杭嘉慈终于说了：“请二位吃饭呢，是想对过去的一些事做个解释。”说着看了胡月斌一眼，在对方坚定的眼神之后，才好似有勇气对夏灯说，“从前因为误会我老公喜欢你，说过你一些坏话，跟……”说到这里她停顿三秒，被胡月斌握住手，才好像被赋予了勇气，抬起头继续，“张恩惠。”

夏灯心里意外，脸上没有，游风也没点反应。

杭嘉慈又说：“我是在参加比赛时认识张恩惠的，她当时跟我同组的一个男演员关系很好，经常买 VIP 区的票来看比赛。有一回小组赛结束，我们聚餐，我跟她互加了微信。

“后面认识了，正值我跟我老公吵架，就把问题都归到你身上了，跟她说了些有的没的。主要我老公也确实说过喜欢你。”

胡月斌在杭嘉慈这话后，立马解释："调侃式的喜欢她还当真了。那会儿谁不喜欢夏灯啊？就是哥们儿兄弟一起玩儿的时候扯淡，她误会，还一直记到后来。"他说完这句，替杭嘉慈道歉，"后来就是我们事业重心转到涂州没多久，张恩惠给我老婆打电话，想拉她破坏你们感情。"

杭嘉慈继续："这怪我，我那时候骗张恩惠说，我当初转学是因为我经常跟你们这帮男生在一块儿，被夏灯找碴儿、威胁了，不得已转了学。张恩惠就觉得，我可能是一个很好的合作对象。"

胡月斌说："本来我跟我老婆没当回事，但张恩惠威胁我老婆，我老婆要是不帮她，她就要把过去俩人说的那些坏话都发出来。我老婆毕竟有点名气，这种黑历史太毁事业了，就成宿成宿睡不着。我们思来想去，决定主动坦白。"

杭嘉慈握住胡月斌的手，看起来很诚恳："我现在不怕曝光了，可能是良心的谴责比网友的谴责更折磨人吧，我就希望你们可以原谅我。"

游风和夏灯当下没说话。

胡月斌看向游风，祈求："她真的已经知道错了，确实也是我们两口子给你们带来了困扰，我们打心眼儿跟你们道歉，能不能看在咱们还是老同学的分上，给一个机会？"

游风看向夏灯："你怎么说？"

夏灯跟他的目光一接触，说："我接受道歉。"

杭嘉慈和胡月斌站起来，倒没有很激动，但也很开心。后面又说了一些掏心窝子的话，加上喝了点酒，氛围烘托得特别像多年不见但依然感情深厚的老朋友。

这种氛围一直持续到饭局结束，杭嘉慈和胡月斌说以后会在涂州长久地生活，希望可以一直小聚。夏灯和游风两个对旁人一直不怎么和善的人，倒没在杭嘉慈两人面前展露自己的"没素质"，相安无事到了分开。

车上，游风抽完一根烟，夏灯才问他："你是不是做了什么？"她不相信他们是因为他们说的那些理由才道歉的。

游风把领带摘了："你觉得我做了什么？"

夏灯下了车，游风皱眉，透过车窗看着她换到后座，正要问怎么了，她从他座位靠背后伸过手来，轻轻箍住他的头，慢节奏地掐。

“可以吗？”夏灯问他力度。

游风闭上了眼，他女朋友怎么会不可以？

“你今天怎么穿成这样？”

“去见了个朋友。”

“嗯。”

游风接着跟她说：“前段时间家里打电话想提前分家，似乎游弋江给了黎薇不少。张恩惠和她妈不愿意，但改变不了游弋江的决定，就把主意打到了我的头上。”

“怎么打的主意？”

“张恩惠她妈是硬赖上游弋江的，她们想故技重施，让张恩惠硬赖上我。游弋江对黎薇情深，给她的不会收回来，他对我没感情，什么都不会给我，但爷爷不同意。她们清楚一定有一份是我的，搞不定他，就想来搞定我。”

夏灯觉得自己没理解错：“但你不是一件玩具，不是她们想赖就能赖上的。闹僵了，她们可能什么都没有。”

“她们要是有这个脑子，还能干这些烂事？她们的认知就是觉得把我和你拆了，把张恩惠塞过来，这辈子就能衣食无忧了。”

夏灯跟游风说她知道的：“那条录音是我室友的男朋友发出去的，这人是西边那些学校的，他跟杭嘉慈、齐征的关系很好。”

“嗯。你问我杭嘉慈之前，她就在我眼前晃过，我感觉不对，让贺仲生去打听了。胡月斌在国外做直销挣了钱，杭嘉慈参加选秀他还贿赂过评委。但前段时间出事了，具体什么事不知道，就知道卖了几套房，也回国了，到涂州开了个舞蹈机构。”

夏灯捕捉到有用的信息：“他们现在有些缺钱。”

游风点头，把夏灯的手拉下来，握住，说：“张恩惠和她妈太蠢，就连找的兜底的律师，都是游弋江合作的律所的。我打去电话，对方就表明了立场，绝对不背叛游弋江。”

“是被你发现了才这么说的吧？”

“随便为什么，反正是把姓张这娘俩的计划隐晦地倒出来了。张恩惠找了杭嘉慈合作，让我们吵架，她好乘虚而入，事成就给杭嘉慈好处。”

夏灯皱眉："你找过张恩惠了？"

"嗯。"

夏灯懂了："你跟张恩惠挑破了，她跟她妈的事情败露了，跟杭嘉慈的合作自然也瓦解了。但杭嘉慈为什么来跟我们道歉？怕我们把这件事捅出去破坏他们形象？"

"胡月斌和杭嘉慈来涂州之后，一直跟西边那些比较乱的人混迹在一起，还有齐征、大董他们。我们又打了大董的脸，很难说他们不会因为咽不下这口气暗地来阴的。我有软肋，斗不起，所以用了一点手段。"

夏灯的注意力都在这点"手段"上："什么？"

"胡月斌和杭嘉慈比较在意风水、命理，我找人、花钱，把他们引到空项山净元那儿，净元暗示他们，我是他们的贵人、财源，所以他们编了个故事来道歉了。"

夏灯知道净元，舒禾以前念叨过："不是那个被同城一个博主挂过的假和尚吗？他们会信他的话？"

游风说："你没关注过这些，没被这些'大师'指引，没吃过这方面的红利，你是不信的，但他们吃过。"

"所以他们信了。"

"唬不了太久，但几年没问题，到时候我们已经不在涂州了。就算还在涂州，我们不是现在的我们了，也就不用担心他们来阴的了。"

夏灯想起来，舒禾之前说她最近走背点儿。舒禾是不关注这些的，大概是程程那男朋友总跟杭嘉慈他们聊这些，然后又影响了她们。她细细思考了一阵，从后座换回副驾驶，身子扭向游风，胳膊肘抵在腿上，手托着下巴，盯着她男朋友。

游风任她看了一会儿，然后把摘下来的领带轻轻丢到她头上了，试图盖住她的视线："看什么？"

夏灯把领带拿下来，缠在手腕，继续托着下巴看他："厉害。"

这是她第一次用这样热烈赤裸的眼神看着他，应该享受的，但人突然吃一口好东西都是不能适应的，他难得觉得被她看得不自在，偏偏她一直盯着他，几次看过去都能对上她直勾勾的眼神。

第三次眼神对上，他靠过去吻了她，这回有些不适应的人换了。

他捧住了她的脸，不给她挣扎的机会，夏灯的眼睛不自觉睁大，双手更是不知所措地置在半空中。他吻完了，擦擦她唇瓣的亮光，扭头继续面对前方。

夏灯还维持着被他享受完抽离之后的动作，慢慢神情恢复了，瞪了他一眼。

“还看吗？”

夏灯也看向前方，没接这句话，而是问了一个意想不到的问题：“你说你有软肋，是什么？”

游风想到她会反将他一军，没想到在这里。

夏灯重复问道：“是什么？”

游风发动了车，那么坦荡：“除了夏灯，还能是什么？”

夏灯唇角挂笑，但还是要找碴：“这是木村拓哉说工藤静香的。”

游风单手给夏灯系上安全带：“现在是我在说夏灯。”

夏灯失语了，呆了半晌，把脸扭向了窗外，用手心抵住唇，妄图掩盖张扬的唇角。

无聊，这个男人。

游风又出远门了，不知道去干什么，也没跟夏灯说。

夏灯一个人在家里学习、游泳，闲下来就给游风发一张照片，他会回过来，让她老实一点。

她会在沙发上跷着脚：“我不老实？”

“勾引谁呢？”

“不告诉你。”

“我下午五点落地涂州。”

“我不接你。”夏灯晃着小腿，歪着脑袋给他打字。

游风不回了。

夏灯也没怪他小气，继续看书了，还没看两行，他又发来消息，她随手拿起，就看到一张照片，被拍摄的人正是她的男朋友。

她男朋友很帅气，但这不是重点，她坐起来：“谁给你拍的？”

“接不接我？”

“先告诉我。”

游风发来语音，她点开，竟然是贺仲生的声音：“哈喽，大美女，是我拍的，不用担心，你老公守身如玉……”

“滚，拿来！”

最后一句是游风说的，夏灯微笑，没回复，把手机放在一边。

现在是九点，下午五点到涂州，接他一趟好了，既然他这么……守身如玉。

下午两点多，夏灯就在准备了。洗完澡、化好妆，站在衣帽间犯了难。

裙子？不，太短的浮躁，太长的沉闷，太浅的不像是在过冬天，太深又很是压抑。

其实裙子没问题，问题是她想要以最好的状态去机场接他回来。最后选了一身很平常，却可以被各个穿搭平台当参考的打扮，随便选了一个配色协调的包，出了门。

她是有时尚感的，只是更喜欢简单点。现在已经会在搭配上花心思了，全是游风对她潜移默化的影响。

快到机场的时候，她接到一个陌生电话。对方说有事找她，她听到那人声音的一瞬，就掉转了方向，开往学校附近赴约。

黎薇。

游风母亲。

涂州大学城咖啡店的二楼靠里位置，夏灯和黎薇面对面坐着。

黎薇看着眼前这个曾有一面之缘的女生，一张绝对漂亮的脸，程度与年轻时的她别无二致，但看她满眼的自信和浑身金钱堆起来的光芒，她应该比自己幸运。

美貌与什么在一起都好，但跟贫困、落后在一起，结局总是不会有太多美好的可能。

夏灯从小到大被打预防针，早对被观察这事免疫了，所以从容。

余焰女士说，漂亮是好事也不是，会有很多人喜欢，但不能分辨他们的喜欢是不是出于真心。若因为被关注沾沾自喜，太愚昧，结局也会因为这份得意而狼狈。

没有兜圈子，黎薇直言她的目的：“游风不接我的电话，所以我想请你帮个忙，你能不能……”

“不。”

黎薇眼尾微挑：“我还没说是什么。”

“他不接就是拒绝，他拒绝，我肯定拒绝。”

“那你为什么答应见我？”

“因为我抱有一丝侥幸，也许你找我，是拜托我对他好一点，因为你心存愧疚。”夏灯说，“现在看来，你是对他有所求。”

黎薇也没怪她冒犯，不煽情，不打催泪牌：“我要回尼市了，他爸给了我些钱，想让我在尼市的日子好过点，我没要。我已经决定了跟过去说再见，首先就是跟他划清界限。”

夏灯听游风说了，他家最近因为钱的事闹得很凶。

“但我在尼市还是要生活的。”黎薇说，“我在入狱前，把我名下的房、车都给游风了。”

夏灯听明白了。

“现在我自由了，可以还给我了。律师我找了，协议也拟了，只要他签字，我们去公证。你也不用担心以后跟着他没钱花，他爷爷偏爱他，他爸的东西都会是他的。就算他爸没给，他爷爷也还有很多未公开的……”

“还有别的事吗？”夏灯打断。

“只有这一个小请求，希望你可以成全。”黎薇鲜红的指甲捏着纸巾一角，轻轻擦拭唇边，优雅又平和。

夏灯看着黎薇这张充满混血感的脸，几乎可以想象到游风的父亲在他们之间血脉相通时，内心有多崩溃。

他们作为爱人，一定会有苦难。但作为父母，简直猪狗不如，无论多惊艳绝伦的相貌也充塞着恶心。

她手里紧攥着的纸巾皱皱巴巴的不能看了，实在待不下去了，于是转身就走，不愿多说一句。她应该去机场接她男朋友，而不是在这里听笑话，还不好笑。

黎薇没有叫住她，她却还是因为咽不下这口气，折回，双手撑在桌子上，身子前倾，青筋暴动：“你拿他当保险柜，但就算是保险柜，买时要花钱吧？使用要保养吧？锁不好了要修复吧？你做过吗？你没有，你把它丢在一边，要用钱了，你想起来了。何况他还是个人，是你儿子！”

夏灯在一番不像她的发泄过后，平静下来，站直身子，静静待了半分钟，走了。

再没有话。

不是所有父母都配为父母，在他们放弃游风时，就已经连幡然醒悟的机会都没有了。虽然目前看来，他们并无醒悟之意。

她没立刻离开咖啡馆，而是到不远处一位子前，对一个喝咖啡的女生伸出手：“微信。”

女生愣了一下：“啊？加微信？你要加我的吗？”她显然有些惊慌，脸都白了，攥着手机，迟迟未递出去。

夏灯不管她攥得多紧，仍扯了过来，面对面转账一万。转完退出。她无意间看到女生最近一条消息，是别人发来的文章，文章标题是《听说游风追夏灯，追得卑微》。

她沉着脸关了微信，点开她手机的录音功能，删除她刚才的录音，再删除备份，最后还原手机设置，抹掉所有内容，照着墙，“啪”的一声砸碎。

女孩急了，站起来骂：“你这人有病吧！”

夏灯指了指店内监控：“报警吧，让警察从监控里看看你录别人对话的事实，顺便给你科普下，这情况能判多久。”

女孩脸更白了，哆嗦一下，不再吭声了。

夏灯回到车里，看了眼时间，已经四点半了，就给游风发了消息，说有事，接不了他了。发完，她关机，靠着座位靠背，闭上眼。

刚才她对黎薇发了火，可能是那一瞬的愤怒太强烈，让她终于发现了她这段时间的变化。

她会被他的情绪牵引；

她会介意别人不看好他们的感情；

她会吃醋；

她会因为他很烦恼就想方设法让他开心；

她会在他母亲对他无关心、不尊重时大发雷霆，在寡淡已经成为她性格底色的情况下，说难听话，用暴力解决问题。

自从游风回国，两人从原先的互不干涉到现在感情稳定，她强烈的情绪好像总是出现在揭开一个谜团时。巨大的信息量让夏灯无比震撼，让她心跳加速，逐步沉沦。

她当然是喜欢他的，早就认识到了这点，只是纵观她最近的表现，好像已经不止喜欢了。

她缓慢地睁眼，看着前方陆续从校门走出来的学生，好像一到饭点就活过来了。

天气预报说明天是个晴天，那今天晚上的星星一定很多。

游风一下飞机就给夏灯打了电话，关机了。打完电话才看到她的微信，她说有事，赶不及来接他了。

贺仲生瞥见了这条微信："真不来了啊？还以为她开玩笑。"

游风收起手机，没搭理他。

"沈佑跟你说了吗？让你去学校接他一趟，他的车被别人借走了。"贺仲生又说。

游风看到沈佑的微信了："我让他打车。"

贺仲生笑了一声："真牛。"

两人上了车，游风又给夏灯打了一个电话，还没有开机。

她有事是会提前告诉他的，虽然不会告诉他具体什么事。但关机情况还挺少见的，心情不好？他翻了翻几个群，又在网上看了一圈，没发生什么事。

所以他的小潜水艇呢？

西澳北门旁边有家文体店，夏灯一进门，老板就迎上来："您好，选点什么？"

夏灯一双眼逡巡货架："野外生存需要的那种作战背囊。"

老板了然了，从箱底给她拿了出来："你是这一年头第一个要这个东西的。实话跟你说，一般去雨林买装备，都不会在我这儿买，商场有两个挺大的牌子专门卖户外装备，我是建议你去那儿看。”

“嗯。”夏灯有些敷衍，也没看他翻出来的东西，转身拿了身运动装，纯黑的，还有一双运动鞋，放到柜台，对老板说，“要这些。”

老板看她打定了主意，也不往外推了，有钱不挣是傻蛋：“好嘞。”

买完，夏灯拎着旅行包的包带，两大纸袋衣服，上了车。她给舒禾打去语音，设置外放，放在一旁，单手摘了手表、手链和项链，脱了衣服，换上新买的运动装。

电话接通了，舒禾兴高采烈地说：“我的灯！找我干吗？”

“我在操场，半小时后帮我打120，叫救护车。”

舒禾蒙了，半天才回：“啊？”

程程在她旁边，抢过电话去：“什么救护车？你在西澳的操场？怎么了？”

夏灯穿上慢跑鞋，系上鞋带：“负重五公里。”

电话那头鸦雀无声，片刻后：“啊！”

游风和贺仲生已经到饭店了，沈佑还没过来。贺仲生一想他取的那名字就笑：“土炮，这是你这辈子干得最土的事儿了吧，我风哥？”

游风没搭理他，还在摆弄手机，给夏灯发微信，只是这店好像没信号，网更是慢，发不出去，一直转圈，就把气撒到贺仲生身上：“你订的什么破店？”

贺仲生说：“又不是没给你发消息，肯定没事，你别瞎操心了，人还不能有点自己的时间了？”

游风知道，她提前给他发了消息，就是没事，但他担心她还管她发没发消息？待得烦了，他不吃了，准备去找找她。

刚站起来，沈佑进来了，风风火火的，张嘴就是埋怨：“你手机怎么打不通？发消息也不回。”

游风看他跟投胎似的，肯定是有事儿：“发生什么事了？”

“你女朋友在西澳跑圈呢！负重！没刷同城吗？这会儿全是她跑步的照片和视频。真牛啊！我还说……”游风没等他说完，拔腿跑了，比沈佑来时还像阵风。

贺仲生后知后觉：“天哪！”

沈佑喝了两口水，往贺仲生手里塞了只杯子，强行跟他碰了碰："恭喜我们风哥翻身了，再也不卑微了。"

"他翻身你美什么？"贺仲生放下杯子，"本来夏灯不拿他当回事，咱还能寒碜他两句取乐，现在你美什么，啊？"

沈佑木讷地看着他。

晚上六点，天还没黑透，平常这种时候西澳操场就人多，夏灯在负重跑步的消息传遍以后，来了很多看热闹的。

游风来得也快，夏灯的极限是半小时，他从知道到赶到，就用了二十分钟。跑到操场，他一眼看到背着战术行囊的夏灯，过去拉住她胳膊。

夏灯跑得脸惨白，满脸汗，喘得不行，被拦住就想蹲下。游风没让，双手搀着她胳膊，给她支撑，让她可以倚在他身上。不靠白不靠，夏灯就撞进了他的胸膛。

游风把她身上的背囊摘了，扔到地上，握着她上臂，上下摩挲，给她缓解酸疼："是不是有病？给他们跑什么？"

他知道她是因为网上说他的话。

夏灯却说："谁说给他们跑的？谁在乎他们？"

游风停顿。

"我在跟你表白你看不出来？"

"……"

游风真没想过这个回答，一时忘了该怎么接。但似乎不是因为不会接，是他顾不上。他满脑子都是夏灯这句表白的话在上蹿下跳，连带心跳也疯魔了。

夏灯缓过来些，慢慢搂住他的腰，浑身的汗也不管："你别以为我不知道你步步为营，等不及我一直不开窍了，从回国就开始算计我，在我眼前晃，占我便宜，强行侵入我的生活。"

"……"

"你让我习惯你，离不开你，后来心疼你，在意你。"夏灯声音闷闷的，全是深思熟虑，"你得意了？"

游风沉默不语，她也没说错，他确实没那么坦荡。

“我堵不住别人的嘴，但我欠你一个表白。”夏灯搂紧他，“而且说实话，你也欠我的。”

她印象中游风也没有正式表白过。

游风有反应了，扫了一眼西澳的北操场，很大很气派，看起来闲人很多，这么会儿都能凑齐几百号人。

夏灯从他怀里抬头：“你有表白过吗？”

游风低头看着他漂亮的小潜水艇，捧住她的脸，吻了她唇一下：“早表白过了。”

“早？”

“嗯。”

“……”

夏灯不记得了，不记得就当没有处理：“怎么可能？”

游风不跟她说了：“走了，去医院。”

“我没事。”

“那也去，顺便做一个全身检查。”游风的语气不容拒绝，拉着夏灯要走，她却不挪脚，他知道她确实跑累了，故意说，“下回还这样。”

“……”

游风又想气她又心疼，谁要她专门表白，他爱她又不是为了让她回报给他同等的爱。他巴不得全世界知道他因夏灯而卑微。

他公主抱抱起她，众目睽睽之下往外走。夏灯不自觉搂住他的脖子：“包……”

“你室友会给你拿回去的。”

“哦。”

“夏灯。”

“嗯？”

“我接受。”

“什……”她还没说完就知道了。

“你对我的表白。”

“……”

“但不用，你被爱就好了。”

夏灯怔了数秒，慢慢把脸埋进她男朋友的怀里。外界纷扰，声音繁多，她只想跟他在一起。

她唯一的骑士，唯一的船长。

夏灯没事，哪项指标都没失衡，检查完就回了。

网上沸沸扬扬的闹剧在她负重跑步之后剧终了。

之前这些人之所以一直调侃诋毁，是因为有认同，认同的人越多，越激起这些人的积极性。如果没人回复了，或者更多人站在这些人的对立面，这些人也就缩回壳里了。从来不是勇气使他们叫得更凶，是因为傻，以及那群傻的人扎到一堆了。

第二天游风给了夏灯一个奖杯，夏灯认出这是游风长跑拿了金奖获得的，当时还被人塞到了她柜子里。

想到这里，她反应过来："是不是你塞我柜子里的？"

游风没答。

夏灯觉得是了："你给我干什么？"

"你不负重五公里了吗？给你的奖杯。"游风说。

"……"

夏灯感觉游风要一辈子拿"负重五公里"这件事说事了，抓她的把柄一直是他热衷的事。

游风又说："下边有字。"

夏灯把奖杯倒过来，还真有字，简单的一句：

我因夏灯而存在。

她心一跳，抬头对上游风的注视。

游风眼神坚定地看着她："早就表白过了，两年前在给你拍的照片后边也表白过了。"

夏灯想起来了，想到昨天说他没表白那么信誓旦旦，突然心虚，低下头，继续看奖杯上的字，并转移话题："这什么意思？"

她也不知道她在问什么，反正总要说点什么。

没想到游风答了："I exist because of you."

她一下子失语，连转移话题的能力都丧失了。

沉默。

许久，她又抬头："我在小时候告诉你，你因为你自己而存在，是希望你不要受困于别人的侵害，坚持做对的事，强大起来，保护自己。"

"嗯。"

夏灯声音很低："你怎么能为我而存在……"

"你管那么多？结果就是这样，某个人成为我变得强大的动力。"游风牵住她，"强大也只为了做这个人的保镖。"

好有出息的追求啊。

没多会儿，夏灯挣开游风的手，往外走。

"去哪儿？"

夏灯头也没回地说："我买个水晶盒子把它装起来！"

（正文完）

番外一

潜水艇遇到飞行器

一场霰后，冬天也算是正式降临到了这个港口城市，空气中多了些湿冷的味道。

周末早上，夏灯难得睡个懒觉，她男朋友却早早起了床，说是有事要处理，走之前吻她额头，她躲，钻进被子。

醒来，她男朋友已经回来了，穿得很帅，坐在沙发上，看起来已经等候多时。

她咬着面包，看着他：“要带我出去吗？”

“嗯。”游风说，“不着急，等你吃完。”

夏灯眼神向上，想了想：“不会是给我补生日吧？”

游风也没卖关子：“嗯。”

夏灯吃完，用纸巾擦嘴，光脚走到他跟前，熟练地坐到他腿上，被他熟练地搂住腰，说：“可是生日过去半个月了。”

“那没办法，你生日的时候还没准备好。”

“远吗？”

“不远。”

卡戎岛确实不远，前提是坐飞机加坐船。

夏灯感觉自己猜出来了，但亲眼所见，还是惊讶了。游风竟给她开了一个酒吧。

她站在浮桥，遥遥望着，没靠近，风把她的头发吹起，也要把她的骨头吹透了，她还是立于原地。

游风牵住她，走上前去：“本来想弄好再告诉你，但既然是给你开的，就由你来设计。”

酒吧在卡戎半岛南岸不远处，位于街角，上下三层，紧邻虎门湾，卡戎岛旅游必去街道。面前是玫金沙滩，后边是环岛路。

夏灯以前来这边就听当地人说，住在这里时常看到摩托车队和跑车载着女孩兜风。

游风把夏灯带到酒吧门前，隔壁旅馆的玻璃门从里打开，有一个光着脚穿着拖鞋、留着寸头、脑袋上带疤的人走出来，看见游风不以为意，看见夏灯挑了下眉，旋即笑了："哟呵，这可是位稀客。"

夏灯听声音很熟，但确实不认识这个人。

游风给她介绍："我以前邻居，文哥，现在跟人合伙打理卡戎岛上的旅游项目。"

但是怎么觉得声音耳熟？

还是这位文哥解决了夏灯的疑惑："是不是听过一段录音？"

夏灯好像知道了。

"说点正经的吧。"游风打岔。

文哥硬是提醒了夏灯："如果可以重新选择人生，你选什么样的？"

夏灯扭头看游风，游风显得很坦荡。

夏灯记得，那段录音里，游风一直重复，他选夏灯。

文哥还告诉夏灯："这房子新建的，房东不卖，他就买了这楼的三十年使用权。前段时间经常找不到他人吧？他把营业执照什么的跑下来了。"

原来他跟贺仲生在一起那次是在卡戎岛，她还想过他们也不是同一专业，怎么出去学习也能撞到，还在一起住民宿。他那次穿西装说是见了朋友，大概也是在忙这件事。

文哥把两人迎进他开的众多旅馆中的一间，给他们拿水，接着跟夏灯说："你知道你这个酒吧叫什么名吗？"

"不知道。"

文哥不说了："那就不告诉你了，以后你就知道了。"

夏灯又看游风，指望他告诉她呢，他干脆装模作样，不接她的眼神。不过这关子也没卖太久，她还是看到了营业执照。

那时候春天已经来了，夏灯的酒吧按照她的审美装好了，她坐在三楼露台的竹编椅上，看着那仨字，久久没说一句话。

游风给她端来一杯咖啡，坐下来："不喜欢也不能改了。"

"但是太难听了。"夏灯垂死挣扎，希望能给她的酒吧争取一个改名的机会，“跟它的气质不搭。”

“跟我的心意搭。”

“……”

游风看她实在想改，对她的绝对在意让他松了口：“改也行，但得说服我。”

夏灯沉默了。无论怎么样，她都不是他的对手……

“算了，不改了。”夏灯说，“酒吧名听你的，船名得听我的。”

“好。”游风一样不会喜欢夏灯取的名字，尤其她还存在报复心理，但他喜欢夏灯，所以无论是什么，他都接受。

“风哥在港口开了一家酒吧，叫‘红酒绿’。”

“少个灯吧？不是‘灯红酒绿’？”

“不少，他老婆叫夏灯。”

有个成语叫“灯红酒绿”，游风给酒吧取名“红酒绿”，别人以为他少打了一个灯，其实不少，他有灯了。

“灯给她男朋友买了艘船，就泊在岸边，取名‘呼唤雨’。”

“什么意思？”

“‘呼风唤雨’啊什么意思，她说她有风了。”

“她疯了吧……”

“我觉得夏灯就是故意报复游风给她的酒吧取名红酒绿，看得出来她很不喜欢这个奇怪的名字了。”

“那要是酒吧叫‘红酒绿’的话，我倒是觉得‘呼唤雨’也没那么难听了……”

他们只知道这艘船叫“呼唤雨”，不知道这艘船的船锚上刻了字——

潜水艇会遇见飞行器，我会爱你。

后来，游风成为总体部的设计师，夏灯读完了人类学博士。

后来，他们结婚了。

后来……

番外二
嘘

高考的第二天，夏灯起床就肚子疼，正好请假在家休息。等到下午肚子不疼了，便起床、游泳、滑板，订了一张去景镇的机票。

休息室候机时，她托着下巴，面朝窗外发呆。停放整齐的飞机、忙碌的地勤人员、仿佛白粉笔画出的碧蓝天空的尾迹云，这些都是她喜欢夏天的原因。

最重要的，夏天游泳更舒适。

临上飞机，她看完了先前搁置的特德·姜的书，发现她跟他的脑回路是有相似之处的，都喜欢在心里做正反两方，针对一个问题不停探讨。这个过程只有自己觉得有趣，说出来别人只觉得枯燥、无聊、不知所云。

不过她不喜欢跟人沟通，也不会给别人和自己带来这种困扰。

飞机落地，太阳下山，一道美得不像话的夕阳光线穿进她的眼。她没赶上好时辰，不然应该能看到与壁纸无异的蓝天白云。

但这也好。

都好。

她先去民宿办理入住，民宿有接送机服务，司机很热情，口音很像夏灯之前认识的昌镇的一位朋友。

没想到办理入住的人还挺多，她被引到招待区稍作休息，没多久旁边坐了一位阿姨。

阿姨健谈，一直主动聊天，聊到她儿子："你看办理入住的那个，就是我儿子，大学毕业了，很多公司都抢着要他呢。"

夏灯应声："嗯。"

阿姨只以为夏灯认生，更加激动："姑娘你是哪儿来的？一个人吗？多大了啊？应该在上大学呢吧？阿姨呢……"

阿姨自我介绍五分钟，几乎把家底倒尽了，夏灯准备直接离开。正好约好的向导到了，打断了阿姨的热情。

夏灯找的向导是去年去极地探险时认识的，是西城人。

进入房间，朋友问夏灯：“你考完了吗？我一直想问。”

夏灯看表：“现在考完了。”

“……”

朋友摇头感叹：“也就是我，换一个人都得问你为什么不学习不考试。”

她知道夏灯根本不用，一级一级往上考是给普通人制定的规则，为了找一个好工作，她家里的经济条件完全能够让她不必去刻意遵守这些规则。再说她本就也知书达理，冷是冷点，该有的礼节一点没少。可能在她眼里，也不理解众人，但她不会置喙别人的事，别人也不应该给她下定义。

夏灯走到露台，扶着栏杆，深深呼吸。

“不过我也想知道，你在学校不学，那在家学吗？”朋友问道。

夏灯回过头来，靠在栏杆：“学的，挑喜欢的学。”

朋友点头。

她认识的另一个人比夏灯还离谱，莫名其妙拿到米国高等学校的offer，写的文章几篇几篇地发。运动明星、一级还是二级运动员的头衔也不知道真假，反正就是被录取了。

虽然“走后门”这件事并不光彩，但像夏灯这样的应该不用走后门，她大概不会去不感兴趣的学校。

朋友便问：“那你是出国，还是在国内挑一个有钱就能上的学校，继续随心所欲做自己？”

“不知道，还没想好。”

“那你来景镇干吗总知道吧？”

夏灯翻找手机相册，找到一张照片后给她。

朋友眯眼一看：“这是个小金球？做工有点粗糙啊。”

“北城橄榄球业余联赛第一名的奖励，被同学借走把玩，同学他爸误把它和一些古玩意儿卖给了潘园一练摊儿的师傅，师傅把摊位转让了，再也没找到。年初听说他来景镇市集摆摊了，我来碰碰运气，看能不能把东西找回来。”

朋友把手机还给她：“但这种不值钱的东西那师傅大概率不会留。”

“那就当过来玩的。”

“那我可得好好想想怎么招待你。”

高考结束，兄弟正等游风一起出去浪，游风一句有事把他甩下了。

游风确实有事，照片已经裱好几天了，最近忙得抽不开身，一直也没去拿。

他步子很急，走得匆忙，拐弯时紧贴着边缘，还是被撞了，对方个子不高，穿着跟他一样的校服，梳着马尾，他不自觉后退两步，没想纠缠，却被对方再次拦下：“游风！”

游风等她下文。

女生揪着手指，支支吾吾、犹犹豫豫。

游风准备离开。

女生这才扭捏地说：“考完了，你……想要一个女朋友吗？”

她的脸像红云，眼像晚星，但游风不觉得动人：“我有了。”

女生表情一僵，抬起头看着他。

游风说完，越过她，匆忙离去。

他们高中有一个传统，算是约定俗成。高考后要给喜欢、欣赏、崇拜的人送礼物、祝福，多是鲜花、巧克力，但往往只会堆满一个人的桌面和桌膛。

好像每个人的青春里都有一个帮自己挺过孤寂夜晚和压抑清晨的人，她/他在心中神圣不可侵犯，所以在离开校园的那一刻，不必羞涩，大方对她/他表达感谢。

不到这一刻，暗恋都不会见光。

有些暗恋得深，即便到这一刻，也只想继续深埋下去。

游风对这个传统没兴趣，但这确实是一个送东西的好机会。这时就显出这传统人性化了，送礼物的人不能反悔，收礼物的人不能退回。

不然以那个人的性格，她敢直接选择不带走。

拿到照片，他返回学校，高三生基本都没走。学校高考完的当天会对考生开放一整天，凭准考证即可入内。高三老师也会在，也算是他们高中的一个小传统，为给大家足够的时间释放压力，庆祝短暂的自由。

每个班差不多只剩半数人，半数也颇有活力，往往吵吵闹闹折腾到后半夜才安静下来看电影。

游风目标明确，直奔那个人的班级。来到门口，一眼看到她桌上堆成山、桌下铺成海的景观。

他照片这么大要往哪塞?

兄弟出去吃饭回来，准备晚上跟大伙在教室看最后一场电影，穿过走廊看见游风，挑眉道："你不是有事儿吗？怎么回来了？"话间看到他手里包裹严实的东西，"这是什么？是不是给我的？"说着就要下手。

游风躲开他的手。

兄弟更好奇了："什么？"话音刚落，恍然大悟，"给她的？"

他顺着游风的眼神看过去，可不就是那个人的座位。不过游风好像来得太晚，没地儿放他的东西了。

"你再晚点来，楼道都没你地儿了。"兄弟向来说话直，他大概是目前唯一一个看出游风对夏灯有心思的人。反正他已经决定要去国外了，以后也不会回来，就想着趁他还有机会，把该要的贫嘴都要了。

游风没理人，放下东西走了。

兄弟在他身侧说："你要不要去看看你的桌子？可不比夏灯强多少，把过道都塞满了，从班里出来要拐八个弯。"

"困了。"游风要回去睡觉。

兄弟停住脚，看着他远去的背影："那怎么着？我明儿给你弄家去？反正不能拒收，不然骂死你了。"

游风头也不回地说："随便。"

景镇市集夜市很热闹，夏灯朋友虽是西城人，但没来过，竟不知道这两年这座城市年轻力量这么蓬勃。

她是想多玩多看的，一双眼睛应接不暇，夏灯有目标，根据已知信息直奔目的地。

师傅摊位比较偏，行人不少，驻足的却少，他显得有些破罐子破摔，坐在板凳上用手机斗地主。

夏灯站在摊前，他也不抬头看一眼，夏灯不急，挑挑拣拣，拿起一个陶瓷物件，把玩一阵再放下。

来回几次，师傅终于抬起头，看了她一眼："选什么？"

夏灯坐到摊前的小板凳上，把照片拿给他看："原先跟潘园收过一堆小玩意儿吧？一口价一堆，其中有这东西，对吗？"

师傅听她这问话的架势，以为是以前犯事被人拿住了，不自觉放下二郎腿，腰杆慢慢挺直，眼睛微眯起："我没见过。"

"我敢来找你，就是知道你收过，你要说实话，我们有得聊，你要是不说，你看这事……"

师傅以为她是派出所新来的实习警察，下意识环顾四周，没找到疑似她同伴的人，思量片刻，最后说："就算是收过，也不犯法吧？"

"哪去了？"夏灯避开他的问题。

师傅皱眉："那不就是个小玩具吗？还不如我一个普通的磁州窑烧的壶盖。"

"所以哪去了？"

师傅盯着她坚定的眼神，试探道："那我得去仓库里头找找。"

夏灯点头，站起身，说："明天这个时候。"

这时朋友正好过来了，她的中性风穿搭和趋近一米八五的身高让师傅的佝偻背更弯曲了三分。

回去的路上，朋友问夏灯："东西要到了吗？"

"明天他拿来。"

朋友点头："你跟他说什么了？把他吓成那样。"

"他撤出潘园就是因为手脚不干净，人也不老实，我直说我找东西他会敲诈我，我越想要他越耐得住，且有得纠缠。"

"你就吓唬他了？你这让我想起你破解黑车圈套那回的事了。"

以前在雪山脚，他们一行差点被敲诈，夏灯泰山崩于前而色不变，看着人畜无害，内向冷漠，纯纯大家闺秀的模板，尤其那一双眼，盈盈如水，没想到心思深得很，个中关窍都是她点出来的，他们才没花冤枉钱。

藏锋。

说的就是她了。

游风晚上去了健身房，做了力量训练，汗涔涔地回到家，打开门看爷爷正在露台修剪他养的一盆绿萝。

他把摩托车钥匙放下，从冰箱拿了罐冰咖啡，喝了一口，说："您吃饭了吗？"

爷爷看一眼烤箱："你胡奶奶给你做的黄豆猪蹄，还有烤鸡。"

游风拿出来，坐下就吃，边吃边说："绿萝存活率很高，不用这么精心伺候。"

爷爷正好修剪完，放下工具，走到岛台餐桌前，坐下来，问："考得怎么样？"

"差不多。"

爷爷点头。

游风初中就通过测试免三考了，他考不考都是一路保到底的，他心仪的学校也早递了 offer 过来，本不用留在学校，但他什么都能兼顾，爷爷就随他了。

他家有钱，爷爷有资源，他从小接触的就不一样，唯一变量大概就是他长得俊俏，纯纯纨绔子弟的材料，成长为今天这样，意料之外，但也在情理之中。学术环境，至关重要。

除了猪蹄，爷爷还带来他找来的难题和新书，嘱咐了几遍教授也是要睡觉的，不要每次一学习到兴奋就忘记。

爷爷一走，游风打开电脑，一边翻资料，一边听在美研究所的一位副教授讲师解析这一届 IMO（国际数学奥林匹克竞赛）题目，不知不觉身后的黑板又被他写得满当。

景镇第二天蓝天白云，夏灯将手举过头顶，阳光穿过指缝，挑逗了她的眼，她自然地闭上。

朋友作为向导要带她游景镇，但因为不专业，以致边查边走，还不时走错，为旅行增加了难度，但也磨炼了耐性。

中午她们在景区一家面馆吃饭，朋友一边为她加辣，一边殷勤地哄说：“下午不可能再错了。”

“嗯。”夏灯的回应略微敷衍。

下午没再走错过一次，朋友搂着夏灯肩膀如释重负道：“记性不行，走过的路都忘得差不多了。”

记性不好这一点夏灯感同身受。

但很多事不是忘记了，是把它们埋在了脑子里，被提醒或者因为某一个契机，也就想起来了。

晚上再来到夜市，师傅比起昨日被突然袭击的慌张，明显镇定很多，东西拿出来，放在摊上。

夏灯要拿，他又先一步捡起来，低头抿嘴，眼神却瞄向她，笑得有一点阴险狡诈：“不白给。”

朋友啧嘴，双手一碰，手筋嘎巴嘎巴地响。师傅丝毫不惧。

夏灯扫码给他转了三千一百元，扭头对朋友说：“报警。”

“好嘞！”

师傅慌了：“嘿嘿嘿！干吗呢？”

夏灯说：“金额达到三千元算诈骗，师傅不知道吗？这里只有我们仨，我们俩对您一个，到时候警察一问起来……您先算算这笔账。”

师傅“呲”了一声，挠挠头：“真是厉害啊，丫头片子。”

“现在想好了吗？”夏灯又问。

师傅把东西给她。

夏灯说：“感谢。”

从夜市出来，朋友才问：“你要是早想好用三千块钱买这东西，昨天直接来这一出不就行了吗？”

“昨天不确定他手里有没有，转过去发现他没有，即便闹到派出所把钱找回来，目的没达到，白浪费了时间。”

“可以。”朋友笑笑，看着她手里的东西，又问道，“那你现在东西拿到了，接下来还逛吗？”

“不了。”

她得回去了，不然就来不及了。

游风又熬了通宵，下午刚睡着，兄弟打电话过来，他接通，摁了免提，放在耳朵边，听着兄弟粗粝的声音问道：“你是要做咱们学校这么多年以来唯一一个拒收礼物的人吗？”

唯一。

游风睁开眼：“她的都拿走了？”

“拿走了啊，上午来的，被人缠住表白了一番，不知道还干吗了，反正是和司机一起搬走的。”

游风顿时不困了。

兄弟又说：“我先帮你拿吧，放我家仓库里，你哪天想起来记得跟我说。你别老搞特殊化让人讨厌，都收你不收，你是长了两个脑袋吗？”

游风没认真听：“照片她拿了吗？”

“……”

兄弟错了，游风不是长了两个脑袋，是长了“夏灯脑”。他骂道：“是是是，大小姐别的都不拿就拿你送的。我说了你信吗？她就拿了两盒最轻的巧克力。”

游风想象了一下她呆呆地拿着两盒巧克力的样子，眼神变得温柔。

假期第五天，夏灯刚从游泳馆回来，想看会儿书，怎么都看不进去，喜欢的那些“杂书”突然没兴趣了，满脑子都是那个人收到小金球的反应。

听说他把礼物拿走了，那应该会看到吧？这是他拼来的奖，她帮他找回来了，他应该会开心吧？

到第五天，她还在想，已经严重影响了生活。她忍不住在房间踱步，最后停住，捂着额头对自己说：“不要再想了，送出去的东西，重点在于送出去了，至于会不会被喜欢，不重要，都不重要。忘掉忘掉，忘掉这事。”

给自己“施完法”，她忍不住呼气，笑自己的幼稚，暂忘的所有事以后都会想起来，又不是不知道，还“施法”呢。

将来有一天，她一定会想起自己曾经为一个叫游风的男生跑到景镇花三千一百块钱把他的奖品买回来，混在大家给他的毕业礼物中。

但他一定不记得。

喜欢他的人那么多，他没看向过谁，其中多不多一个她，大概率也不会知道，知道也不会在意。

再说她不算是喜欢他，欣赏差不多。

她见过他在那场比赛拼杀的汗水，看到他怎么带领队伍走向胜利，逆转局势的样子闪闪发光。

那种欣赏就像她最近对特德·姜的欣赏，她深以为他跟特德·姜在她心里的位置不相上下。就是说，如果有一天他跟她表白，她一定不会答应。

谈恋爱是很麻烦的事，没游泳一半有趣。他也不会跟她表白的，他只热衷于学习、运动。

在那场比赛之前，她印象中的他好像一直是个有杀伤力的小痞子。

游风出国三趟了，夏灯那边还是一点动静都没有传来。

她没看到吗？收了不看吗？

好像也挺正常的，她清冷寡淡，除了游泳还有什么能打动她？

但就一眼都不看？

这件事开始搅扰着他，以往一进入学习状态就百分之百专注的人突然间没那么专注了，他用夜跑来分散注意力，汗水一路挥洒，身乏了就什么都抛下了，却不能将她从脑海中剥去。

他陷入死角，疑惑什么难题都不会被难倒的他，为什么一到夏灯这里就那么无解。

被一袭倩影折磨几天，他洗了三次澡，刷了五遍牙，挑了一身制服，在手腕处点了一点香水，背上琴，去她家门口徘徊了，走来走去又走来走去的。

然后天黑了。

她没出来过，也没从外边回来。

他觉得自己无聊，看一眼手表，对自己说，凑满十个小时，最后五分钟，不回来他就先收兵。

五分钟到了。

他咬牙，表可能不准，这不可能有五分钟。

又是五分钟。

他不咬牙了。

牙快被咬坏了。

他准备走了，她回来了，车停下，她从车上下来，一边整理包，一边走向花园别墅大门。

她一直专注手里的包，没看到他，即将从他身侧走过时，他下意识上前一步，拉住她外衫的袖口。

她一愣，扭头看到他，惊讶的神情逐渐明显。

游风也愣了，接下来他应该干什么？

夏灯也好奇，他怎么在这里？他要干什么？怎么愣住了？没话说吗？那她走？但他拉着她的袖子，那是走还是不走呢？

他是看到小金球了吗？

但她没署名，他不可能知道是她送的。

她不知道该干点什么，突然一道远光灯射向他们，她不由得挡住眼，他已经握住她一双手臂，与她转换位置。灯光照射在他脸上，他微微眯眼，光影在他脸上沉浮，她的心跳突然加速。

车开过去了，他还握着她，他忘了松手，她也忘了抽回。

许久，她提醒他：“你，我胳膊。”

“哦。”嘴上答应着，手却没放开。

“……”

又僵持住了。

一分钟过去，夏灯慢慢抽回胳膊，游风突然又抓紧了。

“……”

又是一分钟，夏灯说：“有事吗……”

“要不要跟我在一起？”

“……”

夏灯的心“怦怦”乱跳。

这是表白吗?

她才说过不会答应的，于是她说：“哦。”

“哦，是，答应了吗？”

“哦。”

游风松了手。

终于松手了。

夏灯停顿数秒，转身往家门口走。

游风又叫她：“那个……”

夏灯转过身，看着他，他个子真的很高，她不知道她为什么要攥紧包带，不知道为什么心中会有这么多期待。

游风捏着手机的一角，说：“电话。”

“哦。”夏灯答应了，但没挪动。

游风很愿意朝她走去，再把手机递给她。

夏灯低头输手机号码时，长发扫到他的胳膊，两个人比刚才更近了一些。她输好抬头，对上他的眼睛，心跳更快，不敢再待，立即跑进家门。站在花园墙内，心跳还没平复下来，呼吸又逐渐粗重。

她缓慢扭头，看向镜头外的观众，把食指比在唇边，轻声说：“嘘。”

不要告诉他，我也有心动。

那时的夏灯还不知道，后面两年，她有男朋友也跟单身无异，某人把她拐到涂州，扭头出了国，两年内两人之间的联系屈指可数，聊天内容就像是彼此厌倦的老夫老妻。

她忍不住再次对自己“施法”，要忘掉自己为什么答应跟他在一起。她甚至给自己洗脑，她就想要相敬如宾。这都是她所盼望的。

就在她用游泳、读书填满自己的生活时，逐渐忘记这个离开了她、为了研究太空而废寝忘食的人时，他回来了。

他们的故事，开始了。

后记

完结那天我本来想写一点东西的，在结尾处，但因为时间来不及了，就没写。

《红酒绿》是一个女主教会男主强大，男主教会女主爱的故事。

也可以说，这是一整本情书。

两个主角的恋爱谈得有点孤傲雅致，没有占据很大篇幅的配角，没有过不去的坎和矛盾，人生多大的事发生在他们身上都能做到淡然处之。就是这样两个看起来清冷无趣的人，却搊出火一样热烈的爱情。

希望这个平淡但又浪漫的故事可以让你的夏天绽放烟火一样的灿烂。

下本见。

苏他

2022 年 9 月

图书在版编目（CIP）数据

红酒绿 / 苏他著 . -- 南京 : 江苏凤凰文艺出版社，2023.4
ISBN 978-7-5594-7492-6

Ⅰ . ①红… Ⅱ . ①苏… Ⅲ . ①长篇小说 – 中国 – 当代 Ⅳ . ① I247.5

中国国家版本馆 CIP 数据核字 (2023) 第 013746 号

红酒绿

苏他 著

责任编辑　曹　波
特约编辑　赵丽杰　刘玉瑶　郑　蕾
装帧设计　recns
责任印制　刘　巍
出版发行　江苏凤凰文艺出版社
　　　　　南京市中央路 165 号，邮编：210009
网　　址　http://www.jswenyi.com
印　　刷　天津旭丰源印刷有限公司
开　　本　880 毫米 ×1230 毫米 1/32
印　　张　12.5
字　　数　360 千字
版　　次　2023 年 4 月第 1 版
印　　次　2023 年 4 月第 1 次印刷
书　　号　ISBN 978-7-5594-7492-6
定　　价　42.80 元